La Pierre d’Orso

Ce sont des choses que doit savoir qui connaît l'histoire, mais comme un juste sentiment de nous-mêmes doit nous faire supposer que cette œuvre ne puisse être lue que par des ignorants, il ne sera pas mauvais que nous en disions suffisamment ici, pour en enfariner un peu qui en aurait besoin.

Alessandro Manzoni, *Les Fiancés*

1

La nuit d'un carême, [il] voit périr sa mère,
Martyre condamnée sous l'oint du moine infâme.
Souvenirs égarés dans la fièvre et le vent,
Orphelin depuis lors ; las, froide Valsassine !

Vers 1650, traduit du romanche putèr

Il se remit à neiger. Quelques flocons entraînés par le vent tourbillonnant de la cour s'abattirent sur le visage du garçon. Des flocons lourds, fondus. Depuis la matinée les températures avaient remonté avec l'accumulation des nuages noirs.

Il aurait été incapable de tenir sur ses jambes. Avachi, les épaules adossées à une colonne et le bas du corps recroquevillé sur un sac de chanvre, il avait été jeté là. Les gouttes froides le sortirent de son apathie. Un souffle léger passa. L'air ! Sa poitrine était vide. Il inspira longuement, l'effort le fit grimacer. Il cherchait à ouvrir les yeux mais ses paupières chaudes pesaient trop lourdement sur ses pommettes. Faire taire le martèlement sous ses tempes ; ça brûlait de fièvre, là-dedans. Sa chevelure d'un roux sale débordait de mèches qui tombaient en pagaille et lui barraient le front. La respiration se fit plus régulière, les ailes du nez frémirent… L'odeur savoureuse de la peau grillée. Il saliva, ses lèvres gonflées amorcèrent un sourire. Oui, c'était ça, cette odeur familière : celle de la grive que sa mère, les jours de fête, passait d'un geste rapide à la flamme après l'avoir plumée. Un souffle saccadé lui entra dans l'oreille, enfla, le parcourut comme une plainte hachurée, un bêlement ; il entendait de nouveau ! Ses traits se figèrent, il fut attentif aux bruits. Le chevrotement grêle reprit… Une biquette ! Comme pour faire cesser les bourdonnements dans son crâne, il tourna la tête et put saisir quelques paroles tronquées, un grincement de poulie, des geignements. Et le retour du silence. Dérangé seulement par des rafales qui lui vrillaient les tympans.

Par-dessus la confusion, une voix rauque s'éleva : « Pour la dernière fois : confesses-tu ?! » Ça claquait comme une sommation. Les mots restèrent un moment suspendus dans le vide, puis furent balayés par le vent. Un croassement mauvais fit tressaillir l'enfant. Exactement à sa verticale sur les tuiles du préau, une corneille faisait le guet.

« Jetez ! », plus qu'un ordre, une condamnation. Alors des cognements sourds parvinrent à l'oreille du garçon. Comme des pas mal assurés sur des planches. Ça grinçait, ça jurait. Les bruits venaient d'une hauteur. Plus haut même que le toit où criait la corneille. Il y eut un souffle d'air, une lanière qui se tend, des lacérations de chairs et des craquements d'os, suivis d'un hurlement. Un râle continu. De ceux qu'on garde en soi toute une vie. On aurait dit ce conte terrifiant où le démon extirpe l'âme des corps.

Puis le râle déclina, laissant filer, au bout, une intonation humaine. Une intonation de femme. La nuque du garçon se raidit. « Mammina ! » Ses yeux avaient lutté pour percer les boursouflures collantes ; ils s'ouvrirent enfin.

À dix pas de lui une silhouette balançait dans le vide. Elle était suspendue à une corde qu'on lui avait liée sous les bras. Son tablier de sergette déchiré pendillait depuis ses hanches. Le garçon ne comprit pas ce qui oscillait là. Il vit bien les quatre membres ballants mais ils n'étaient pas rattachés au corps comme ils auraient dû l'être. Les omoplates disloquées pointaient vers le ciel, sa tête coiffée d'un fichu et descendue au milieu du tronc lui donnait l'apparence d'un jouet cassé ou d'un de ces vautours au cou abaissé, enfoncé sous deux ailes saillantes. On avait noué des poids aux chevilles de la suppliciée et ses vertèbres distendues étiraient son tronc. À l'extrémité de ce corps allongé comme un pendule, ses orteils touchaient à peine la terre battue de la cour. Elle flottait dans l'air à une demi-toise du sol, et de sa bouche sortait des sons, presque des mots, preuve qu'elle était encore en vie.

Au bout d'un temps à observer de travers, il pensa finalement que ce corps, ce devait bien être sa mère. Car elle était là, tout à l'heure, à côté de lui, et elle avait disparu. Elle ne s'éloignait jamais beaucoup, Mammina.

Les nuages amoncelés formaient un dôme de fonte au-dessus de la halle carrée. Le troisième Angélus n'avait pas encore sonné, mais il aurait fait nuit noire si l'on n'avait pas accroché quelques torches à mi-hauteur des piliers qui soutenaient les appentis de chaume. L'une de ces torches avait été placée au sommet d'un haut mât de bois.

Le regard de l'enfant, après avoir erré sur les toits, se porta sur une langue de feu qui dansait à une vingtaine de pas de lui. Il s'amusa de la voir vaciller juste au-dessus du corps en suspension. Quand il fermait l'œil droit, la flamme se plaçait sur les épaules désarticulées qui pendillaient dans l'obscurité, un alignement parfait qui dessinait une chandelle humaine… ou la descente de l'Esprit sur une sainte martyre – comment penser que sa mère fût autre chose qu'une sainte? Ce qu'il avait sous les yeux était sans doute un symbole, celui de la Pentecôte peut-être, dont il avait entendu parler avec des mots compliqués et qui à cet instant prenaient un sens. Il était témoin d'une pentecôte, voilà ce qu'il pensa; rien de grave.

Ses traits se détendirent, il referma les yeux.

Les sons du dehors lui arrivèrent par vagues. Ils étaient régulièrement chassés par les stridulations que provoquait l'afflux du sang dans ses oreilles. De nouveau son front balança pour essayer de fixer ce va-et-vient désagréable. Il finit par saisir les bribes d'une conversation; la même voix enrouée qui, plus tôt, avait prononcé la sentence répondait à une autre plus aiguë, plus virulente aussi.

«... Nous nous en tiendrons aux ordres de Don Agnello!...

— *Nun se preoccupà*. La femme sera bientôt morte. *Nunc*... Il faut s'occuper de l'enfant...

— Non!» coupa le premier sur un ton qui paraissait sans appel.

Ce n'étaient pas les instructions de Don Agnello! Leur mission était terminée.

Mais l'autre insista :

«Ne sommes-nous pas avant tout serviteurs de la Sainte Église, *Deo volente*?

— Finissons-en! Tout cela n'a que trop duré!...»

Celui qui faisait le juge, la voix rauque, était étranger. Son débit rapide gobait les voyelles. De temps à autre, il lâchait une expression inconnue – une langue du Sud, peut-être –, Orso l'entendait râper les «r», claquer les «t», les «p». Il abusait d'une autre bizarrerie, de phrases qui semblaient lourdes de sens et auxquelles on ne comprenait rien, du latin, donc. Le garçon s'étonna que, malgré ce charabia, les intentions de l'homme lui parussent si claires : il entendait se faire obéir! Et c'était bien ça qui agaçait l'autre.

Les flocons tombèrent moins dru. Une pellicule blanche recouvrait les haillons, les avant-bras et la tignasse du garçon. Il avait beau tordre le cou, il ne pouvait apercevoir les deux ordonnateurs en pleine discussion. Ces hommes, qui se réclamaient de l'ordre et de l'Église, avaient pris abri sous une travée du préau un peu en arrière de celle au pied de laquelle il était affalé.

L'enfant continuait à se forcer pour ouvrir plus grand les yeux.

Il étudia distraitement les marbrures violacées d'un pied nu, le sien, qui reposait de biais sur son autre mollet. De là son regard monta le long de sa culotte déchirée et se fixa sur des corolles rouges qui égayaient la neige, juste sous sa hanche. Ces rubis sur le blanc étincelant, il les trouva merveilleux. Il ne saignait plus mais avait, au côté gauche, deux incisions profondes comme des poinçons ; elles encadraient un arc de chair tuméfiée. Le garçon n'éprouvait aucune douleur. Il fit à sa blessure une moue affligée, comme si elle lui était étrangère. *Où suis-je ?* se demanda-t-il encore une fois.

Il fut tiré de sa rêverie par un manchon de fourrure qui l'approcha en sautillant : une fouine ! La bestiole au pelage pain brûlé louvoya dans la neige et vint lui renifler le gros orteil. Qu'avait-elle à craindre d'un tas d'os inerte au sang presque froid ? Elle fureta sans gêne puis, dédaigneuse, s'éloigna vers une cuve en bois où elle avait dû sentir le grain. Alors l'enfant ouvrit la bouche, désemparé, comme si d'un coup il y avait urgence. Attirer l'attention de l'animal, l'inciter à revenir... Il dodelina. Puis il voulut lui tendre la main, mais sa main, sans force, l'avait déserté. Il aurait tant aimé caresser la fouine, lui lisser le pelage pour prendre un peu de sa chaleur ! Hélas, l'ingrate avait l'hiver en tête ; elle grimpa à un pilier et se faufila sous une poutre.

L'insouciance prit fin. Aussitôt la fouine disparue, Mammina se balançait de nouveau devant lui. Un œil rouge, l'autre blanc, son visage n'exprimait plus rien. À la commissure de ses lèvres mauves, un fil de salive et de sang avait givré. Que faisait-elle là, sa mère, le corps raidi, flottant sous la flamme et le ciel de charbon ? Que faisait-elle là ? Le courage lui manquait pour chercher une réponse, il n'était pas en état, il ne pensait plus.

Le vent avait cessé, l'odeur de peau brûlée flotta à nouveau. « Soupons-nous ? », murmura le garçon. Alors, à peine plus audible, du tas de chair suspendu sortit un ultime râle : « Orso ! » « Mammina ! », redit l'enfant. Il avait à la bouche un rictus aimable et, pour la deuxième fois, s'enfonça dans les sables mouvants de la fièvre.

*

Quand il rouvrit les yeux, il était toujours vautré au pied de sa colonne. Il entendit le même bêlement, fluet, insistant, qui l'avait tiré de sa torpeur un peu plus tôt. Combien de temps avait passé ? Son front bascula sur le côté : la biquette était là, d'une laine couleur de feu – comme ses cheveux à lui, Orso. Un tabouret était posé en arrière des pis ; on avait dû la traire. Près de la bique, un homme, couvert d'une pelisse aussi fauve que le poil de sa chèvre, regardait Orso de biais ; son visage aux yeux doux était plein de pustules roses comme les fraises acides d'avril. L'homme parut aussi surpris qu'Orso. D'un claquement de langue, il alerta un compagnon à lui, qui urinait à quelques pas de là. Le compagnon grommela, se rapprocha et brandit son flambeau à bout de bras. Les deux gardes portaient dague et rapière à la ceinture ; à leurs chapeaux sans allure et leurs bottes dépareillées, on voyait qu'ils n'étaient pas militaires. Des hommes de main tout au plus.

« Le gniard est réveillé !

— Eh bien, à son tour. Portez-le ici ! *Amma vedé 'e fa ampress !* »

C'était la même voix rocailleuse aux accents lointains.

Celle qui lui répondit, plus pointue, était toujours en désaccord : « Pas l'enfant ! » Elle répétait que ça n'était pas convenu avec Don Agnello, qu'il n'était pas question de se fourvoyer dans ce genre d'initiative. S'ensuivit une altercation. Le garçon n'en comprit l'enjeu que des années plus tard. L'enjeu, en l'espèce, c'était lui.

Cependant, Orso avait retrouvé un peu de son attention. Il essaya de se redresser pour voir enfin les deux querelleurs. Avant qu'il ait pu tourner la tête, il fut saisi vigoureusement aux épaules par les deux gardes qui l'avaient pris en tenaille. On le secoua, le retourna, l'arracha du sol par les bras, puis on le porta sans ménagement ; ses pieds nus griffaient la neige. À la lumière des torches ses yeux clignèrent. Il distingua d'abord une forme rebondie, massive, resplendissante : un cheval ! Et quel cheval, une jument à crinière crème et robe dorée. Elle était attachée à un anneau d'acier, ancré au sol.

Non loin de la jument, il découvrit non pas deux, comme il l'avait imaginé, mais trois personnages. Ils étaient postés là, à quelques pas de lui.

Les deux hommes, qui se disputaient leur rang, étaient assis sur des chaises métalliques. Celui de gauche, une grande carcasse à peau mate et au visage dissimulé par un capuce, réagissait avec calme aux imprécations de son voisin – l'enfant imagina un mystique dont le ton retenu cache quelque pouvoir secret ; le flottement de la soutane y était pour beaucoup.

Il s'amusa des mouvements brusques de l'autre, un courtaud ventripotent aux cheveux blonds qui gesticulait comme une marionnette de rue. L'épée d'apparat qui pendait à sa ceinture tapait contre les pieds en ferraille de sa chaise et les faisait tinter. Mais quelque chose détonnait, dans cette silhouette. Une absence que l'enfant, subjugué par les moulinets de l'énergumène, mit un temps à comprendre. Quand l'homme se fut enfin calmé – apaisement éphémère –, l'illusion cessa : le bravache n'avait pas de main gauche. Orso ouvrit grand les yeux, puis la bouche : béance extraordinaire ! Elle faisait de ce lutin agité un intrépide lancier, et de la jument alezane sa monture écumante sur les champs de bataille ! Ces deux-là faisaient le spectacle ; il s'intéressa à peine au troisième larron, un freluquet éteint, raide sur son tabouret à l'assise de paille. Placé à la droite de l'énervé, et légèrement en retrait, il prenait appui sur une table de fortune : deux tréteaux recouverts d'un madrier en bois rouge. Une plume à la main, il paraissait tenir un registre. Un greffier, peut-être ?

Orso, repris par la fièvre, doutait maintenant que ces trois drôles fussent réellement là, devant lui. Les deux en dispute remuaient comme les polichinelles d'un théâtre ambulant. N'étaient la bure imposante du premier et la mutilation du second, ils en seraient venus aux mains. Au spectacle de rue, le moignon du soldat aurait atterri dans la cagoule obscure du moine, qui cachait son visage et bien d'autres vices.

Orso, participait-il lui aussi de la *commedia* ? Il finit par s'en convaincre. Il en était même l'objet principal puisque les trois le désignaient régulièrement du doigt ou du menton. Comme leurs gestes, leurs paroles semblaient choisies pour le faire rire. Le petit gros jacassait en prenant des airs et le grand maigre, comme il est d'usage chez les bouffons, répétait à l'envi une sentence latine, toujours la même : «*Habet romanus pontifex jure divino*», référence au droit divin du pape qu'Orso, ignorant du latin, entendait comme un abracadabra d'enchanteur.

C'était une scène joyeuse. Le courtaud ne décolérait pas ; tel un pantin au mécanisme complexe, il descendait de sa chaise, en faisait le tour, et se rasseyait sur une fesse, puis il recommençait. L'ecclésiastique pendant ce temps se tenait assis bien droit, les traits dissimulés, et continuait à avancer ses arguments d'une voix d'outre-tombe. On aurait dit un de ces ermites qui traînent à longueur de journée leurs formules de repentir. Son débit ininterrompu emmêlé d'italien, de dialecte, et de latin ajoutait à l'impression de folie sévère : son personnage était celui d'un dément ou, pire, d'un illuminé.

Soudain, l'homme à l'épée leva haut son poing : « Il suffit ! » Il frappa sur la table du greffier avec tant de force que celui-ci, silencieux depuis l'éveil d'Orso, laissa tomber par terre son registre et ne put éviter l'encrier qui avait vacillé sur ses cuisses. Le malheureux assesseur se redressa pour essayer de nettoyer avec une poignée de neige ses chausses couvertes d'une encre noire, épaisse comme un sang coagulé, et Orso, toujours porté sous les épaules par ses deux cerbères, partit d'un rire chevrotant, enfantin, qui dégénéra en quinte de toux. Dans cette quinte, il épuisa ce qu'il lui restait d'énergie ; il s'évanouit une troisième fois.

*

Lorsqu'il revint à lui, un toupet de crins rêches lui fouettait le visage. Il était habitué aux caresses âpres des animaux ; il sourit encore. C'était la queue crasseuse d'un âne ou d'un mulet, une monture sans noblesse en tout cas, que son maître n'avait pas jugé utile de toiletter. Ce baudet le portait. L'enfant avait été chargé à plat ventre en arrière du bât, quasiment sur la croupe. Une croupe sèche de carne dont la robe parsemée d'escarres avait dû, un jour, être baie. Les jambes d'Orso pendaient sur un flanc, sa tête et ses bras sur l'autre. Une couverture de chanvre lui recouvrait le dos, sous son ventre le cuir frémissant de la mule lui transmettait un peu de vie. Les braiments et l'agitation de la queue avaient fait le reste : Orso avait retrouvé ses esprits. Il dévisageait maintenant la bête qui, agacée par ce clandestin, tordait l'encolure et s'efforçait de lui mordre le bras.

« Tout doux, la rosse ! On a du chemin à faire, avec c'te paquetage ! »

C'était une voix de femme qui parlait la langue de la vallée, comme Mammina. La paysanne se tenait debout devant sa bête. Son allure massive tenait en partie à son harnachement. Elle portait sur la tête une mante de laine ; une grossière pelisse, lacée à son cou, lui tombait aux pieds. Ses sabots étaient pris dans une toile sanglée sur ses tibias par des liens d'osier. L'enfant, ahuri, vit sa mâchoire carrée d'ogresse... un épouvantail à corbeaux ! Avec la mule, elle employait la manière forte, frappant sa canne de noyer sur le chanfrein moite.

« Ce messire me donnerait-y un peu du lait de sa bique ? Et l'autre, là-bas, irait-y me chercher le demi-boisseau d'orge au pied de l'abreuvoir ?... Je lui fais bien prière de le nouer solidement à l'arçon... »

Ce « solidement » n'avait rien d'une demande, c'était un ordre ; la vieille à l'évidence ne réservait pas sa canne aux bêtes. Elle plissa les yeux et ne fut pas loin de sourire. Orso tourna la tête autant qu'il put. Les deux qu'avait sollicités la vieille juraient en piétinant le sol pour se réchauffer. Ils s'exécutèrent malgré tout. Quand ils revinrent, l'un avec le lait, l'autre avec les grains, le garçon, qui les voyait à l'envers, les scruta au mieux. Ces deux bougres, il les connaissait... L'obscurité, la neige, les poutres des portiques, tout lui revenait confusément... Mais eux, les préposés aux basses besognes ?... Ah oui ! ça y était : les gardes-chiourmes... Ils l'avaient porté ?... C'est ça, ils l'avaient porté !

La mule piaffa et fléchit ses jambes postérieures ; elle avait senti l'orge. En vain elle tira trois coups secs sur la bride... « Tout doux, j'ai dit !... Faudra bien avancer d'abord ! », la canne de la paysanne claqua entre les oreilles de la bête. La mule pivota sur place, le paysage chancela. En soufflant sur la mèche rousse qui lui tombait devant les yeux, Orso vit un haut pan de torchis et des croisillons en bois. Des images, le lieu d'un drame, tout reprit forme. Une halle... l'enceinte d'une halle. Les lueurs des torches oscillaient encore par-dessus les toits. La flamme... Mammina !... Où était-elle, Mammina ? Les mots lui vinrent, pas la voix.

« Allons d'abord chercher not' dû, la carne ! »

Le bâton de noyer, effleurant le visage d'Orso, s'abattit sur la croupe terreuse. La mule s'ébroua, se mit en marche d'un pas indécis vers l'intérieur de la cour carrée.

Quand ils furent sous le préau, les exclamations se mirent à fuser. La faute à la rustaude qui dirigeait toujours sa bête d'une main ferme. Elle essayait d'amadouer une sorte de dignitaire en l'appelant « Sa Seigneurie » ou « Votre Altesse » dans la langue commune. Campée dans la neige, elle réclamait sa « digne récompense ». L'autre, qui cherchait à imposer sa dignité justement, était énervé par les manières rustres et l'effronterie de la paysanne. « Tais-toi ! Tout a été décidé ! », assis sous son auvent, il lui ordonna de se mettre en route sans attendre. Malgré sa voix aigrelette, le ton était suffisamment autoritaire pour qu'une campagnarde habituée à obéir n'y revînt pas. Mais la femme voulait son « bon droit », elle n'en bougeait pas. Lui commandait, elle quémandait, ça n'en finissait plus.

« *Ch'è stat' ?...* Tout cela est vain ! »

Cette sanction prononcée d'un ton grave mais sans humeur vint interrompre le caquetage. « Il aurait fallu qu'on me laisse l'enfant ! », en ajoutant ces mots, l'homme en bure qui les avait proférés avait sans doute pris conscience de sa propre outrance ; il s'était tourné vers le soldat qui faisait la leçon à la vieille, et, après un silence, s'était incliné en croisant les bras sur sa poitrine.

Orso vit le soldat se redresser d'un coup, la fausse humilité du religieux avait redoublé son énervement. « Quant à toi, le frocard, contente-toi de tes bondieuseries ! », il avait empoigné sa rapière tandis que son regard furieux embrochait déjà l'impertinent. Le greffier à leurs côtés avait agrippé fermement sa table ; toujours muet, il s'apprêtait à se faire encore couvrir d'encre.

Nouveau silence, qui sembla provoquer le bâillement du moine. Alors le fier-à-bras, qui fixait toujours la soutane, lâcha momentanément son fourreau pour agiter la main devant son nez ; il s'éventait en grimaçant de dégoût. *Le curé sent du bec*, pensa Orso. Enfin le militaire se détourna et recommença à sermonner la paysanne.

La monture d'Orso fit un pas de côté, le ciel vacilla, et tout ce beau monde disparut de son champ de vision. Aucun doute pourtant : ces deux hommes – il les avait reconnus à leurs intonations – étaient les deux pantins qui l'avaient fait rire tantôt avant qu'il ne sombre dans le néant. Dans son état présent, tout ratatiné qu'il était sur son âne, il leur présentait son séant.

Privé de ses comédiens, le divertissement perdit de son attrait. L'esprit d'Orso se remit à errer. Un souvenir, une pensée pénible, était revenu le chercher ; il fut tourmenté. Son regard parcourut le préau vide. Qui était là tout à l'heure, suspendu à la corde ? Le gibet… N'était-ce pas sa mère, le gibet ? Où était-elle, Mammina ? Pour ce qu'il pouvait en voir, la cour était maintenant déserte… Personne… Ou alors cet amas dans le fond ?… Un tertre aplati, recouvert d'une toile en jute. Était-ce Mammina, sous la toile ? Orso releva la tête autant qu'il put. Sur le jute, deux buses cendrées se prenaient le bec ; autour d'elles la neige voletait. Comme son œil se concentrait sur les oiseaux en dispute, Orso entendit resurgir les criaillements d'une autre querelle :

«Et pendant tout ce chemin-là, monseigneur, y nous faudra bien manger et dormir ! Quinze milles ! dans la neige… Par la Vierge, c'est une croisade !

— Toujours à mendigoter, Troque la Mort !

— On emporte juste de quoi passer les haltes et se regonfler, c'est pas une noce !… Il fait déjà sombre. Serait-y pas plus sage de s'envoler à l'aube, monseigneur ? »

C'était toujours la campagnarde qui tentait de grappiller. Le timbre aigu du manchot lui ordonna de se mettre en route, mais rien n'y fit, la gueuse ne se laissait pas réduire au silence. Son sobriquet surtout avait impressionné Orso : Troque la Mort ! sans doute dépeçait-elle les charognes de ses dents clairsemées.

Interdiction de traîner dans les bourgs et de longer le lac ! ils devraient passer la nuit dans un abri à chaume, puis prendre par les montagnes… Les consignes du soldat n'avaient qu'un but : ne croiser aucun gêneur. Orso l'entendit mentionner des hameaux, il lui sembla même qu'il connaissait certains lieudits, mais les noms furent aussitôt engloutis dans les méandres de la fièvre. Il était plus attentif aux récriminations de la bonne femme ; elle était drôle, cette vieille, elle se plaignait de tout, du manque de nourriture, de la neige qui tombait sans discontinuer, des difficultés de l'itinéraire, de l'obscurité qui les recouvrirait bientôt. Le manchot ne s'en laissait pas conter ; il lui cloua le bec d'une réplique qui fit frissonner Orso : «Vas-tu te taire, vieille chouette ! même les loups te craignent, à la nuit tombée ! » ; l'interpellation sembla plaire à la femme. L'autre compléta par une menace :

«Ne t'avise pas d'aller mendier en chemin, commère !

— J'ai bien écouté le sermon de monseigneur, je ne causerai pas.

— C'est dans ton intérêt, Troque la Mort. Si j'apprends que tu as parlé, je t'étrangle de mes propres mains.

— Pour sûr, Votre Altesse ! Ni céans ni pour les siècles des siècles ! Amen. »

Le soldat lui conseilla de garder ses railleries pour elle. Il la traita de mécréante et, pointant du menton l'homme en bure, l'avertit :

« Le moine pourrait aussi s'intéresser à toi ! »

La vieille fit une dernière tentative pour soutirer quelques sous : « *Pajar muneida*… Il faudra bien que vous me payiez sans trop de délai, monseigneur ! » Le manchot eut encore gain de cause : il n'était pas question d'acompte, elle toucherait son salaire une fois la mission achevée. Comme elle maugréait, il revint aux consignes, strictes : une fois à destination, elle devrait remettre un pli au frère portier – Orso comprit que ce « pli » le concernait –, laisser l'enfant, et repartir sans dire un mot. Tout le reste, qu'elle n'avait pas à connaître, était dans la lettre. Elle s'apprêta à lui faire une ultime objection, mais le soldat, lassé, coupa court :

« *Basta !* Déguerpis sur-le-champ ou je crève ton baudet ! »

Lâchant quelques jurons qui pouvaient aussi bien être destinés à son âne qu'au militaire – elle causait un patois *insubre*[1] que personne, à part Orso, ne comprenait –, la râleuse fit faire un demi-tour à la bête. Tête renversée, le garçon se retrouva nez à nez avec les trois hommes campés sur leurs chaises. La paysanne mit un nouveau coup de trique au baudet ; peut-être avait-elle surpris le rictus gêné de cette brochette de comploteurs, dévisagés par l'enfant.

La mule fit deux pas en direction de la porte voûtée puis, au droit du greffier, se figea une fois encore. Avec cette puissance qui gagne les ruminants humant le fourrage, elle allongea l'encolure et entreprit de mâchonner trois brins de paille qui jaillissaient sous la fesse de

1. Dialecte des bords du lac de Côme.

l'homme. Encouragée par ce maigre acompte, la lippe extensible agrippa, sans vice, la culotte barbouillée d'encre. D'un bond, l'infortuné se redressa et tira des deux mains sur ses chausses qui se déchirèrent au-dessus de sa cuisse. La carne, magnanime, lâcha prise puis engloutit la plume qui traînait sur la table. Tandis que l'enfant riait de la scène, qui se jouait à l'envers, il entendit la paysanne émettre un feulement – elle ricanait ainsi. Enfin elle asséna un sérieux coup à sa bête : «*Basta bestga!*» La mule hennit et se mit en marche pour de bon.

Des flocons voletaient de nouveau. Alors que la procession défilait au pas, Orso vit passer devant ses yeux la chèvre couleur de feu et son maître au visage grenelé. Puis apparut le soldat manchot; il avait pris une posture solennelle, presque martiale, sa main valide plaquée sur son fourreau. Vint ensuite le moine-juge, qui traça dans le vide un large signe de croix et, ce faisant, prononça une longue incantation. L'enfant comprit que ce sacrement lui était destiné, mais ne sut pas s'il devait sourire ou rester digne.

L'assesseur était resté debout. À sa droite, sur deux larges billots, Orso vit une bête morte posée sur le flanc. Elle gisait là, peau d'albâtre aux veines rosées et sans pelage, comme une jeune biche qu'on aurait dépecée. Sa tête était couverte d'un sang noir. Un spasme secoua le garçon. Ce fut le dernier souvenir que l'enfant emporta de cette journée, une séquence d'images, plutôt. Et, au cœur de cette séquence, Mammina avait disparu. En sortant du préau, la monture trébucha sur une poutre enfouie dans la blanche épaisseur; le choc fit tressauter Orso et sa tempe, en retombant sur la croupe décharnée, heurta lourdement le bassin saillant de la mule. Il défaillit pour de bon.

Ce que fut le reste de cette expédition, dont il ne conserva que des bribes de conscience, le garçon, bien plus tard, l'imagina sans mal. La bonne femme avait marché en avant, levant haut ses sabots pour tasser le manteau poudreux et favoriser la progression de sa bête. Comme ils s'enfonçaient dans la nuit, la mule prenait peur et gardait son naseau collé aux reins de sa maîtresse, la bride lâche traînait dans la neige. Quand la lune disparaissait sous les nuages, elle frissonnait. L'enfant n'était d'aucun poids. Sans doute ne furent-ils vus de personne. Et qui aurait pu soupçonner les circonstances à l'origine de ce cortège fantôme ?

Les premiers mois de l'an 1608 avaient été particulièrement rigoureux. Comme chaque hiver, la rivière Adda avait charrié ses eaux gelées au pied de la Bernina et avait amassé des promontoires de glace le long de la berge orientale du lac de Côme, à l'entrée de la Valsassine.

2

Retrouvé au matin chez les frères de Lecco,
[Il] fut dit protégé par des mains inconnues.
Au couvent capucin où l'on tremble au Mystère,
Plus d'un le vit comme [l']enfant de Satan.

Lorsqu'il ouvrit les yeux, Orso fut en proie à l'émerveillement. Au-dessus de sa tête, sur une paroi crayeuse baignée de soleil, des ombres de branchages dansaient dans la brise matinale. Une danse chaude où balançaient les rameaux inégaux d'un pin que la perspective enchevêtrait. Ce réseau de stries formait une palette de gris, des dégradés aux lignes fluctuantes, où le noir intense des maîtresses branches au centre s'estompait vers les brindilles périphériques en filigrane doré, presque translucides. Le garçon se laissait bercer par ce spectacle projeté sur un mur d'une blancheur à laquelle il n'était pas accoutumé. Le pan entier était enduit de chaux éteinte, la lumière ruisselait le long des sillons laissés par la brosse. Son regard attentif avait toujours été subjugué par les astres et les enchantements innombrables qu'ils façonnaient pour lui. Avec sa mère, il avait souvent dormi sous les étoiles. Aux températures froides, ils allaient habiter des abris au bardage fragile, des appentis de torchis éventré. Quand ils osaient s'aventurer dans les faubourgs, ils trouvaient parfois à nicher dans des masures borgnes que les plus indigents avaient désertées. Jamais Orso ne s'était réveillé sous la protection de quatre murs montés en pierre épaisse. Qu'a-t-on besoin de pierre, quand on dort à côté de sa mère ?

Orso distingua le gloussement de quelques poules au-dessus de la brise. Il haussa le menton, tourna le cou et caressa du revers de la main sa litière de paille. Où était-il ? Où était Mammina ? Il fit un effort pour rameuter ses souvenirs. Peine perdue.

Une odeur écœurante acheva de l'éveiller, des effluves aigres, semblables à de la pisse… Oui, c'était ça, de la pisse ! Et même une pisse trop âcre pour être humaine. Il rejeta la couverture de laine et ne fut pas long à trouver la source de la puanteur : un cataplasme de tissu imprégné d'une pâte ocre-jaune qu'on lui avait posé sur l'abdomen, au-dessus de la hanche. Mais cette infection ?… Le mastic résineux avait dû tremper dans un bain d'urine animale. Il discerna aussi, vaguement, l'odeur de la sauge que sa mère utilisait pour soigner ses blessures ; il n'en fut pas apaisé pour autant. À divers endroits de son corps, sur ses avant-bras, ses mollets et ses pieds, Orso découvrit d'autres pansements, de même texture mais moins larges, sous lesquels sa peau avait pris une teinte fuchsia. Tout cela empestait pareillement.

Il se redressa sur son grabat et expira. Des picotements lui vinrent aux pieds, la tête lui tourna. Étourdi, il s'amusa de la multiplication des poutres au-dessus de lui. Puis sa respiration se fit plus lente, il put détailler l'intérieur de la pièce. Autour de sa couche, du fourrage en pagaille recouvrait des tissus souillés jetés à même le sol ; un grand crucifix en pied, qui portait un bougeoir, semblait planté dans le pisé. Il se réjouit lorsqu'il eut repéré l'origine des gloussements : deux poules, indifférentes à son éveil, allaient et venaient devant la croix; elles faisaient tinter un broc en étain à moitié rempli d'eau en picorant l'encolure. Sur une table basse, à côté du lit, quelques objets épars qu'il apprendrait à nommer pendant sa convalescence : un ciseau à bout aplati, un scalpel, et deux fioles en terre cuite contenant des pâtes qu'ils appelaient «électuaires». Il fut intrigué par une ampoule de verre où reposait un fond de sang coagulé… son sang? Au-dessous de la table étaient empilés trois *in-octavo* dont, dès le lendemain, on lui signifierait le contenu sans entrer dans les détails : une grosse bible surplombait le traité de Galien, qui lui-même écrasait de sa masse des planches anatomiques de Vésale.

L'odeur âcre afflua de nouveau. Sa lèvre supérieure et ses yeux se plissèrent comme pour conjurer la puanteur. Les dents serrées, il redoubla d'efforts, pinça le pansement sur son bas-ventre et l'arracha d'un revers de la main; il fit de même avec les autres vulnéraires qu'il pouvait atteindre. De ces tissus gluants il fabriqua une boule immonde qu'il catapulta contre la porte, à trois pas de sa couche. Flac! elle se colla aux planches. Il envoya à sa suite valdinguer le ciseau et les livres, qui cognèrent sourdement le bois.

Un instant après, la porte grinça sur ses gonds. Un ecclésiastique énorme, barbu jusqu'au plexus, au froc cintré par une cordelette à nœuds, se figea dans l'entrebâillement. En arrêt – Orso pensa à cette fière attitude des chiens de gibier –, frère Zaccaria, capucin goguenard, se signa et hulula :

«Miracle! Gloire à Dieu! Gloire à notre Sainte Mère! Miracle! Le garçon est en vie! Miracle!»

Orso, campé sur sa litière et nu comme un ver, accueillit ces louanges avec circonspection.

*

Une heure après son retour à la vie, roulé dans sa couverture, Orso fut introduit dans la salle capitulaire qui à l'occasion faisait office d'économat. Ou, plus exactement, il y fut porté à bout de bras par un frère Zaccaria soufflant et rutilant. L'ogre en bure déposa l'enfant au sol, délicatement, comme il l'eût fait d'une statue de porphyre ; il avait pris soin de le mettre sur ses pieds. La porte se referma dans le dos du garçon qui tenait mal sur ses jambes et présentait sur ses quatre membres des stigmates sanguinolents ; partout sa chair avait été incisée. Il garda la tête baissée tandis qu'on le scrutait. Il y avait là, tenant le chapitre autour d'une table massive, le frère portier trapu et voûté, le frère économe, son cahier devant lui et sa lentille de lecture à la main, et bien sûr frère Zaccaria, écarlate des pieds à la tête et qui semblait vouloir se prosterner à la première occasion. Tous étaient barbus, barbus et silencieux, si barbus et si silencieux qu'Orso en frémit.

Celui qui les dominait tous, debout au fond de la pièce, c'était le père Giovanni, le supérieur du couvent. Sa tête inscrite dans l'ogive topaze d'un vitrail, le père Giovanni avait à cet instant précis l'apparence d'un saint. Il avait le crâne couronné d'une fine tonsure et la barbe chenue, loin des bienheureux au corps noueux et aux mœurs d'ermite qui sillonnaient les campagnes. Ses mains étaient fines et sa parole alerte comme celle des prélats de cour, habitués aux palabres plutôt qu'aux grognements d'ours. Ces dispositions affables du père Giovanni pouvaient paraître futiles ; elles étaient essentielles pour la pérennité des frères ! Le nord de la Lombardie, où se trouvait l'établissement, était un carrefour de l'Europe agitée. La mère d'Orso l'avait mis en garde sur les dangers de ce pays : les armées de l'empereur venues du nord et celles des différentes factions du royaume de France le traversaient sous n'importe quel prétexte, le pillaient parfois… Il fallait aussi se méfier de la république voisine des Trois Ligues, des rodomontades du duc de Savoie – combien d'histoires obscures il entendit sur cet homme sans parole ! –, et des pillages par les mercenaires suisses qui se vendaient au plus offrant. Conséquence de cette vulnérabilité, et pour mettre un peu d'ordre dans le duché, le roi d'Espagne – le roi catholique ! – avait stationné à Lecco une importante garnison de *tercios*[1], ce que les barons locaux ne voyaient pas d'un bon œil. Voilà les rudiments de politique qu'Orso apprendrait dès ses premiers mois au couvent. Toujours est-il que les capucins de Pescarenico – aux marges de la ville de Lecco – avaient fort à faire pour apporter du réconfort aux communautés du lac de Côme. Et de fait, le père Giovanni avait la renommée d'un diplomate habile et d'un efficace protecteur des humbles. Son abord franc et ses questionnements sans détour étaient adoucis par une retenue malicieuse qu'il avait dans les yeux. C'est de cette malice qu'il usa, alors même qu'il s'adressait à Orso, pour lancer indirectement quelques piques au frère Zaccaria :

« Eh bien, mon enfant… Tu as survécu à la médecine de notre frère apothicaire… Pour nous tous, ici, tu es un miraculé ! C'est un miracle, n'est-ce pas, frère Zaccaria ? Haha ! Un miracle !

— Grâce à Dieu, père Giovanni, grâce à Dieu !… »

Le supérieur, que ses coreligionnaires appelaient aussi « frère gardien », s'amusait volontiers du peu de science professé par le médecin de la communauté. Un médecin qui n'avait jamais su le latin et qui, autoproclamé « chirurgien », n'entendait pratiquer les saignées qu'à la douzaine. Le père Giovanni fit remarquer qu'Orso s'était fait copieusement cisailler les chairs… rien d'étonnant puisque le frère Zaccaria était l'ancien convers palefrenier, devenu vétérinaire… À cette allusion, les

1. Unités de l'infanterie espagnole.

autres frères gloussèrent dans leur manche. « C'est en cela, mon garçon, s'exclama-t-il, qu'on peut crier au miracle. Par l'Enfant Jésus, tu étais donné pour mort ! » Il fit ensuite le décompte des jours pendant lesquels Orso était resté sans connaissance. Mansueto, le portier, s'empressa de rappeler que l'enfant avait été porté au couvent le samedi d'après Carême. « Carême ! », s'écria Giovanni en écho… et puisqu'on fêtait, ce jour, la Saint-Casimir, cela faisait donc, voyons… oui, c'est cela, ça faisait dix-sept jours que l'esprit d'Orso vaquait dans « quelque antichambre du purgatoire ! ». Dix-sept jours, qu'on se rende compte ! c'était considérable – Isidoro, l'économe, habituellement en charge des calculs, refaisait l'opération sur ses doigts. Dix-sept jours à subir la science modeste du frère apothicaire et ses bouillons de grimoire – Zaccaria s'inclina plusieurs fois, les joues cramoisies ! Le garçon était bien un miraculé. Car enfin, cette cicatrice qu'il avait au ventre, c'était une morsure, n'est-ce pas ? Et ses fièvres folles, sa paillasse trempée d'humeurs, ça ressemblait fort à des accès de rage, non ? Oui, la rage ! Le frère Zaccaria l'avait sans doute charcuté avec enthousiasme, mais il se pouvait bien qu'il l'eût sauvé de la rage. Rien de moins que ça, la rage !… Ça, ce serait un beau miracle ! Le frère gardien pria Zaccaria, encore et toujours prosterné, de se relever ; la communauté tout entière rendrait grâce à la messe conventuelle.

Ce qu'il voulait savoir, maintenant, c'était le nom du garçon, car cet enfant devait bien avoir un nom ? Le silence d'Orso sembla l'indisposer. « Comprends-tu quand je te parle, mon garçon ? Eh bien, comprend-il ? » Les autres ecclésiastiques n'osaient pas se prononcer ; toute l'autorité du père supérieur se lisait dans leurs regards gênés. « Orso », entendit-on alors… Orso ? Les barbes des frères pointèrent, unanimes, vers le garçon. Le père Giovanni fronça les yeux comme s'il avait entendu une bizarrerie. «C'est mon nom : Or-so!»; il continuait à fixer les grands carreaux de terre cuite devant lui, mais cette fois il avait délié les syllabes. Encouragé par ce premier aveu, le père Giovanni l'interrogea sur ses parents, leur nom à eux aussi, l'endroit où on pouvait les trouver. C'est que, arguait-il, on n'avait finalement rien sur son compte, à part cette supplique – il exhiba entre le pouce et l'index une feuille en lambeaux –, et encore, on n'y apprenait pas grand-chose. Giovanni demanda au frère portier si la femme qui avait laissé la lettre, une paysanne qui avait amené l'enfant à dos de mulet, pouvait être sa mère :

«Elle était bien vieille, à ce qu'on dit, n'est-ce pas, frère Mansueto? Car le frère Mansueto sait encore reconnaître quand une femme est usée, hmm?... (Il souleva le menton.)

— Oui, répondit Mansueto. Et muette, aussi... Et peut-être sourde... Elle est partie sans demander son reste. Je lui avais pourtant dit d'attendre!

— Donc?... Ce n'était pas ta mère, Orso, cette vieille paysanne?

— Non. C'était la bonne femme à la mule», dit Orso.

Une fois encore, le supérieur pria l'enfant de hausser la voix. Il ne comprenait rien à ce qu'il disait. Il fit même part à l'économe de sa frustration : quel type de parler était-ce là? À quoi l'autre répondit que ça pouvait fort bien être du savoyard ou un de ces dialectes du Tessin.

«Ah oui, c'est ça! Du savoyard! Et ton père?... tu connais ton père, au moins?... C'est un soldat, peut-être? Il n'est pas de la garnison, en tout cas? N'est-ce pas, frère Isidoro, il ne parle pas à la castillane, ce garçon?

— *Por suerte!...* Non, non, pas du castillan...

— Si! Mon père est un soldat! dit Orso en redressant la tête. Un grand fantassin, il protège l'empereur!»

Ses yeux brillèrent mais ce n'était plus de la fièvre.

Quels souvenirs aurait-il pu garder de son père? L'homme avait été enrégimenté sans retour dans une armée de lansquenets à la solde d'un condottiere, ou peut-être même de l'archiduc d'Autriche. Le garçon n'avait que quatre ans; autant dire qu'il ne l'avait pas connu. Mais sa mère lui avait souvent raconté l'histoire d'un fantassin intrépide, originaire de Léventine, qui sillonnait l'Europe au service d'un empereur. Ses rêveries avaient fait le reste. Il y avait aussi cette scène, un souvenir enfoui, peut-être embelli : lui juché sur les épaules solides, et sa mère fredonnant à leurs côtés un de ces airs montagnards appelés «villanelles». Pour un enfant ainsi bercé, les vallées alpestres au soleil couchant deviennent à jamais le séjour, le seul séjour du paradis sur terre. Sans rien savoir de leur sort, il avait vu souvent ces années-là des journaliers jetés depuis le Tessin sur les routes de Lombardie, brassiers qui se retrouvaient sans protection, presque à l'état de mendiants. En réalité, les duchés de Savoie et de Milan faisaient peu de distinction entre ces modes de dénuement; ils allaient à la simplicité : les édits punissaient l'errance en général. Mais les propriétaires du Milanais avaient besoin de tâcherons pour assurer les récoltes et faire tourner les industries de campagne abandonnées par les disettes et les pillages. Toute son enfance, Orso avait vécu ces transhumances massives depuis le nord vers les villes lombardes. Mendiant ou sans-logis passait encore, mais la vie, de précaire, devenait périlleuse si l'on professait des croyances contraires au dogme catholique; la péninsule tout entière était sous la domination spirituelle du souverain pontife et, en bonne partie, sous le contrôle temporel du roi catholique espagnol. Ces deux autorités rivalisaient de fermeté pour éliminer les hérésies et imposer les usages issus du concile de Trente. Beaucoup d'affrontements et une lutte commune : l'éradication de la foi réformée! Cette foi était souvent le seul bien des familles venues des montagnes. Toujours est-il qu'un soir d'été le père d'Orso était entré avec deux compagnons de moisson dans une auberge au bord d'une rivière, et qu'il n'en était jamais revenu. Au matin, sa mère s'était répandue, affolée, sur les routes alentour, mais les lansquenets étaient déjà loin.

Le révérend Giovanni était suffisamment confesseurs des âmes et observateur des infortunes militaires pour comprendre qu'Orso était orphelin de père, ou tout comme. Il manœuvra pour tenter d'amener l'enfant à d'autres confidences.

« L'empereur ? Rien que ça ! Au moins ton valeureux père n'est-il ni parmi les soudards de la garnison ni au service des Navarrins (c'est ainsi qu'il désignait la suite d'Henri IV de France). Grâce à Dieu, il est au service de la vraie foi… Es-tu bien baptisé, mon enfant ?…

— Eh bien, justement, il se pourrait que… osa à peine interrompre frère Isidoro.

— Il se pourrait que quoi ? Parlez bien haut, mon frère ! »

Le frère économe eut recours à des tournures compliquées. Il parla d'un périple du convers quêteur, frère Galdino, revenu de trois journées d'aumône en Valsassine et dont il n'avait à peu près rien rapporté, si ce n'était une histoire à dormir debout ! Isidoro s'épancha d'abord sur la maigre moisson du quêteur, alors qu'on était au bout du carême, temps habituellement faste en dons. Pour lui, le frère Galdino était trop jeune, pas assez bossu, ou pas assez poitrinaire, pour inspirer la charité. Le père gardien ne releva pas les absurdités de son comptable, il lui demanda de s'en tenir aux faits. Eh bien, les faits, c'était que Galdino n'avait rapporté ni farine ni salaisons… mais une rumeur… Une rumeur aussi étrange que digne de considération !

« Celui qui se nourrit de rumeurs n'a plus à craindre les disettes ! », asséna Giovanni.

L'économe fut sommé de ne plus délayer, sans quoi on manquerait la messe. Isidoro se redressa, pencha la tête d'un côté, de l'autre, et fit craquer ses vertèbres.

« Eh bien, le frère Galdino a entendu les contours d'une affaire extraordinaire ! Nos ouailles en causaient avec affolement… "On se serait cru dans une basse-cour", ce sont ses propres paroles !… C'était à l'entrée du lac, à la paroisse de… »

Il regarda lentement ses coreligionnaires, puis se ravisa. Il semblait insinuer que le nom de la localité où « l'affaire » avait eu lieu était une information trop sensible pour être produite publiquement. Il poursuivit :

« Comme les oreilles de Galdino bourdonnaient de tous ces bruits, le chapelain du village l'a pris à part pour démêler les fils de l'histoire. Mais ce pauvre chapelain est tellement bègue que les choses sont restées entortillées. Enfin, voilà ce qu'il en est ressorti : il y aurait eu un genre d'exécution… sans témoin !… dans l'ancienne réserve des bûcherons, au sortir du bourg, le long du chemin de halage. Oui ! une exécution !… Pas de juge, pas de clerc, seulement trois ou quatre scélérats, des gens inconnus dans le pays… en armes !… Et une espèce de moine énorme, haut et fin comme la Mort !

— Haut et fin comme la Mort ?!… C'est d'une extrême précision, pour un événement sans témoin. » Le supérieur avait une moue dubitative.

Se voyant suspecté de commérage, Isidoro se rebiffa, il répétait mot pour mot ce que lui avait dit Galdino !… Une personne avait vu les choses de ses yeux, un paysan qui aurait été alerté par des lueurs de torches à une demi-lieue du village. Comme cet homme avait craint un départ d'incendie, il s'était rendu en direction des feux jusqu'à la halle des bûcherons. Arrivé sur les bords du lac, il avait entendu un cliquetis d'armes… des sbires venaient à sa rencontre ! Le malheureux s'était aplati dans la neige et avait vu défiler devant lui une procession lugubre, une procession qui s'en allait vers l'amont du lac. Parmi ces semeurs de désastre, deux ou trois soldats, portant flambeaux et mousquets, marchaient sur les côtés. Ils accompagnaient un petit chef empanaché monté sur une «extraordinaire» jument palomino. Et puis, derrière ce militaire, le paysan avait vu – Isidoro marqua tout de même une pause car on ne parle pas légèrement de ces choses-là... –, il avait vu la Mort! Orso fut aussi stupéfait que le buissonnement de barbes qui l'entouraient... Cette Mort, elle avait l'apparence d'un grand moine décharné et chevauchait un âne!... Un moine qui récitait le psautier!... Et voulait-on savoir ce que son baudet portait en croupe?...

«Des crânes? Une faux? Un chat noir peut-être? (Le père Giovanni n'était pas friand de mystères.)

— Non, non, frère gardien!... Un loup! Un loup blanc, inerte, aux yeux jaunes!»

Il se signa, imité par Zaccaria et Mansueto.

Bref, poursuivit-il, le temps que le pauvre chrétien, toujours étalé dans la neige, fût sorti de sa frayeur, les traces du cortège avaient été recouvertes par les flocons! Tremblant, il avait alors filé au village pour alerter l'échevin. Celui-ci avait réuni une poignée de volontaires avec piques et chiens, et la troupe avait marché vers la vieille halle. En chemin, plusieurs prétendirent avoir entendu des loups et vu la Mort... Plus terrible était la suite!... Le plus abject, ces hommes le découvrirent sous le préau, où gisait un corps de femme... un corps nu! «Nu, par la très sainte mère de Jésus!»... Et ce corps, comme si l'affaire n'avait pas été assez grave, était sans vie! Supplicié! Brûlures, incisions à la pointe d'alène, épaules disloquées, et tout ce genre de choses... On lâcha les chiens, mais avec la neige ils ne reniflèrent aucune trace. Le paysan qui avait donné l'alerte fut soupçonné par l'échevin, mais on lui fit observer qu'un homme seul n'aurait pas pu installer la potence qu'on voyait dans la cour, pas plus que les poutres montées sur le toit de la halle. Toute cette architecture avait manifestement servi à « l'estrapade[1] », puisque la victime avait le torse déformé. À ce mot, le père Giovanni sortit de sa réserve :

« L'estrapade ?... Y a-t-il d'autres détails ?

— Oui, frère gardien ! La Mort... le moine, je veux dire, parlait en latin avec un accent castillan. (Il se signa à nouveau.)

— Entendez-moi, frère Isidoro... Je vous demande s'il y a d'autres détails concernant la femme... Vous comprenez ? » Il désigna du regard Orso qui était resté les yeux figés au sol.

Isidoro sentit une gêne, on fixait le garçon... Ah ! cela... qu'on évoque la défunte devant lui ? Eh bien, quoi, le Seigneur n'avait-il pas souffert, lui aussi ? Pour ce qu'il en avait entendu, il confirma que cette dépouille, ça pouvait fort bien être la mère de l'enfant. Il s'expliqua : Galdino avait entendu parler d'une chevelure rousse, comme celle-ci, et à l'iris verdâtre aussi... Enfin, c'était tout à fait ça ! Comme Isidoro avançait dans son récit, Orso, pantelant mais soutenu par le frère Zaccaria, avait commencé à vaciller. Le supérieur demanda au frère médecin de sortir un moment avec son protégé. « Certes oui !... Il vaudrait mieux que l'enfant s'absente, car ce qui m'est revenu est parfaitement effrayant », renchérit Isidoro ; il égraina son rosaire tandis qu'on accompagnait Orso à l'extérieur de l'économat. Cependant, la bienveillance de Zaccaria l'entraînait souvent à la distraction, parfois à la négligence. Il fit attendre Orso juste derrière la porte, où l'enfant, quoique éreinté, concentra ce qu'il

1. Torture où le bourreau attache les bras de la victime à des cordes, le plus souvent dans le dos, puis la hisse jusqu'à la suspendre et la laisse tomber brusquement, sans laisser le corps toucher terre.

lui restait d'attention et saisit beaucoup de ce qui continua à se dire dans la salle capitulaire.

L'économe faisait au mieux pour impressionner ses frères. Pour aller au plus extraordinaire, au plus évident aussi, il mit d'emblée les choses au point : la mère de l'enfant était une sorcière ! Les indices ne manquaient pas : elle portait des marques sataniques sous la poitrine et, au poignet gauche, un bracelet trempé dans le sang. D'ailleurs, la meilleure preuve de sa culpabilité était ce moine, tout en os, qui l'avait « dûment » condamnée : un inquisiteur ! Et pendant qu'Orso ravalait ses sanglots, on entendit la voix du père Giovanni s'impatienter :

« Vous ne parlez plus au conditionnel, frère Isidoro ?

— Au conditionnel ?... C'est-à-dire, frère gardien, je ne prétends pas avoir tant étudié...

— Comprenez-moi ! vous parliez tout à l'heure d'une exécution sans jugement, et nous voilà maintenant avec l'Inquisition sur les bras ! Vous a-t-on vraiment décrit l'iris de la défunte, "verdâtre" ?... Et puis, que savez-vous des sorcières ? et de l'Inquisition, frère Isidoro ?... Moi, des sorcières, je n'en ai jamais vu. Mais j'ai assisté à des procès du Saint-Office... Et je sais bien qu'ils ne se déroulent pas *extra formam*, dans des halles de bûcherons, à la nuit tombée. Notre évêque Frédéric, il est vrai, a peu d'affection pour les *creaturae*... pour autant, il n'envoie pas les mendiantes des environs griller à l'orée d'un bois dès que la lune est pleine ! Ni les cardinaux de Rome ni leurs envoyés ne se cachent, voyons ! Quant à l'estrapade, c'est impossible, le Saint-Office ne l'utilise plus. »

L'économe ne voulut pas battre en retraite ; avec cette force intérieure propre aux hommes de comptes, il tint tête à son supérieur : le frère gardien avait oublié un détail... le moine sur la mule ! Cette « Mort », elle parlait, pour ainsi dire, es-pa-gnol ! Au village où Galdino avait fait son enquête, les gens soupçonnaient l'Inquisition d'Espagne ! La coupe était pleine, le père Giovanni donna de la voix. Il conjura le frère Isidoro de mettre fin à ses bêtises. Ce qui s'était raconté dans ce village était absolument impossible ! Il pouvait admettre qu'il y ait eu accusation de sorcellerie, et qu'elle ait été remontée jusqu'au gouverneur – « Notez que nous en aurions entendu parler, mais soit » –, jamais Sa Sainteté n'aurait autorisé une telle initiative du roi. Pas même sur ses terres du Milanais. Ce serait une ingérence de plus dans les affaires de l'Église. Non, le comte de Fuentes, gouverneur du duché, n'avait pas cette autorité ! Impossible, donc ! Tout cela n'était que racontars de villageois effrayés... Un moine espagnol et son loup ! La Mort sur un âne !... Il fallait vite oublier ces carnavaleries de précarême ! Tout cela les éloignait des véritables questions : qui étaient les parents du garçon ? Où était sa mère ? N'avait-on rien de plus à son sujet ?

Jugeant que le plus absurde était passé, il demanda à Mansueto de faire revenir Zaccaria et l'enfant.

Une fois la porte refermée sur Orso et son infirmier, l'économe se rembrunit. Sans attendre les instructions de son supérieur, il se leva précipitamment de son tabouret pour aller droit au garçon :

« Songe bien, mon enfant, que Dieu nous est témoin !... Essaie de te souvenir !... Ta mère portait-elle un bracelet à cet endroit ? »

Il lui serrait le poignet gauche. Le garçon eut un temps d'hésitation, puis son visage fut transfiguré. Il redressa la tête.

« Oui, dit-il, ma belle Mammina a une tresse d'amarante ! »

Isidoro triomphait ! Sa tête pivota vers le père Giovanni, puis se tourna vers Orso ; il scruta de nouveau son supérieur, et ainsi de suite, par saccades. Pendant ce va-et-vient cabot, il gardait la bouche ouverte, son barbillon dodelinait, on eût dit une poule au bal des asticots. Finalement, il se haussa sur la pointe des pieds en faisant crisser la corde de ses sandales, ce qui acheva de mettre en fureur le père gardien. Par bonheur, Giovanni savait tempérer ses humeurs, ses colères en particulier. Il conclut sans hâte, sur un ton d'autorité qui coupait court à toute discussion :

«Frère Isidoro, prenez-nous en patience, s'il vous plaît, et redescendez de vos ergots. Il se peut qu'on ait découvert la mère du garçon, ce qui serait déjà d'importance. Pour le reste, gardons-nous de hurler avec les loups. Je me rendrai à ce village dans les jours qui viennent.»

Puis il se tourna vers Orso :

«Mon garçon, je dois encore te poser une question, la plus importante de toutes, nous arrêterons ensuite de t'importuner pour aller chanter sexte...» Il fit une pause et chercha à croiser son regard. «Orso, es-tu baptisé dans la lumière de la seule vraie foi ?»

L'enfant trembla et s'effondra sur le sol. Étendu de tout son long, il sentit la froideur lisse des plaques calcaires. Rien ne comptait plus que cette sensation.

*

«Es-tu baptisé ?» Cette simple question avait coûté la vie à sa mère. Orso l'avait entendue à deux reprises dans la halle des bûcherons. Dans le même élan, on avait demandé à la prisonnière si elle avait commerce avec le diable, puis on l'avait traitée de sorcière, voilà en quoi avait consisté l'interrogatoire. Après cela, il avait défailli. Sur le marbre du couvent de Pescarenico, Orso ne défaillit pas. Il avait gardé les yeux ouverts et écoutait les palabres au-dessus de lui. Il fut décidé que, dans son état, on ne le questionnerait plus. On chargea le frère Zaccaria de le ramener à son infirmerie et de continuer à le veiller durant sa convalescence. Les frères furent exhortés à ne pas se répandre au sujet de leur hôte et à prier pour son rétablissement chaque jour jusqu'à Pâques.

*

Pendant ces semaines où le froid continuait à ralentir la vie dans la vallée, le père Giovanni, accompagné du frère Galdino, fit trois missions à l'extérieur du couvent. Lorsqu'il en revenait, il passait voir l'enfant dans sa chambre. Il ne lui demandait rien mais on sentait qu'il tâchait de percer quelque secret ; il avait à cœur de faire la lumière sur ce mystère dont l'irruption faisait tanguer la communauté. Des bruits couraient. Dans leur glaciale réclusion, les capucins, aux heures récréatives, ne parlaient que de ça, comme s'ils se chauffaient aux fables qu'on racontait sur l'enfant. Ceux qui le visitaient – ils étaient toujours plus nombreux – le scrutaient comme une curiosité puis repartaient d'un pas pressé. Conformément à la règle édictée par le supérieur, ils ne lui adressaient pas la parole, mais ils lâchaient parfois ces mots : « bûcher », « œil de Satan », « sorcière », qui s'incrustaient en lui et le réveillaient au milieu de la nuit.

Les rumeurs se firent si tenaces que le père gardien se décida à réunir un chapitre élargi. Il tenait à ce que la vérité, l'unique vérité, fût entendue de sa bouche. Il y fit venir Orso, à la fois comme témoin et comme victime. Sa présence signifiait sans doute : « Voyez par vous-mêmes, il est là, c'est un enfant comme les autres. » Cela voulait aussi dire que l'enfant était, à partir de ce jour, hôte de la communauté, et qu'il devait être traité avec une fraternelle bienveillance. Pour faire taire les racontars, Giovanni s'engagea à ne rien tenir caché de ce qu'il avait appris de leur protégé. Voilà ce qu'il communiqua à ses frères sur le ton de la simplicité : la mère d'Orso avait été condamnée par une juridiction civile dans un village situé aux confins du duché. Sans qu'il entrât dans les détails, on comprenait qu'elle avait été accusée pour des crimes mineurs, rapine et vagabondage. Il fallait, malheureusement, voir là un excès de zèle dans l'application des édits contre l'errance ; ceux-ci, comme on savait, s'étaient multipliés. L'Église, dans son infinie miséricorde, condamnait cette nouvelle injustice faite à ses pauvres. D'autant que, dans ce cas précis, elle eut de lourdes conséquences : très affaiblie et certainement rudoyée par ses gardiens, la mère d'Orso était morte pendant l'instruction qui avait eu lieu dans le froid d'un préau enneigé. Un accident judiciaire qui avait fait un orphelin, rien de moins, rien de plus… Par la volonté du Seigneur, celui-ci resterait donc au couvent jusqu'à nouvel ordre.

La tête basse, Orso avait saisi le sens général des paroles du supérieur. Il en fut outragé, sa mère n'était pas une voleuse ! Il en conclut que le capucin avait recueilli des témoignages erronés. Pire : qu'il y avait ajouté foi ! Les frères présents aussi se montrèrent circonspects. Cette version ne correspondait pas à l'arrivée mystérieuse de l'enfant qu'avait décrite le frère portier ni aux rumeurs à faire frémir colportées par le frère Isidoro. Ils se répandaient en conjectures. Les jours qui suivirent, Giovanni ne prit plus la parole aux offices, il faisait les cent pas dans la cour, tourmenté. Pour qui l'observait, il fut de plus en plus clair que lui-même ne croyait pas un mot de ce qu'il avait servi à la communauté.

Un incident survint au dernier jour de l'hiver qui accrut plus encore la confusion chez les capucins. Les villageois, endimanchés autant qu'on peut l'être, étaient réunis autour des frères dans l'église conventuelle pour accueillir la procession des Rameaux, quand, après le *Gloria laus et honor*, on entendit un brouhaha près du porche. Deux hommes portant une litière jouaient des coudes pour parvenir au narthex, et de là s'avancèrent dans la nef en forçant le passage. Sur le grabat, une femme décharnée – un spectre, vraiment – était attachée aux deux hampes de bois par des cordes liées au niveau de ses avant-bras et de ses genoux. Elle devait être d'extraction noble, car les vêtements qui dépassaient de sa couverture étaient un mélange de brocarts vermeils et de passementeries. Tout ce qu'on voyait d'elle était douloureux, son visage traversé de spasmes, ses membres étiques, et ses mains scarifiées qui pendaient dans le vide. Elle était incapable de parler mais semblait malgré tout diriger les porteurs par des mouvements secs du front, accompagnés de gémissements impérieux. Tandis que le cortège progressait, tant bien que mal, parmi l'assemblée silencieuse, chacun se signait. Ils arrivèrent au niveau des bancs des religieux, et l'agitation de la femme grandit encore. Elle donnait des coups de pied furieux et tentait de redresser la nuque pour scruter chaque pénitent dans la masse agglutinée. Lorsqu'elle aperçut Orso, debout devant un pilastre à une vingtaine de pas du chœur, elle poussa un grand « Han ! » ; sa tête semblait sur le point de se détacher tellement elle étirait son cou dans sa direction ; ses tremblements redoublèrent. Les deux serviteurs bousculèrent les capucins, rejetés en arrière sur leurs sièges, et parvinrent à hauteur du garçon. De ses yeux d'un bleu pâle, où flottait un reliquat de vie, la noble dame dévisagea Orso ; une écume rose s'échappait de sa bouche mais, à contempler l'enfant, ses traits parurent s'apaiser. D'un mouvement entravé par ses liens, sa main se posa sur le visage impassible du garçon, presque une caresse, une caresse froide durcie par les cartilages qu'il sonner sillonner sa joue. Alors le porteur à l'arrière reposa les hampes de la litière sur un bénitier de marbre et sortit de ses chausses une aumônière dont on entendit sonner le contenu de pièces ; il la remit au frère qui paraissait chaperonner Orso et qui, par la main heureuse de la Providence, se trouvait ce jour-là être Isidoro, l'économe. Isidoro, stupéfait, lut à voix basse les quelques lettres brodées au revers de l'aumônière : « *ad pupillo* » – « pour l'orphelin ».

Et tandis que la rumeur des paroissiens médusés commençait à enfler dans l'église, l'étrangère et ses deux portefaix repartirent aussi simplement qu'ils étaient venus, comme les créatures d'un songe. Personne n'entreprit de les questionner. En dehors des borborygmes de la démente, pas une parole n'avait été prononcée.

Quelques jours après la Pentecôte, le père gardien accueillit au couvent un jeune cousin à lui, magistrat génois, qu'il avait mandé pour avoir son opinion sur l'affaire. Il le reçut au parloir et fit venir Orso afin que le *togati*[1] puisse juger sur pièce.

Quand l'enfant fut entré, le jeune magistrat le toisa d'un air entendu ; sans doute les deux hommes avaient-ils déjà longuement causé. Le père Giovanni détailla à son cousin la lettre qu'il avait écrite au chapitre provincial après avoir recueilli le garçon. Il y avait manifesté le trouble dans lequel avait été plongée la communauté ces derniers temps. Trouble qui menaçait de grandir si le bruit courait que le garçon était l'enfant d'une « sorcière » – Orso devina sans peine le mot chuchoté à l'oreille du magistrat, puisqu'il était murmuré partout dans les corridors. À sa hiérarchie il avait exprimé ses craintes en soulignant qu'une telle histoire, par quelque bout qu'on la prît, ne pouvait rien apporter d'heureux à l'Église. En bref, il avait demandé des instructions – ce dont il n'était pas coutumier ; il avait même suggéré de confier le garçon à des « tempéraments plus connaisseurs

1. Homme de loi.

des enfants», l'orphelinat de Girolamo Emiliani à Somasque, par exemple. En conclusion, il avait insisté : pour une pastorale apaisée, les choses devaient rentrer dans l'ordre rapidement. Une brève réponse du ministre provincial lui était parvenue sans délai; elle paraphrasait son propre message de bout en bout. Giovanni en lut quelques passages à son cousin. On l'engageait à ne rien ébruiter de cette histoire extraordinaire, «et par certains aspects rocambolesque!»; rien de bon ne pourrait en surgir pour notre sainte mère l'Église – c'était l'avis du chapitre – ni pour l'enfant, était-il précisé en marge. Le ministre reprenait aussi à son compte l'idée de confier le garçon aux oblates de Somasque. Cependant, la lettre suggérait au père Giovanni d'attendre l'Ascension. «Certaines fins de jeûne sont interminables», se lamenta Giovanni, c'était le cas pour son carême de l'année 1608.

Il rangea la missive et s'empressa d'en sortir une seconde, qu'il avait reçue quelques jours après. Du père provincial, encore une fois. Il la commenta à voix haute. Celle-là contredisait en tout la première, ou à peu près. Elle ne manquait pourtant pas de justifier en quoi les deux lettres étaient parfaitement cohérentes. Il y était spécifié que le garçon devait rester «lié» au couvent de Pescarenico. La communauté pourvoirait au nécessaire : «habiller, loger et nourrir le garçon, tout comme il est d'usage avec nos postulants». On veillerait par ailleurs à ce que, en attendant un «placement plus stable», il reçût un peu d'éducation religieuse et latine, car, ajoutait le provincial : «ceux qui ne savent pas travailler, qu'ils apprennent»... Giovanni se lassait que son supérieur se piquât de citer saint François «plus souvent que le saint lui-même». Quant aux origines de l'enfant et aux suspicions qui l'entouraient : puisque rien n'était certain, rien ne devait être ébruité. Le père provincial s'engageait à rendre visite au couvent pour la Saint-Jean;

ils réévalueraient ensemble la situation. Giovanni confessa à son cousin qu'il ne fut pas surpris de découvrir cette volte-face de son ministre : trop de mystères autour des origines de l'enfant !... Voilà, il aurait aimé connaître son sentiment à ce sujet. L'autre, tout aussi intrigué et tout aussi habile, s'empressa de ne pas se livrer. Il promit d'interroger des confrères magistrats à Milan et à Monza. Les deux hommes convinrent de se revoir avant la Toussaint. Durant tout l'entretien, Orso n'avait pas dit un mot ; on ne l'avait pas sollicité.

3

Car un mystère advint : le génie de ses mains,
Et, de son bel esprit, la science profuse.
Une nuit, l'âme sauvage, captive des jours passés,
Réveilla ses fantômes, martyre ranimé.

Avec les chaleurs d'été, une langueur qui ralentissait les corps et retenait les langues envahit le couvent ; mais les frères n'étaient pas moins défiants quand ils croisaient le jeune pensionnaire. Orso s'étonnait de leurs mines étonnées ; que savaient-ils de lui que lui-même eût ignoré ? Les deux lundis qui suivirent l'Assomption, il se réveilla, le souffle court : il avait entendu le bêlement entêtant de la chèvre rousse ! La même plainte répétée, fluette, qui avait retenti dans la halle où sa mère avait agonisé. Elle l'avait secoué dans son sommeil et ramené brutalement face au gibet pendillant de Mammina. Il lui sembla que les chevrotements étaient éloignés d'une trentaine de toises, tout au plus ; ils provenaient du petit marché qui s'organisait en début de semaine à l'extérieur des murs du couvent. Les deux fois, il était descendu en courant… rien. Il n'avait pas rêvé, pourtant ?

*

«On ne sait pas à quoi tient une affaire d'État!», répétait le père Giovanni à qui voulait l'entendre. Les capucins de Lecco avaient déjà fort à faire pour consoler leurs fidèles des disettes, des saccages, des malheurs permanents, alors une crise entre Paul V – Sa Sainteté – et Philippe III – Son Altesse –, Dieu nous en préserve! Il n'en voulait pas dans la communauté! Le père gardien avait une tendance à l'exagération, voilà ce qui se disait parmi les capucins. Les deux confidents du supérieur, deux frères ratatinés, avaient rassuré Orso : Giovanni était issu d'une noble famille génoise, et, malgré sa prise d'habit, il aimait penser n'être pas totalement exclu des grands événements de ce monde... Dans la salle du chapitre, le front collé à la fenêtre, le garçon avait entendu le supérieur murmurer qu'il était dans l'ordre des choses que la grande histoire le rattrapât, puis il s'était retourné, la pupille dilatée, le menton saillant. Giovanni veillait, certes, au bien de la communauté et tâchait d'en éloigner les turbulences – c'était dans ce sens qu'il avait écrit au provincial –, mais, dans le silence de sa cellule, il rêvait sans doute d'avoir affaire aux princes. Il avait supputé une nouvelle crise entre le pape et le roi d'Espagne, crise dont Lecco serait devenu, bien contre son gré, le théâtre! Voilà ce que, sous le sceau de la confidence, il livra à son neveu lorsque celui-ci revint le voir au début de l'automne. Une fois encore, Orso avait été convoqué à l'entretien; une fois encore, les deux hommes firent comme si l'enfant n'était pas là.

«Ces affaires politiques sont contagieuses, souffla-t-il au neveu. Elles auront vite fait d'empoisonner le couvent tout entier!»

Ledit neveu dut penser qu'il allait être initié à ce «secret d'État». Cependant, craignant d'offenser son oncle, il osa à peine demander en quoi Pescarenico pouvait être le lieu d'un affrontement entre le souverain pontife et le roi catholique. En quoi ? C'était pourtant limpide ! Qu'on songe seulement au fait que le supérieur provincial, malgré ses promesses, n'était jamais venu le visiter ! Et qu'on n'avait reçu, depuis lors, aucune convocation au chapitre ! Pourtant, les mois passant, la communauté avait été priée de prendre l'enfant sous sa responsabilité, de continuer à subvenir à ses besoins, de l'éduquer, même ! Mais il y avait plus édifiant : chaque lettre se concluait par la recommandation de ne pas ébruiter l'origine du garçon ! Et, pour sa peine, l'aimable provincial avait fait livrer au monastère, après les vendanges, trois fûts d'un clairet toscan qu'on disait renommé ! Giovanni fit une courte pause car, loin du détachement temporel qu'il professait, il se vit tout échauffé.

« Allons, mon neveu, n'y a-t-il pas là-dessous matière politique ? »

Le neveu jugea le moment propice pour faire état de ce qu'il avait appris. Comme il enquêtait du côté de la délégation provinciale des Capucins, à Milan, un clerc, qui se mêlait des affaires de l'ordre, lui avait révélé que le chapitre avait reçu un don important. L'argent avait été apporté par un cavalier qui ne s'était pas fait connaître, et qui avait disparu après un bref tête-à-tête avec le ministre général… Chose curieuse : la somme remise l'avait été en bluzgers, une monnaie battue dans les Trois Ligues, au nord du milanais. Après une pause, le neveu se hasarda sur le ton de la légèreté :

« Cependant, mon oncle, vous me parlez du pape… du roi… Auriez-vous le bras si long ? »

Le père Giovanni lui fit reproche de son sourire. Il lui rappela les flambées récentes qui avaient opposé le Saint-Père au royaume de Naples, et donc à Philippe d'Espagne, puis à la République de Venise… L'histoire se répétait toujours ! En magistrat prudent, le neveu argua que dans l'affaire da Ponte à Naples, comme dans la crise des Interdits, on avait traité des querelles de juridiction et que, étant donné les relations entre le gouverneur et le cardinal Borromée, on imaginait difficilement que le duché de Milan pût être le théâtre d'un semblable affrontement. Il souligna que le pape avait eu chaque fois gain de cause ; ces affaires étaient encore fraîches dans l'esprit des gouvernants, il serait étonnant que le roi catholique se risquât de nouveau à contrarier le pontife… Non, à son sens, il fallait, dans le cas qui les occupait, avoir le raisonnement plus trivial : ce cavalier était plutôt venu étouffer une affaire de mœurs, comme on en connaissait tant dans l'Église ; il soupira. Giovanni trouva pertinente l'objection de son neveu. Il reconnut que sa communauté, aux marches du pays, et son orphelin sans identité – il posa la main sur la tête d'Orso – étaient des ingrédients bien fades pour une affaire d'État. Il soupira à son tour.

Assez rapidement cependant, de nouvelles inquiétudes vinrent tarauder le sommeil du père gardien. Il avait espéré qu'Orso ne resterait dans la communauté qu'une saison ou deux, mais avec l'avent, il comprit qu'il fallait envisager un séjour indéfini. On s'organisa en conséquence.

La vie du couvent était ordonnée autour d'une cour intérieure au sol pelé. Son plan évoquait le tracé inégal d'un trapèze : l'église et son frontispice sans fioriture occupait une aile, les trois autres ressemblaient à des corps de ferme aux façades lépreuses. En dehors du campanile et de l'église, il n'y avait ni colonne, ni portique, ni parvis ornementé, ni rien d'ostentatoirement religieux ; au point de vue architectural, le vœu de pauvreté était respecté. Le bâtiment le plus étroit, au fond de la cour, était moins entretenu que les autres. Au rez-de-chaussée, les frères lais entassaient leurs outils dans des niches dédiées à leurs activités. Le père Giovanni exhortait ses religieux aux travaux manuels car, plus que l'oisiveté en elle-même, la réputation d'oisiveté était une de ses hantises. On retrouvait donc dans cet entrepôt un attirail hétéroclite destiné à la boulange, l'horticulture, la gravure, la vannerie, l'apothicairerie et d'autres occupations encore.

À l'étage de ce bâtiment borgne aux pièces rabougries vivait une femme qui se faisait appeler Violetta. Sa présence dans l'enceinte du couvent était en soi une bizarrerie que sa condition justifiait sans doute : Violetta était réputée folle à lier. Les religieux l'avaient recueillie car la charité chrétienne défendait qu'on laissât une âme aussi vulnérable errer indéfiniment sur les routes. Depuis son enfance, elle avait subi viols, sévices, moqueries, enfin, bien des abjections qui sont le lot commun de ceux livrés à eux-mêmes. Elle en avait conçu une hantise des hommes, les mâles en particulier. Son état de frayeur permanent faisait qu'on la voyait rarement dans la cour. On l'entendait encore moins, car sa mâchoire cabossée la faisait souffrir et elle réservait ses efforts à la manducation ; parler semblait lui être superflu. Son apparence physique en disait déjà trop : ses cheveux drus qu'elle cachait sous un chaperon blanc avaient grisé avant l'âge – un âge qu'aucun frère n'aurait su donner –, ses quelques dents plantées de travers tiraient sur l'ocre, et sa tête, lourde, aux traits déformés par la peur, faisait ployer son dos. À son arrivée parmi les capucins, on avait essayé de l'occuper comme lavandière, mais les muscles atrophiés de ses avant-bras n'avaient pas supporté les tâches répétitives. Elle fut donc chargée de la basse-cour et du colombier aménagés au bout d'un potager, hors des murs du couvent. Elle s'y rendait par une porte dérobée et se couvrait la tête d'un fichu pour ne croiser aucun regard. Seule la compagnie des oiseaux lui apportait un peu de sérénité. Violetta partait au poulailler avec beaucoup plus d'enthousiasme qu'elle n'allait aux offices chantés des frères; ça ne prouvait en aucun cas sa folie. Il pouvait lui arriver de rester des journées entières à l'intérieur du colombier, une tour ronde pas plus haute que les pommiers du verger et qui comptait près de quatre cents nichoirs en brique que les frères nommaient «boulins». Couverte de souillures, elle ne rentrait qu'à la nuit tombée. Elle trimballait dans son sillage une odeur caractéristique où la fiente faisait oublier la sueur.

Lorsque Orso arriva à Pescarenico, Violetta y logeait depuis presque dix ans. Quand elle vit qu'on installait dans sa mansarde une natte pour l'enfant, elle manifesta, en borborygmes, son mécontentement. Elle faisait les cent pas devant son lit, agitait la tête, et lâchait de temps à autre quelques brames qui n'émurent pas le père Giovanni. Au contraire. Il s'adressa à Violetta simplement, d'une voix douce, en considérant qu'elle comprenait son discours. Après lui avoir présenté l'enfant – c'est-à-dire qu'il lui donna son nom – et décrit l'extrême dénuement dans lequel il se trouvait, il la pria d'accepter qu'il partageât sa chambre. Il n'y avait pas d'autre endroit pour la sécurité du garçon... Car «des hommes» lui voulaient du mal, précisa-t-il – Giovanni savait que Violetta prendrait l'argument au sérieux. Elle s'assit et cessa de maugréer. Le supérieur poursuivit, lui enjoignant de non seulement faire bon accueil à l'enfant, mais d'aider la communauté dans ses devoirs envers l'orphelin : l'héberger, le conforter, l'éduquer... Peut-être voulait-il faire vibrer en elle cet embarrassant pendant de la fierté que les clercs appelaient responsabilité. Sur le coup, la pauvre femme sembla désemparée. Il y eut autant de curiosité dans l'esprit d'Orso que d'affolement dans les yeux de Violetta. Une fois le père redescendu, l'enfant s'approcha des hardes de la femme, posées sur le plancher, et se mit à les renifler comme aurait fait un chiot. «Tu as un caneton?», demanda-t-il, enjoué. Il ajouta : «Et un furet, tu as un furet, comme Mammina?» La femme, toujours assise sur son lit, ne répondit pas, mais elle lui fit signe d'approcher. Il vint. Elle le saisit par les deux bras et le fit pivoter pour qu'il fût dos à elle, puis de sa main droite elle lui appuya doucement sur l'épaule pour l'inciter à s'agenouiller. Orso obtempéra. Alors, toujours sans prononcer un mot, elle lui baissa la tête, passa sa paume dans la chevelure rousse, et se mit à l'épouiller. Avec ses ongles en tenaille, elle retirait méthodiquement les parasites de son cuir gras. D'une chiquenaude elle envoyait la vermine dans la cire liquide du chandelier qui les éclairait. Un à un, les poux grésillaient à la flamme, emplissant la pièce d'une odeur entêtante de corne brûlée. De ce rituel patient surgit une joie; leur bouge fut illuminé du sourire crénelé de Violetta.

Dès l'été suivant, Orso reçut un solide apprentissage qui l'occupait chaque jour quatre heures, hormis les dimanches et les temps de fête. Le frère Isidoro fut chargé de lui enseigner les mathématiques mais s'exonéra piteusement de cette mission. La férule mise à part, il ignorait tout de la pédagogie. Pire encore, et sans oser l'avouer, il craignait que ses propres limites dans le maniement des nombres ne fussent mises au jour. Après un mois pendant lequel Orso n'apprit rien, l'économe alla se plaindre au père gardien en tirant l'enfant par la manche. Il arguait «d'empêchements fondamentaux à l'apprentissage», le garçon n'était pas apte! Et il plaida en soupirant qu'on lui retire ce ministère fastidieux qui ne mènerait à rien, «tant la pâte était dure à faire lever». Ce fut la seule fois où Orso vit le supérieur s'emporter au-delà de ses prérogatives. Cet échec, rugit-il, confirmait de manière éclatante ce qu'il subodorait depuis longtemps : le frère Isidoro avait peu de savoirs et encore moins de bonne volonté, son étoile ne brillait qu'aux heures de récréations… Bref, il le submergea de sa bile. L'enseignement des mathématiques fut alors délégué à Paulo, un jeune frère qui n'était pas encore profès. Paulo avait passé deux ans à l'université de Pise après son noviciat. Sous sa conduite, le garçon progressa rapidement, ce qui conforta le père Giovanni dans l'opinion qu'il s'était formée d'Isidoro. Dès lors, l'enfant, chaque fois qu'il croisait le frère économe, devait subir sa grise mine. Pour la pratique du dessin, Orso fut confié à un convers suisse natif du canton d'Uri, frère Aristide, géant tout en muscles. Bien que discret, Aristide parlait couramment quatre langues et d'autres dialectes. Il avait suivi la formation désuète de copiste à Reichenau, où lui fut aussi enseignée la gravure pour imprimerie. Son atelier – un tabouret, une table et un solide meuble à layettes – était situé juste au-dessous de la mansarde où dormait Violetta. Ses outils étaient posés pêle-mêle sur une étagère clouée au mur. Les mains d'Aristide étaient à la fois une effigie et un avertissement à son art. D'emblée, Orso remarqua les deux phalanges défectueuses côté gauche, l'une sectionnée, l'autre écrasée, et puis des cicatrices, des trous, des lésions de toutes sortes qui couvraient ses paumes, ses poignets et ses doigts. Aristide plaisantait en exhibant ses stigmates, mais dès qu'il se mettait au crayon ou au ciseau, les douleurs disparaissaient pour laisser place à son extraordinaire habileté ; les pognes du titan voletaient au ras de la table comme des hirondelles. L'enseignement du latin primait sur les autres, le père Giovanni s'en chargea. Le supérieur avait du plaisir à plonger dans les textes antiques et profita de l'occasion pour donner l'exemple de la pédagogie à ses frères instructeurs. Les trois mentors avaient une pratique solide de leur discipline et Orso bénéficia d'un apprentissage privilégié, réservé habituellement aux enfants de cour. Il en aurait plus d'usage que nombre de princes. Très vite, il sut s'orienter dans la langue de Cicéron. Le père Giovanni choisissait ses versions dans les auteurs de l'Empire qu'il qualifiait de savants, Vitruve en particulier, dont ils disséquèrent le traité d'architecture. Le supérieur veilla à ne pas exposer le garçon aux grands écrits politiques ni aux poètes, antiques ou modernes. Il fit une exception pour Ovide et ses *Métamorphoses* qu'ils abordèrent dans une transposition latine abrégée, empruntée à une bibliothèque padouane.

Sur la fin de sa première année d'étude, le père gardien jugea Orso apte à «l'émancipation», autrement dit : on pouvait se lancer dans les choses sérieuses. Il l'invita à découvrir la Vulgate dans la traduction originale de Jérôme de Stridon – le répétiteur confessait volontiers son snobisme universitaire et dédaignait la version plus récente imposée par Clément VIII. Orso ne se préoccupait pas des cabotinages de son maître sur l'infinie subtilité de la traduction, mais il regrettait qu'on eût interrompu son apprentissage sur les proportions en architecture – il s'était passionné pour les illustrations de Cesare Cesariano – et qu'on l'eût égaré dans les récits inconséquents de la transsubstantiation. Il aurait préféré se pencher sur l'art de l'homme plutôt que sur le corps du Christ. Il n'empêche que, aux rares offices où il se rendait – on le conviait systématiquement, mais il n'obtempérait que sur insistance du père Giovanni –, Orso pouvait réciter les Écritures en latin. Il lui arrivait même de chanter les prières et de déclamer les Psaumes avec plus d'assurance que les frères. Certains en conçurent de la jalousie, et en premier lieu Mansueto, le frère portier, qui depuis l'arrivée du garçon parodiait à voix basse son accent et l'appelait «le montagnard» ou «le Savoyard». Le premier de ces sobriquets raillait son manque d'éducation, l'autre – il le comprit plus tard – sous-entendait qu'il fût traître ou hérétique. C'est ce surnom de Savoyard, bien que sans fondement, qui l'accompagnerait le reste de sa vie. Un soir, à la sortie des complies, le portier le prit à part et lui lança d'un air pincé : «Tu peux faire le clerc, petit Savoyard, mais moi je sais bien ce qu'est ta mère!» La repartie d'Orso : «*Ab asino retro!*», laissa Mansueto sans voix. Cet avertissement en latin signifiait à l'importun qu'on se méfiait de lui autant que «l'âne par-derrière»; il résonna dans la cour comme une prémonition, puis l'enfant courut se réfugier auprès de Violetta. On en resta là.

Tous ne le jalousaient pas. Le jeune frère Paulo se félicitait tout haut des progrès d'Orso en mathématiques. L'enfant montrait une compréhension extraordinaire pour la géométrie, et l'instructeur dut se procurer de nouveaux traités pour approfondir ses propres connaissances sur les théories euclidiennes. Il l'initia ensuite aux principes de la mécanique et de l'optique; l'élève semblait insatiable. Le père Giovanni fut préoccupé de cet appétit pour les sciences, mais il laissa faire le bachelier. Il considérait que, en dépit des efforts déployés par le frère Paulo, sans précepteur de métier ni l'émulation des travées de l'université, les connaissances du garçon resteraient limitées.

Ce fut dans le domaine artistique qu'Orso impressionna durablement ses maîtres, même si la grâce ne se manifesta pas immédiatement. Comme entrée en matière, Aristide voulut lui faire copier des dessins à la mine de plomb. De la modeste bibliothèque du couvent le capucin avait exhumé un livre de grand format en maroquin. Sur les pages aux bordures jaunies étaient reproduites des gravures de Dürer et de son élève Hans Baldung, dit Grien. La découverte de cet *in-quarto*, imprimé dans la très catholique Bavière, plongea Orso dans l'extase. Les premières semaines, sans toucher aux mines qu'il avait à sa disposition, il se laissait emporter par les dessins. Il saisissait précautionneusement l'*in-quarto*, l'ouvrait à une page au hasard, et en contemplait chaque trait.

Tard le soir, il remontait de l'atelier avec « le livre » pour commenter à Violetta telle ou telle gravure. Elle, bouche bée, regardait alors défiler les scènes extraordinaires. Contrairement au frère Aristide, Orso ne s'amusait pas des yeux écarquillés de Violetta, il n'y voyait pas l'ébahissement d'une rustre. Avec le temps, au contraire, il y décela l'incompréhension d'une femme abîmée qu'on ne pouvait plus berner sur la nature des gens, fussent-ils couchés sur du vélin. Violetta savait qu'il n'y avait rien de beau dans l'homme ; ce qu'elle admirait, autant qu'Orso, c'était l'enchantement qui transformait cette laideur en une féerie passagère.

Durant tout l'automne, Orso ne dessina pas. Mais Aristide ne perdit pas patience, il devait penser qu'à l'origine de l'art doit surgir un émerveillement. Quelques jours avant l'hiver, le garçon se campa devant la table du mentor pour lui demander ce que signifiait le mot « *Hexen* » ; il tenait le livre de gravures à la main.

« C'est de l'allemand. Cela veut dire “les sorcières”, au pluriel. »

Il lui avait répondu distraitement et ne vit pas tressaillir les épaules de son élève. Orso posa brusquement le livre sur la paillasse d'Aristide et le questionna en baissant la voix :

« Maître, les sorcières sont-elles vraiment des êtres si effrayants qu'on le dit ? »

Aristide releva la tête, sembla surpris du visage défait de l'enfant, et se saisit de l'*in-quarto*. Sur la page qu'avait pointée Orso figurait une œuvre de Hans Baldung. Trois femmes assises au pied d'un arbre étaient occupées à une cuisine occulte. Leurs seins tombants, leurs chevelures démêlées, et l'expression de souffrance peinte sur leurs visages pouvaient susciter la compassion – des âmes en perdition, avait pensé Orso –, mais des crânes sur le sol, un chapeau abandonné et les fourches qu'elles foulaient aux pieds les rendaient assurément coupables de crimes épouvantables. Le titre confirmait le jugement : *Die Hexen*. Aristide resta un temps silencieux. En quoi ce sabbat pouvait-il émouvoir son élève ?

« Ah ! Je comprends ! Tu n'as jamais vu de femmes dans leur nudité, n'est-ce pas ? Mais ce n'est rien, cela ! Oublie, mon enfant, lui dit-il en fermant le livre, demain je te trouverai d'autres modèles à copier. »

L'*in-folio* serré sous son bras, le frère sortit de l'atelier. Orso était soulagé qu'Aristide eût fait fausse route ; au fond, il n'aurait pas supporté qu'on lui parlât de sorcellerie. Ignorant, il se savait ignorant. En posant les questions qui le tourmentaient, il craignait d'attirer les suspicions – des suspicions de quelle nature ? il n'aurait pas pu le dire. Par-dessus tout, il redoutait que ne fût ternie devant lui l'image de sa mère. Le lendemain, cependant, au graveur incrédule Orso présenta son premier dessin : une reproduction des sorcières de Grien. Mieux qu'une reproduction, c'était une perfection !... L'exclamation avait semblé échapper au frère Aristide, il se ressaisit et ne prit pas la peine de détailler son compliment. Il eut même l'air soucieux : « Tu as vraiment réalisé cette esquisse de mémoire ? » Orso haussa les épaules, comme si l'évidence devait s'imposer d'elle-même. Il n'avait apporté qu'une altération à l'original en adoucissant le visage d'une des femmes au pied de l'arbre. Le capucin, sans rien ajouter, se saisit de l'épure qu'il roula dans sa manche, puis il assit Orso à sa table. Devant lui il posa une feuille vierge, deux mines de plomb, et enfin lui exhiba le traité d'architecture de Vitruve qu'avec une intuition de nourrice il était allé solliciter auprès du supérieur. Le maître l'ouvrit au hasard sur une illustration de Cesariano et pria Orso de se mettre à la copie. Sans atermoiement cette fois, l'élève se lança dans la reproduction de la page sous ses yeux. Son trait était précis ; les sorcières avaient activé un mécanisme intime qui ne le lâcherait plus.

Un matin, de nouveau, il fut réveillé par le chevrotement acharné de la bique à la robe fauve. Un souffle froid lui parcourut l'échine, il sursauta, et, presque sans conscience, s'éjecta de sa couche. Le torse et les pieds nus, il se précipita hors les murs du couvent et aperçut, au débouché du chemin qui montait depuis le village, une chèvre rousse… La chèvre ! Un homme assis, de dos, tirait en rythme sur les pis de l'animal dont le bêlement, si singulier pour Orso, continuait à lui arracher des frissons. Tandis que l'enfant approchait en clopinant, l'homme tourna la tête… C'était lui ! le garde à la pelisse, le visage moucheté de pustules. Comme au soir du martyre de Mammina, l'homme avait le regard doux, plus innocent encore que celui de sa bête, des yeux qui juraient avec les armes qu'il portait alors.

« Monsieur le berger… Je suis Orso, le fils de Mammina… Vous me reconnaissez ? » demanda Orso d'une voix suppliante.

L'autre l'observa étrangement, le front plissé, comme s'il essayait de faire advenir une pensée que sa mémoire lui refusait. « *Si… no… Non so…* » Il examinait Orso de face, puis de biais, ses efforts étaient sincères, à chaque clignement il répétait : « *Si… no…* », puis se redressait.

« Mammina !… Le supplice… la halle au juge… le capitaine sans main gauche ! cria finalement Orso en lui touchant l'épaule.

— *Ah si… Si*, la femme, *si… adesso si…* la femme… la femme qui tue les chiens… *Si…* »

Un sourire large, franc, agrémenta l'abject mouchetis de vérole. Puis il se figea ; ses yeux regardèrent pardessus l'épaule du garçon, qui entendit, dans son dos, un pas lourd approchant, doublé d'expirations syncopées. Orso se retourna et vit fondre sur lui Mansueto, le frère portier, qui, à bout de souffle, l'accabla :

« Que fais-tu donc ici, petit inconscient, à parler avec des étrangers ! Ne sais-tu pas que ton salut passe par la discrétion de la communauté ? Montagnard sans cervelle !... »

Orso se renfrogna, sentit le vent frais du matin et croisa les bras sur sa poitrine en frottant ses épaules nues ; il n'aimait pas le portier, se fichait de ses remontrances... Mais le berger ? le temps qu'Orso retrouve le fil de ce qui l'avait amené là, l'homme avait pris son tabouret d'une main et entraîné sa chèvre en descendant vers le village à vive allure ; on vit sa pelisse blanche disparaître derrière un platane.

Était-ce parce que aux moments calmes les images de Mammina lui revenaient soudainement et que, dans le silence du matin, le bêlement de la bique fauve – qu'il l'eût rêvé ou qu'il l'eût réellement entendu – s'acharnait jusqu'à le hanter ? Était-ce pour ces raisons que, malgré l'affermissement de son esprit, Orso ne montrait aucun intérêt pour l'éveil que ses éducateurs appelaient « spirituel » ? Quand l'occasion se présentait, les répétiteurs essayaient de faire surgir en lui les sentiments qui auraient dû témoigner de sa foi : la crainte de Dieu en premier lieu, la consolation, la compassion, la charité... Autant de dispositions que son insouciance avait classées parmi les abstractions. Dans l'église, il chantait et psalmodiait bien droit en balançant l'encensoir, mais son cœur restait hermétique aux louanges qu'il ânonnait. Et, tandis qu'il répétait les exercices spirituels avec la précision et l'indifférence d'un pendule, son esprit n'aspirait qu'au savoir des livres. En dehors de la lecture et du dessin, Orso n'avait d'intérêt pour à peu près rien. Le père Giovanni était ennuyé de voir chez l'orphelin un détachement si prononcé, bien que, par ailleurs, il tînt ce trait pour une qualité de l'âme chrétienne. Mis à part Violetta, enfermée dans la démence, Orso ne montrait d'inclination pour personne, et demeurait sourd aux confidences que ses instructeurs lui faisaient parfois. Ce strict confinement de son attention était si patent que, une fois de plus, il fit causer. Le frère Isidoro épingla sa «froideur d'âme», comme un diagnostic de médecin. On le moquait sans affection, on le regardait avec curiosité et un fond de crainte. Si bien qu'après des mois au milieu d'eux aucun frère ne prétendait le connaître vraiment. Sa contenance impassible tournait au mutisme dès qu'on voulait le contraindre, il se raidissait d'effroi. Par deux fois le père Giovanni, en présence du frère Zaccaria, tenta de lui reparler du baptême. Pour l'amener à se livrer, il l'interrogea sur les rituels qu'il avait connus avec sa mère. Ces deux tentatives eurent la même issue qu'à sa première comparution dans la salle du chapitre : Orso se plaquait à terre et restait prostré de longues heures. Les jours suivants, il était impossible de lui faire quitter la mansarde de Violetta ; enfin, après une semaine ou plus de claustration, le frère Aristide parvenait à le tirer de son dépérissement par le dessin. Par cette main tendue, il reprenait lentement ses routines, la liturgie des heures et les études.

À court de solutions, le père Giovanni prophétisa : «Ce que la bonne volonté ne parvient pas à accomplir, Dieu le réussira.» L'incantation fit long feu. Un matin, Orso entendit le supérieur moduler : «... et si ce n'est Dieu, peut-être que le temps le réussira», sa voix était résignée, il savait qu'au fond rien dans l'attitude d'Orso n'avait changé depuis qu'il avait franchi la porte du couvent. L'enfant était sauvage, voilà ce qu'on conclut.

*

Au printemps 1610, quelques jours après la Pentecôte, se répandit une nouvelle qu'Orso estima d'importance tant il vit les robes de bure courir de droite et de gauche. «Le Navarrin ! Le Navarrin est mort !... Dieu est aux côtés des Habsbourg ! Vive l'empereur ! Vive le roi catholique !», ces proclamations étaient ponctuées de prières d'action de grâces. C'est ainsi que l'enfant apprit l'assassinat du roi de France, Henri IV, dont, jusqu'alors, on ne s'était pas préoccupé plus que ça. Si l'ambiance était aux réjouissances, c'était que le Bourbon n'était pas aimé, dans le duché. Il avait non seulement abjuré sa foi hérétique par calcul pour accéder au trône, mais il était surtout le monarque du furieux royaume de France qui avait fait la guerre au roi d'Espagne et soutenu des princes protestants contre le Saint Empire. Par la volonté du Très-Haut, sa mort était survenue alors qu'il était sur le point d'engager ses troupes contre celles de l'empereur Rodolphe. Les alléluias fusaient !

Quelque temps après ces liesses circula dans toute l'Europe le récit détaillé du châtiment que subit le régicide. Les tortures qui précédèrent sa mise à mort étaient d'une telle barbarie qu'Orso, fasciné, se les fit raconter dans le détail. Les pieux frères ne furent pas en reste, chacun écorchait savamment le supplicié. L'enfant comprit en cette occasion que la cruauté peut être portée à un niveau de raffinement bien supérieur à celui déployé pour le plaisir des sens. Lorsque autour de la Saint-Jean apparurent enfin, dans les villes lombardes, des estampes représentant le désormais célèbre Ravaillac, Orso en fut décontenancé : il était déçu par son apparence. Sur un portrait en buste on voyait un homme bien habillé, une plume à son chapeau et sa dague levée fièrement dans la main droite. Orso ne pouvait pas croire qu'on pût représenter un sorcier dans une posture aussi digne – car, dans son esprit, pour avoir subi de telles atrocités, Ravaillac était assurément un sorcier. D'ailleurs l'estampe accréditait en partie ce sentiment puisqu'une série d'ornements – pelle, hibou, tonneau, astres insolites, etc. – gravitaient, saugrenus, autour de l'assassin. Ennuyé, Orso voulut donner sa propre interprétation du portrait de Ravaillac. Il était si possédé par son sujet qu'il demanda au frère Aristide, sans rien révéler du motif, s'il pouvait essayer de le graver sur bois. C'était une première.

Aristide, curieux, mit à sa disposition une griffe simple et une plaque d'un bois de fil, un buis couleur d'ambre qu'il avait passé au papier de sable. Pas de gouges, pour cet essai, Orso n'aurait à se préoccuper que de tracer les contours. Pour éviter qu'il ne s'entaillât, le capucin lui fournit une gaine de cuir et l'abreuva de conseils que l'élève écouta distraitement ; il avait souvent observé son maître à l'œuvre. Enfin Aristide lui découpa une feuille à la dimension de la plaque de buis qu'Orso, après exécution du dessin, pourrait coller sur le bois pour diriger sa pointe. Au grand étonnement du frère, le garçon ne s'embarrassa pas d'esquisse ; il se saisit de la griffe et se mit à saigner directement la plaque. Orso traçait ses linéaments sans à-coups, l'outil ne dérapait pas, il ne s'enfonçait pas non plus trop profondément dans le bois. Les gestes du garçon étaient assurés. Comme pour un marionnettiste, son regard, qui suivait les traits d'un calque imaginaire, semblait diriger ses mains sur la plaque et, à chaque clignement d'œil, son poignet ajustait la position de la pointe. Au moment où le clocher sonna midi, Orso avait achevé son portrait. L'ecclésiastique resta figé d'admiration. Certes l'arrière-plan était dépouillé et sans compte des perspectives, mais les traits du visage étaient expressifs, extraordinairement expressifs, même, on y lisait presque de la béatitude. Aristide était enthousiaste ! Bien sûr, on reconnaissait le criminel à ses cheveux peignés de chaque côté du front, à son nez fin et sa barbe taillée de frais. Cependant, contrairement au portrait qui avait circulé, Ravaillac était tête nue, la grâce du visage surgissait de sa bouche, dont les lèvres crevassées révélaient le calvaire, et de ses yeux largement ouverts, emplis de commisération. « Les yeux d'un saint martyr », murmura Aristide. En matière d'éloge, ce fut tout. Au chapitre, on se dit officiellement embarrassé par cette nouvelle fantaisie du protégé. On le lui fit savoir. Que fallait-il penser d'un assassin auréolé ? Que devait-on faire du portrait ? Le père Giovanni craignait qu'il ne pût attirer de nouveaux ennuis. L'idée la plus sage vint pour une fois du frère Zaccaria : on félicita le garçon pour ce talent, un de plus, et on brûla la gravure en le priant de ne jamais recommencer.

*

Quelques jours avant la fête des morts, Orso entendit de nouveau le cri de la chèvre à la robe de feu ; elle ne s'était plus manifestée depuis des mois. Son bêlement, au registre toujours aussi glaçant, s'interrompit cette fois brusquement. Aussi vite que le jour où il avait revu le garde à la pelisse, Orso avait accouru à l'extérieur du couvent. En marge de la placette, derrière un espalier d'amarantes et de cerisiers, un petit attroupement s'était formé. Une poignée de femmes avaient délaissé leurs étals et entouraient une forme au sol, qu'elles désignaient en poussant des exclamations. Orso se fraya un passage entre les tabliers et découvrit avec effroi ce qui faisait s'écrier les paysannes : la chèvre rousse, sans vie, allongée dans une flaque écarlate. Un détail, macabre, avait fait l'objet d'une mise en scène, comme une mise en garde : la langue sanguinolente de la biquette avait été sectionnée et déposée entre ses cornes. Personne n'avait vu comment l'immolation s'était produite ni qui en avait été l'officiant ; l'animal avait été abandonné là, le coupable avait disparu. Le bruit courut que le chevrier, son maître, avait été retrouvé mort, la veille, dans un puits du côté de Ballabio. Pour Orso, le chevrier et le garde à la pelisse ne faisaient qu'un. Tout comme la démente qui l'avait reconnu dans l'église, celui-là devait savoir, pour Mammina... Mais lui et sa bique avaient été réduits au silence.

La semaine après l'incident, le père Giovanni reçut encore son neveu et, pareillement, s'épancha sur le sort d'Orso. Le neveu cette fois sembla remarquer la présence de l'enfant et eut une moue bienveillante. Depuis leur dernière entrevue, le père gardien avait écrit dix fois au supérieur provincial pour lui rappeler la présence du garçon – Dieu merci, il grandissait bien de corps et d'esprit. Sans relâche il avait prié qu'on lui indiquât ce qu'il convenait de faire, et demandé si quelque autorité s'était manifestée à son sujet. À chaque lettre, on lui avait fait envoyer, pour toute réponse, une barrique d'un vin franc et une liste de recommandations, qui n'étaient adaptées ni à l'âge ni à la situation de l'enfant. Giovanni, même s'il n'avait pu dénicher aucune information fiable sur le compte du garçon – par fiable, il entendait «rationnelle –, jura qu'il poursuivrait ses recherches dans la discrétion que permettait son office. Car moins il trouvait, plus il se persuadait qu'Orso était le centre d'une affaire épineuse.

Ce même mois de novembre, une autre nouvelle mit en allégresse le duché lombard : la canonisation de Charles Borromée. Orso connaissait dans le détail l'hagiographie du «grand cardinal» qui à la fin du siècle précédent avait officié comme archevêque de Milan. Pour la première fois – il n'était pas sorti de Lecco depuis plus de deux ans –, il manifesta l'envie de voir le monde. Giovanni se montra réticent à l'idée que le petit Savoyard allât suivre la procession donnée en l'honneur du nouveau saint. Orso insista : il voulait admirer le profil de Charles Borromée peint par Ambrogio Figino et qui, pour l'occasion, serait exposé à l'entrée du dôme. Ce portrait, disait-on, avait beaucoup fait pour la réputation du cardinal; l'œil noir et le nez aquilin arrachaient des tressaillements aux fidèles, qui revivaient dans leur chair les silences menaçants que Borromée avait laissés planer sur le concile de Trente. Le supérieur n'argumenta pas, ses yeux réfléchirent, puis, au terme d'un long silence, il accepta. Il accompagnerait lui-même Orso à Milan, et lui ferait connaître la liesse populaire

Giovanni et son protégé quittèrent le couvent dès l'aube et marchèrent plus de sept heures. Quand ils atteignirent les faubourgs de la ville, les messes avaient été chantées depuis longtemps et la cérémonie était pratiquement achevée – cérémonie qui restait une affaire de famille puisque c'était Frédéric Borromée, cousin du saint et titulaire de l'archevêché de Milan, qui l'avait menée. Arrivés par la Porta Nuova, ils longèrent l'enceinte du castello en direction de la basilique ; Orso, fasciné par le spectre gigantesque qui ne pouvait être que le temple de la Cité de Dieu, l'avait en point de mire depuis une lieue. Ils progressaient lentement, les rues grouillaient, et le père Giovanni préféra se perdre dans les venelles plutôt que d'emprunter les grandes artères. Ils parvinrent finalement près du dôme dont la façade était un chantier perpétuel. Pour ne plus être charriés par le torrent humain, l'ecclésiastique attira Orso sous un porche du Banco di Sant'Ambrogio, à l'angle nord-ouest de la place. De ce poste en léger surplomb, ils observèrent les reliquats du défilé que le capucin commenta sévèrement. Les hauts membres du clergé ainsi que les dignitaires du Conseil secret qui accompagnaient l'archevêque et l'illustrissime gouverneur Juan Fernández de Velasco y Tovar avaient quitté le cortège. On était au moment où la célébration religieuse cédait la place aux bombances séculières. La ville entière s'était laissée dériver, depuis la béatitude portée par les chants pieux, vers l'indolence d'une fin de carême. Tout cela se terminerait dans les joies païennes du charivari. L'enfant et son chaperon virent défiler une foule de badauds en habits de fête, à laquelle s'étaient mêlés quelques patriciens tout à fait disposés à l'encanaillement. De loin, le père Giovanni désigna à son protégé une poignée de sénateurs ; cette gerbe de chapeaux à plumes regardait passer les dames devant le portail de la basilique, ils étaient entourés de serviteurs en livrée qui portaient bien haut des gonfalons à la gloire de leurs maîtres.

Jusqu'alors, Orso n'avait connu que la populace en coutil des vallées alpestres et l'austérité du couvent. Il n'avait jamais imaginé que tant de belles personnes vécussent ici-bas. La magnificence du Duomo lui confirmait qu'il existait un monde extraordinaire dont on l'avait tenu éloigné. Bien qu'effrayé, il regardait et écoutait, en proie à une exultation inédite. Les cris et les chants avinés, accompagnés de luths, de trompes, et de tambourins, avaient définitivement remplacé les prières et les cantiques. Orso fit remarquer au père Giovanni que les gens de Milan semblaient bien nourris et bien vêtus, peut-être même étaient-ils heureux ? Le garçon déplorait par ces mots les mines toujours compassées de ses frères du couvent. Arrivée par la Piazza dei Mercanti, il vit passer devant lui une femme dont la tête était couverte d'un voile argenté, piqué de paillettes d'or. Sa guimpe transparente tombait sur des épaules à peine revêtues d'un châle en futaine. De ses ongles vernis, elle pinçait une robe à traîne rouge et volants de satin. Et puis, il y avait ses bijoux… des trésors étincelants ! Ils devaient appartenir à quelque panthéon grandiose dont l'enfant était encore ignorant. La dame avait au cou un collier en tuiles de jade espacées de perles, et chacun de ses doigts portait une bague grosse comme une cerise. Pour Orso, il y avait peu de doutes : la belle dame avait dû tenir le rôle de la Vierge Marie dans cette grande fête, ou au moins celui de Marie-Madeleine. L'homme qui venait juste après elle, entièrement vêtu de daim – bas, culotte et pourpoint –, n'était pas moins digne de figurer au pied de la Croix : il s'était ceint d'un baudrier en cuir auquel pendait un sabre de parade. Entre deux gorgées d'une flasque qu'il tenait de la main gauche, il brandissait sa lame au cri de «*Viva il santo!*». Brassés par les flux et les reflux, ces deux-là progressaient vers l'incertain. Orso, qui ne les quittait plus des yeux, fut surpris de voir le couple céleste entraîné dans les remous d'une taverne dont l'accès, Passaggio della Pescheria Vacchia[1], se trouvait précisément face au porche où son protecteur et lui avaient pris abri.

«Voilà bien la corruption des villes!», lâcha le père Giovanni... L'enfant en avait assez vu, il était temps de se remettre en route. Ils devaient parvenir au couvent de l'Immaculée Conception avant la tombée du jour; là, en bordure de la ville, ils seraient hébergés. Le prélat secoua le garçon par la cape, mais celui-ci ne réagit pas. L'insistance du père ne fit pas plus. Ses deux jambes raidies, Orso regardait fixement, à cinquante pas de lui, un cavalier immobilisé par la foule et qui semblait indifférent à la marée autour de lui. L'homme vêtu de noir attendait patiemment que s'ouvrent des espaces pour éperonner sa jument. À ses côtés un jeune écuyer avait mis pied à terre et tenait par la bride sa monture, un de ces poneys noirs que les Lombards appellent «*monterufolis*».

Le capucin ne comprit pas l'entêtement d'Orso; il insista :

«Allons, Orso, nous devons nous mettre en marche! Avec cette presse, nous n'arriverons jamais chez les frères à temps pour les vêpres.

— Je le connais, mon père!

— Tu connais l'écuyer au poney?

— Non, mon père, je connais l'autre (il montrait du doigt le cavalier).

1. «Passage de la Veille Poissonnerie.»

— Tu connais cet homme en habit de deuil ?

— L'homme, non, son cheval ! Je connais cette jument. Elle était là le jour où Mammina est partie au Ciel. Elle était attachée près des soldats.

— La jument ?... Es-tu bien certain, Orso ? »

Giovanni examina l'homme et sa monture avec plus d'attention. En près de trois ans, le religieux n'avait récolté aucun indice sur les origines du garçon, mais cette fois quelque chose l'intrigua. Sans doute se remémorait-il le témoignage du quêteur, relaté par Isidoro : une « extraordinaire » jument palomino ! Car c'était bien ça qu'ils avaient sous les yeux : une alezane à la robe d'or liserée de crème. Comme Giovanni, Orso repensa au récit d'Isidoro : la jument était montée par un homme en armes de petite taille – ce pouvait être ce soldat manchot dont il avait conservé une image brouillée. Or le gentilhomme qu'ils avaient devant eux était filiforme et possédait à l'évidence ses quatre membres. Orso fut tiré de ses réflexions par le frère gardien qui lui commanda de s'agripper à sa bure et de ne plus la lâcher ; ils iraient au-devant du cavalier en tentant de percer la foule. Le garçon inquiet ajusta la paille de ses sabots et serra la soutane, tandis que, immergé dans le flot, son chaperon se frayait un chemin en brandissant son bourdon devant lui. Alors que le capucin n'était plus qu'à dix toises de la jument, la foule compacte se remit en branle. Dans cette même ondulation où elle contraignit le religieux à l'arrêt, elle ouvrit une voie que le cavalier put emprunter sans risque de renverser les badauds. Au pas de sa monture, l'homme en noir s'éloigna vers la Piazza Cordusio, abandonnant à la crue humaine son écuyer, le père gardien et Orso, toujours arrimé à lui. Quand Giovanni réalisa qu'il ne pourrait plus rejoindre le cavalier, il se rabattit sur le serviteur au poney. S'arrachant à la cohue d'un ultime coup de reins, il trébucha et se rattrapa à la bride du *monterufoli* ; Orso vola derrière lui.

«Pas de mal, mon père ? s'enquit l'écuyer.

— Je te remercie, mon fils, pas de mal… mes sandales ont buté sur une pierre. Mais grâce à Dieu, toi et ton poney étiez sur notre chemin… Dis-moi, connais-tu cet homme qui s'est éloigné sur la jument alezane ?

— Qui cela, mon père, Don Agnello ?… »

Orso frémit. Ce nom, Don Agnello, le traversa comme la foudre. Il avait été prononcé lors du martyre de sa mère.

Giovanni s'époussetait, embarrassé par la situation qu'il devait juger inconvenante. De capucin il se fit jésuite : accroché du mieux qu'il put à l'écuyer, il l'interrogea comme si, dans de telles circonstances, il fallait bien avoir une conversation. Du jeune homme, ravi d'illustrer les qualités de son maître, il apprit que Don Agnello avait son fief en république des Trois Ligues, mais qu'il se considérait feudataire du duché. Et, comme l'ecclésiastique s'étonnait de voir un endeuillé parader sur un « si beau palefroi », il eut la confirmation que le baron Don Agnello avait vécu des temps difficiles. Sur quoi le père gardien offrit de recommander le baron aux prières des frères. L'écuyer, reconnaissant, modula : bien qu'il en portât encore l'habit, son maître était relevé du deuil depuis quelque temps. Giovanni ne prit plus la peine de jouer l'indifférent :

« Et quel parent a donc perdu Don Agnello ?

— Vous l'ignorez, mon père ? On dit pourtant que rien n'échappe aux frères capucins qui parcourent les campagnes…

— Dieu connaît tout, mon fils, mais la charité ordonne à Ses serviteurs de respecter les secrets de chacun. »

Le page n'eut pas conscience de l'interrogatoire, il parla sans retenue. Don Agnello, pour son malheur, avait perdu un fils, puis sa dame, en quelques semaines de temps ; il n'y avait pas là de grand secret. « *Requiem aeternam dona eis, Domine…* », dit lentement le père gardien levant la tête au ciel, puis il demanda depuis combien de temps le Seigneur avait rappelé à Lui ces malheureux.

«La mort est venue foudroyer la famille de notre maître... au carême de cet hiver particulièrement rude, il y a un peu moins de trois ans... Jugez donc, mon père, si le seigneur Agnello serait légitime à quitter son habit noir !

— Trois ans, dis-tu ? Au carême !... Certes ! Mais, de quoi les défunts... »

Il n'eut pas le temps d'achever sa question. Une meute criarde sortie de l'auberge était arrivée à leur hauteur et emporta tout sur son passage. Le religieux, avec Orso cramponné, furent poussés vers l'intérieur de la place tandis que l'écuyer et son poney disparurent on ne sait où. Il fallut longtemps aux deux pèlerins pour s'extirper de la masse. Et malgré leurs efforts au milieu du flot, ils furent entraînés loin du porche d'où ils avaient observé la procession.

La foule se fit moins dense. Il restait aux voyageurs à accomplir une prouesse : retrouver le chemin du couvent de l'Immaculée Conception à la nuit tombée. Tâche ardue, car le père Giovanni voulait atteindre la Porta Orientale en contournant le centre-ville encore sillonné par les noceurs. Alors qu'ils marchaient le long des fossés dans les ténèbres glaciales, Orso entendit le supérieur ressasser tout bas le nom de Don Agnello ; il résonnait dans la mémoire du garçon comme un écho terrifiant. Orso n'en dit rien au bon père, pas plus qu'il ne l'avait interrogé sur son enquête depuis son arrivée au couvent. Il n'en voyait pas l'utilité. De manière générale, Orso n'était sujet ni aux doutes ni aux certitudes ; il observait, et se pliait aux circonstances, qu'aurait-il pu faire d'autre ? Il avait compris que la recherche de la vérité, celle concernant sa mère, serait une quête solitaire. Silencieux et fourbus, ils arrivèrent à l'Immaculée Conception longtemps après complies.

*

À Pescarenico, un dernier événement vint ponctuer l'année. Sa portée fut limitée au huis clos du couvent. Le lendemain de l'extraordinaire défilé où les Milanais avaient rendu hommage à feu leur cardinal-archevêque, Orso et le père Giovanni avaient dormi tard dans la matinée. Ils ne purent quitter l'Immaculée Conception qu'autour de midi et, comme on approchait du solstice d'hiver, il faisait nuit quand ils parvinrent à Lecco. La fatigue accumulée pendant les deux jours de marche accablait Orso, ses pieds étaient en sang. Cependant, l'excitation ne le quittait pas; il avait trop vu, trop entendu dans les rues de Milan. Quand il fut rendu dans l'antre de Violetta, il alla s'allonger sur sa couche mais ne put trouver le sommeil. Après une heure de veille, tiraillé par des fantômes qui ne se dévoilaient pas, il descendit dans l'atelier admirer à la chandelle le livre des gravures. Il voulait faire resurgir les émotions nouvelles qui l'avaient étreint dans la ville. Comme il observait les dessins à la lueur de la flamme, il entendit derrière lui la porte grincer sur ses gonds. Le frère Mansueto apparut dans l'embrasure. Sa lampe l'éclairait du dessous, il avait le teint cramoisi et un air enjoué que l'enfant ne lui connaissait pas. Ayant porté son index à sa bouche pour inciter Orso au silence, il entra. Une fiole jaunâtre pendait à sa ceinture; de l'huile, sans doute. Orso fut envahi par l'haleine surchargée du portier, qui soufflait dans sa direction, une odeur de vin et d'épices; il pensa à du thym, c'était du gingembre.

« Bonsoir, petit frère, lui dit Mansueto d'une voix mielleuse. Sais-tu qu'on tient beaucoup à toi, par ici ? »

Orso, comme à son habitude, ne répondit rien. Il posa son livre. Le dos large, voûté à l'extrême, du frère portier l'avait toujours affolé. Quel fatras d'os et de chair pouvait contenir ce coffre ? Mansueto détacha sa fiole et la posa sur la table, à côté de l'*in-quarto*.

« Par tous les miracles de Notre-Seigneur, la pieuse lecture que voilà ! Ce n'est pas la vie de saint François, mais ça vous procure autant de joie ! Tu aimes les dessins de chair, petit frère ? N'aie pas honte du regard de Dieu… C'est un signe de bonne santé ! »

L'enfant fit un pas en direction de l'escalier mais le portier étendit le bras d'un geste autoritaire. La manche de sa bure lui boucha le passage. Le religieux avait perdu toute trace d'élévation, la cordelière pendait sans tension à sa taille et son débraillement se voyait jusque dans sa couronne de cheveux qui partait en filasse. Il saisit Orso par le bras et l'attira à lui.

« Ne dis rien, doux Jésus ! lui souffla-t-il, car j'ai des choses à t'apprendre sur ta mère. C'est un secret entre Notre-Seigneur, toi, et moi ! Un secret qui nous unit. Haha ! Tu ne voudrais pas que cette folle à lier qui dort là-haut se mêle de notre trinité ?… Alors viens là ! Ici, sur mes genoux. »

Mansueto s'était assis sur le tabouret du graveur et avait attiré le garçon de force. Il lui parlait maintenant à l'oreille tout en lui flattant les épaules.

« Pendant que tu festoyais à Milan avec notre frère gardien, une vieille est venue au couvent… Je la connaissais, moi, cette vieille. Et toi aussi, figure-toi : celle-là même qui t'avait transporté ici le jour où ta sorcière de mère a été jugée, par la volonté de Notre-Seigneur… Et sais-tu ce qu'elle voulait, cette vieille, mon garçon ?… Eh bien, tout simplement avoir des nouvelles de notre petit Savoyard. Elle ne parlait pas plus que toi… une question, c'est tout. Et puis elle est repartie !… C'est peut-être ta grand-mère, cette poissarde ? Vous êtes tous muets, dans la famille ? Ta mère non plus n'a pas beaucoup causé, à ce qu'on dit… »

Orso sentait les paumes calleuses du portier lui parcourir le dos mais il resta assis, raide comme la pierre. Il aurait tant aimé qu'on lui parlât de Mammina. La jument alezane dans Milan, puis l'évocation de la vieille avaient ranimé quelque chose en lui, un souffle évaporé depuis des mois. Que savait Mansueto ?

« Songe que ta petite maman, si elle n'avait pas suivi la voie du Malin, serait à cette heure à ma place, à te caresser gentiment, comme ça... Mais, par les saints Évangiles ! elle est morte... Et bien réchauffée à la flamme ! Hihi ! Ah ! Pourtant, pauvre de toi ! c'est elle qui câlinerait son mignon de fils, à cette heure. Tandis que là... Ferme les yeux, mon garçon, prends ma main, et imagine que ta maman est là, contre toi. Elle n'était pas si velue, ta mère, n'est-ce pas ? Hihi ! Frotte un peu de cette sainte huile dans ta main, voilà ! Et administre l'onction partout sur le corps, comme ça. Car il faut racheter ses péchés à ta petite maman. Toi seul peux le faire.

— Quels péchés ? Qu'est-il arrivé à Mammina ? demanda Orso en se levant d'un coup.

— Parle moins fort, te dis-je, sinon je ne pourrais plus rien te raconter sur elle... Attends ! ne bouge pas, mon gentil montagnard. Ne regarde pas trop par ici... Je me lève. »

Le frère Mansueto se tenait maintenant debout devant le garçon. Des deux mains il avait relevé sa soutane jusqu'à la taille et présentait à Orso les effets de sa nature passablement énervée et nue. L'enfant avait gardé jusque-là un air incertain, cet étonnement qu'on prenait chez lui pour de l'aplomb. Quand il vit la singularité de la chose, il se mit à tergiverser, des signes d'affolement lui parcoururent le corps : toutes les gravures, les images saintes qu'il avait disséquées jusque-là ne mentaient pas sur les éminences et les dépressions des femmes, mais pour les hommes la représentation des ornements prêtait à confusion !... Longtemps avant les troubles de l'adolescence, l'enfant avait été contrarié de ne pas sentir une feuille de vigne lui pousser à l'aine. Il avait certes eu accès à l'autoportrait nu de Dürer, mais rien n'aurait pu éclairer Orso sur ce qui se dressait maintenant devant lui. À contempler la robe brune comme un pelage de bête, la face rose, exaltée, et le jaillissement incongru du portier, l'enfant imagina qu'il était en présence d'un faune. Pas même Ovide n'avait signalé une telle extravagance dans ses *Métamorphoses*.

« Mets-toi à genoux devant l'Enfant Jé... » Vlan ! Le frère Mansueto n'eut pas le loisir de terminer son injonction. Il avait vacillé, plié les genoux, et s'était effondré sur le sol dans un mouvement ralenti. À sa place se tenait maintenant Violetta qui, pour l'occasion, serrait une cruche à lait dans sa poigne... une cruche brisée. Jamais Orso n'aurait imaginé que son ange gardien eût suffisamment de force dans le bras pour estourbir un gaillard comme Mansueto. Mais le résultat était là : Violetta avait assommé le portier qui gisait devant lui, la tête posée dans une mare de liquide blanchâtre. On voyait courir sous son naseau les ondes laiteuses formées par son souffle, preuve qu'il respirait encore. Le regard d'Orso dériva du crâne vers le bas-ventre du frère, car il était encore sous le choc de ce qu'il avait entraperçu quand l'autre avait relevé son froc. *Que les manifestations du religieux sont éphémères !* pensa-t-il. Après un temps de silence, il entendit jaillir des sanglots rauques dans la gorge de Violetta. Difficile de dire ce qui provoqua les larmes dans cette âme hantée depuis longtemps par le malheur. L'enfant s'approcha d'elle et lui prit la main ; elle était inconsolable. Ses pleurs firent une grande impression sur Orso. Jamais elle n'avait exprimé si clairement son sentiment. Il se dit que la pauvre femme n'avait certes pas mal agi, mais comment pourrait-elle se défendre des accusations qui ne manqueraient pas de la désigner ? Et lui, comment pourrait-il expliquer l'étrange menace qu'il avait vue pointer à l'entrejambe du frère Mansueto quelques instants avant que la cruche ne s'abatte ? Cette bizarrerie qui avait maintenant disparu, Dieu savait où ! Le garçon ne voulut pas laisser sans trace ce qui lui semblait être un témoignage important du drame. Il courut à l'étagère du frère Aristide, y prit son canif, et revint s'agenouiller devant le capucin. Scalpel au poing, Orso se concentra sur le front tonsuré du frère et, tandis que sa main gauche tirait le cuir vers l'arrière, il fit, au-dessus des sourcils, une dizaine d'entailles rapidement exécutées. Sur quoi, tirés de leur cellule par ce vacarme, le père Giovanni et le frère Zaccaria firent irruption dans l'atelier. Leurs regards convergèrent au cœur de ce clair-obscur insolite : la face du frère Mansueto éclairée par la bougie de Violetta. Sa joue baignait dans un lait rougi par des filets de sang ; sur son front tailladé se dressait un sexe d'homme !

Lorsque, quelques jours plus tard, le portier fut remis de sa blessure, Zaccaria réconforta Orso : « Dieu n'aura pas voulu que ce clair-obscur fût une nature morte. » L'attribut que Mansueto portait dorénavant au front lui valut le surnom de « frère Erectus ». Ceux qui le croisaient en concevaient l'idée qu'il n'avait qu'une chose en tête ; les plus facétieux prétendaient que ce jugement était excessif, car le portier avait aussi grand appétit.

4

Vain espoir ! Pour ressaisir l’enfance envolée,
Un seigneur fêlé, empailleur de chiens.
Adversité têtue ! [Il] Doit fuir hors le duché,
La mort a reparu, le moine [l’]a retrouvé.

Le père Giovanni attendit les jours ensoleillés d’avril pour se rendre chez Don Agnello, l’inconsolable. Cette visite n’allait pas de soi ; c’est ce qu’il fit valoir à Orso, qui ne lui demandait rien.

D’abord parce que le château de Don Agnello se trouvait en Valteline, à l’extérieur des frontières du duché. La vallée était alors l’une des plus disputées d’Europe. Terre catholique, elle était devenue, un siècle plus tôt, sujette de la république des Trois Ligues, autrement dit des Grisons protestants. Les Habsbourg lorgnaient avidement sur ce corridor par lequel ils relieraient leur empire d’Autriche au duché de Milan, territoire de la branche espagnole. Les réflexes propres aux familles princières européennes – ce fut l’expression de Giovanni – faisaient que ce qui arrangeait les Habsbourg dérangeait les Bourbons de France : ces derniers soutenaient l’indépendance des Grisons. Le sort de la Valteline, théâtre privilégié des luttes entre ces maisons, se décidait entre deux guerres, à Vienne, Madrid ou Paris, parfois arbitrées par le Saint-Siège. Tout cela évidemment nuisait aux populations – le bon père soupira ; c'était un sujet d'agacement pour les barons locaux. Descendants des Lombards catholiques et cousins de patriciens milanais, ils supportaient mal la sujétion aux magistrats des Grisons. Et, de fait, pouvaient-ils, eux, héritiers de la Renaissance, obéir à des montagnards protestants, culs-terreux parmi les mécréants ? Ils s'affligeaient d'autant plus que les magistrats des Trois Ligues avaient la main lourde sur les gabelles des paysans ! Cette indignité habitait les hobereaux de la vallée… et parmi eux, sans doute, Don Agnello.

Ensuite parce que l'objet d'une telle rencontre était, en soi, embarrassant. C'est que Giovanni savait peu de choses sur ce Don Agnello, dont il n'avait jamais entendu le nom avant les processions de Milan. Il avait posé des questions ici et là, pendant l'hiver, et ce qu'il avait glané se résumait en une formule : un « petit baron », feudataire malgré lui des Trois Ligues. On le disait excentrique, sauvage, descendu aux Enfers après la mort de son fils et de Donna Ofelia. Depuis cette tragédie, entouré d'une poignée de serviteurs, il se dédiait à l'élevage de chiens qu'il emmenait régulièrement concourir aux comices. Les rares relations qu'on lui connaissait étaient un officier espagnol et des rustres milanais, avec lesquels il faisait commerce d'animaux. Giovanni n'en savait pas plus. Il mit fin à son monologue en annonçant à Orso qu'il l'accompagnerait chez Don Agnello – voilà donc où il voulait en venir – mais que, en aucun cas ! il ne devrait révéler son identité. Avec cette visite, l'enfant se remémorerait peut-être tel ou tel détail qui serait utile pour démêler son identité.

Le château du baron était adossé aux Alpes bergamasques dans le finage du *contado*[1] de Sondrio. Les sandales du père Giovanni pataugeaient sans joie dans les boues printanières lorsque le religieux, suivi de près par Orso, vit apparaître la demeure, grossier carré de murailles, dont les hauteurs variaient pour s'ajuster au flanc capricieux de la montagne. Dominant un rempart irrégulier, celui adossé à la pente, se dressait une tour d'habitation non moins rustaude ; on eût dit une nef granitique ballottée par les contreforts accidentés. En l'observant, le père eut cette plaisanterie des maçons du pays, qui baptisent leur fil à plomb « fil à retordre ». Ils entendirent des aboiements qui provenaient de la cour intérieure. Tandis qu'ils approchaient, le capucin se lamentait : les mœurs de ces vallées n'avaient pas évolué depuis les âges obscurs. L'environnement jurait, en tout cas, avec l'image du gentilhomme svelte, patientant sur sa jument, qu'ils avaient aperçu devant le dôme de Milan.

Lorsque Giovanni donna de la voix pour qu'on vînt leur ouvrir, les clabaudages redoublèrent. Devant la porte en ferronnerie, le bon père semblait encore ressasser ce qui l'avait hanté pendant la marche : comment introduire sa requête ? À son grand soulagement, il reconnut l'homme qui poussa la poterne et se tenait maintenant devant eux. Le page ne fut pas long non plus à le remettre ; comme à leur première rencontre, il était d'humeur souriante :

« Que Dieu me fasse truffe si je ne connais pas ce visage ! C'est vous, mon père ? C'est bien vous, n'est-ce pas, et votre novice, que nous avons croisés dans la cohue de Milan cet automne ?

— Par la volonté du Ciel, mon fils !... Ma foi, c'est une sacrée meute qu'on entend derrière toi ! L'ours doit être sur ses gardes !

1. Territoire sur lequel une ville exerçait son contrôle politique et économique.

— Ces chiens-là ne sont pas pour la chasse, mon père. Ils sont élevés pour la course ! Le baron les achète à prix d'or ; ils viennent du Levant... Beaucoup ont vu des Turcs !

— Dieu nous en préserve, mon fils !... »

Ils échangèrent suffisamment de propos amènes sur tout et sur rien pour que même Orso, peu familier des usages, pût considérer les convenances respectées. Un silence se fit, au bout duquel le capucin finit par déclarer ce que l'autre savait bien :

« Voilà ce qui m'amène, mon fils : je suis venu voir ton maître, Don Agnello. Peux-tu m'annoncer ?

— Certainement, mon père... Mais qui dois-je annoncer ?

— Giovanni del Oblio, gardien du couvent de Pescarenico. »

Ils furent introduits dans la cour du château où l'ecclésiastique, en attendant d'être reçu, admira la quinzaine de chiens enfermés dans un chenil aux arceaux d'acier. Orso détourna le regard ; c'était bien là les seules bêtes qu'il craignait, d'une peur incontrôlable, viscérale. Les Lombards sont de grands amateurs d'animaux de compagnie mais jamais, dit Giovanni, il n'avait vu de tels spécimens. Ils étaient graciles, élancés, le pelage ras d'une blancheur diaphane – presque une soie – laissait apparaître les stries de leur musculature longiligne. Les chiens semblaient en bonne santé et leur abri tenu comme une auberge de ville : pas d'immondices au sol, et dans l'air aucune âcreté ; ces bêtes étaient choyées ! La curiosité gagnant, le capucin s'approcha. Finalement appuyé à la cage, il se laissa attendrir et passa une main à travers les larges alvéoles de fer. Il voulut caresser le flanc d'une des femelles qui avait l'apparence d'une biche... Wraa ! nature trompeuse, il faillit avoir le doigt arraché tellement la mâchoire de la chienne s'était projetée rapidement vers l'arrière.

«Garce de bâtarde! laissa échapper le père Giovanni que sa frayeur soudaine, et l'isolement dans lequel il se croyait avaient momentanément fait déborder de la sémantique religieuse.

— Ah ça, mon père, l'habit ne fait pas le moine! exulta l'écuyer, tout sourire, qui avait reparu. Je dis cela pour les lévriers… Ne vous fiez pas à leurs apparences princières.

— Je connais des princes qui mordent plus que ça, répliqua Giovanni qui s'était saisi du premier mot d'esprit à sa portée pour reprendre contenance.»

Le page informa le père gardien que Don Agnello allait les recevoir. Par quelques précautions oratoires, il le mit cependant en garde : le baron n'était pas dans son meilleur jour… On avait dû leur raconter, n'est-ce pas?… Depuis la perte de Donna Ofelia, il arrivait à son maître de n'être plus totalement lui-même. Giovanni le pria d'en dire plus, il ne voulait pas commettre d'impair.

«C'est son esprit, répondit le serviteur… Il est un peu poète, ce matin. Disons qu'il s'égare parfois dans des chemins de traverse. Mais rien de méchant, rassurez-vous… Il est d'ailleurs ravi de recevoir un illustrissime représentant de l'Église… Avancez, n'ayez crainte! Il vous attend.»

L'écuyer aida le père Giovanni à se décrotter les pieds dans un bassin de pierre au bas de l'escalier. Orso, muet depuis leur arrivée, l'imita. Le jeune homme les invita ensuite à monter, les introduisit dans une vaste salle d'armes, puis fit sa révérence. Pas de meuble, pas de tenture, au sol aucun tapis, toute la décoration de la pièce tenait, saillante, sur les murs. Et quelle décoration! Les trois pans sans ouverture portaient chacun une série de têtes empaillées : des chiens, des lévriers… Pas qu'un peu : douze lévriers! Orso pâlit. Les quadruplets de museaux étaient positionnés à hauteur d'homme. Le baron, qu'on disait solitaire, entretenait sans doute des échanges bénéfiques avec ces groins embaumés auxquels il ne manquait, définitivement, que la parole. Les deux visiteurs lurent les noms des chiens défunts, inscrits sur des médaillons à la base des trophées : Ajax, Diomède, Hécube, Patrocle... Ces gueules, d'où pendait parfois une langue affectueuse, étaient distantes d'une toise l'une de l'autre. Giovanni s'approcha d'une tête grise au chanfrein blanc, Artémis, et, y ayant glissé deux doigts en crochet, il tira sur ses narines en riant dans sa barbe : «Alors, ma belle, on chasse moins bien dans cet état ?»... Enthousiaste, il poursuivit son inspection. Du quatrième mur, entre deux hautes meurtrières, émergeait un dernier lévrier plus grand que les autres. «Le clou du spectacle !», exulta Giovanni. Celui-là avait été découpé et empaillé depuis le torse, si bien que ses deux pattes avant semblaient jaillir de la pierre, en pleine course : «Achille», c'était son nom... Achille, bien sûr ! Qui d'autre aurait pu paraître si fièrement, faisant fi des usages de la taxidermie ! Achille avait au front deux entailles... sans doute les stigmates de son combat avec Hector ; le bon père s'amusait comme jamais.

Ses divagations marmonnées allaient bon train quand un grincement de cuir l'interrompit. Orso leva la tête : Don Agnello, en hauts-de-chausses et pourpoint noirs, se tenait au fond de la salle, à moitié caché derrière un paravent. Depuis quand était-il dans la pièce ? La question eut à peine le temps de se former dans l'esprit du garçon que le baron s'était précipité sur l'ecclésiastique et jeté à ses genoux pour baiser la cordelière. «Dieu vous bénisse, mon père ! Vous, et votre descendance !», il désignait Orso. Le père Giovanni ouvrit grand les yeux pour dévisager cet ahuri. L'homme devait avoir la trentaine passée, le visage fin, et les yeux pétillants, comme ses chiens. Giovanni le bénit, le pria de se relever, et se repentit à voix haute de n'être qu'un modeste disciple de saint François... Bref, il était son serviteur. Ces paroles ragaillardirent le baron.

« Haha ! Saint François ?... Même monté sur le dos de saint François, vous seriez bien intrépide de venir ainsi en ces terres réformées, mon père. Savez-vous que nous combattons ces cochons-là dès que l'occasion nous est donnée ? »

Comme il se mettait en garde, son bras droit brandissant une épée imaginaire, Giovanni chercha l'apaisement.

« Voyons, cher baron ! nous autres, capucins, tâchons d'exercer la charité là où elle nous appelle. La violence ne résout rien, mon fils.

— Si, si ! Elle résout, mon père, elle résout ! Tchac, tchac ! »

Quarte, sixte, il pliait le genou et faisait voler sa Durandal devant le capuce du religieux. Giovanni ne contredit ni ne confronta son hôte sur ce point. Il était venu le déranger pour une autre affaire : ce déplacement depuis Lecco, il l'avait entrepris après avoir entendu parler de ses malheurs passés... Le baron ne sembla pas comprendre. Qu'était-il donc arrivé ? une traîtrise des réformés ? avait-on tué encore un de ses toutous ? Ce faisant, il appelait le capucin « Sa Paternité ».

« Ma foi non, mon fils... Je veux parler de la mort de votre enfant et de Donna Ofelia... Le Seigneur les garde en Son royaume !

— Son royaume ? Et où le trouve-t-on, ce royaume ?... Mais poursuivez, révérend père ! Je suis tou, je suis toutou, je suis tout ouïe. » Don Agnello ne paraissait pas disposé à retenir ses pitreries.

Giovanni entra dans le vif. Il avait appris que l'épouse et le fils du baron étaient décédés depuis trois ans, le drame s'était produit un peu avant Pâques. Or, à la même période, le couvent avait recueilli un enfant d'environ huit ans – il prit garde de ne pas attirer l'attention sur Orso. Huit ans, c'était aussi l'âge du fils défunt, n'est-ce pas?... Il poursuivit : la mère de l'orphelin de Lecco serait morte dans des circonstances obscures, au nord de la Valsassine, elle aurait subi des tortures...

«Des tortures, mon père? interrompit Don Agnello, une sorcière alors! Haha! vil agent du Démon!... Nous en avons notre lot, par ici», montrant qu'il était familier des sujets à cornes, il mit ses mains sur ses tempes en pointant les deux index vers le capucin.

Giovanni, embêté, précisa qu'il n'avait aucune certitude. Il n'avait pas réussi à assembler de preuves sur ce drame étrange, et Dieu savait qu'il avait interrogé autour de lui! Aucune trace de la morte; la femme, une vagabonde, avait, semble-t-il, été exécutée non loin de la frontière des Trois Ligues. Mais depuis : motus! ni le maire-consul, ni son échevin, ni les habitants du coin ne savaient quoi que ce fût... Il était possible que quelque autorité eût cloué le bec aux gens de la vallée à coups de menaces ou de ducats – Giovanni s'échauffait tout seul à son propre récit! Il avait enquêté à Lecco, interrogé des magistrats à Monza, à Milan... rien : ni le capitaine de justice, ni les podestats, ni aucun clerc n'avait entendu parler de cette histoire... Et il y avait plus étrange : cet orphelin qu'une vieille femme muette avait amené – déposé, pour ainsi dire – au couvent avant de disparaître, eh bien, cet enfant, l'Église lui avait demandé de s'en occuper!... Enfin, à lui... et aux capucins de Pescarenico!... Et pas question de le placer dans un orphelinat – qui aurait pourtant été un asile plus adapté, n'est-ce pas? –, ils avaient charge du garçon... Le mieux dans tout cela, c'était que l'Église elle-même demandait de garder le secret sur son existence!

Don Agnello se taisait, lâchant une grimace de temps à autre pour donner le change, mais rien de très constructif. Giovanni poursuivit. S'il était venu raconter cette affaire, c'était parce que le baron pouvait peut-être l'aider à en comprendre certains aspects. En premier lieu, il y avait cette concordance – une coïncidence, vraiment – entre la survenue de l'orphelin et le malheur qui l'avait frappé… En soi, une concordance, cela n'était rien, mais il y avait une autre curiosité : une jument palomino… une robe si rare ! l'unique détail dont l'orphelin se souvenait quand il évoquait le décès de sa mère – Giovanni tronquait la vérité, Orso ne broncha pas… Or le père gardien avait croisé monsieur le baron à la procession de saint Charles Borromée, et ce jour-là, il montait cet animal extraordinaire – le père insista : pas un cheval autour du lac de Côme ne s'en approchait par la majesté ! Il scruta les réactions du baron.

« Vous possédez bien une jument de cette sorte, mon fils ?

— Jument magnifique ? Oui, oui, magnifique ! Mais attention ! nous n'avons pas de sorcière à queue, ici. Non, pas de sorcière. » Ses deux index pointaient de nouveau.

Giovanni, songeur, sembla battre en retraite. Notez, dit-il, que cela ne prouverait rien non plus… Et d'ailleurs, qu'y aurait-il eu à prouver ? Car, ce qu'il savait aussi – il mélangeait les témoignages –, c'était que la jument, le soir funeste, était montée par un manchot, en armes, et de petite taille… rien donc qui ressemblât au baron ! Cependant, et ce fut son ultime incursion, connaîtrait-il quelqu'un qui correspondît à cette description ? À l'évocation du manchot, Don Agnello redoubla ses extravagances ; une main dans le dos, il se mit à sautiller autour de l'ecclésiastique.

« Manchot ? Ah ! manchot ! Foutre non ! Pas de manchot ici, mistigri ! Le diable au cul des sorcières, tralalère ! Le diable croque les manchots, Méphisto !… »

Le supérieur soupira ; il était temps de prendre congé.

« Il ne me reste qu'à vous demander d'accepter ma bénédiction et à vous prier de nous faire l'aumône d'un pain avant que nous ne reprenions notre route pour Lecco. *Deo gratias !* (Il s'inclina.)

— Du pain ! Il est bien question de pain, cher père ! Je vais vous faire servir un repas digne d'un gardien de couvent. Nous sommes lombards, tout de même ! Que Dieu prête mille années aux Visconti et aux Sforza ! Matteo ! Matteo !... Je vais vous faire servir du lard fumé, des galettes de froment, et de la pâte de coing. On vous donnera aussi une outre de vin, deux, même, si le cœur vous en dit. C'est que la bure donne soif ! »

Comment, pourquoi Don Agnello avait-il soudain recouvré la raison ? Giovanni le regardait, sceptique. Le baron n'était sans doute pas aussi fou qu'il voulait bien le montrer. N'était-ce pas cela qu'il souhaitait qu'on comprît : qu'il avait sa tête, qu'il savait de quoi il retournait, mais refusait qu'on l'importunât avec cette histoire dans laquelle il n'avait rien à se reprocher ? Lorsque l'écuyer entra dans la pièce, les yeux du père Giovanni étaient toujours posés sur le visage du baron et le fouillaient comme deux tisons. Le religieux voulait faire surgir une vérité qui lui échappait. Alors, Don Agnello, tournant le dos au capucin, lui fit cette question impromptue :

« Ainsi donc, mon père... cet Orso dont vous m'avez entretenu, se porte-t-il bien ? »

Giovanni sursauta, Orso retint son souffle ; jamais son nom n'avait été mentionné.

« Parfaitement bien, mon fils !... Dieu protège les orphelins !... Souhaiteriez-vous le rencontrer ?

— Moi, mon père ? Mais à quelle fin ? Je n'ai aucun commerce avec les sorcières ! Ni avec leurs enfants. Je suis déjà suffisamment entouré de diables protestants, ici, ne croyez-vous pas ? Pour plaire à Notre-Seigneur, j'envoie mes chiens leur raboter le séant de temps à autre, et je m'occupe moi-même de leur couper la queue ! Haha ! Où sont-ils, mes chiens ? Où sont'y, mes trésors ? Allons, allons, il est temps d'aller courir ! Les pitis ouaouas ? les pitis ouaouas ?... »

Don Agnello fila. D'un coup, sans explication, il avait quitté la salle, et ses onomatopées délirantes se perdirent en échos dans les couloirs. Le page un peu gêné argua que la pantomime de son maître valait salutation. Les deux visiteurs descendirent aux cuisines se caler le ventre. Ils devaient repartir au plus vite ; depuis le château du baron, il y avait plus d'une lieue à parcourir pour rejoindre le lac de Côme et la frontière du duché.

À plusieurs reprises, sur le chemin sinueux coincé entre la rivière Adda et la montagne, Orso eut le sentiment qu'on les observait. Le père gardien semblait le croire aussi ; il guettait, revenait sur ses pas ; mais, à part trois jeunes chevriers guidant leurs bêtes, on ne voyait personne. Les deux songeaient, plus confus encore qu'avant leur visite. Dans quelles circonstances étaient morts Donna Ofelia et son fils ? Qu'avait à craindre Don Agnello pour jouer ainsi les déments ? Et ces trophées de lévriers aux murs, pourquoi n'y avait-il pas à leur place des portraits en l'honneur des défunts ? Lorsque le lac fut à portée de mousquet, l'ecclésiastique, imité en tout par Orso, se retourna pour regarder une dernière fois l'encaissement sombre de la Valteline. C'est alors qu'une apparition figea les deux marcheurs : ils virent distinctement, sur un promontoire à quelque deux cents pas, un cavalier juché sur une jument alezane, cette même jument qu'Orso avait reconnue à Milan. Giovanni voulut identifier celui qui les avait épiés tout ce temps – il était certain qu'on les avait suivis. Comme il mettait sa main en visière, le vent s'engouffra dans sa tunique ; on entendit les battements d'ailes d'une buse qui prenait de l'altitude, le cavalier tourna bride et disparut. Le père gardien livra sa conviction à Orso : l'homme sur le cheval n'était pas Don Agnello ; ce scrutateur indiscret était de petite taille, et plus en chair que le baron ; il sembla même au religieux qu'il manquait à cet importun la main du côté gauche. Orso, jusqu'au bout, avait gardé le silence.

*

Après cela, le supérieur ne dit plus rien de son enquête, mais on le voyait toujours occupé à chercher. Orso, pendant ce temps, découvrait. Il découvrait même de plus en plus vite, si vite que Paulo, son mentor en mathématiques, se sentait parfois dépassé ; il n'avait plus de loi, plus de lemme, plus un axiome nouveau à lui soumettre ; épuisés aussi, les problèmes d'algèbre, de géométrie, ou de mécanique… pas un qu'Orso n'eût résolu. Après quatre ans à absorber de la matière scientifique, l'élève avait fini par purger entièrement le savoir du licencié. Le père gardien s'était d'ailleurs rendu à la même conclusion pour le latin : Orso était un élève aux capacités hors du commun. Mais chez le frère Paulo, l'orgueil du scientifique l'emporta sur la satisfaction de l'enseignant : il voulut se procurer de nouveaux ouvrages, explorer de nouvelles thèses, pour étoffer ses compétences et continuer à mettre son disciple à l'épreuve. Le père Giovanni donna son accord pour que maître et élève se rendissent à Monza chez Dorcello, un colporteur renommé, féru de sciences, de littérature et, pour ceux qui le connaissaient par son petit nom, de libelles et de textes libertins. C'était en tout cas sa réputation. Ce marchand faisait une fois l'an un long pèlerinage qui le menait dans toutes les cours et universités d'Europe ; sa charrette en revenait chargée de recueils à l'imprimatur encore frais. Parfois même, informé des polémiques naissantes, il parvenait à devancer les mises à l'Index requises par tel ou tel prince… une aubaine pour lui, car les textes qu'il vendait alors sous le manteau s'arrachaient à prix d'or.

Bref, s'il existait quelque part des nouveautés, le frère Paulo les trouverait chez le colporteur. Pour que la pêche aux traités ne dépendît pas d'un miracle, le père Giovanni se sépara à contrecœur d'une copie magnifiquement illustrée de l'*Histoire naturelle* de Pline ; en échange de l'incunable, le frère Paulo obtiendrait toute la science qu'il voudrait. Pour le reste, les consignes du supérieur étaient strictes, comme dictées par un pressentiment : qu'ils ne traînent pas en chemin !

Sur la route, Paulo observait du coin de l'œil son élève. Orso avait alors une douzaine d'années et on avait troqué ses sabots pour des souliers à lanières, plus confortables que les sandales des frères déchaux. Malgré cela, sa démarche restait empruntée, à chaque pas il semblait achopper et son allure était une succession de trébuchements et de rétablissements. « Tes pieds te font mal, Orso ? finit par demander le jeune capucin, pourtant habitué aux claudications de son élève.

— Mal ? Pourquoi cela ? », répondit Orso avec l'économie de mots dont il était coutumier. Il savait bien ce que son répétiteur avait en tête : après tout ce temps sous la protection des frères, il restait, au mieux, un mystère pour eux, au pire, une épouvante. Orso avait surpris tant d'indignations murmurées dans les couloirs : son habileté au dessin n'était pas un don du Très-Haut et sa grande maladresse en dehors de l'atelier en était l'expiation. « Voilà pour Orso ! », entendait-on quand résonnait dans le silence du réfectoire un fracas de grès ou de verre. De même pour sa clairvoyance, au-delà du naturel ! Dans les sciences, s'il était capable de raisonnements extraordinaires – Paulo avait fait les louanges de ses variantes aux résolutions géométriques de Giovanni Battista –, Orso argumentait comme un béotien dès qu'il traitait de la réalité tangible, immédiate. « Nourrissez mieux les rats, ils n'iront plus piller notre grenier », disait-il aux convers des cuisines ; la phrase avait fait le tour des cellules. Et puis ses comportements étaient restés ceux d'un rustre. Chaque nuit, il mouillait sa couche, il refusait de se laver, parfois de s'habiller; en plein été, il entrait nu dans l'église pour se rafraîchir. Quand on le blâmait pour ses égarements nocturnes, il répondait : «Où que je pisse, ça part à la rivière!», et lâchait un gloussement étranglé, à moitié caqueté, qu'on lui reprochait aussi. Ses usages étaient singés par le frère portier et quelques autres, il se sentait épié, la discrétion conventuelle n'était qu'une faribole. On avait encore raconté qu'une part de sa raison était sous l'influence de la pauvre Violetta : peut-être vaudrait-il mieux le changer de chambrée? Sans quoi cette part malade dériverait irrémédiablement vers la folie!... Lorsqu'on parla à Orso de l'installer seul, pour la première fois il protesta violemment : on ne le séparerait pas de Violetta! Remontés par Mansueto, deux ou trois capucins avaient même allégué que l'enfant avait hérité des savoirs maléfiques de sa mère... Le père Giovanni heureusement ne faisait aucun cas de ces âneries. Mais au fond de lui, Orso savait que les frères, fussent-ils bienveillants comme Paulo, oscillaient entre admiration et crainte.

Voilà ce qu'il ressassait quand, toujours silencieux, les deux marcheurs entrèrent dans Monza. Arrivés devant la boutique de Dorcello, ils s'entendirent hélés de l'intérieur.

«Ah, les pieux garçons! Des jeunes apôtres qui me visitent! Bénédiction sur mon commerce! Entrez, entrez, Vos Grâces!

— Êtes-vous bien le marchand Dorcello dont nous a parlé le père Giovanni?

— Lui-même! En quoi puis-je vous obéir? (Il fit une révérence dont l'ampleur disait l'irrévérence.)

— Que la mère de Jésus, notre sainte patronne, vous bénisse, monsieur.

— Mais oui, mais oui, toi aussi, mon garçon... euh! mon père, veux-je dire. Et ton moinillon de petit frère avec...»

Paulo corrigea poliment le marchand : sa robe était celle des novices, puis il proposa sans détour un échange de livres. À ce mot d'« échange », Dorcello tiqua. Paulo, inclinant la tête, lui rappela que l'usage de l'argent était interdit à son ordre. Mais il le rassura aussitôt : le codex qu'il avait avec lui ne manquerait pas de l'intéresser, et il tendit au marchand l'*Histoire naturelle* qu'il avait sortie de son bissac.

« Qu'est-ce que cela ? Voyons... Hmm, hmmmm, héhé, ooh ! ouuhh, ouiii ! C'est très... très... correct, n'est-ce pas !... Et qu'est-ce qui intéresserait ces pieux messieurs en "échange" ? théologie ? encycliques ? psautiers ? la légende des saints ?... une *Imitation de Jésus* ?... J'en tiens une version allégée, pour les plus jeunes... J'ai aussi récupéré cet hiver quelques excellentes traductions de Thomas More en toscan... »

Ses dernières propositions se perdirent dans son arrière-boutique, où il était allé enfouir le Pline. Paulo le réorienta : ils cherchaient des traités de mathématiques, physique, mécanique ou astronomie... Dorcello avait-il reçu des publications récentes ?

« Tout ça ! s'exclama l'autre. Ah, les sciences ! Mais ce n'est pas drôle du tout, vous savez, les sciences ! Vous devriez plutôt lire à votre... enfin, à ce garçon... quelques travestissements du Don Quichotte écrits par un ami vénitien. J'ai ça par ici... c'est un peu "*fresco*" bien sûr ! mais alors c'est très distrayant ! Et puis vous pourrez lire dans notre langue. »

Une fois de plus, Paulo dut détromper le marchand ; il afficha une mine aussi sévère que possible et fit valoir que, grâce à Dieu, Orso savait et lisait le latin.

« Grâce à Dieu ! confirma Dorcello. Bon... Alors attendez-moi ici un instant, je vais vous rapporter quelques éditions qui devraient vous satisfaire. »

La discussion se poursuivit encore. S'il y avait une chose que Dorcello préférait aux imprimés, c'était, à l'évidence, les affaires. Paulo avait en tête les consignes du père Giovanni – revenir avec le bissac rempli de livres ; ce fut chose faite. Dorcello fut particulièrement fier de pouvoir vanter des travaux qu'il n'avait pas lus – « pas encore » –, ceux de Guidobaldo Del Monte, Alessandro Gargiulo, Tycho Brahe et Christopher Grienberger. Son sourire et ses affabilités allèrent croissant jusqu'au départ des garçons.

Sur le chemin du retour, bien qu'alourdis, ils marchaient vite pour ne pas manquer à la récitation des prières du soir. Orso avait hâte d'explorer les traités qui bringuebalaient dans le sac du novice, il allait devant et sautillait moins gauchement qu'à son habitude. Les vêpres sonnaient tout juste quand ils arrivèrent à Lecco. Depuis le bas du sentier qui menait au couvent, les jeunes gens aperçurent le frère portier en discussion avec un religieux de grande taille couvert d'un froc sombre. Les deux causeurs étaient à l'extérieur de l'enceinte, en bordure d'un champ ; ils s'étaient enfoncés derrière un rang de cerisiers. Quand, dans le sillage de Paulo, il ne fut plus qu'à quelques toises, Orso se demanda à quel complot ils étaient affairés. Au bruit de pas dans son dos, le portier se retourna, regarda, interdit, les deux arrivants et tendit une main désignant l'enfant. Puis, sans demander son reste, s'enfuit dans la direction opposée au couvent pour s'enfoncer à travers champs. L'autre ecclésiastique était resté sur place. Il tourna lentement son buste vers Paulo et Orso. Sur sa bure ample, rapiécée de toutes parts et si sale qu'on doutait qu'elle eût un jour été noire, pendait une corde à quatre nœuds. Ses pieds, aussi crasseux que son vêtement, étaient comme amalgamés à ses sandales de crin. À l'habit, Orso se dit que celui qui se tenait devant eux n'était ni capucin ni même franciscain. C'était un moine errant d'une confrérie inédite, peut-être un de ces vagabonds mendiants que, par pédanterie, on appelait gyrovagues… ou bien encore un frère minime, mais d'un genre nouveau, non répertorié.

« Dieu vous bénisse, mon frère ! finit par lâcher Paulo.

— La paix sur toi, mon frère. Et sur ce… sur celui-là, répondit l'autre en pointant Orso.

— Vous joindrez-vous pour souper au couvent ?

— Le couvent ? Non. C'est l'orphelin que je suis venu voir… »

Sa voix rauque, ses « r » étrillés soulignaient son accent méridional, calabrais ou sicilien, ou sarde, en tout cas impossible à démêler pour quelqu'un du Nord. Il fixait Orso et, dans son demi-sourire, on voyait que l'intérêt l'emportait sur la charité. Orso, d'abord, ne le reconnut pas. Un malaise l'avait saisi qui n'avait pour motif ni le parler ni le regard pesant de l'étranger ; il était troublé par la crue soudaine d'une puanteur, une odeur de décomposition mêlant des relents de fosse d'aisances et de putréfaction des chairs… *Émanation du diable !* pensa le garçon, en plein désarroi. Il entendit alors le sifflement strident d'un gypaète… Une charogne ! c'était donc ça, cette odeur ! Le regard d'Orso fouilla les alentours mais il ne put repérer où gisait ce qui devait être, au bas mot, la carcasse d'une vouivre ou d'un animal des ténèbres. Le moine quant à lui ne semblait pas dérangé par la pestilence. Il leva légèrement la tête et reprit à l'intention de l'enfant :

« Ainsi donc, tu es cet Orso ?… Moi, je t'appelle Orso la Fouine ! J'ai mes raisons… »

Le petit Savoyard continuait de fixer l'homme sans l'écouter. Il comprit enfin d'où s'échappait la puanteur : cette cavité mauve cerclée de chicots noirs qu'on voyait s'ouvrir dans l'antre sombre de la cagoule du prélat. À la longue, il s'était habitué à Violetta et ses effluves de lisier, mais ça ! jamais il n'avait rien senti de tel ! Jamais il ne l'oublierait. Le frère Paulo, moulu par sa journée de marche et effrayé par les paroles de l'individu, ne voulut pas s'attarder. Il secoua Orso par la manche et l'entraîna vers l'intérieur du couvent, sans prendre congé de l'homme-choucas. Tandis qu'il refermait la porte désertée par le frère Mansueto, Orso jeta un dernier œil sur cette noire apparition. Il vit l'homme détacher une aumônière en toile qui pendait à sa cordelière, l'ouvrir, et en extraire quelques raisins séchés qu'il s'enfourna dans le bec. Le moine prit ensuite le chemin qui descendait au village. Et ce fut tout.

*

L'hiver suivant, le père Giovanni reçut une ultime visite de son neveu. Sans surprise, les deux hommes évoquèrent Orso en sa présence. L'amertume du frère gardien était devenue résignation : voilà cinq ans que le garçon était arrivé au couvent, cinq années pendant lesquelles, loin d'élucider le mystère de ses origines, tout ce qui le touchait de près ou de loin n'avait fait qu'épaissir les doutes du supérieur : la conduite insensée de Don Agnello, la noble dame agonisante venue sur sa litière jusque dans l'église, et ces avertissements obscurs : la chèvre morte, le moine errant… coïncidences ? anecdotes d'un jour – le quotidien de ces vallées ? Rien qui éclairât concrètement l'affaire, quoi qu'il en soit ! Était-ce lui, Giovanni, qui perdait la raison ? Car dans les environs du lac, aucun témoignage n'avait émergé qui lui eût permis de répondre à ses interrogations originelles : le supplice avait-il eu lieu ? une femme avait-elle été brûlée au nom du Père ? et d'où surgissait l'accusation de sorcellerie ? N'étaient-ce pas plutôt des racontars fantasmés de paysans ? Mais ce qui le troublait le plus, c'était encore la conduite de son ordre : chaque avent, chaque Fête-Dieu, le chapitre provincial envoyait la même prescription : Pescarenico devait continuer à s'occuper de l'enfant, l'éduquer en bon croyant. Les lettres du ministre et de son vicaire étaient écrites avec suffisamment d'habileté pour qu'on n'eût jamais l'impression d'un commandement, mais elles exhortaient toujours à la discrétion…

Le neveu, en bon magistrat, avait laissé s'épancher son oncle. Quand celui-ci se fut entièrement vidé de ses griefs, l'avocat se rengorgea, ses joues se colorèrent à l'avance de ce qu'il avait à annoncer : en poussant ses investigations du côté de Bergame et de Côme, il avait appris que d'autres rumeurs, sur des cas semblables, avaient couru : des paysannes, accusées de sorcellerie, disparues sans que leurs cas eussent été traités par les clercs de l'Inquisition romaine. Lui-même, avoua-t-il, était trop citadin pour avoir conscience de ces histoires-là, mais c'était sans doute plus courant qu'on ne le croyait dans les campagnes aux marges du duché. Il développa son hypothèse : la mère de l'orphelin a été victime d'une « affaire de mœurs » – il regardait Orso, et s'abstint de préciser –, affaire à laquelle a été mêlés le moine, le baron, et quelques soldats de la garnison… Ça a mal tourné et, pour ménager certains intérêts, on a inventé dans un premier temps une fable de sorcière ; puis on s'est ravisé pour ne pas trop tracasser notre Sainte Église ; enfin, on s'est organisé pour étouffer l'incident ; après tout, personne n'irait réclamer justice pour une mendiante… Des sommes ont été versées ici et là par le commandant de la garnison pour lier les langues, on a conseillé au baron de ne plus reparaître de ce côté de la frontière ; et on a pris des mesures très chrétiennes pour l'enfant, en le faisant mener au couvent ; en récompense de son silence, le chapitre provincial a bénéficié d'une belle aumône. Voilà tout : quelques mains invisibles, bienveillantes, se sont assurées de la protection du petit… « Entendez bien ! conclut le neveu, je ne dis pas que votre ministre n'a pas reçu des encouragements sous le manteau, j'en ai moi-même été le témoin, mais cela ne constitue pas plus un scandale de l'Église qu'une affaire d'État… »

Certes, répondit l'oncle, certes, mais que devait-on penser de ce moine puant comme une charogne, qu'on avait vu traîner dans les parages du couvent et qui s'intéressait au garçon ? N'était-ce pas le même homme qu'on avait pris pour la Mort sur un âne, et qui déblatérait du latin ?… Il se tourna vers Orso, qui garda le silence. Car l'enfant savait une chose : on avait beau le prendre à partie, on n'attendait pas qu'il prît la parole. Le neveu se malaxa la tempe, puis, d'une voix où pointait pourtant une amitié sincère, il mit en garde son parent :

« Mon oncle, vous savez le respect que j'ai pour vous et l'admiration que je porte à votre sacerdoce… Il faut cesser de vous préoccuper de cette histoire, sans quoi vous attirerez les remontrances de votre hiérarchie ; je vous promets de m'employer encore un peu à enquêter sur ce moine qui bat la campagne.

— Je te remercie, mon neveu. Tes paroles sont sages… J'avais d'ailleurs décidé de ne plus m'en soucier. Que Sa volonté soit faite !… »

Après un long silence, Giovanni se tourna vers Orso avec l'air grave de celui qui prononce un bannissement.

« Tu as maintenant treize ans et beaucoup de qualités, mon garçon. Mais ton développement spirituel est comme le lit asséché d'une rivière. On pourra peut-être te mener jusqu'au postulat, voire au noviciat, mais j'en doute… Dans le cas contraire, on te trouvera un métier, la vallée est pleine d'artisans du fer et de producteurs de soie, tu partiras du couvent. Nous prierons pour que les combats qui grondent aux frontières n'arrivent pas jusqu'au duché… Dieu nous préserve de ce malheur ! Car on sait bien ce qui arrive aux jeunes gens, en temps de guerre. »

*

Les craintes du supérieur n'étaient pas sans fondement. Quelques jours après la visite du neveu, il réunit la communauté afin que chacun fût informé du conflit qui venait d'éclater pour la succession de François Gonzague. Ce prince avait régné sur Mantoue et le Montferrat, deux territoires attenants au Milanais ; il était mort à vingt-six ans de la petite vérole sans laisser d'héritier, ou tout au moins en ne laissant que deux filles, ce qui revenait au même. Comme toujours lorsqu'un trône est laissé vacant, des têtes couronnées avaient pointé de tous côtés, comme des champignons sortis d'une terre où le défunt n'avait pas encore été enseveli, chacun faisant reconnaître ses droits à la succession, invoquant des préséances, des documents originels, et des liens de famille – ceux du mariage et du sang – qui, sans surprise, se percutaient. Le duc de Savoie déclara qu'il ferait valoir ses prérogatives contre le prince cardinal Ferdinand de Mantoue, frère du défunt, et, aussitôt, le roi de France et les Habsbourg avaient commencé à masser des soldats aux frontières. Pour n'être pas en reste, la République de Venise et le grand-duché de Toscane, par le jeu des alliances, avaient levé des armées… Les passages des troupes éreintaient déjà les populations et, à moins d'un miracle, la guerre éclaterait pour le contrôle du Montferrat ! « Quelles implications pour la Valsassine ? », s'interrogea tout haut Giovanni : il se pouvait que le Milanais ne fût qu'indirectement impacté. Mais les mouvements des armées espagnoles et la participation des gouverneurs castillans auraient des retombées néfastes à Milan. À l'intérieur du duché, les feudataires et patriciens lombards se sentiraient les coudées plus franches – « Quand l'autorité du roi est contestée, l'arbitraire resurgit, les exactions aussi ! » Comme toujours, les conséquences seraient portées par les paysans dont l'unique recours était la prière… « L'inlassable prière », finit-il par répéter tristement.

Et c'est précisément à la prière que le père Giovanni voulut exhorter Orso. Pour le discipliner à la liturgie des heures, il le traînait, trois fois la semaine, aux laudes, après quoi il le menait dans une chapelle du chœur, et l'agenouillait sur le granit froid qui leur tavelait les tibias. Devant le vitrail où saint Martin partageait son manteau avec un mendiant, le père gardien encourageait Orso à la pratique de l'oraison silencieuse. Il lui enseignait la prière avec des mots saisissants, « gouffre intérieur », « présence ineffable », qui pour le garçon n'avaient aucun sens ; son regard sceptique, instable, consternait l'ecclésiastique. À court de préceptes, Giovanni lui fermait les yeux, le tenait un temps immobile, puis, rompant le silence, l'invitait à témoigner de ce qu'il ressentait. Orso ne ressentait rien en particulier, il décrivait les spectres rouge et bleu du vitrail qui dansaient devant ses paupières closes. Son esprit restait fixé sur la scène prise dans les chatoiements du verre, et il racontait la mine apeurée du mendiant qui, à terre, contemplait Martin en armure. Le pauvre homme, disait Orso, ne regarde pas l'étoffe donnée par le saint à cheval, mais sa lame terrifiante… Lui-même aurait craint d'accepter un don si son bienfaiteur avait tenu une épée dans l'autre main… Il se voyait attraper le manteau et, dans le même mouvement, avoir le poignet tranché… Orso poursuivait ses interprétations, Giovanni soupirait ; il fallait admettre que l'hagiographie n'avait pas sur le jeune Savoyard la vertu escomptée. Plus d'une fois, sur la lancée de ses exégèses insolites, Orso avait aussi critiqué l'esthétique : le défaut de perspective dans l'art du vitrail ! Il s'échauffait, sa voix forcissait, et le père gardien mettait fin à l'exercice spirituel. L'hypothèse du noviciat s'éloignait.

En novembre de cette même année, Orso fit une requête qui prit au dépourvu le bon père. « Puis-je aller me recueillir sur la tombe de ma mère ? », demanda-t-il au sortir de la commémoration des fidèles défunts. À chaque fête des morts, Orso tombait dans l'abattement, un mal qui le serrait à la gorge mais qu'il refusait de confier aux religieux. Cette fois, il avait osé réclamer : c'était pourtant la moindre des choses !... Comme jamais aucun de ses mentors n'avait abordé avec lui cette question, il s'était tu jusqu'alors ; il imaginait que le sujet touchait à un interdit, une profanation dont il ne pouvait pas comprendre la nature ; l'épithète de « sorcière » avait resurgi à chacune des occasions – rares – où on avait parlé de sa mère, et il s'estimait illégitime à jongler avec les transcendances : la mort, le diable, la disparition d'un corps !... Ces spéculations, on peut prétendre s'en accommoder à l'âge adulte, mais Orso, enfant, craignait ! Chaque nuit, un cauchemar le réveillait, pantelant, aux pieds de Violetta : il se voyait emporté dans l'embrasement d'un feu sacré.

Ce jour-là, donc, il avait parlé, il avait interrogé Giovanni. De quelle pénitence serait puni son sacrilège ? Il attendait, bouche bée, que son mentor lui apprît son châtiment. Pendant un temps il n'y eut que le silence. Quand le capucin prit la parole, ce fut pour reconnaître qu'il ne savait pas où la mère d'Orso avait été enterrée. Il n'alla pas plus loin. Pourtant, aux yeux fuyants du religieux, mélange d'impuissance et de désolation, l'enfant devinait qu'il y avait autre chose, et les deux restèrent cois devant les portes de l'église. L'accalmie fut de courte durée ; malgré lui, les pensées d'Orso exploraient sa mémoire en friche. Quelques jours après la première interpellation, il relança le père :

« Si l'on ne sait pas où repose Mammina, peut-on prier pour elle ?

— Bien sûr ! Dieu entend tes prières où que tu sois. Il n'a nul besoin que tu L'instruises. C'est la franchise dans ton cœur qui compte...

— C'est que, mon père, je ne sais pas ce que c'est, la franchise dans mon cœur… Voudrez-vous m'aider ? »

On était à la Saint-Martin, celui dont l'enfant redoutait tant l'épée alors qu'il était le bras de la charité. Pour Giovanni, l'occasion était trop belle. Il lui proposa d'aller prier dans la chapelle, où ils demanderaient au saint son aide pour les pécheurs qu'ils étaient.

« Mon père, dit Orso, je connais le latin et les mathématiques, le dessin aussi… mais je ne sais pas faire tout ce que vous dites. Oh ! j'ai beaucoup essayé… Pourriez-vous donc prier, vous, pour Mammina ? Je vous accompagnerai, bien sûr, je vous regarderai faire, je m'agenouillerai… Rien ne pourrait me soulager autant que ça ! »

Le capucin entendit une espérance dans la voix de son protégé. « Puise dans ta compassion et tu obtiendras la consolation ! », lui dit-il. Orso sourit, il s'attendait à voir une colombe se poser sur son épaule.

Ils allèrent dans l'église devant le vitrail consacré à saint Martin et le père, saisissant d'une main son rosaire, s'étala de tout son long sur la pierre. Orso l'observait avec curiosité et beaucoup d'espoir ; sans doute les conditions d'un miracle étaient-elles réunies. Ses bras allongés dans l'alignement du transept, les yeux fermés, et sa barbe ouverte devant lui sur le sol comme un éventail, l'ecclésiastique fut longtemps à murmurer des prières dans l'inconfort de l'ascèse. Et le garçon sentit monter en lui de la gratitude pour cet homme qui faisait de son mieux. Mais la distraction reprit ses quartiers. Les pensées d'Orso se perdirent dans les contre-allées. Il vit bientôt apparaître depuis la nef trois chatons qui contournèrent l'autel à la recherche de nourriture et de cabrioles. Il ne se préoccupa plus de quête spirituelle ni du père Giovanni, et son cœur s'illumina enfin ; il se concentra sur les chats. Cette portée, il la connaissait, elle nichait dans la remise où étaient entassés les outils du verger ; Violetta l'y avait emmené voir une grosse chatte tigrée mettre bas.

L'église austère était pour le triplet un terrain de jeux inégalable : ils chahutèrent de leurs coussinets les glands de la longue étole qui couvrait le reposoir, puis bondirent sans conviction après des souris et des piafs qui filaient dans les travées ; finalement, après avoir lacéré le pied d'un lutrin sur les marches du chœur, et mordillé le voile translucide du tabernacle, ils rappliquèrent vers la chapelle où Orso, ravi, se contorsionnait sur son prie-Dieu. Le plus discrètement possible, il agitait ses mains pour inciter les chatons à s'approcher. Rien n'y fit, ceux-ci l'esquivèrent puis, intrigués, allèrent au père Giovanni, plus aplati et inerte qu'une descente de lit. Orso, tétanisé, n'eut pas le temps de crier gare ! Le plus intrépide des trois sauta sur la barbe de l'ecclésiastique et se mit à l'étriller comme il l'aurait fait d'une pelote. L'enfant ressentit l'effroi et la douleur du capucin, éjecté des béatitudes de l'oraison par ces coups de griffes au visage. Giovanni releva brusquement la tête ; l'animal était accroché à sa joue ! Sans doute le bon père fut-il temporairement sous l'impression d'une attaque inédite, un sort du Malin. « *Vade retro !* » hurla-t-il dans un rugissement d'exorciste. D'un bond il se redressa, saisit la boule hérissée, l'arracha de sa barbe, et l'envoya valdinguer à toute force contre une table votive où quelques cierges brûlaient encore. Meow ! Shtaak ! Pffff… et puis le silence. Tandis que le capucin, appuyé à un banc, reprenait ses esprits, on vit deux chatons, les jumeaux de l'infortuné, se débiner par la nef… la méprise prenait forme. Orso se leva pour constater les dégâts : le petit chat tigré gisait mort parmi les chandelles, qui s'étaient mises à lui roussir le poil. Hébété, il fustigea du regard l'ecclésiastique, puis se précipita hors de l'église en hurlant : « Violetta ! Violetta ! Le père gardien a tué un bébé, le père trucide les chats ! »… Saint Martin ne serait jamais une figure tutélaire pour Orso. Mais de cet épisode le père Giovanni voulut tirer des conclusions plus pratiques : il abandonna définitivement l'idée de faire entrer l'enfant dans les ordres, et s'astreignit désormais à lui trouver un avenir dans le siècle, quelles que fussent les objections du chapitre provincial.

Et de fait, la question de l'avenir d'Orso se posait avec plus d'évidence pour les religieux de Pescarenico qui le voyaient gravir gauchement les marches de l'adolescence. Orso se préoccupait à présent de l'image qu'on avait de lui. À bientôt quatorze ans, il avait encore le visage d'un enfant mais il dominait par la taille la plupart des frères. Sa tignasse rousse et son thorax, qui avait commencé à s'épaissir, donnaient l'illusion d'une force en éclosion. Cette première impression était aussitôt balayée par une autre, exactement contraire : sa voix enfantine n'ayant pas achevé sa mue, on entendait à peine ses salutations, et, quand il prenait la parole, un filet sans vigueur lui sortait du gosier. Ses attitudes aussi le desservaient : lorsqu'il repérait un inconnu dans l'enceinte du couvent, ses yeux toujours baissés trahissaient son affolement, les bruits intempestifs le faisaient sursauter et sa bouche s'arrondissait sous l'effet de la peur. En toute situation il aspirait à l'effacement. Orso se savait observé, le jugement des moines ne faisait aucun doute : on le rangeait parmi les monstres. Sinon, pourquoi s'attardaient-ils à le regarder marcher? Son tressautement débile ne surprenait plus, on trouvait naturel de le voir embarrassé dans un corps qui s'étirait sans grâce sous les effets de la maturité. À ses premiers surnoms on avait ajouté «le Clocheteux», qui signifiait le boiteux. De rares fois cependant, le corps fatigué par une journée de gravure et l'esprit en repos, Orso entrevoyait la bonté des capucins. Au fond, la compassion des frères avait fait beaucoup pour qu'il s'accommodât de ses stigmates.

Seule la compagnie silencieuse de Violetta ramenait sur son visage le franc sourire de l'émerveillement. Des années plus tard, au procès de Monza, un frère qui les avait connus à Pescarenico laisserait entendre que la folle avait éveillé l'enfant aux secrets de la nudité et que, dans la solitude de son galetas, l'adolescent se laissait aller aux appels de la concupiscence. Orso blêmirait en entendant ces ignominies. Il était vrai néanmoins qu'il était tiraillé par les mystères de l'intime et du féminin. Ces tourments transparaissaient dans ses dessins, qu'il rangeait dans une reliure en maroquin cramoisi. Le frère Aristide y découvrit une série de nus à la manière des sorcières de Grien : c'étaient les mêmes ornements macabres, les mêmes compositions, à cela près que les corps des femmes représentées par Orso n'inspiraient ni répulsion ni crainte ; ils suscitaient un désir joyeux qui plongeait le sabbat dans une aura de volupté. Aristide referma promptement le classeur qu'il avait parcouru à l'insu de son élève. Il lui en fit reproche mais ne s'étendit pas – sans doute les mots lui manquaient-ils – et lui conseilla de mieux ranger ses productions. Il n'en dit rien non plus au père gardien.

Le Savoyard sortait rarement du couvent. Le seul chemin qu'il parcourait avec assurance était celui qui le menait, aux côtés de Violetta, à la basse-cour puis au pigeonnier, où il l'accompagnait les dimanches après-midi. Il admirait l'aisance de Violetta parmi la volaille, et sa conversation roucoulée avec les pensionnaires de la tourelle. Pour ces sorties dominicales, il se nouait sur la tête un fichu, d'où débordait son épaisse chevelure, car si la crasse lui était familière, il redoutait la fiente.

Ce fut lors d'une de ces expéditions au pigeonnier que le drame se produisit. Dans les éphémérides du couvent, il fut précisément daté à la veille de la

Saint Pierre-et-Paul, l'année 1615. Violetta, qui ne chantait pas plus qu'elle ne parlait, était entrée dans le pigeonnier en produisant ses gloussements habituels dont Orso se demandait s'ils composaient une harangue ou si c'était une simple convention de politesse. Accroché au cordon de son tablier comme un caneton à sa mère, il entra juste derrière elle ; la porte se referma sur eux. Odeur de chiures, relents de la chair acide, les bouffées suffocantes des duvets en lévitation et les vapeurs étouffantes de juin se dispersaient dans les roucoulements et la claque furieuse des battements d'ailes ; pendant que leurs yeux s'habituaient à cette demi-obscurité, leurs autres sens furent proprement fouettés par ce capharnaüm suspendu dans les airs. Avant que sa vue ne fût accoutumée à la pénombre, une sensation nouvelle, et qui les dominait toutes, vint prendre Orso aux narines : quelque part dans le pigeonnier quelque chose empestait, une puanteur distincte de celle attachée à la volaille. *Ça ne sent pas Violetta,* pensa le garçon. Il connaissait pourtant cette odeur… Comme il se demandait d'où, il finit par comprendre de qui : la silhouette du moine mendiant se dessina à deux pas de lui, juste en face de Violetta. Il se raidit de terreur ! La vieille avait gardé les yeux fermés, c'était son rituel lorsqu'elle pénétrait dans le refuge des pigeons ; tel un épouvantail bienheureux, elle étendait les bras et jouissait du volettement des oiseaux qui lui effleuraient le visage. Elle finit malgré tout par éprouver sur sa manche la crispation du garçon. Quand elle ouvrit les yeux, elle faisait face à l'intrus, son front presque collé à cette gueule ignoble dont elle n'avait pas pressenti l'abomination. Depuis le jour où elle avait assommé Mansueto, Orso savait que, chez Violetta – et particulièrement en présence des hommes –, l'instinct l'emportait sur la réflexion. Elle ramassa un pavé obstruant un boulin et, brandissant la pierre vers le diable tapi entre ombres et fientes, elle s'écria : « La Mort,

Orso ! Au couvent ! »… C'était la première fois que l'enfant l'entendait prononcer des paroles intelligibles. Il émergea de sa paralysie, prit la fuite, et s'enfonça en zigzags dans un champ de blé noir, où il soulagea son effroi et tant d'autres choses. Puis, les poumons vidés, il s'allongea sur le chaume. Comme quelques nuages bas lui apportaient là une ombre protectrice, il se rappela l'injonction de Violetta, et s'en retourna chercher l'aide des frères.

Dans la cour où il avait déboulé, sans souffle, il se jeta sur Aristide. Ne pouvant rien lui expliquer, il l'agrippa et ne le lâcha plus ; la panique suintait de tout son corps. Le bon frère le fit asseoir et lui porta un broc d'eau. Quand Orso se fut un peu ressaisi, il se leva sans rien dire, entraîna le frère par la manche de sa robe et le tira jusqu'au jardin potager en boitant lourdement. Tandis qu'ils longeaient les figuiers aux fruits encore minuscules, ses forces l'abandonnèrent, il dut prendre appui sur le bras d'Aristide. Ils pénétrèrent enfin dans la basse-cour où le garçon se figea. « Là ! », dit-il simplement en désignant le pigeonnier au capucin. Aristide n'était pas homme à atermoyer, il entra. Derrière lui, Orso, tremblant, se campa sur le pas de la porte pour observer. Comme ceux qui l'avaient précédé, Aristide subit l'étourdissement des sens. Appuyé d'une main à la paroi, il laissa s'assoupir la furie voletante. Quand il put enfin ouvrir les yeux, il balaya l'espace de la tourelle. Hormis les légions de volatiles, elle était vide ! Son regard oscilla de droite et de gauche, puis il se mit à scruter le sol. Au pied de la maçonnerie, deux rangées de briques encadraient des boulins en acier où des femelles aux ailes mutilées avaient pondu ; cet alignement à terre était plongé dans une confusion pulvérulente de duvets et de souillures. Orso finit par y distinguer, faisant face au capucin, une clique d'oiseaux qui les regardaient… une clique aussi suspecte qu'il est possible – il tenait le pigeon pour une engeance malhonnête. Les oiseaux piétinaient un monticule qu'ils semblaient occuper jalousement. Le capucin voulut faire un pas vers cette congrégation offusquée mais sa sandale buta, il avait heurté une forme oblongue. Avec son gros orteil qui pointait, il sonda : une masse, globalement rigide, tendre en surface, presque enfouie sous l'amas de duvet. Alors, agenouillé, il examina, ausculta, palpa sous les plumes, et, brusquement, se rejeta en arrière : «Un pied!»... Là, sous le sédiment grège, il y avait un pied! Et au bout de ce pied, un corps entier! Comme les pigeons, affolés par son affolement, avaient recommencé leur chahut aérien, il saisit le membre raidi et s'efforça de déplacer le corps. Mais la fiente au sol agissait comme un ciment qui rendait laborieuse cette tâche en soi effroyable. Pour Orso, paralysé, pas question d'aider Aristide. Alors le frère résolut de débarrasser le macchabée de son linceul duveteux et raidi par les déjections. Il usa de gestes respectueux, pendant que l'enfant, coi, regardait; c'était la première fois qu'il voyait plumer un mort. Aristide comprit sans doute ce qui se trouvait sous le monticule gardé par les femelles jalouses, car il y concentra ses efforts; à la vue horrifiée d'Orso, le visage de Violetta apparut. Il était moins abîmé par la vie que par son ultime épreuve : l'arrière de son crâne gisait, fracassé sur un boulin qu'elle avait heurté dans sa chute, écrasant sous sa chevelure cendrée une malheureuse paire d'œufs. Les coquilles jaunies le long de ses tempes lui composaient des pendentifs calcaires, et, ainsi allongée dans cette parure à plumes, elle avait l'air d'une reine au paradis des cygnes. «Dieu du Ciel! Violetta! Par la très Sainte Vierge! Violetta!...», Orso entendit vaguement les incantations sans fantaisie que le pauvre frère ne put retenir dans son cœur. Puis il le vit, vacillant, ressortit à l'air libre où il l'avait précédé. Orso n'eut pas la force d'écouter les questions ni les lamentations du capucin.

À vrai dire, depuis qu'il avait entendu les dernières paroles de Violetta – ses premières, en vérité –, il n'avait plus pensé la revoir en vie. Il partit se rencogner dans la chambre, sous le châlit de la défunte, d'où il ne sortit que deux jours plus tard pour accompagner la procession funèbre. Avant la mise en terre de sa protectrice, il se pencha sur le chanvre enroulé, qui fut tout son cercueil, et lui souffla cette supplique : « Chère petite tante, pars vite dans les Cieux. Et quand tu croiseras Mammina, dis-lui que je viendrai bientôt la voir. Amen. »

*

« Mon père, j'ai pleuré sur la tombe de Violetta, hier. Et pourtant je n'ai toujours pas pu pleurer sur la tombe de ma mère. Me laisserez-vous enfin aller la voir ? Vous pourriez m'y accompagner ?

— Que Dieu te prenne en pitié !... C'est impossible, Orso. Nous en avons déjà parlé : j'ai cherché où reposait ta mère et je n'ai pas trouvé. Un jour, peut-être... »

Orso, cette fois, protesta : Un jour ? Allons donc ! Que ce fût aujourd'hui ! Il fallait chercher encore ! Après tout, sa mère ne pouvait pas avoir été ensevelie loin de Pescarenico. Les indices ne manquaient pas : cette vieille femme qui l'avait amené au couvent, le frère portier saurait bien la reconnaître ! N'avait-on pas retrouvé la jument palomino ?... C'était comme ce moine, cet assassin de moine ! Avec l'aide des frères, on arriverait à mettre la main dessus ! La réponse de Giovanni cingla aux oreilles du garçon :

« Pour l'amour du Ciel ! on ne sait rien du moine ! Si tu veux être agréable à Notre-Seigneur, n'accuse pas sans savoir !... Et crois-tu vraiment que le frère Mansueto t'aidera avec l'aimable gravure dont tu l'as paré ? Je te répète que c'est impossible... pour l'instant. Et, pour l'instant, au contraire, il ne faut pas faire de vagues... Tu dois partir de Pescarenico. Tu es peut-être en danger au couvent, nous ne savons pas. Il vaut mieux que tu quittes le duché. Avec ce qui t'a été enseigné ici, tu es dorénavant en mesure de prendre un métier. J'ai pensé à un emploi pour toi : si Dieu le veut, tu pourras gagner un peu d'argent... Et, qui sait, à l'avenir, tu reviendras pour essayer de retrouver ta mère. »

De l'argent !... Orso écarquilla les yeux. Le supérieur s'expliqua : une solde... grâce à Dieu, au couvent, il n'en avait pas connu l'utilité, mais si un jour, avec Son aide, il retrouvait la fosse où gisait sa mère, il faudrait bien qu'il dresse un ornement... un marbre funéraire sur lequel il pourrait se recueillir, prier pour elle, honorer sa mémoire.

« Une pierre tombale ? », demanda Orso.

À quoi le père gardien répondit qu'en la matière la taille ne faisait rien, une stèle serait déjà un bel hommage. Une stèle... terrible chimère que le père Giovanni avait fait miroiter ! Car ce matin-là, sans le savoir, il avait remué une souffrance nouvelle chez le garçon : depuis quelques mois le souvenir de sa mère se défilait ; il ne parvenait plus à en figer les contours dans sa mémoire, et chaque nuit, quand il cherchait le sommeil, il sanglotait... Alors, bien sûr, une pierre commémorative, l'idée l'avait touché au cœur. Mais pour le capucin, la stèle n'était qu'un prétexte. Depuis la mort de Violetta, il redoutait chaque nouvelle sortie d'Orso, chacune de ses demandes ; ses prouesses même – relayées par ses maîtres – semblaient l'effrayer. Pour ramener la paix au couvent, il fallait en éloigner le Savoyard... définitivement ! Voilà ce qu'il avait laissé entendre au chapitre.

Ce qu'il avait dit en substance au garçon ce jour-là, c'était qu'il était temps de partir gagner sa vie. Il n'y avait plus rien à Pescarenico pour lui ! Heureusement, la très Sainte Vierge avait répondu à ses appels et Giovanni avait trouvé « une voie » ; en sorte qu'Orso pourrait à la fois subvenir à ses besoins et continuer à apprendre, s'il le souhaitait – le bon père connaissait sa soif de savoir.

«Je vais aller étudier les sciences ? demanda Orso.

— Non. Tu travailleras au dessin et à la gravure… Là où tu vas, nous partirons dans deux jours. Ne te confie à personne à ce propos. Je parlerai à nos frères après ton départ.»

Convaincu depuis longtemps qu'Orso n'irait pas dans les ordres, il s'était activé pour lui trouver de quoi l'établir dans la vie séculière. Sans en référer à la hiérarchie provinciale, il avait tenu correspondance avec une cousine éloignée du nom de Perpetua, une benjamine désargentée qui, pour éviter le voile, avait épousé un certain Bertolotti, artisan luthier à Brescia. Ce placement était ce qu'il avait trouvé de mieux. Le malheur du pigeonnier avait conforté son dessein et l'avait persuadé qu'il devait, pour le bien de l'adolescent, garder le secret autant qu'il était possible. Bertolotti, expliqua Giovanni, était issu d'une famille de luthiers qui avait prospéré dans la République de Venise. Arrière-neveu du renommé Gasparo da Salò, il n'en avait pas, disait-on, le génie technique. Il s'était spécialisé dans la décoration des grands instruments à cordes, violes et contrebasses en particulier, qu'il embellissait d'entrelacs, de motifs végétaux colorés, de scènes bibliques et paysannes. Ses instruments ornementés avaient connu quelque succès dans les salons de Venise, Milan, et Mantoue – le père Giovanni faisait la moue dès qu'il abordait les affaires profanes. Or Bertolotti s'était mis en recherche d'un graveur apprenti pour l'aider à honorer ses commandes. Bien qu'il eût surtout montré des aptitudes au dessin, Orso fut donc recommandé pour ses talents de graveur. C'est ainsi que la mise à l'essai du garçon fut convenue entre le supérieur capucin et sa cousine.

Giovanni, pour cet ultime voyage, se chargea d'accompagner Orso. Son exode ne devait pas avoir d'autre témoin ; ils partirent avant le lever du jour.

Brescia se trouvant en territoire vénitien, il fallait passer la frontière du Milanais à la République entre Cassano et Treviglio. Les ecclésiastiques allaient d'un État à l'autre sans embêtement mais l'identité, ou plutôt l'absence d'identité d'Orso, était une contrariété. Le supérieur en fut quitte pour deux boisseaux de grains et quelques écus. « L'argent est proscrit, confia-t-il, mais c'est un viatique infaillible. » Il abandonna ce laissez-passer au corps de garde lors du passage de la rivière Adda. Ce fut la dernière générosité des moines de Pescarenico envers l'enfant. En retour, Orso ne sut trouver aucune parole de gratitude. Il est difficile de savoir ce que le père gardien avait au cœur lorsque, une fois sur les terres de la République, il regarda s'éloigner le charretier auquel il avait confié le Savoyard. Orso, lui, ne ressentit rien ; en tout cas rien qui s'approchât de la tristesse. Et il ne lui fallut pas plus des douze heures de charrette, qui séparent l'Adda de Brescia, pour remiser loin dans sa mémoire ses huit années au couvent.

5

À Brescia l'apprenti, devenu fin luthier,
Voit un jour son visage chez un tailleur de pierre :
Ces traits doux sur le marbre, ce sont ceux de sa mère ;
Il faut voler la pierre, ériger une tombe.

Aux plissures de son front, on pouvait penser que le charretier n'avait qu'à moitié compris les instructions du bon père. Tout le long du trajet, Orso lui vit ces mêmes traits, et le paysan sembla surpris d'être parvenu au lieu-dit ; il restait sur ses gardes – on était en pays étranger. Il se hissa en prenant appui sur l'attelage et observa le fond du chemin en impasse qui débouchait sur une cour dont la terre mêlée de sable portait les stries fraîches d'un râteau. Attaché à une mangeoire, un cheval sellé mâchonnait ; sa robe frottée à la paille et étrillée renforçait l'aspect entretenu du lieu. Avant d'arriver aux deux colonnes de grès qui marquaient l'entrée de la propriété, le paysan fit effectuer à ses bœufs une demi-volte malaisée. Peut-être voulait-il éviter que ses bestiaux ne souillent les parterres ou s'abstenir pour lui-même de salutations dont il n'aurait pas su se dépêtrer. Toujours est-il que la charrette barra l'accès à la demeure et qu'il en profita pour reluquer à ses aises.

La bâtisse en pierre formait un angle droit dont le corps principal se dressait sur deux étages. Le charretier avait eu de la peine à trouver ce séjour, le plus excentré d'un hameau éparpillé et qui se trouvait lui-même à une demi-lieue des portes sud de Brescia. Depuis les barrières d'octroi, le paysan avait fait pauser dix fois ses bêtes pour demander sa route, « Saurait-on me dire, pour le luthier Bertolotti, la Mégisserie de San Zeno ? », l'endroit tenait son nom d'un ancien moulin à foulon dont Orso, besace en main, voyait maintenant poindre le toit dégarni à quelques pas derrière l'habitation. Le charretier signala d'un geste de la main qu'on était arrivé à destination. Tandis qu'Orso pénétrait dans la cour, son élan fut suspendu par le bruit d'une porte qu'on ouvrait brutalement. Trois braques tachetés de beige – les chiens de la maison – sortirent en jappant et, indifférents à l'affolement du visiteur, se répandirent en reniflements sur le rectangle dallé qui servait de perron. À leur suite, deux hommes franchirent le seuil, portés par le tumulte d'une dispute. Le premier, de dos, faisait face à l'autre ; il marchait à reculons. Essayait-il de retenir son interlocuteur ou le fuyait-il en s'en protégeant ? Ses pieds nus, au bas de sa culotte de lin, laissaient penser que l'homme sortait du lit, mais la camisole débraillée sur son ventre rouge et son chapeau à calotte rongé par les mites en faisaient plus sûrement un métayer ; un métayer aviné ! Détail effrayant : il avait sur l'œil droit, boursouflé, un bandage de coton. Des taches grasses, ocre et noires, imbibaient le pansement. Orso crut qu'il s'agissait d'un domestique négligent, fuyant les remontrances de son maître… ce qui faisait de l'autre, un grand brun élégant aux bottes reluisantes, pourpoint grenat et feutre gris, son nouveau protecteur : Bertolotti. Le garçon fut donc contrarié quand, ayant claudiqué vers les deux personnages, il vit celui aux bottes graissées aller à la mangeoire, détacher son cheval et, dans un même geste nerveux, l'enfourcher en criant : « Je reviendrai à la Saint-Christophe ! L'instrument devra être prêt ou tu rembourseras à mon maître les cinquante écus qu'il t'a servis d'avance ! Pour les intérêts, je te laisse faire le calcul !... »

« Et qui es-tu, toi ?! » Une peur soudaine avait immobilisé Orso devant le débraillé. Il réalisait à l'instant que le couvent, le couvent comme abri, n'existait plus. Sans qu'il sût comment ni pourquoi, il se voyait incapable d'expliquer précisément qui il était, lui. Les mots ne sortaient pas. Il eût mille fois préféré arriver à San Zeno comme il était entré dans Pescarenico, sans conscience et innocent de tout. Après l'hébétude, la seule réponse qui lui vint à l'esprit – elle éclipsait toutes les autres – fut « Le fils de Mammina ! »... Il aurait aussi bien ajouté qu'il n'avait qu'un but, retrouver la sépulture de sa mère, mais il eut la présence d'esprit de se taire. Il tendit la lettre qu'avait écrite le père gardien. Après avoir lu, preuve qu'il n'était pas si rustre, l'homme détailla le jeune montagnard de son œil valide.

« *Ma dai !* C'est donc toi, le protégé du cousin Giovanni ?! *Porca miseria !* J'aurais dû suivre mon intuition et faire écrire à ma folle d'épouse qu'il ne t'envoie pas ici ! Il ne faut pas écouter les bonnes femmes ! Et comment va-t-on faire, maintenant ? Tu peux me le dire ? Un gaillard comme toi, Madone ! on ne le nourrit pas de vesce et d'ivraie !... Tu ne parles pas ?... Évidemment, tu ne parles pas ! Qu'est-ce que tu pourrais dire ? nous annoncer que tu vas nous enfoncer un peu plus dans les privations ? me remettre l'œil à l'endroit ?... Œil maudit ! »

Orso faisait face. Pour ne pas fuir, il avait cessé de penser, il avait même cessé d'entendre : plus rien ne l'atteignait. Cette apathie irrépressible l'avait déjà submergé à plusieurs reprises chez les capucins. Raide comme un pendule, il fut conduit par l'artisan et sa femme jusqu'à son séjour, une couche sommaire au fond de l'atelier; là, il entendit vaguement Perpetua suggérer qu'il était possédé – l'épouse de Bertolotti se hasardait facilement dans l'inconnu gnostique. La seule manifestation consciente qu'eut Orso avant de s'allonger pour de longues heures fut d'extraire son classeur en marocain de sa besace. Avec la gestuelle mécanique d'un somnambule, il l'enfouit sous son lit comme pour en interdire l'accès.

Le garçon ne conserva qu'un vague souvenir de son arrivée mouvementée. Lorsque leur relation fut mieux établie, le luthier raconta qu'il était resté prostré sur son grabat trois jours et trois nuits. On avait fait venir le chapelain dont l'art se révéla insuffisant – bien qu'il eût le mérite de réconforter Perpetua –, puis on manda le médecin du hameau pour un résultat identique, les génuflexions en moins. Le quatrième jour, Orso revint à lui. «Miraculeux», gémit Perpetua quand elle le vit avancer vers elle et se planter devant l'âtre. Elle ouvrit grand la bouche, goba un peu d'air et alla embrasser le crucifix accroché près du conduit aux fumées. Puis elle s'adressa au nouvel arrivant : était-il bien cet Orso envoyé par son cousin Giovanni ? «Je suis au service du luthier Bertolotti», répondit-il, déclinant d'un trait l'entièreté de sa nouvelle identité. Perpetua leva haut les yeux pour, dans un même élan, rendre grâce au Ciel et accabler son mari :

«Tu trouveras ton Bertolotti dans son lit, à l'étage ! Depuis le début de l'été, il ne fait plus que boire, pisser et dormir. Il s'est gâché l'œil, bêtement, et maintenant il ne veut plus travailler. À Dieu ne plaise ! Un mois qu'il n'a pas touché une gouge ! Il ne reçoit même plus les instruments qu'on lui porte. La semaine passée, on a vu de ses créditeurs commencer à le houspiller… »

Elle prétendait que le luthier n'était pas si diminué qu'il en avait l'air – un œil dans le torchon, on en avait vu d'autres ! –, il s'était ramolli à trop s'apitoyer sur son sort. La vérité, c'est qu'il était encore parfaitement capable de ses mains ; quand il s'agissait de frapper, il frappait, le cochon ! Non, Bertolotti était solide, ce n'était pas un petit monsieur élevé dans la soie ! Simplement, il était accablé. Elle parla encore de ses « mélancolies » ; elles seraient passagères. Orso la contemplait comme une créature de mythologie. Pas plus qu'il ne savait à qui il avait affaire, il ne savait quand ni comment s'arrêterait cette logorrhée furieuse. Une panique le raidit de nouveau quand les chiens du foyer vinrent le renifler dans le détail. « Ah ça ! un montagnard qui a peur des chiens ! dit Perpetua en pouffant, ces trois-là sont pourtant bien inoffensifs, oiseux comme leur maître ! D'ailleurs, monsieur le curé est de mon avis, *ad nauseam* » Perpetua avait une idée approximative des locutions latines, elle en saupoudrait ses phrases pour en relever la saveur, et faisait le même usage des pensées de monsieur le curé. Puis elle reprit le fil de son argument, invoqua la Providence qui avait envoyé Orso, notre mère l'Église qui l'avait recommandé, et le père Giovanni, ce saint homme, qui l'avait éduqué. À quoi ressemblait-il d'ailleurs, le bon père ? C'était un cousin au troisième degré, précisa-t-elle, peut-être quatrième... Ça ! quelle bénédiction d'avoir un saint dans sa famille ! tout le monde ne naît pas évêque ! Dieu sait qu'elle avait dû tenir tête au luthier pour qu'il accepte de le laisser venir. Ah, on n'imagine pas comme elle s'était fait recevoir ! Bertolotti ne voulait pas entendre parler d'un aide, c'est bien simple : il lui avait jeté sa varlope à la tête ! Heureusement qu'il était borgne, ce mufle-là !... Elle ne tarissait plus. Alors qu'elle lui faisait un dernier aveu – « C'est qu'il boit beaucoup, tu vas voir ! mais il est encore capable ! je le connais, mon bestiau ! » –, le miracle eut lieu : vrraoum ! un grondement d'orage avait interrompu la déferlante

Perpetua, le plafond avait tremblé, Bertolotti s'était levé. On l'entendit tonner dans sa chambre, soulever une chaise, la reposer avec fracas, marcher pesamment et enfin, tonitruant, descendre l'escalier. Il apparut dans la splendeur vaporeuse d'un ensemble de coton blanc, déchiré ici, déboutonné là, et globalement dépenaillé, mais magnifié par un bonnet à gland qu'il avait enfilé à l'envers. Appâtées par sa blessure, une nuée de mouches formaient autour de son crâne un halo, qu'en marchant il étirait en traîne bourdonnante. La bouteille qu'il brandissait expliquait le soudain parfum d'esprit-de-vin. Ses lamentations prirent l'exact contre-pied des paroles de Perpetua :

«Le voilà donc, le sauveur? Le voilà, notre Orso? On peut dire que tu as réussi ton entrée, jeune homme! Sois le bienvenu! Trois jours à somnoler sur ta couche... nous allons faire une solide équipe... si tu ne ronfles pas trop, ha! Et encore, tu es heureux que celle-là ne t'ait pas dérangé à chaque heure! Je n'ai pas cette chance, moi!»

Il se plaignit des recommandations faites par le pieux cousin : le capucin avait achevé de rendre folle sa pauvre femme... C'est que le jeune Savoyard devait être traité comme un prince de rang! n'est-ce pas? Alors qu'on avait, une semaine plus tôt, payé ses gages à leur servante! Et que dire du brave Andrea, renvoyé sans appel pour laisser la place à Monsieur! tout oint de son éducation chez les frères! Ah?... parce que Madame Perpetua ne lui avait pas dit?... c'était pourtant bien elle qui tenait les comptes! Eh bien, voilà : il se trouvait que le ménage Bertolotti n'avait plus un maravédis pour honorer ses serviteurs fidèles!... Mais pour le protégé du cousin, ça, ils avaient naturellement un lit à disposition et table ouverte! Il éructait. Heureusement, le vieux luthier fut interrompu dans sa diatribe par une envie aussi soudaine qu'irrépressible : «Eh bien, apprends, l'apprenti! Commence donc par aller me remettre cette bouteille à flot, les fûts sont à l'arrière de la maison, près des boisseaux à grains. » En guise de présentations ce fut à peu près tout. Orso n'en demandait pas tant ; il suffisait qu'on ne lui posât pas trop de questions. À cet égard, ce fut encore Perpetua qui l'embarrassa le plus : elle l'abreuvait de considérations sur la vie des saints, après quoi, silencieuse, elle semblait demander au garçon son assentiment ; tout juste sorti du couvent, il avait à ses yeux l'aura d'un pape. «*Beati pauperes spiritu*», Orso comprit qu'il lui suffisait de répondre par quelque tournure latine pour que Perpetua s'en saisît comme d'une aumône et le laissât tranquille. Bertolotti, sans doute plus empêché que ne le prétendait Perpetua, buvait en matinée, exhibait l'après-midi son ivresse, et cuvait en soirée. Cependant, même s'il avait adopté le beuglement comme seule modalité de communication, il traita le garçon sans animosité. L'apprenti fut même surpris de déceler sur le visage de son maître des grimaces amicales... Peut-être le vieux luthier fut-il apitoyé par son mutisme et ses claudications ; peut-être avaient-ils en commun un fonds meurtri ?

Pendant plusieurs semaines, il ne fut pas question de gravure. Bertolotti, lorsqu'il était d'humeur à se faire comprendre, usait d'Orso comme d'un valet de pied ; ça ne faisait pas avancer les affaires de l'atelier mais ça apportait un peu de sérénité dans la Mégisserie. Une nuit qu'il était en verve, Bertolotti raconta au jeune hôte le passé industrieux du lieu, indémêlable de celui de la République : longtemps une roue géante avait tourné, mue par le canal de Crémone en contrebas ; à quoi le moulin avait-il dû sa désaffection ? il faudrait le demander aux tanneurs et aux drapiers de Brescia ! Pendant des décennies, ils en avaient eu l'usufruit et, un jour d'ingratitude comptable, oublieux des services rendus, ils s'étaient déplacés vers la ville, le long du *Naviglio*... la faute aux affaires, des années que le commerce des draps de laine était en chute ! Mais ça reviendrait. Une chance que la République regorgeât de bons artisans ! Et puis il fallait bien reconnaître qu'on avait les meilleurs marchands du monde, inquiétants à force d'être redoutables... Bref, les tanneurs partis, des graveurs avaient pris la place, il y avait encore au hameau plus d'une vingtaine d'ateliers ; dans ces fabriques, on ne faisait relâche qu'aux moissons, on y travaillait tous les matériaux, du bois à l'or en passant par la pierre et le bronze ; tout ça était poncé, ébavuré, échoppé du matin au soir, que ça burine, que ça cisèle, que ça vernisse ! les épidémies et les guerres pouvaient bien ralentir le rythme, renouveler les hommes, mais toujours le travail reprenait, car, et Bertolotti insistait sur ce point, la République avait beau connaître l'adversité, elle restait prospère ; d'ailleurs, de toutes les calamités, la concurrence était sans conteste la plus infernale ! Voilà ce qu'il répétait en se frottant les mains, lui qui, semblait-il, ne l'avait jamais connue.

Enfin, une circonstance vint bouleverser l'arrangement oisif qui s'était installé entre Orso et ses maîtres. Ce matin-là, Perpetua fit lever l'apprenti en hâte et le pria de la rejoindre dans la salle commune. Un cavalier en livrée se tenait au centre. Sur la table, il avait posé un luth à treize chœurs en épicéa rosé, dont la caisse de résonance n'avait pas été vernie. À côté de l'instrument, il avait placé une bourse dont la rondeur signifiait qu'on était en affaires. Perpetua couvrit au mieux les ronflements de son mari en expliquant à Orso les requêtes du visiteur : selon les souhaits de son propriétaire, le luth devait être orné d'une scène sur le thème des vendanges. Sans doute encouragée par l'incapacité de son homme autant que par le désastre financier qu'elle se forçait à consigner chaque soir, elle fit preuve d'un spectaculaire à-propos : « Eh bien, procédons comme à l'habitude, *ceteris paribus* ! » Elle alla chercher dans l'atelier une pile de feuilles et des mines de plomb qu'elle déposa avec ostentation devant Orso.

«Notre apprenti a été l'élève de maîtres enlumineurs ayant exercé dans les plus grands monastères d'Europe. Laissons-le à son ouvrage et il pourra vous proposer quelques ébauches avant la fin de l'après-midi. N'est-ce pas, Orso?», une main posée sur l'épaule du garçon, elle regardait celui qui, sur le crucifix, lui pardonnerait ses affabulations. Et si, pour passer le temps, ce monsieur leur faisait l'honneur d'accepter à dîner? qu'il prît donc ses aises, elle allait préparer de quoi le ravigoter un peu!

Orso regardait Perpetua d'un air inquiet, mais enfin il lui sembla comprendre ce qu'on attendait de lui. Sans prendre la peine de s'asseoir, il approcha les feuilles et dessina à main levée, sur la première, le contour en poire de la table d'harmonie. Son gabarit achevé, il se lança dans l'adaptation d'une scène pastorale dont il gardait le souvenir; il l'avait admirée à Pescarenico dans une traduction illustrée des *Travaux et Jours*. De chaque côté de la rosace, il dessina une femme et son compagnon couronné de lierre, qui dansaient en portant chacun sur l'épaule un panier débordant de grappes. Dans les marges arrondies du luth, la nudité des vendangeurs était fêtée par une nymphe et un satyre – les seules images qu'Orso avait conservées de la vie paysanne, il les avait recueillies dans les livres, où les vendanges n'étaient pas une histoire de vignerons éreintés, mais de bacchanales.

Perpetua n'avait pas même eu le temps de raviver les tisons sous sa marmite qu'Orso, sans un mot, poussait son œuvre devant l'hôte étonné. Comme on examinait son travail, l'apprenti fit un rouleau des feuilles restantes et enfonça ses mines dans une poche en feutre, signalant qu'il ne présenterait pas d'autres esquisses. Car enfin, il n'avait pas en mémoire d'autres représentations d'un sujet aussi vain, et il n'avait aucune disposition

– il n'en aurait jamais – à se contorsionner l'imagination sur commande.

La femme du luthier fixa sur le censeur des yeux pleins de prière ; on la vit même murmurer au Très-Haut. Elle devait penser qu'à cet instant se jouait l'avenir de l'établissement Bertolotti.

« C'est parfait ! C'est ça qu'il nous faut ! dit l'homme. Mon commanditaire souhaiterait qu'on utilise deux pigments pour rehausser le dessin ; de gueules et d'argent, les couleurs de sa maison, cela vous semble-t-il possible ?
– Possible ? Mais c'est l'évidence, cher monsieur ! », répondit Perpetua qui, d'un seul mouvement, allègre, mit la bourse tendue dans un pli de sa robe et raccompagna vers la porte le visiteur qui s'était levé. Lui aussi se montra pressé de partir ; peut-être avait-il entendu, au-dessus de sa tête, les grognements de l'ogre.

« Revenez le quatrième lundi, ce sera prêt ! », Perpetua n'avait pas trouvé formule plus opportune pour saluer l'homme sur le pas de sa porte.

À peine le crampon du loquet fut-il abaissé que l'on vit Bertolotti dévaler l'escalier. Entraînées par ses rebonds gracieux, des chairs de toutes natures débordaient de ses culottes. Dans la pénombre atténuée par les flammèches, Orso le contempla avec curiosité, Perpetua avec effroi. On se trouvait à ce moment de la journée où le luthier était au sommet de sa clairvoyance. Il fut alerté par le visage de sa femme, qui, derrière une moue intriguée, cachait un fonds intrigant. Furetant de son œil valide, il vit sur la table l'instrument qu'il ne connaissait pas et, juste à côté, le projet d'ornement dessiné par Orso. « Que… ? », une explication eût été superflue. Sa réaction première sembla soulager son épouse : Bertolotti s'était saisi du luth. Il prit un temps pour accorder les treize chœurs, opération complexe qui prouvait, au-delà de sa lucidité momentanée, son expérience d'instrumentaliste, et, sur un ton malicieux, se mit à improviser une ballade dont la mélodie se révéla plus classique que le libretto, visiblement improvisé :

Autant qu'à son bon Dieu, ma mie pense à l'argent.
Son homme au lit se meurt, ma mie pense au comptant.
Son époux agonise, elle engrange les ducats.
Et son doux apprenti fait le beau Mantegna.
Dès que passe un gobeur, il dessine une belle ;
Lui fait croire sans vergogne qu'il est un Raphaël…

Orso ne comprenait pas le fiel déversé dans les paroles du maître. Il était ravi par la musique ; sous le charme du ménestrel, il avait commencé à taper dans ses mains. Perpetua, elle, avait deviné l'orage derrière la mélodie. Elle avait entamé une prudente retraite et se tenait appuyée sur une console en pierre de la cuisine. Repli salutaire : Bertolotti, à bout de souffle et d'inspiration, avait saisi à deux mains le chevillier, il hissa le luth au-dessus de sa tête et, dans un accès foudroyant, fracassa l'instrument sur le banc de chêne tout en continuant à hurler quelques notes qui devaient lui tenir à cœur.

Le banc fut à peine ébranlé, des éclats d'épicéa volèrent aux quatre coins de la pièce. Un silence pesa, dérangé seulement par la respiration rauque du luthier et les crépitements du foyer. Le Savoyard conjecturait en regardant son maître, son admiration n'avait pas faibli. Il se demandait malgré tout pourquoi cette puissance lyrique dût être accompagnée d'un jeu si dramatique. Perpetua se renfrogna près du four. Sans doute avait-elle opéré mentalement une nouvelle soustraction dans son cahier de comptes, substantielle celle-là, de la valeur d'un luth. Le lendemain, elle avertit Orso que l'hiver serait rigoureux.

Ce fut néanmoins un mal pour un bien. Bertolotti, malgré sa démence, paraissait avoir pris conscience du talent d'Orso ; si le luthier avait une oreille correcte, le jugement de son œil était exceptionnel : au premier regard il connaissait la valeur d'un coup de crayon. Dès lors, il accepta que s'établît entre eux un dialogue plus construit dont il tint son épouse éloignée. Et dans le coudoiement de l'atelier se mirent en place les principes d'un compagnonnage ; pour la connivence, il faudrait attendre. Bertolotti buvait encore mais il avait pris sur lui de ne rien absorber avant la vingtième heure, qui correspondait en gros au moment de sa sieste. Ils profitaient donc d'une parenthèse sobre, en fin de matinée, où le maître enseignait à son apprenti les tours de main de l'ornemaniste.

Pour le former à son art délicat, il mit à disposition d'Orso deux violes de rebut et, d'emblée, le garçon fit preuve d'une maîtrise telle que le luthier décida de réhabiliter les deux instruments pour les revendre à bon prix. Cet épisode marqua le début du redressement pour les Bertolotti. Il coûta à Perpetua la distance de la Mégisserie à l'église de San Zeno qu'elle parcourut à genoux pour s'exonérer d'un vœu. Son mari, objet du vœu, rit beaucoup et but encore plus de la voir pour une fois revenir en pestant de la maison de Dieu.

Comme pour faire équilibre aux pingreries de son épouse, le luthier était prodigue en tout ; dans son art, en revanche, il ne faisait jamais un compliment. Ni à lui-même ni aux autres. De ce point de vue, les deux artisans faisaient la paire car Orso ne se préoccupait pas plus des reproches que des louanges.

Les premiers jours pourtant, quand il observait le Savoyard ciselant lestement ses arabesques, il y avait de l'admiration dans les silences de Bertolotti. Tête baissée, il inspirait l'odeur du bois à vif et semblait se délecter de l'impact feutré des copeaux qui pleuvaient des doigts du garçon. La main d'Orso n'hésitait jamais, son aisance à deviner la matière était inexplicable. En caressant le bois, en en tâtant la pulpe, il comprenait la densité changeante des essences et la disposition des veines, comme un ébéniste aguerri. À aucun moment le luthier n'osa lui guider le trait. Il se contenta d'expliquer ce qui distinguait une ornementation d'exception d'une simple enjolivure. « L'œuvre, disait-il, s'admire avec trois ou quatre pas de recul ; notre art se joue dans la profondeur et la perspective qu'on parvient à transmettre au dessin tout en respectant les contours et la morphologie de l'instrument. » Il crut impressionner le Savoyard en lui parlant de « points de fuite », d'« axonométrie », ce fut tout le contraire ; l'apprenti, qui n'avait rien dit de ses connaissances en mathématiques, détournait les yeux et imaginait des géométries en suspens dont son maître n'aurait pu supputer la complexité.

Sans doute lassé, Bertolotti décréta un matin qu'il n'était plus utile de se noyer dans les détails théoriques : on avait beau tout savoir de la gravure, chaque commande apportait ses surprises – de mauvais goût parfois ! Il fallait faire en conséquence.

Pendant ces matinées d'apprentissage, Orso avait deviné, à la face grimaçante de son maître, des souffrances enfouies. Bertolotti plaçait une chandelle au niveau de son œil abîmé, juste devant le bandage, il se saisissait d'un dessin à reproduire, le collait à son œil valide, puis l'éloignait. Ce même mouvement de va-et-vient, il le faisait aussi en approchant son visage à deux ou trois pouces d'un instrument. Chaque fois il se redressait en soupirant. « Je ne perçois plus les volumes, finissait-il par admettre, je suis incapable de travailler sur des objets en relief. Je peux encore graver les planches… à la rigueur ! Mais pour les arêtes, les courbures, c'est terminé ! » Son œil gauche plein de larmes, il rassemblait sur l'établi ses outils puis saisissait une bouteille de gnole. Après tout, la matinée touchait à sa fin.

Un mois, morne, avait passé. Le luthier finit par convenir qu'Orso avait la virtuosité d'un artisan confirmé.

En vain il avait essayé de comprendre ce mystère… le garçon avait un don ! Il ne fallait pas chercher plus loin.

Un matin, il exposa en quelques mots la nouvelle répartition des tâches ; elle était dictée par son infirmité. Il prit une viole en exemple : le luthier s'y réserverait les surfaces simples, les planes, la table et le dos de l'instrument. À Orso les détails compliqués : les éclisses, le manche, le chevillier aux terminaisons biscornues… « Advienne que pourra. » Rien de plus.

Lorsqu'une commande arrivait, Bertolotti énonçait le motif du décor et Orso se lançait, sans attendre, comme s'il avait depuis longtemps mûri la scène à reproduire. Armé de ses gouges et de ses ciseaux à dégarnir, il attaquait le bois, saignait les essences de frêne, d'érable et d'épicéa sans jamais préparer un croquis d'approche. Si son maître lui proposait une ébauche, Orso le regardait distraitement et réalisait tout autre chose. Bien que dépité, l'autre n'eut jamais à se plaindre du résultat.

Des habitudes s'installèrent entre les trois de la Mégisserie. Bertolotti recevait les clients, Perpetua gérait les comptes, Orso faisait le reste.

Le garçon, devenu jeune homme, ne sortait qu'en de rares occasions pour accompagner ses maîtres au bourg. Il travaillait dans l'atelier, y dormait, et, ainsi reclus, goûtait l'agréable recommencement de son quotidien.

Un soir cependant, il surprit entre le luthier et son épouse un échange plus vif qu'à l'habitude, qui ne l'étonna pas, mais dont il fut attristé ; il sonnait comme un prélude à des temps agités, des temps qu'il avait déjà connus :

« Avez-vous remarqué comme il ne va pas aux offices, votre apprenti ? Je ne l'y ai jamais vu depuis qu'il a mis les pieds ici ! L'été, l'automne… Il n'a même pas participé aux processions de San Giovita ! Et pas une journée de jeûne pendant l'avent ! A-t-il au moins fait ses pâques ?… Quelle sorte de chrétien est-ce là ? Les capucins qui l'ont élevé ont du mérite, pourtant ! Si mon saint cousin nous l'a recommandé, ça devrait bien être que... »

Bertolotti coupa court : qu'elle cesse ses lamentations ! Car enfin, son miracle s'était produit ! Elle n'avait plus à se plaindre... Sans doute avait-elle fait le rapprochement entre l'arrivée du jeune homme et le renflouement des caisses ? Pour clore la discussion, il lui fit remarquer que le Savoyard les avait accompagnés à la fête des morts.

« Ah ça ! pour le cimetière, il est toujours partant, votre boiteux ! Quel drôle de jeune homme, tout de même. Vous savez qu'on commence à parler...

— Eh bien, laisse parler ! Et n'oublie pas que tu étais disposée à lui baiser les sandales quelques jours après son arrivée ! »

Ce « boiteux » blessa Orso. Il ravivait des plaies du couvent, quand les frères fustigeaient sa sauvagerie. Pourtant, ici comme à Pescarenico, il se conformait aux règles, n'importunait personne ; n'avait-il pas le droit d'honorer les morts comme il l'entendait ? À quoi bon les prières, si Mammina n'était pas dans le sein de l'Église ?

Depuis les obsèques de Violetta, il n'avait plus assisté à une messe. À San Zeno, il n'approchait l'église que pour déambuler dans le cimetière attenant, où, interrogeant les noms et les dates, il détaillait les tombes. Errant parmi les morts, il cherchait ceux dont le décès fût contemporain du supplice de Mammina : l'an mille-six-cent-huit, il y en avait eu, des cadavres, cet hiver-là ! Mais ceux qui gisaient ici, leur mémoire était honorée ; ils reposaient quelques pieds sous une stèle, d'où les vivants pouvaient les rappeler à leur souvenir... Quand pourrait-il faire à sa mère l'offrande d'un mémorial ?

Somme toute, le quotidien d'Orso avait peu varié depuis son départ de la Valsassine. Il avait simplement troqué ses matinées de latin et de science pour de la gravure.

L'après-midi aussi, il gravait. Quand les commandes s'entassaient et que Bertolotti, fidèle à son ascèse, siphonnait sa bouteille de grappa aussitôt le repas expédié, il arrivait au Savoyard de jouer des gouges jusqu'à la nuit tombée.

Pour autant, il n'avait pas abandonné les mathématiques ni l'astronomie. Il s'instruisait dans d'épais manuels dont les titres ronflants de latin, lus à voix haute, procuraient à Perpetua d'incompréhensibles transes. Bertolotti ne s'était pas trompé, son épouse avait vite fait le compte : plutôt que de payer l'apprenti à la pièce, elle l'abreuvait en traités savants que des commanditaires lui faisaient parvenir de Pise ou de Padoue. Orso n'en demandait pas plus. Son travail achevé, il s'allongeait sur sa couche et lisait jusqu'aux assauts du sommeil. Ses journées étaient faites de peu de chose, il lui importait qu'elles le restent ; ainsi parvenait-il à reléguer ses terreurs.

Cependant, les paroles blessantes de Perpetua sur son boitement revenaient parfois l'assaillir.

Un après-midi – c'était au deuxième printemps depuis son arrivée chez le luthier –, il avait quitté la Mégisserie pour accompagner une pleine charrette de chutes de bois chez le charbonnier de San Zeno. À son retour, son passé de Pescarenico avait resurgi violemment.

Depuis l'extérieur, il avait entendu les meuglements de Bertolotti, et pensa que son maître avait ravivé une de ces disputes épiques avec son épouse qui duraient jusqu'au souper. Or Perpetua s'était absentée pour livrer un violon à Brescia et ne devait pas revenir avant la nuit. Inquiété par les chocs sourds qu'il entendait entre deux hurlements, Orso se hâta jusque dans l'atelier.

Au fond de la pièce, le luthier, les bras en sang et les épaules ramassées, comme une bête prête à bondir, fixait droit devant lui la pupille dilatée de son œil valide ; dans sa main gauche luisait le fil d'une gouge.

Entre Orso et lui, un homme, de dos et portant un caftan vert aux manches brodées, brandissait à bout de bras une haute masse, cintrée en son milieu ; le Savoyard, fronçant le sourcil, reconnut la contrebasse, où les deux artisans avaient reproduit la veille le siège de Mistra par Sigismond Malatesta. Le visiteur acculé s'apprêtait à terrasser le borgne au moindre geste.

« Sauve qui peut, Orso ! Celui-là est un sbire ottoman ! une razzia du pacha !... À l'envahisseur ! », les clameurs de Bertolotti flottaient dans une puanteur d'alcool. Orso se figea, la mâchoire pendante. Ledit envahisseur faisait lentement tournoyer l'instrument au-dessus de sa tête ; comme on aurait fait avec un loup enragé, il ne quittait pas le luthier des yeux. L'œil de Bertolotti précisément quitta un instant sa proie, et se mit à vaciller à l'intérieur de son orbite. Le vieux saisit sa fiole de grappa sur la table de travail, la vida d'un trait, puis, en projetant devant lui la bouteille, il hurla : « *Forza* Orso, sus au mahométan ! » L'autre esquiva au mieux, immédiatement imité par l'apprenti qui sentit des bris de verre lui voler dans le col. Bertolotti, dont la lame dardait toujours dans sa main gauche, ne décolérait plus : « Sus aux tueurs de moines ! Mort aux Barbaresques ! » À court de vociférations, il se lança dans ce qui devait être un chant de la marine vénitienne, et dont il scandait l'antienne, « *Uccidiamo l'invasore*[1] *!* », en attrapant les instruments qui se trouvaient à sa portée, pour les jeter à toute force sur le pauvre vizir, immobile sous le feu. La voix de stentor du luthier accompagnait les pizzicatos et vibratos des violes qu'il martyrisait dans sa pogne, composant un récital de chambre inédit. Comme le vieux maestro, dont les jets étaient de plus en plus aléatoires, attaquait son final en *allegro furioso*, Orso se vit effleuré par un luth quattrocento puis deux altos fraîchement revernis,

1. « Tuons l'envahisseur ! »

qu'il entendit se fracasser dans son dos sur des accords grinçants ; il eut moins de chance avec un théorbe padouan qui lui heurta la tempe et fit résonner dans son crâne un *ut* majeur, prolongé en rondes. Alors, à moitié assommé mais enhardi par les notes, Orso se précipita sur l'émir devant lui, et enserra solidement ses bras qui tenaient toujours la contrebasse ; il entendit aussitôt la charge de Bertolotti hurlant comme un croisé devant Jérusalem, sentit à peine la masse de l'instrument lui retomber sur l'échine, mais fut frappé par la tierce en *fa* mineur qui l'accompagna dans le néant…

Des « Bravo Orso ! » saluèrent son retour à la réalité – sa perte de conscience n'avait duré qu'un instant. Tandis que les baisers avinés du luthier claquaient sur ses joues et sur son front, il réalisa que lui-même serrait encore dans ses bras le Turc terrassé. Il laissa le corps glisser sur le sol devant lui, et put enfin voir le visage de l'*invasore* ; le mahométan en question n'était autre que le neveu du père Giovanni !

La méprise de Bertolotti ne pouvait avoir pour excuse – vague et à peu près irrecevable – que le caftan vert porté par l'avocat, sans doute victime de la mode vestimentaire à l'ottomane qui sévissait dans les grandes villes. Il fallut quelques instants à Orso pour comprendre que la présence du neveu magistrat gisant là, à ses côtés, ne pouvait avoir qu'un motif : il était venu le voir, lui, l'orphelin du couvent !

Puis l'attention d'Orso se porta sur un autre détail, qui expliquait le silence prolongé de l'infortuné *togati* : la gouge du luthier était enfoncée jusqu'au manche dans sa gorge, en arrière de la clavicule, laissant peu de doute sur le diagnostic. Pourtant, la poitrine du neveu se soulevait encore et, quand son regard voilé croisa celui de l'apprenti, l'agonisant trouva la force de lui dire, d'une voix baignée dans les afflux de sang : « Prends garde, garçon… le moine te retrouvera… il a les moyens. » Puis il expira, laissant les deux artisans dans le plus grand embarras ; car il fallait essayer de remettre un peu d'ordre dans l'atelier avant le retour de Perpetua, sans compter la casse sur les instruments, à laquelle on devrait remédier.

Ce qu'il leur restait d'énergie fut entièrement dédié à ces réparations. Bertolotti, toujours bercé par l'ivresse, et Orso, replongé dans le souvenir des entretiens au couvent avec le père gardien et son neveu, faillirent oublier ce qu'ils comptaient pour accessoire : trouver un lieu de repos, éternel et discret, à leur visiteur du jour. Ils optèrent pour l'épaisse strate de tourbe, derrière le moulin. Et, tandis qu'au soleil déclinant ils portaient l'avocat vers sa sépulture, Orso, avec dans la voix plus de regret que de reproche, fit remarquer à son maître que, même chez un homme qui débusque les moines, l'habit ne fait pas le Turc.

Après cet « incident », qui fut leur premier secret, Bertolotti voulut en savoir plus long sur son apprenti.

Les deux hommes travaillaient, ce jour-là, à une scène de l'Annonciation sur une viole de gambe promise à une courtisane, à laquelle un aristocrate padouan voulait, quoique subtilement, se déclarer. Le vieux luthier prit prétexte du sujet pour interroger Orso sur sa famille : comment un montagnard orphelin s'était-il retrouvé dans un couvent de capucins, dont ce n'était pas la mission ?

« On m'a amené là-bas le jour où ma mère est morte, répondit simplement Orso.

— Elle était donc attachée au couvent ? Elle y avait un frère ou un oncle ? »

Non, dit l'apprenti, ses parents n'étaient pas de cette vallée. Et d'où étaient-ils donc, alors ? Le luthier l'avait surpris en très sérieuse contrition le jour des morts et il avait pensé que le garçon les pleurait.

« Crois-moi, ajouta Bertolotti, il ne faut pas laisser ces souvenirs te hanter !... Tu pourrais aller te recueillir dans ton pays, à l'occasion.

— Sans doute... Je ne sais pas où est mon père, et pour la dépouille de ma mère, elle n'a pas reçu un enterrement comme il faut. Je dois d'abord m'occuper de ça, trouver une belle stèle, la faire graver et la porter là-bas... »

Il fit silence, laissant retomber son demi-mensonge. Chaque soir il essayait, en fermant les yeux, de faire advenir la douce physionomie de Mammina ; chaque soir il en était moins capable. Toutes ces nuits, sa force – son talent ! – l'avait abandonné, impossible même de retenir le portrait aimé sur une feuille. Et dans l'obscurité où il pleurait, les traits de sa mère avaient continué de s'estomper.

Il garda la tête baissée, son visage était gris, la voix du luthier se fit consolante :

« Oh ! mais ça n'est pas si compliqué, ce genre de choses. Reprends-toi ! Tiens ! nous irons un de ces jours chez Fratacci, le tailleur de pierre. Il a des burins à moi, diable de Sarde ! Là-bas, tu trouveras ton bonheur. Il grave des marbres tout ce qu'il y a de plus funéraires, des stèles, des crucifix, des dalles, des monuments entiers ! Tu parles d'un tailleur : tout le cimetière de San Zeno est habillé par Fratacci ! C'est ce qu'il te faut pour ta Mammina ! »

La proposition du maître avait touché juste, le Savoyard se remit à son ouvrage. Bertolotti cependant était dans un jour volubile :

« Alors c'est vrai, ce qu'on dit sur les montagnards, vous n'êtes pas très causants ! Depuis le temps que tu es ici, et tu n'as jamais cherché à savoir quoi que ce soit sur nous. Tiens, par exemple, ce lit où tu couches, sais-tu qui en avait l'usage avant toi ?

— Votre fille ?

— Par le diable ! Comment donc sais-tu ça ? »

L'apprenti avait retrouvé un portrait en miniature sur le meuble layette, une jeune femme brune peinte au fond d'une Saint-Jacques. L'aveu sembla ravir son maître : il avait donc parcouru son coquillier ? il s'intéressait un peu, alors ? Non, répondit Orso sans intention de froisser, mais... Déjà Bertolotti ne l'écoutait plus ; tout cela méritait explication :

« Nous avons une fille, tu as vu juste... les autres sont morts en couches... Mais celle-là, dont tu as vu le portrait, est bien vivante : Lucia ! et voilà qu'elle s'est entichée d'un gros bras de chaudronnier ! Figure-toi qu'il l'a emmenée à Bergame et l'a épousée. Il a fallu que ta dame Perpetua se roule à mes pieds pour obtenir mon consentement. Une bonne affaire, qu'elle disait... Allons donc ! dix ans d'atelier partis dans la dot ! La Lucia s'est bien repentie depuis... j'ai ses lettres. Pas d'enfants... trop aigre en dedans, pauvre fille ! C'est d'avoir épousé ce scélérat, aussi... Cinq ans ! jamais ils ne sont venus ! Et nous : jamais conviés ! Quelle tristesse...

— Et votre œil ? interrompit Orso qui ne savait pas quoi faire de tous ces détails sur la fille.

— Hmmm ? Ça ? »

Il soupira.

Ça s'était produit quelques semaines avant son arrivée. Une esquille de violon... Il y a que les violons ne sont pas des instruments pour l'ornementation !... Il travaillait sur le meurtre d'Abel, eh bien, il n'avait réussi qu'à se tuer l'œil... Vingt-cinq ans de métier dans la tombe.

Le Savoyard scrutait le bandeau.

« Il est toujours là ?

— Tu dis ?

— Votre œil, il est toujours là-dessous ? »

Certainement ! Garofalo, le médecin, aurait bien voulu l'arracher, mais lui avait refusé : ce maître boucher était incapable de repérer une écharde, mais pour vous crever un œil, ça, il était toujours partant ! «*Ergo infectio timeo*»!... Cause toujours ! Borgne, il ne pourrait pas faire le métier, alors il préférait souffrir le martyre plutôt que de se faire creuser le crâne à la cuillère... Dieu, qu'il pouvait souffrir ! Heureusement qu'il avait sa grappa – il disait «*rapa*» – ... L'heure était venue justement. L'accompagnerait-il ? Une gorgée, pas plus !

Les jours étaient encore froids quand Bertolotti emmena Orso chez Fratacci. Le tailleur de pierre avait son atelier à l'autre bout de San Zeno, sur la route de Flero.

Comme l'artisan, cauteleux, leur souhaitait la bienvenue, Orso fut parcouru d'un frisson : il avait reconnu dans le parler sarde de Fratacci les mêmes tournures, les mêmes accentuations – ce «t» frappé en fin de phrase – que celles du moine dont l'haleine de mort continuait à le hanter. Par réflexe, le garçon se mit à renifler autour de lui. Il se rassura aussitôt ; il n'y avait dans l'air rien d'autre que les négligences de son maître et l'odeur de craie humide qu'exhalait la poudre de marbre fraîche aspergée d'eau tiède.

Tailleur et graveur se mirent à jour ; Orso pendant ce temps entreprit un tour de l'atelier. Bertolotti ne l'avait pas trompé, il y avait là, en des nuances infinies de blanc, d'ocre et de gris, tout ce dont des honnêtes gens pouvaient rêver comme vaisseaux pour l'au-delà.

Il déambulait, nonchalant, entre les pierres et les sculptures quand un marbre arrondi accrocha son regard : là ! sur un gris veiné de Botticcino, sa mère était apparue !

Le garçon crut à un spectre. Il osait à peine revenir sur ses pas, poser son regard sur la stèle. Légèrement de biais et masqué par un crucifix en grès, il vit de nouveau émerger le visage marmoréen de Mammina. Un visage bien plus réel, réaliste du moins, que celui dont il tentait chaque jour de retenir l'image.

C'était elle, sur la stèle, aucun doute. Par quel enchantement était-elle apparue devant lui, souriante comme aux soirs où elle lui racontait les exploits de son père parti au Saint Empire ? Pour la première fois en dix ans, un sourire franc revint sur le visage d'Orso ; ses peurs s'évanouirent.

Il voulut lire les inscriptions au-dessous du «*hic jacet*» – ci-gît –, mais le nom de la défunte était caché par la croix ciselée... Et le miracle se prolongea : d'où il s'était campé, il ne pouvait pas déchiffrer l'année du décès ; celle de la naissance en revanche, «MDLXXXI» – 1581 –, le renforça dans son impression que Mammina se tenait là, toute proche.

Sa mère !... Allons ! comment se pourrait-il ?... Et pourtant !... Comme il tendait le bras pour caresser de sa paume le visage chéri, une exclamation brisa l'enchantement : «*Aspétta 'cca !* Que fais-tu là, mon garçon ? On ne touche pas la pierre ! Surtout quand elle est déjà attribuée au défunt ! Ce que tu as devant toi, c'est la stèle de dame... » L'injonction de Fratacci se perdit dans le néant ; Orso s'était bouché les oreilles des deux mains. Il s'enfuit de la boutique et, dans sa gaucherie, poussa Bertolotti contre le tailleur, puis fit tomber une pietà dont il entendit à peine le fracas.

Après cette visite, l'atelier de la Mégisserie replongea dans le silence. Bertolotti devait parfois saisir Orso aux épaules pour le sortir de ses songes : «Ta mère, encore, n'est-ce pas ?» Pourquoi ces vagues à l'âme ? il voulait savoir, il l'aiderait ! Le jeune homme se détournait et attaquait de nouveau le bois devant lui.

L'obstination du vieux cependant porta ses fruits. Un matin, Orso confessa l'apparition chez Fratacci : Mammina sur le marbre ! Le graveur regarda longuement son apprenti ; il s'assit en dodelinant de la tête. Qu'avait-il compris ?

Avec les beaux jours, Orso fut moins taciturne. Il lui sembla que Perpetua avait abandonné ses récriminations ; elle apportait chaque semaine un nouveau livre. Peut-être Bertolotti manœuvrait-il dans l'ombre, car il questionnait souvent son élève sur ses lectures. Qu'apprenait-il dans ces pages ? puisait-il sa technique de ces grimoires ?

Non, les traités ingurgités, la géométrie euclidienne, l'optique et les autres sciences ne lui étaient d'aucune aide dans son travail d'ornemaniste. Il avait même l'impression de voir, expliqués *a posteriori*, des principes qu'il appliquait naturellement quand il dessinait. Alors il faisait invariablement cette réponse : « Comment voulez-vous, mon maître, que je représente comme je lis ou comme je sais ? Je dessine ce que vous me dites, et c'est une chance si cela ressemble à la nature.

— Ah », disait Bertolotti. Cette explication avait les accents de la sincérité.

C'est que le Savoyard réalisait des prodiges. Il faisait un effort particulier pour décorer les flancs des violes, silhouettes admirables. Le profil de l'instrument, son cintrage, la superposition verticale des deux éclisses convexes séparées par la concave, quelle beauté ! Il y voyait une taille entre deux hanches. Alors, subjugué, il prenait le bois dans ses mains pour l'embellir.

Les éclisses présentaient un défi, car leurs extrémités mises bout à bout formaient des coins saillants, autant de lignes de brisure pour son dessin. La plupart des ornemanistes – même Perpetua le reconnaissait – ne s'embarrassaient pas et gravaient un motif indépendant sur chaque lame, tandis qu'Orso, langue tirée, surmontait la difficulté. Son décor sur le profil de l'instrument présentait non seulement une continuité de haut en bas mais il se jouait des courbures : il allongeait les dimensions sur les surfaces incurvées pour créer une perspective ajustée à celle des surfaces planes. Une fois la gravure achevée, un observateur placé de face, à quelques pieds de la viole, avait l'impression d'un dessin parfaitement proportionné.

Ces sortes de trompe-l'œil, inédits dans la lutherie vénitienne, valurent à Bertolotti un sursaut de notoriété. Une contrebasse de la cour du duc de Nevers, décorée par Orso, apporta au graveur la consécration loin des frontières : sur le devant de l'instrument était représenté l'arbre du paradis, un serpent s'enlaçant autour du manche ; campés de chaque côté, Adam et Ève nus se tenaient droits, parfaitement préservés des déformations portées par les cambrures du bois.

Même si Orso n'aurait pas parlé d'amitié, une assistance mutuelle grandissait entre le luthier et son apprenti.

Un soir d'été, l'apprenti surprit son maître pleurant sur une huche.

Depuis le repas, il avait été attentif car Bertolotti, exceptionnellement, avait fait abstinence. Peut-être acceptait-il enfin d'affronter son mal ? Cela faisait deux ans que, en dépit de ses douleurs quotidiennes, il entretenait, à coups de gnole, l'espoir d'une rémission. Tout l'après-midi, par une lucarne, il avait regardé au-dehors et, dans les rais fuchsia du soleil déclinant, sans doute s'était-il rendu à l'évidence : avec ou sans bandage, son œil droit ne percevait plus la lumière !

Quelques jours plus tard, on vit des auréoles inquiétantes, d'un ocre épais, se former au niveau de son orbite. Ces taches, larges, gorgées de pus, l'accablaient d'une douleur nouvelle.

Ce que la *rapa* ne pouvait plus éteindre, le médecin Garofalo serait le seul à pouvoir le calmer. Sans écouter les récriminations, les injures enfin, de son époux cloué au lit par la fièvre, Perpetua fit venir « l'homme de science ».

Garofalo constata l'invasion des humeurs mortifères, en latin qui plus est. Puis il sortit au pas de charge et revint dans l'heure, portant son chapeau de médecin et un sac en cordouan au fermoir doré – « L'apparence ne peut pas tout, mais son rôle est essentiel ! », répétait-il à ceux qu'il allait entreprendre ; on disait que lui-même avait entendu la formule dans la bouche du vicaire.

Bertolotti, qu'on affubla d'une simarre[1] rouge, fut allongé sur la grande table ; le médecin avait pris soin d'apporter un coussin de soie écarlate pour lui reposer la tête. L'harmonie des couleurs faisait penser que le sang allait couler. Orso se figea.

Pour la bonne forme, Garofalo s'était adjoint cinq séides plus effrayants que la batterie de stylets qu'il sortit de sa trousse. Il les appelait « mes assistants », bien que leur rôle se bornât à maintenir Bertolotti sanglé et le plus inerte possible, un sur chaque membre et le cinquième pour la tête. Garofalo, sans doute par expérience, laissa le luthier ingurgiter la moitié de son flacon d'alcool de prune ; « piètre antalgique ! », semblaient dire ses moues perplexes. Il eut un air à peine plus convaincu en imbibant son éponge soporifique d'une décoction de jusquiame et de feuilles de ciste. L'éponge eut au moins l'avantage d'éloigner l'essaim de mouches.

L'intervention n'avait pas encore commencé que les trois braques, solidaires de leur maître, se mirent à graviter timidement autour d'une flaque claire qui s'était formée près du banc. Ne tenant plus en place, Perpetua mit une bouilloire sur le feu.

L'opération qu'entreprit Garofalo ne fut pas belle à voir, et ses réminiscences, lorsqu'il passait devant l'étal du boucher, particulièrement pénibles à Orso.

Il y eut d'abord cet incroyable sursaut du luthier plaqué violemment sur son madrier de chêne : comme aux

---

1. Longue robe d'homme ou de femme, faite d'étoffe riche.

autres qui le regardaient, le bistouri en forme de cuillère à soupe qu'exhiba le médecin avait fait une impression considérable.

Orso gardait aussi le souvenir de l'œil proprement exorbité et dont Garofalo n'avait pas encore sectionné le nerf. Il lui sembla avoir vu, dans cet iris morne, le calice de son protecteur. Hypnotisé, il eut tout juste le temps de tourner la tête lorsque Garofalo trancha.

Enfin le médecin cautérisa l'amalgame spongieux avec une pince chauffée à blanc que Perpetua avait préparée avant de défaillir. Le garçon s'était épargné la vision, mais, hélas, il ne put échapper à l'odeur des tissus brûlés, accompagnée de grésillements furtifs. D'un coup surgirent les images du martyre de sa mère, les bruits secs sur le bois et les effluves de peau grillée l'avaient replongé dans la halle des supplices.

Pour échapper à ce tenaillement, plus affligeant encore que les souffrances du luthier, le garçon se tourna de nouveau vers la table de chirurgie où le médecin avait fini de cuisiner le nerf. Une fois le blanc tentacule remisé dans le crâne du luthier, Orso observa Garofalo qui devait maintenant songer au pansement. Le médecin se trouvait, à cet instant, embarrassé de l'agate visqueuse qu'il roulait dans sa main gauche, car ni le malade ni sa femme n'étaient en état de donner leurs instructions quant au globe. Avisant alors la flasque de prunes immergées dans l'alcool, Garofalo y laissa tomber l'œil orphelin qui plongea parmi les autres sphères en lévitation.

La bouilloire siffla dans l'âtre. L'ablation avait donc été si rapide ? Il parut à Orso qu'elle avait duré un siècle. À bout de forces, les épaules adossées au mur, il assistait béatement à l'épilogue de ce charcutage.

Pendant que le médecin transformait en momie le crâne d'un Bertolotti parfaitement absent, deux des assistants s'occupaient de ranimer Perpetua et un troisième était sorti se vider sur le palier. Près de la table, les chiens semblaient hésiter : laper ou ne pas laper ? La flaque acide avait considérablement grandi et, bien que le mélange trouble contînt pour partie des sécrétions impures, le sang du maître était sans doute un mets de choix... Voilà vers quoi vagabondait l'esprit fatigué d'Orso, qui se remémorait les détails troublants de banquets romains – était-ce dans Pline ? – où des animaux de compagnie se nourrissaient de reliefs viciés.

Les mois passèrent, Bertolotti se rétablit. Peu après sa convalescence, Orso vit s'opérer une révolution dans la tête du vieux.

En matinée, ne pouvant plus les diriger, le luthier continuait à orienter les travaux de l'atelier. Ses habitudes intempérantes de l'après-midi avaient repris, avec même un regain d'entrain, mais c'était en soirée qu'on le voyait en proie à une nouvelle lubie, mystique.

Après souper, le luthier prenait dans une armoire la bouteille de prune où flottait toujours son œil droit, la posait sur le manteau de la cheminée, et restait debout, immobile, à un pas du flacon. S'installait alors entre l'œil et lui un échange de points de vue. Pas un dialogue à proprement parler, car Bertolotti, sans surprise, était le seul à émettre, de temps à autre, un son sur le ton du reproche. Certains soirs cependant, on l'entendit maugréer, tête tournée vers le bocal, « tu verras dans la tombe », « mon protecteur là-haut »... ça faisait frémir Orso, et se signer Perpetua. En guise d'au revoir, le vieux clignait de l'œil gauche, et replaçait la bouteille d'alcool dans la grande armoire.

Il fallut un an pour qu'Orso sût le nouveau mal qui accaparait son maître, la pensée qui le hantait et dont, ensemble, ils allaient tenter de le délivrer.

Le jeune homme allait sur ses vingt ans ; on venait de fêter la naissance du Christ et chaque nuit une nouvelle tempête de neige annonçait une Saint-Sylvestre glaciale. Un de ces soirs, comme le vent hurlait dans la cour, Bertolotti entra sans crier gare dans l'atelier. Orso était en train de lire Copernic dans un imprimé de Salamanque qui avait échappé à l'Index, il sursauta. Au traité iconoclaste et aux bourrasques qui faisaient claquer les contrevents, le surgissement du luthier ajouta du mystère. Le bandeau noir sur son front annonçait une conspiration.

L'idée du vieux était suffisamment radicale pour qu'il ne s'embarrassât pas de préambule : « Vois-tu, garçon, lui dit-il en désignant le crucifix au-dessus du lit, Lui est ressuscité d'entre les morts… eh bien, moi, je ressusciterai celui-là ! », il sortit de derrière son dos le flacon d'alcool où lévitait son œil parmi les prunes.

Orso, habitué aux pitreries de Bertolotti, ne broncha pas ; il attendait tout de même un développement.

« Ces choses-là sont difficiles à entrevoir, mon jeune ami, il faut avoir un peu de philosophie. Voilà le fond de ma pensée ; tu en comprendras plus tard les ramifications spirituelles »… N'était son haleine abrutissante d'alcool, le vieux semblait avoir reçu la Révélation.

Il détailla son idée, l'affaire était simple : il s'agissait de redonner un sens à la mort, par « mort », il entendait plus précisément celle de son œil moribond. Le mieux pour cela, le luthier y avait réfléchi, était d'aller au cimetière y déposer le globe oculaire dans la couronne d'épines, au sommet du grand crucifix !

Il eut beau répéter, Orso resta bouche bée. Le vieux se lança alors dans une argumentation complexe : s'il avait abandonné son art, c'était que, après l'arrachement, son œil droit était revenu le hanter ! Chaque soir, sa présence dans la huche l'interpellait et il avait eu avec le flacon des échanges édifiants. Bref, il était temps de s'en débarrasser, de lui trouver une digne sépulture ; l'élévation de son œil sur la tête du Christ, comme un phare dominant les vivants et les défunts, ferait l'affaire !… Orso songea que rien dans son expérience ne pouvait l'aider à infléchir la détermination du luthier…

Mais ce n'était pas tout ! Bertolotti avait espoir que ce « rétablissement » produirait en lui un sursaut essentiel, une sorte d'épiphanie qui rétablirait ses capacités. Le vieux maître fut moins affirmatif sur ce point.

Il termina par une hypothèse plus raisonnable : dans le pire des cas, sa paire d'yeux serait de nouveau réunie au cimetière le jour de sa mort, « car il n'y a d'œil que d'yeux ! » ; ses narines frémissaient.

Bien qu'il n'opposât aucune objection d'ordre théologique, Orso finit par conseiller à son maître de renoncer. On pourrait trouver d'autres manières… Il laissa cet argument en suspens car rien de pratique ne lui vint à l'esprit. L'apprenti reconnut néanmoins qu'il serait utile de se débarrasser du bocal à prunes – la présence de l'œil l'avait également perturbé. Mais enfin, à quoi bon le cimetière ? et le Christ sur sa croix ? tout cela manquait d'entendement !…

Le regard du graveur vira au sombre. D'un coup, il fut si véhément, submergea Orso de tant d'incongruités que l'apprenti battit en retraite : après tout, si le maître y tenait, rien ne l'empêchait de tenter cette rédemption ! Il pouvait compter sur sa discrétion…

« Ta discrétion ? Certainement pas ! », rétorqua Bertolotti, il voulait son aide ! Il ne pourrait pas gravir seul les deux toises jusqu'à la couronne d'épines. Voici comme on ferait la chose : Orso monterait sur ses épaules, l'inverse était inenvisageable, et déposerait lui-même l'offrande sur la tête du Christ.

« Moi ? Mais… », anticipant les réticences du Savoyard, le vieux se radoucit : « Attends là, tu vas voir ! », il sortit de l'atelier.

Ce qu'il portait à bout de bras, quand il reparut, fit tressaillir Orso : la pierre tombale !… la pierre tombale ornée du portrait de sa mère, celle qui l'avait tant impressionné dans la boutique de Fratacci. Jamais il n'avait pu en parler à son maître sans se perdre en balbutiements. Il en avait même pleuré, car il avait essayé, encore et encore, de reproduire ce visage, son visage ! et malgré tous ses dons, le jeune homme s'en était trouvé incapable. Orso devint blême, infichu du moindre mouvement.

« Non, mon garçon, pas la pierre tombale !... Une réplique de la pierre tombale ! Sculptée sur du buis et recouverte d'une patine de faux marbre. Ton vieux maître a encore quelques restes !... »

Dans quelles conditions avait-il travaillé ? Orso ne s'était rendu compte de rien. Toujours est-il que Bertolotti avait réalisé une copie parfaite pour l'entraîner dans son projet. Car il l'aiderait à récupérer la stèle originale, on la remplacerait par ce faux et, dans le même temps, on s'occuperait de son œil hanté !

Le luthier n'attendit pas la réponse d'Orso :

« Habille-toi chaudement, nous allons faire le coup cette nuit ! Les conditions sont idéales : avec le froid et la neige, aucun villageois sain d'esprit ne sortira avant l'aube. » Orso dut admettre que, en dépit de l'alcool, il gardait un fond de lucidité.

Pendant que Bertolotti s'occupait des « derniers détails », il fut envoyé vérifier le sommeil de Perpetua. À son retour, il vit le vieux sur le pas de la porte vêtu d'une pelisse qui lui tombait aux pieds, emportant la stèle, une lanterne, et le flacon de prunes. Il emmenait dans son sillage les trois chiens, ravis du divertissement. Orso se noua aux épaules une mante de fourrure, bourra de laine ses socques, et enfila les gants en agnelin de Perpetua. Enfin il plongea dans la tourmente et rejoignit son maître qui buvait avec ses chiens.

Le vent ne faiblissait pas. L'hilarité de Bertolotti n'était pas bon signe. Il éclaira une hotte d'un osier épais, harnachée de sangles en cuir, où il avait logé le faux marbre et une longue barre de fonte. « Ça, c'est pour toi ! dit-il. Mets-la sur ton dos, tu en auras besoin pour rapporter la pierre. » Il dérapa en titubant sur la neige. « Et l'œil ? »... Bertolotti, le visage cramoisi par la flamme vacillante, eut un sourire malicieux et tapota sa poche que les trois braques léchaient avidement. L'œil était là !... il avait balancé les prunes, et partagé le reste de gnole avec ses bêtes !

De fait, les chiens puaient maintenant aussi fort que leur maître. Le vieux avait réussi son coup : les braques, incapables d'avancer, d'aboyer même, glapissaient bêtement en tournoyant sur eux-mêmes.

« Suis-moi au plus près ! », Bertolotti devait craindre qu'Orso ne s'égarât dans la tempête, ou peut-être le voulait-il à portée en cas de défaillance ? Le tandem se mit en route. Alternant les pas en avant, les écarts et les glissades, ils progressaient somme toute plus qu'ils ne régressaient. Le garçon finit par traîner la hotte, la lanterne, et Bertolotti qui s'affalait sur son épaule et trébuchait à chaque foulée. *Chacun son chemin de croix*, se dit Orso. Il songea à la sépulture qu'il offrirait à Mammina et, tandis que le luthier l'enfonçait, ses pensées le portèrent.

Une fois sur place, les flocons tombaient moins dru. Étonnamment, les choses se déroulèrent à peu près comme envisagées par Bertolotti. À l'emplacement de la sépulture, qu'ils mirent longtemps à retrouver sous le manteau neigeux, Orso déterra la stèle et la remplaça par le faux. Avec un soin d'enfant de chœur, il enfourna l'originale dans sa bourriche d'osier, puis ils s'en retournèrent à l'entrée du cimetière. Orso dut redoubler d'efforts car le marbre qu'il portait sur son dos pesait près de quarante livres.

Au pied du grand crucifix, il renonça à grimper sur les épaules de son maître qui ne tenait plus debout. La lanterne commençait à faiblir, il fallait faire vite.

Le garçon se résolut à gravir seul la croix dans une obscurité inquiétante, que des clartés de lune perçaient par instants. Il demanda son œil à Bertolotti, le fourra nonchalamment dans un pli de ses chausses, et se lança dans l'ascension. À ce point de leurs tribulations, Orso se forçait à ne plus penser.

Arrivé nez à nez avec le Sauveur, il prit appui sur la traverse de la croix et sortit le globe visqueux de sa poche. Un rayon pâle, impromptu, se posa sur le calvaire. Dans ce halo éphémère, Orso eut une vision terrible : la sphère dans sa main était une prune ! L'ivresse avait dû embrouiller son maître… et l'œil, le vrai, devait, à cette heure, se morfondre dans l'estomac d'un braque.

Le garçon fit donc ce que tout esprit généreux eût fait : il plaça la prune dans la couronne d'épines et dégringola auprès de son maître. Pour la forme, il le gratifia d'un clignement d'où le doute était exclu.

La nuit fut encore longue. La tempête, par chance, avait repris ; leurs traces furent recouvertes.

Le lendemain, Bertolotti lui fit cette promesse : « Maintenant, tu peux me demander ce qui te chante, tu l'auras. » Sans attendre, Orso sortit la hotte de sous son grabat et pria son maître, pour ne jamais la connaître, d'effacer le nom de la défunte et la date de sa mort. Pour la naissance, ce qu'il avait lu chez Fratacci lui convenait.

Quelques coups de burin du graveur, et le garçon put contempler à sa guise le portrait de Mammina sur la pierre. Il la caressa, l'embrassa, enfin la pleura longuement. Puis il replaça délicatement la stèle dans l'osier, et l'osier sous son lit, près du classeur où reposaient ses dessins. Bertolotti lui donna une épaisse futaine pour dissimuler son trésor ; ce serait leur nouveau secret.

L'apprenti eut ensuite des mots maladroits pour amener une autre requête – en réalité, la chose à laquelle désormais il tenait le plus au monde : retourner en Valsassine… retrouver le lieu où sa mère était inhumée, et y planter la stèle. Le luthier ne fut pas surpris et promit de l'y accompagner à la Toussaint suivante.

Mais au printemps, un courrier vint perturber leur projet. Une lettre pour Orso, la première en quatre ans de Mégisserie, la première tout court. La provenance ne faisait guère de doute : il reconnut sur le vélin l'écriture serrée du père Giovanni. Elle était rédigée en latin, ce qui expliquait sans doute la grimace offusquée de Perpetua, qui lui avait remise.

C'était une mise en garde : le bon père dissuadait son ancien protégé de tenter le voyage jusqu'à Lecco ! Comment Giovanni avait-il pu savoir ? Perpetua ? Bertolotti avait dû parler à son épouse… Le supérieur ne disait rien à ce sujet ; Orso poursuivit. Il y avait deux ans de cela, le moine malfaisant était revenu traîner devant le couvent ; le neveu du père gardien avait alors enquêté sur son compte, et avait assemblé des informations troublantes : le moine se nommait Verracchia, et ce Verracchia était toujours à la recherche de l'orphelin ! Il avait des appuis – « *auxilia* », avait écrit le capucin, sans plus de précision. Plus troublant encore : c'était au cours de ses investigations que le neveu lui-même s'était volatilisé ! Sans explication, plus de nouvelles en deux années… Giovanni ne savait pas dire si sa disparition était liée à ses recherches. Toujours est-il que Verracchia avait été de nouveau aperçu du côté de Lecco cet hiver. Orso devait être prudent, se méfier de tous ; la lettre terminait sur ces mots.

Orso tremblait tellement qu'il dut s'asseoir. Lors de leurs retrouvailles, funestes au neveu, il avait entendu mais n'avait pas compris que la traque continuait. En enterrant l'avocat, il avait cru enterrer son passé, et le moine funeste avec. Cette fois, la réalité le saisit brutalement. Il sanglota. Ce Verracchia était un démon, il était partout, voyait partout, renaissait partout !

Bien que de nature vigoureuse et campé dans la force de ses vingt ans, le Savoyard, confronté à l'image de Verracchia, devint plus vulnérable qu'un nourrisson. La crainte s'immisça. Au début de l'automne, lors des réjouissances consacrées aux saints Côme et Damien, il remit *sine die* leur voyage en Valsassine. Bertolotti demanda en vain des explications, mais d'explications, il n'avait pas. Il fut, plusieurs nuits, assailli par des épouvantes soudaines qui ne le lâchaient pas jusqu'au lever du jour.

6

Dedans une mégisserie, fragile huis clos,
[Il] soupçonne l'amour, en ressent l'art aveugle ;
Lors, tous fustigent ses manières impies,
Tout emporte l'errant au plus sombre destin.

Deux années passèrent. À la fin de l'été 1623, un bras dans le dos, Bertolotti arpentait son atelier.

Il expliquait à sa manière comment la Providence avait fait émerger, d'une épidémie de malaria, un pape protecteur des sciences et des arts ; même si l'on ne pouvait pas faire entièrement confiance à un Florentin éduqué par les Jésuites, il se félicitait à voix haute de l'élection d'Urbain VIII Barberini.

Cet événement d'importance pour tous les peintres et graveurs du pays se doubla d'une nouvelle non moins réjouissante : le retour au bercail de sa fille Lucia. Bien que la conversation quotidienne entre Bertolotti et Perpetua fût réduite à une série de glapissements au lever et au coucher, les malheurs de Lucia avaient, depuis quelques mois, fait enfler les échanges.

Certes Orso était, depuis longtemps, rompu à ces disputes sans fin sur le sort de leur fille, les lamentations du luthier qui reprochait à sa femme de s'être débarrassée d'elle, et les justifications de Perpetua qui savait Lucia rêveuse et malhabile de ses mains. Comme elle était belle, Perpetua l'avait poussée dans les bras du premier chaudronnier venu ; ce jour-là, on n'avait pas regardé à la dot ! accusait le graveur.

Mais avec la nouvelle année, le sort s'était appesanti sur Lucia : il y avait d'abord eu la mort – la mort, encore ! – d'un nourrisson, puis, au printemps, la mort de son époux, moins regrettable celle-là, et même méritée à certains égards – Bertolotti savait trier les hommes ; le chaudronnier prospère avait été foudroyé par la gangrène après avoir eu la main broyée, et voilà qu'à trente ans à peine Lucia avait dû endurer les affres du veuvage. Les frères du défunt avaient invoqué l'absence d'héritier pour refuser le douaire[1] à la veuve ; malgré tout, ils lui avaient fait une offre qui prouvait leur compassion : on lui concéda de se remarier avec l'oncle impotent, une espèce d'ours ravagé par la vérole ; elle pourrait ainsi rester dans la famille... Spoliée, sans recours, la jeune veuve avait décidé son retour à Brescia.

Par son père, elle fut accueillie comme l'enfant prodigue. Sa mère, qui estimait le livre des comptes autant que les Évangiles, n'avait pour la prodigalité aucun attendrissement. Elle mit son homme en garde : depuis que la guerre avait recommencé à secouer l'Europe, l'argent allait aux armées, les cours déboursaient moins, et même si, grâce à Orso, leurs affaires se portaient mieux, il fallait regarder à la dépense.

Dès le lendemain de son arrivée, Perpetua proposa qu'on envoyât Lucia prendre le voile dans un couvent di Terraferma[2] de Venise, et déclencha en retour une avalanche de hurlements : tant que Bertolotti serait en

1. Biens auxquels avait droit une femme qui survivait à son mari.
2. « De la Terre ferme. »

vie, Lucia resterait chez eux ! Perpetua ne répondit rien, probablement satisfaite de ce compromis.

Orso ne fut pas dérangé de son atelier ; on veillait à la constance de ses productions. Un lit fut installé dans la pièce commune, entre le foyer et l'escalier, et le graveur assembla un paravent qui assurait l'intimité de sa fille.

Lucia avait le veuvage si joyeux qu'Orso s'étonnait de l'entendre rire aux éclats et fredonner lorsqu'elle s'éloignait sur le chemin de San Zeno. *Pour l'insouciance, elle tient de son père,* se dit-il.

Perpetua se levait avant l'aube et veillait à ce que sa fille ne se retrouvât jamais seule avec le Savoyard. Précaution bien inutile car Orso, malgré les charmes de la veuve, la considérait plutôt comme une tante capricieuse qui serait revenue d'un lointain périple. Il ne vit pas sa beauté. Pas au début, du moins.

Mais Lucia s'ennuya. Elle retournait des cartes sur la table, marchait souvent jusqu'au village pour les provisions, se baignait nue dans le canal puis, le visage et les épaules rosies, réapparaissait dans l'atelier où le vieil ornemaniste et son apprenti mettaient une dernière touche au jugement de Pâris. Elle contemplait alors Aphrodite sous le pinceau d'Orso et lui demandait en baissant les yeux à qui il aurait attribué la pomme.

Bertolotti était borgne, il n'était pas aveugle. Il sonda Orso, voulut savoir ce qu'il pensait du veuvage en général, et du sort ingrat qui poursuivait Lucia. Il l'interrogea aussi sur le couvent : est-ce que cela ne semblait pas une solution raisonnable, en définitive, il avait connu lui-même cette vie cloîtrée ? L'apprenti restait penché sur son établi et lâchait un commentaire sans rapport avec les questions du luthier. À deux ou trois reprises, malgré tout, il reconnut que, après ses années à Pescarenico, il s'était senti « vivre mieux » à la Mégisserie. Pour Bertolotti, ça allait dans le bon sens.

«Je ne peux pas te blâmer, concluait le luthier, qui poursuivait sur sa pensée, et toi-même, tu es un homme, maintenant… Tu n'as jamais réfléchi à ta vie d'homme ?»

Orso mit plusieurs mois à saisir ce que Bertolotti avait en tête. En tout cas en comprit-il une partie.

Quelques jours avant la chandeleur, un dimanche, Lucia s'était trouvé de la fièvre et, alitée, avait prié ses parents de partir à l'église sans elle. Perpetua rechignait à laisser la veuve seule avec l'apprenti, mais elle ne voulait pas manquer de célébrer Thomas d'Aquin – saint Thomas était un penseur exigeant, hasardait-elle, c'était en s'efforçant de l'honorer que, sans doute, on pouvait accéder à ses lumières… Bref, elle fit des recommandations à l'un et à l'autre, qu'Orso comprit mal, et Lucia trop bien. Une fois le loquet rabattu, la belle avait repoussé sa courtepointe et rejoint Orso dans l'atelier.

Ce qui se produisit lors de ce premier huis clos aurait découragé plus d'une fervente : le Savoyard était resté longtemps recroquevillé sur son grabat tandis que, toute de translucide vêtue et fredonnante, Lucia dansait à la flamme d'une chandelle. Orso trouva enfin l'inspiration; il saisit dans son classeur une feuille à dessin, et la pria de s'immobiliser, l'avant-bras posé sur le chignon, pour qu'il pût saisir les traits de son ombre portée au mur.

Leur deuxième tête-à-tête, toujours à l'instigation de Lucia, fut plus significatif. Elle avait fait en sorte qu'il eût lieu au jour propitiatoire de l'Immaculée Conception. En manière de dénouement, quand elle lui avait demandé s'il la trouvait belle, Orso s'était dérobé en évoquant le grain de son ventre qui s'était tanné au long des grossesses – plus tard, ce souvenir l'avait empli de honte; Lucia ne le prit pas comme un empêchement.

Tandis qu'elle s'ingéniait à fomenter des occasions pour leurs entrevues intimes, Orso ne favorisait en rien ces initiatives. Il n'aidait pas, ne refusait pas non plus, faisait simplement preuve d'une apathie que Lucia devait juger désobligeante, car elle lui demandait :

« Ne ressens-tu donc rien, Orso ? »

À quoi le jeune homme répondait immanquablement qu'il était content.

Leurs rencontres étaient bornées à la durée d'un office et, au grand regret de Lucia, leurs conversations ne se prolongeaient pas au-delà de l'étreinte. Perpetua qui, ces failles mises à part, avait solidement verrouillé son chaperonnage, n'avait pas trouvé à redire à leurs échanges austères. C'est qu'Orso n'était pas homme à discuter de la vie.

Un dimanche où elle s'était plainte de douleurs intestinales, Lucia avait débarqué dans l'atelier plus vêtue qu'à son habitude. Alors que le jeune homme s'apprêtait à baisser ses hauts-de-chausses, elle l'arrêta d'un geste et vint s'asseoir à côté de lui.

« Ne vois-tu pas qu'on peut aimer autrement que font les animaux ?

— Il me semble que nous ne faisons pas comme les animaux, répondit Orso qui avait observé la nature.

— Ne veux-tu pas me parler, Orso ? »

Sans pouvoir en nommer la cause, il parut au garçon que leur incompréhension était d'un ordre essentiel.

Une autre fois, après que Lucia l'eut quitté, Orso l'avait entendue sangloter dans la pièce commune. Sans doute avait-il eu tort de lui montrer deux fusains qu'il avait réalisés d'elle : l'un, où il l'avait représentée en succube accouplée à un démon, qui avait ses traits à lui ; l'autre, son préféré, où, dans une nuit remplie d'étoiles, elle chevauchait nue un taurillon fulminant.

La récolte de 1627 fut, de mémoire de paysan, l'une des plus mauvaises qu'eût connues la République. Les greniers se vidèrent. Les commandes d'instruments suivirent le déclin des moissons. Pour que la panique ne s'ajoutât pas à ce que chacun pouvait constater, on ne parla pas cet automne-là de disette.

Perpetua cependant se plaignit à son mari : on ne pouvait plus se permettre de nourrir des bouches inutiles. Bertolotti devait soit congédier son apprenti, soit mener sa fille au couvent. Aux cris que fit le luthier en réponse, on eût pu croire qu'elle lui réclamait son deuxième œil.

Puis l'hiver vint, et avec l'hiver une nouvelle glaçante dont Orso ne fut informé que le jour où cessèrent les spasmes qu'elle avait provoqués. Le jeune homme avait bien senti pourtant l'agitation inédite qui avait enflé autour de Lucia ces derniers temps. Comme à son habitude, il n'osa pas demander ce qu'il y avait.

Or il y avait que Lucia était grosse, et que sa mère avait surpris la sangle de cuir nouée autour de son ventre. Les époux Bertolotti l'avaient amenée chez le curé qui n'avait rien pu faire, si ce n'est reposer dans l'intimité du confessionnal la question que Perpetua avait hurlée dans le presbytère : l'identité du père ? Rien n'était venu.

À la Mégisserie, les soupçons se firent pressants, et même Bertolotti regarda Orso à la dérobade pour tenter de surprendre une moue coupable, un aveu.

Un après-midi, Garofalo, dont le silence fut d'or pour la circonstance, était entré dans la maison avec son sac rempli de fioles et d'instruments aux cliquetis effrayants. Perpetua, d'une voix sentencieuse, avait ordonné à Orso de quitter les lieux. Le sang avait coulé sous le paravent qui cachait Lucia.

Elle était restée au bord de la mort plus de quarante jours et, un matin, Orso ne la vit plus. Elle avait quitté la demeure familiale à l'aube accompagnée par son père, et le jeune homme avait surpris la mère qui décrassait frénétiquement le sol. Il ne resta plus une trace du séjour de Lucia.

Bertolotti fut de retour la semaine suivante, c'était aux premières neiges. Il était resté affalé plusieurs heures sur une huche, puis avait fait signe à Orso et l'avait emmené derrière l'ancien moulin, près du lavoir où Lucia avait l'habitude de se baigner. Le canal n'était pas encore gelé.

Le vieil homme dont les larmes formaient des cratères gris sur le sol immaculé reprit devant Orso la chronologie des malheurs qui venaient de lui enlever sa fille. Maintenant qu'elle allait prendre le voile, il voulait en avoir le cœur net : que s'était-il passé pour qu'on en vînt à la larder de fibules ? Avait-il lui, Orso, une responsabilité quelconque dans ces hémorragies et dans la survenue épouvantable d'un enfant mort ?

Le jeune homme ne releva pas la tête. Pour la première fois depuis le jour où on l'avait interrogé sur la foi de sa mère, il ressentit la honte. Même ici, il était resté un étranger, sans plus de qualité qu'une bête de trait... Et que pouvait-il être pour qu'on ne prît pas la peine de l'informer ? Une autre distraction pour Lucia ? L'avait-elle placé au rang des figures du jeu de tarot qu'elle emportait partout ?

Bertolotti n'aurait pas compris le sens de son affliction ; l'apprenti resta silencieux. De la tête il fit des acquiescements saccadés puis s'assit dans la neige. Une fois de plus, on allait le chasser. Au prix de mille efforts, le vieux luthier le releva et le ramena jusqu'à l'atelier.

Le départ de sa fille n'avait pas éteint la fureur de Perpetua. Elle ne voulait plus du mécréant savoyard dans ses murs. Sans doute leur coûtait-il maintenant plus qu'il ne leur rapportait ! Il lui restait à terminer une viole promise à Don Agostino Prioli, évêque de Bergame, après quoi il n'aurait qu'à retourner dans ses montagnes.

Dévasté par l'absence de Lucia, Bertolotti fut incapable de résister aux assauts de sa femme. Aux premiers jours du printemps 1628, il chargea Orso d'une mission qu'en temps normal il aurait prise à son compte : Orso irait livrer la viole à San Paolo d'Argon, un bourg en périphérie de Bergame ; son commanditaire l'attendrait dans la paroisse de la Conversion-de-Saint-Paul.

La lettre de l'évêque lui servirait de sauf-conduit pour entrer dans le Milanais où Orso, en près de treize ans, n'avait pas remis un pied. Bertolotti lui laissa quelques écus en lui conseillant de prendre son temps ; vingt milles de marche sur des sentiers ravinés par l'hiver, il en aurait pour cinq jours au moins. Le luthier se voulut optimiste : il comptait mettre ce temps à profit pour apaiser son épouse et plaider pour que l'apprenti restât parmi eux. Orso savait que, dans sa douleur, il était l'ultime distraction du vieux.

À la veille de l'Annonciation, Bertolotti plaça la viole dans un épais sac de cuir rempli de bourre de soie que le jeune homme, gaillard, porterait dans son dos. Une lanière large de deux pouces, passée sur son épaule, lui barrait le torse et descendait jusqu'à sa hanche. Orso s'imaginait en arquebusier partant à la guerre ; il lâcha au luthier un sourire enfantin puis se mit en route.

Après quatre heures de marche, il aperçut au loin le gué sur l'Adda et le corps de garde du duché. Des flocons lui piquèrent les joues, il inspira longuement : le Milanais !

Le surlendemain, après avoir remis la viole ornementée à un diacre de la paroisse, Orso fut invité à se reposer une journée dans le couvent attenant.

Comme il observait de nouveau le cycle des religieux, les souvenirs l'assaillirent, il sentit une douleur acide lui vriller l'estomac. La nuit, qu'il passa dans une cellule aveugle du bâtiment des oblats, fut remplie des images de sa mère et, au matin, sa résolution reprit force : quelle que fût l'adversité, quelle que fût sa frayeur, il irait chercher la pierre tombale et reviendrait en Valsassine orner la tombe de Mammina.

À la première heure, Orso partit du couvent, l'esprit troublé. Son sac vide lui faisait comme une molle carapace qui rebondissait sur son dos tandis que, sous un ciel couvert, il cheminait au hasard des bifurcations. Au moment où le soleil perça et révéla le paysage étincelant de blanc, il se trouvait au sommet d'un coteau et vit surgir, face à lui, à une demi-lieue environ, une bourgade, campée sur une autre colline d'une hauteur égale. Dominé par un beffroi aux pierres grises, le village s'étalait en pente douce vers la place de l'église, où s'entassaient le gros des habitations ; plus bas, des bâtisses aux ardoises fumantes ouvraient sur des potagers en hibernation ; enfin, les champs de neige, et la rivière.

Il y avait là-bas un grouillement extraordinaire. Dans la froideur, le monde affluait de partout et convergeait en différents points du bourg où des camelots avaient posté leurs charrettes. Une procession pour implorer la clémence du Semeur avant le printemps, ou bien une foire qui se tenait malgré la pauvreté des récoltes ?... L'ambiance joyeuse saisit Orso tandis qu'il approchait.

Il se dirigea vers une fontaine où un marchand ambulant, juché sur un fût, hélait des badauds. L'homme tenait à deux mains devant son œil une longue gaine de cuir et Orso, fasciné, reconnut immédiatement ce qu'il n'avait vu jusque-là que dans ses livres : une lunette d'astronomie. Le camelot ajustait au mieux, et déclamait ce qu'il voyait en forçant les détails.

« *Ecce homo !* La sainte mine de celui-là ! Grand et bâti ! »... On vit apparaître au bout d'une rue un vitrier, avec sa hotte en bois. Quand le compagnon ne fut plus qu'à une trentaine de toises, le bonimenteur se mit à le décrire comme s'il s'était agi du Messie : à cette distance, considérable ! il pouvait même distinguer un lapin posé sur son chapeau à large bord !... Puis il tendit sa lunette aux passants amassés. «Regardez donc!... Et faites attention, grand Dieu! faites attention, bande de rustres! cette lunette vient tout droit de la cour des Farnèse!»

Les moqueries fusèrent :

«À quoi nous sert ta breloque, le bonisseur, puisque ton homme est, à vue de nez, comme qui dirait, juste devant nous! Haha! Oh! mais voyez le beau chapeau que voici! (Il désignait les tasseaux que portait le vitrier.) Et ton lapin, le marchand, ne serait-il pas de la variété des souris?

— Bougres de porchers! Qu'est-ce que vous pouvez comprendre à la science? Retournez faire salon avec vos bêtes!»

Il se tourna alors vers Orso qui s'était placé tout contre lui avec l'espoir d'observer à son tour dans la lunette.

«Sois le bienvenu, jeune homme... Quel bon vent t'amène? Qu'as-tu dans ton sac? Tu viens vendre ou acheter? Si c'est pour vendre, je te préviens, j'ai déjà tout!... Encore qu'on puisse voir, au rabais.»

Confus, Orso interrogea le marchand sur la présence de tout ce monde : y avait-il une procession au village?

«Une procession? Non, c'est jour de foire! Si tu n'es pas là pour acheter, ne me fais pas perdre mon temps! La neige va recommencer, et j'ai des affaires à conclure.

— Attendez, s'il vous plaît! C'est bien une lunette d'astronome, que vous tenez là? Pourrais-je l'essayer?... Auriez-vous un pied pour l'appuyer?»

Le camelot opina; il dut penser qu'Orso connaissait mieux son affaire que les autres. Il était vrai que l'instrument était plus efficace pour observer les astres, mais on pouvait aussi l'utiliser le jour. Il lui recommanda de le caler contre le timon de sa carriole et lui désigna un attroupement dans un champ au loin. Le Savoyard posa son sac, prit la lunette avec précaution et suivit les instructions du marchand.

« Oh !... C'est un rassemblement de chiens, qu'on voit là-bas ?

— Des chiens, précisément, mon garçon ! C'est encore une course de Don Agnello ! La qualité de cette lunette n'est-elle pas remarquable ? »

Don Agnello ?... Par deux fois, il fit répéter le marchand. Eh bien, quoi ? oui, c'était bien une course de Don Agnello, le fou aux lévriers !... La lunette pourrait-elle l'intéresser ?... Remonté sur sa charrette, il fit l'article au Savoyard : il avait aussi des instruments plus simples, s'il voulait jeter un coup d'œil, des lunettes moins précises, évidemment, mais à des prix imbattables... Avant même que le marchand, parti fureter dans sa brocante ambulante, ne reparût, Orso avait repassé la lanière de son sac et s'était éloigné de son pas claudicant vers la plaine.

Il arriva dans un champ où la neige avait été dégagée au râteau. À la place, un mélange de lait de chaux et de craie avait été épandu et donnait au sol une apparence de coquille d'œuf craquelée. C'était sur cette surface qu'on faisait courir les chiens, des lévriers, couverts chacun d'un pourpoint en étoffe jaune. À part deux ou trois de ces aboyeurs sans blason – sans doute appartenaient-ils à de simples bourgeois –, ils étaient pour la plupart floqués du chiffre de leur maison.

Cependant, Orso ne s'intéressa pas aux chiens qui dévalaient en boucle le stade de fortune. Il cherchait qui, dans cette masse compacte et subjuguée par la course, pouvait bien être Don Agnello. Il n'avait gardé qu'un vague souvenir de l'hurluberlu sautillant dans sa salle d'armes, auquel Giovanni et lui avaient rendu une courte visite. Il tâchait de se raccrocher à ce profil du grand cavalier vêtu de noir, entraperçu lors des processions de Milan. Deux images fugaces à partir desquelles il n'arrivait pas à former un portrait précis. Les yeux d'Orso jaugeaient donc chaque silhouette avec l'espoir que l'une d'elles révélerait, par miracle, une aura particulière.

Alors que, gêné par sa besace proéminente, il manœuvrait péniblement au milieu des badauds, une clameur grandit ; des hurlements jaillis parmi les spectateurs postés en haut du champ répondirent à des rires gouailleurs en aval, tous les regards convergèrent au centre de la piste où un vulgaire cabot, sans ornement et sans grâce, zigzaguait et reniflait dans la chaux pulvérulente. C'était une bête galeuse au poil jaune, comme on en voit par dizaines sur les chemins de campagne.

Si elle soulevait l'hystérie des parieurs, c'était que son irruption avait provoqué le chaos : la moitié des lévriers avaient abandonné la course pour aller vers elle. Il apparut qu'ils ne s'étaient pas détournés pour rosser le bâtard mais pour l'entretenir galamment : l'importun était une importune ! une femelle passablement ardente qui avait pris, à son insu, le parti d'affoler les mâles racés, tandis que les coureuses, elles, poursuivaient leur boucle.

La chienne avait dû être lâchée par un des édentés amassés en contrebas et qui se délectaient maintenant de cette espièglerie jouée aux beaux parieurs d'en haut. Pendant que les quolibets fusaient, les lévriers mâles ne lâchaient plus prise, si l'on peut dire, et il fallut un temps pour qu'ils retrouvassent un peu de leur canine dignité.

Bientôt, cette réjouissance laissa place à une autre.

On était parvenu à ce moment des courses où les distractions bon enfant prennent le pas sur la fièvre des paris. La masse agglutinée, plèbe et édiles indistinctement, s'était mise à scander le nom qui faisait écho aux préoccupations immédiates d'Orso : « Don Agnello ! Don Agnello ! » Le Savoyard leva la tête aussi haut qu'il pût, se faisant houspiller par ceux qu'il harponnait avec son chargement. Il ne voulait rien manquer de ce qui surgirait à l'entrée de la piste où les regards avaient convergé.

«Don Agnello ! Don Agnello ! »... Rien, l'artiste se faisait attendre. Enfin une clameur. On vit apparaître en haut du champ un épouvantail en pied, couvert d'un heaume de chevalier au panache multicolore. Il portait de larges bottes en cuir et n'était vêtu pour le reste que de hauts-de-chausses qui lui couvraient les hanches et le haut des cuisses. Son torse était nu, rougi par le froid. Il tirait quelque chose derrière lui, un poids rattaché à sa taille par une cordelette.

«Don Agnello ! Don Agnello ! », les acclamations se firent plus enthousiastes, entrecoupées de rires, tandis que l'amuseur descendait vers les chiens. Il traversa la meute au pas de course. La diversion, qui aux premiers instants avait laissé les cabots indifférents, prit tournure : les lévriers avisèrent le gigot accroché au dos de l'homme et le prirent en chasse ! Arrivé au bas du champ, avec les chiens maintenant solidement accrochés à ses basques, Don Agnello, dont le couvre-chef gênait la manœuvre, fit un demi-tour mal assuré, «Peste ! », il trébucha, s'aplatit violemment dans la poudre blanche, se redressa en patinant, tira vigoureusement sur le gigot que les lévriers commençaient à déchiqueter, et repartit plus vite encore pour remonter le stade improvisé, en longeant la rangée des spectateurs ravis de ses prouesses.

«Don Agnello ! Don Agnello ! » Grisé par les hurlements, le pitre repartit pour un tour de manège d'un bout à l'autre du champ de courses. Enfin, après une ultime descente, il s'effondra définitivement dans la chaux. Sidération générale, silence inquiet, autour de l'homme la poudre blanche en suspension se mêlait aux flocons légers qui avaient refait leur apparition.

Pratiquement emplâtré dans le sol, il fit un dernier effort pour tourner sa tête casquée vers la foule. Ceux du premier rang, Orso en était, purent alors distinguer sa main gauche relever péniblement la visière de son heaume et faire un petit signe du pouce pour signifier à ses admirateurs que, malgré les apparences, les choses étaient en ordre. Les vivats reprirent de plus belle, accompagnés du jappement des lévriers qui se disputaient la viande rouge à quelques pas derrière l'épouvantail désormais inerte. La fête touchait à sa fin.

Pendant que les parieurs soldaient leurs comptes, les badauds qui avaient engrangé suffisamment de quoi cancaner, commencèrent à se disperser depuis les couches périphériques. Orso mis à part, on se désintéressa du champion étendu ; à l'évidence, le prestige que Don Agnello tirait de ses performances était aussi insigne qu'il était éphémère.

Dès qu'il fut libre de ses mouvements, le Savoyard s'approcha de l'homme inanimé. Il entendit sa respiration, presque un râle, traverser la visière ; il y avait de la vie sous l'acier.

« Vous m'entendez, là-dedans ? » Debout, entravé par sa gangue de cuir, Orso hésitait quant à la meilleure manière de s'annoncer.

« Bien sûr, qu'il vous entend ! », dit un serviteur en livrée qui s'était approché et s'occupait de détacher le gigot pour éloigner les chiens.

Orso ne reconnut pas le domestique. Celui-ci se tourna vers son maître dont le moulage de chaux et de neige commençait à prendre :

« N'est-ce pas, Don Agnello, que vous entendez ce jeune homme ?

— Ainsi, c'est vrai ! vous êtes bien Don Agnello ? enchaîna Orso, sans se préoccuper du nouveau venu.

— Puisque je vous dis que mon maître est le baron Don Agnello ! Voilà un drôle ! »

D'autres qu'Orso auraient pu prendre ombrage de l'interpellation, mais ce serviteur qui avait tardé à venir soulager son maître ne l'intéressait pas. Il considéra seulement l'acquiescement muet de l'homme à terre, le même signe de la main par lequel il avait rassuré plus tôt ses acclamateurs.

Le Savoyard déposa son paquetage et saisit précautionneusement Don Agnello sous les épaules pour le redresser. Après quoi il l'aida à retirer son heaume. Ce qui apparut alors l'effraya : un vieillard aux traits émaciés, ses longs cheveux blanchis par une épreuve plus radicale que l'abrasion du temps. Pour le reste, l'homme avait conservé sa vaillance ; sous l'emplâtre de chaux, qui lui collait au poitrail, on voyait pointer des tumescences durcies que le froid faisait presque briller.

« N'avez-vous donc pas un manteau pour votre maître ? demanda Orso sur le ton du reproche.

— De quoi te mêles-tu encore, montagnard ? Je suis au service de Don Agnello et je me conforme à ses ordres. Et s'il lui plaît de ne pas porter de chemise, il me plaît à moi qu'il en soit ainsi ! »

L'écuyer mal embouché n'intéressait décidément pas Orso ; le Savoyard ôta sa cape pour la poser sur les épaules du baron assis. Celui-ci s'était recroquevillé mais semblait entendre.

« Pardonnez-moi, monsieur, de vous importuner... Je me nomme Orso. J'ai vécu longtemps au couvent de Pescarenico, sur le lac... »

Exhibant une couverture qu'il avait sortie de sa sacoche, le serviteur assura que son maître n'avait nullement besoin d'aide. Comme Orso ne bougeait pas, il haussa le ton et lui enjoignit de passer son chemin, il l'appelait « l'ami », le bouscula un peu... Il eût été étonnant, de toute façon, que Don Agnello lui prêtât beaucoup d'attention puisque, comme on voyait bien, le baron n'était pas totalement lui-même.

Mais l'homme avachi avait enfin redressé la tête. Il ouvrit de grands yeux et regarda dans le vide :

« Tu es Orso ?!… Orso de Pescarenico ?! »

On eût dit un augure.

Étonnements, stupéfaction ! Orso ressentit, lui, un choc terrible dans la poitrine. Il ne prit pas les détours qu'avait employés, alors, le père Giovanni :

« Oui, c'est bien mon nom, Orso ! Je crois que vous devez connaître ma mère. Elle a été tuée près du lac… Ses assassins connaissaient votre nom.

— Assassins ?… Assassins ! Non ! c'était ta mère, la tueuse. Une saigneuse de chiens !… »

Orso ne respirait plus. Son regard était suspendu aux lèvres de Don Agnello, il aurait voulu sortir tout ce qu'il y avait dans cette tête fêlée.

« Et mon enfant ! Qu'en a-t-elle fait ? Elle l'a ensorcelé ! Elle nous a tous ensorcelés ! Morts ! Sorcière ! Verracchia avait raison ! Il savait, lui ! Il a vu !… Ah ! non ! Non ! Verracchia est mauvais ! Il est terriblement mauvais ! Et moi, je suis redevenu Achille, le plus intrépide des chiens ! Regarde ! regarde-moi ! »

Il avait replié ses deux pattes de devant, si l'on peut dire, et tirait la langue.

Orso suffoquait. Comme il suppliait Don Agnello de s'expliquer, le serviteur intervint. De nouveau, il lui intima de partir, le menaça, il serait obligé de le chasser. Le montagnard devait bien voir que le pauvre homme était épuisé, au bord de l'apoplexie, il fallait le laisser en paix ! Puis il adoucit sa voix et s'adressa à son maître comme s'il parlait à un enfant. Il le flatta, lui dit qu'il avait bien mérité d'être choyé après une si belle course sur la neige, lui caressa les cheveux. N'est-ce pas, que le baron avait bien cavalé ?

Désespéré de voir Don Agnello toujours en arrêt, langue pendante, Orso insista auprès de l'écuyer :

il devait en avoir le cœur net, c'était une question de vie ou de mort ! Le serviteur expira profondément :

« Faut-il que tu ne comprennes rien ! Voilà plusieurs années que Don Agnello n'a plus aucune idée formée. Tu peux déjà t'estimer heureux, car ce qu'il t'a dit est de loin ce qu'il a dit de plus sensé depuis longtemps. Comme tu vois, mon maître ne passera plus beaucoup d'hivers, et je me charge, moi, de respecter et de faire respecter ses quelques volontés qui sont les seules à lui redonner un peu de vie. Que tu le croies ou non, c'est lui qui veut courir avec les chiens ! Depuis la mort de son épouse et de son enfant, il ne vit plus que pour et avec ses lévriers. »

Orso recourut alors directement à la mémoire du serviteur : lui, n'avait-il pas entendu parler de cette affaire d'exécution, une pauvre femme, il y avait vingt ans de cela ?

Non, l'autre ne savait rien. Il n'était au service de Don Agnello que depuis une quinzaine d'années... Ou plutôt, si, peut-être, il y avait eu quelque chose, ça faisait bien longtemps : un capucin du couvent de Pescarenico était venu visiter Don Agnello ; à cette époque, son maître avait encore une partie de sa tête ; mais le curé n'en avait rien tiré ; il était reparti ; puis il était revenu deux ou trois fois ; un curé tenace, toujours les mêmes questions ; jamais il n'avait eu de réponse.

C'était tout ce qu'il savait de Pescarenico. « Adieu, l'ami ! », lui lança-t-il pour toute salutation.

Et tandis qu'Orso, noyé dans ses pensées, entendait la meute de chiens japper au loin, l'écuyer avait fait avancer une litière, où il aida son maître à se hisser. Il enfourcha lui-même un petit cheval noir, et le cortège s'éloigna.

Alors Orso entendit – ou peut-être crut-il entendre – ce conseil, échappé de la litière, et qui ressemblait à un avertissement : «Prends soin de toi, Orso, nous ne pourrons plus te veiller longtemps !»

Pour rallier la route de Brescia, désemparé, il suivit des chemins qui le menèrent plus au nord vers le lac d'Iseo. Ressassant les paroles de Don Agnello, il espérait faire surgir des souvenirs ; et plus il tentait de les raviver, plus ils semblaient s'enfoncer dans les profondeurs de sa mémoire.

Les sentiers qui arrivaient et repartaient de l'Iseo n'étaient qu'une succession d'ornières et de fondrières qui l'obligèrent, ainsi absorbé, à dormir deux nuits dehors sur un sol gelé.

*

À la Mégisserie, les choses n'avaient pas évolué dans le sens que Bertolotti avait espéré. Perpetua était plus décidée que jamais à faire partir celui qu'elle n'appelait plus que «le Savoyard», et le lui fit savoir dès qu'il eut passé le seuil de la porte. Orso n'en fut pas affecté, ses projets étaient établis désormais : il demanda à Bertolotti quelques jours de repos, après quoi il repartirait pour le Milanais avec la pierre tombale toujours cachée sous son lit.

Quand il fut dans l'atelier, il constata qu'on avait fouillé dans son classeur en son absence. Les dessins étaient en désordre et il manquait une lettre, la lettre ! l'avertissement du père Giovanni. Le vieux luthier lui avoua honteusement que sa femme avait pris le vélin jauni et l'avait emporté au village ; sans doute se l'était-elle fait traduire par le curé.

Eh bien, peu importe, pensa Orso. Que pouvait-elle faire de ces informations ? Ça n'affectait en rien sa résolution de se rendre en Valsassine.

Le surlendemain – on était aux derniers jours de mars –, Bertolotti vint avertir son apprenti : il ne pouvait plus retourner dans le Milanais. Au Montferrat voisin, une nouvelle guerre venait de se déclarer entre les Habsbourg d'Espagne et la Savoie ; la garnison espagnole avait commencé à s'activer et, en conséquence, la République de Venise, alliée du duc de Savoie, avait fermé ses frontières avec le duché. Il lui faudrait attendre quelques semaines, peut-être un mois, que les choses se calment. Entre-temps, le luthier plaiderait encore sa cause ; il finirait bien par faire entendre raison à sa femme.

Ni dans le Montferrat ni à la Mégisserie les choses ne se calmèrent.

Les premiers jours, Orso entra dans la pièce commune le regard bas, traînant des pieds, comme un bagnard se présente au juge. « Y a-t-il des montagnards qui ne soient pas des violeurs ! », très vite les sentences terribles fusaient, Perpetua instruisait l'accusation. Sans finir son gruau, l'apprenti, confus, partait se reclure dans l'atelier.

Puis Perpetua ne voulut plus le voir. Sur les conseils du luthier, Orso quittait l'atelier à l'aube et partait fouiner près du moulin désaffecté. Cette oisiveté ne le gênait pas plus que s'il avait eu à travailler tout le jour. Bertolotti lui portait un ravitaillement sommaire, parfois un livre, enfin, à la nuit tombée, le banni rentrait à la Mégisserie et se plongeait sous sa couverture.

Le printemps passa sur ce huis clos délétère, puis l'été.

Les récoltes d'août furent plus mauvaises encore que celles de l'année précédente. Comme on avait, autrefois, évité de proclamer la disette, on s'empêchait maintenant de prononcer le mot « famine ». C'était pourtant bien une famine qui s'annonçait et les tremblements qui vont avec. Les greniers étaient vides et les derniers muids de farine, réquisitionnés par les sbires de l'annone[1], partirent pour Venise. L'économie était à peu près à l'arrêt. Malgré les édits interdisant le vagabondage, des poignées d'hommes, puis des familles entières, se jetèrent sur les routes ; ils remontaient sur Brescia ou poursuivaient vers la capitale.

Derrière les contrevents de San Zeno, on entendait les artisans désœuvrés vilipender les mendiants, avant de se demander eux-mêmes s'il ne valait pas mieux aller chercher son pain dans la grande ville. Les esprits s'échauffaient.

Au début de l'automne arriva dans la paroisse un personnage à mauvaise allure qui officia auprès du curé. Bertolotti – peut-être avait-il pressenti la menace – crut bon d'alerter Orso à son sujet. Il lui décrivit un moine abject, grand, et qui mâchait des clous de girofle à longueur de sermon. Comment un frocard soumis au vœu de pauvreté pouvait-il se permettre une denrée si rare ? Il fallait dire que le drôle dégageait une telle odeur – le luthier se pinçait le nez ! Dans son cas, le girofle était une nécessité, l'anis n'aurait pas suffi ! Il riait sans voir qu'Orso, tout en l'écoutant, s'était assis sur une souche, ses genoux s'entrechoquaient ; sans doute pouvait-on lire sur son visage la stupeur, car le luthier s'interrompit.

« Quelque chose ne va pas, mon garçon ?

— Ce moine, dit Orso d'une voix blanche, connaissez-vous son nom ? »

La mémoire lui faisait défaut ; c'était un nom du Sud, calabrais peut-être, ou napolitain. Cette fourbe de Perpetua saurait lui dire, elle avait semblé en bons termes avec l'étranger.

Orso s'effondra. C'était donc ça !… Perpetua avait utilisé la lettre du père Giovanni, comment aurait-elle pu retrouver Verracchia, autrement ? Verracchia, le monstre !

1. Impôt en nature perçu sur le fruit de la récolte annuelle.

Et pourquoi avait-elle manigancé ce traquenard? Avait-il fait tant de mal, lui, en acceptant de partager les peines de Lucia?... Mais non, c'était impossible! Perpetua ne pouvait pas savoir quel assassin était Verracchia!

Bertolotti, stupéfait, regardait Orso agenouillé sur le sol, les bras ballants. Il ne fit pas grand sens des imprécations du Savoyard, mais il comprit ce qu'il fallait comprendre : Orso était en danger, il avait encore besoin de sa protection. Eh bien, qu'il se rassurât! S'il connaissait ce Verracchia, et si ce Verracchia voulait lui causer du tort, alors lui, Bertolotti, tout borgne qu'il était, s'interposerait! Il montrait le poing et semblait réfléchir à quelque stratagème audacieux – ces stratagèmes que l'apprenti redoutait tant. Il finit par promettre à Orso d'aller chaque jour à l'office pour surveiller les faits et gestes du moine.

La Toussaint suivie de sa cohorte macabre revinrent assaillir Orso. Il vit sa mère disloquée, il vit le crâne ouvert de Violetta, et, curieusement, il vit aussi Lucia, le ventre transpercé d'une épée. Pour la première fois depuis la mort de Violetta, le Savoyard ne se rendit pas au cimetière. Prostré sur son grabat, il se contenta de caresser la pierre de marbre qui dormait sous son lit.

Au jour des défunts cependant, Bertolotti revint, cramoisi, de la messe. Il s'en fut immédiatement chercher l'apprenti dans son moulin : le moine savait!... Il savait pour Orso, il savait pour Lucia, il savait même pour la mère d'Orso – que savait-il exactement? Bertolotti n'en dit pas plus à ce sujet!... Il avait harangué les paroissiens sur le parvis, comme quoi le péché régnait dans leur communauté, comme quoi la fornication avec une veuve était passible d'Inquisition, comme quoi enfin abriter un mécréant, c'était être mécréant soi-même! Il ne fallait donc pas s'étonner si le Seigneur leur envoyait la famine comme à tous les réformés. Et, alors que sa vipère d'épouse s'était évaporée dans la masse, le vieux luthier avait entendu de toutes parts des récriminations, des injures, des accusations à peine voilées ! On l'avait serré aux entournures, on l'avait interrogé, on avait même fait allusion à son œil disparu. Mais il ne s'était pas laissé marcher sur les pieds, il avait balancé deux, trois gifles, tiré le moine par le froc, et menacé quiconque s'approcherait de la Mégisserie ! Il était peut-être mal en point, mais il n'était pas encore dans la tombe, lui !

Il fit bien d'autres rodomontades, et Orso, pâle comme un linceul, le regardait brandir le poing, lever l'index, enfin s'agiter en tous sens.

Quelques jours passèrent encore. Orso savait que les choses n'en resteraient pas là. Le luthier ne quittait plus la Mégisserie, où il avait décidé de se consacrer, autant qu'il pouvait, à la défense de son jeune ami. Il ne fallait plus sortir, lui disait-il, qu'il se terrât dans l'atelier !

Ils restaient enfermés dans la maison avec les braques, tandis que Perpetua – au diable, Perpetua ! – vaquait à ses occupations occultes. Elle partait tôt le matin et revenait au déjeuner ; elle filait alors dans sa chambre avec au fond des yeux un air de messes basses. Chacun s'évitait du mieux qu'il pouvait.

Arriva ce qui devait arriver. À la Saint-François-Xavier, Perpetua avait quitté le foyer aux aurores et n'était pas revenue. En milieu d'après-midi, alors que les premières neiges commençaient à tomber, Bertolotti flairant une embrouille était parti sur le chemin de San Zeno. Au bout d'un temps, où Orso était resté blotti sur son lit, le vieux était rentré pantelant et s'était précipité dans l'atelier : « Nous y voilà ! », hurla-t-il au Savoyard.

Il ordonna à Orso de rassembler ses affaires et de se tenir prêt à s'échapper par les champs. Pendant que le jeune homme sanglait sa hotte et entassait pêle-mêle ses frusques dans son bissac, le luthier fit le récit de sa rencontre sur la route du bourg : un cavalier qu'il ne connaissait de nulle part avait fondu sur lui et l'avait interrogé sans préambule ; était-il bien Bertolotti, le luthier ? cachait-il chez lui un Savoyard du nom d'Orso ? Il l'avait ensuite mis en garde : il fallait agir sans perdre de temps, un groupe de villageois avec bâtons et chiens allaient venir pour faire son affaire à son apprenti ; s'il voulait le préserver, l'autre devait fuir et ne plus revenir. Puis le cavalier était reparti aussi vite qu'il était venu, en poussant sa monture au galop. Un détail avait frappé le vieux : cet homme, un militaire certainement, avait perdu une main. « Le lieutenant de Don Agnello ! », murmura Orso. « Drôle d'ange ! », avait conclu le luthier en partant farfouiller dans les recoins de la cuisine.

Quand Orso, lesté de sa banne en osier et de son sac, fut sur le pas de la porte, Bertolotti vint le retrouver. Il tenait une torche dans la main gauche et portait un mousquet en bandoulière – Orso ne se rappelait pas avoir jamais vu d'arme à la Mégisserie. De la main droite, le vieux tendit un cabas où il avait enfoui une livre de pain noir, une lettre, et une bourse de douze sequins. Il n'y eut pas d'effusion. « Tâche de rejoindre Florence, le grand-duché est en paix. Va voir là-bas maître Landini, il est graveur ; il possède l'imprimerie Tre Pesci. Cette lettre t'aidera ; je t'y ai recommandé... Maintenant, fuis, mon garçon ! Prends par les luzernes derrière le moulin, et marche dans le canal sur un quart de lieue pour perdre tes traces », le luthier tira le jeune homme par un bras et le poussa vers le champ, sans lui laisser le loisir d'un adieu – Orso fut abasourdi par les recommandations précises et le sang-froid de son maître.

Après avoir rejoint le canal, il se dissimula derrière un saule, et se tint là, quelque temps, en observation. Il fut stupéfait d'apercevoir Bertolotti mettre le feu au moulin et rentrer se barricader dans la Mégisserie avec ses chiens. L'incendie se propagea à grande vitesse. Comme il menaçait la bâtisse principale, Orso distingua un groupe d'hommes, armés de piques et de chiens, qui déboulaient par le chemin de San Zeno. À leur tête, il reconnut la silhouette effrayante de Verracchia ; Perpetua se tenait un peu en arrière de la meute.

Soudain, un coup de feu partit de l'étage où le luthier était retranché. Il n'y eut pas de sommations, l'assaut fut donné. Orso comprit qu'il ne devait plus traîner. Il plongea ses pieds dans l'eau glacée du canal et en remonta le cours jusqu'à ne plus sentir ses jambes. À grand-peine, il se hissa sur l'autre rive pour raviver ses membres violacés. Depuis la berge enneigée, il se retourna une dernière fois vers la scène infernale, d'où l'on entendait fuser des glapissements. La Mégisserie n'était déjà plus qu'un immense brasier.

7

La stèle sur le dos, [il] veut rentrer au duché,
Infortune ! Le moine et la guerre le chassent.
[Il] erre sur les chemins, va se perdre en Toscane ;
Passe un maître horloger, [il] le suit en Vénétie.

Orso marchait sans savoir. Il levait la tête de temps à autre, prenait vaguement en mire une cime au loin ou un clocher, puis fixait de nouveau le sol. Seul dans l'univers blanc, il allait le plus droit possible. Bertolotti lui avait dit Florence, mais il n'avait que Milan à l'esprit. Quoi qu'il en fût, il progressait lentement.

De sa hotte pesante protégée par une pièce de toile cirée dépassaient l'arrondi de la pierre épitaphe et l'arête de son classeur à dessins. Son bissac claquait sur sa cuisse, et ses guêtres en chevreau s'enfonçaient profondément dans la neige. Il trouva cependant une vertu à cette charge qui lui tassait le dos : il ne claudiquait plus, et ressemblait en tout à ces autres vagabonds fuyant leur chez-soi pour tenter de survivre. Il avait même sur ceux-là un avantage immédiat : les sequins laissés par Bertolotti ; mais ça, il ne le comprit pas d'emblée.

Lorsqu'il entendait un bruissement d'homme, il quittait le chemin pour se cacher dans un bosquet. Il fallait éviter les rôdeurs, les brigands, et plus encore les mercenaires en armes qui écumaient les campagnes pour se vendre au condottiere le plus offrant.

Le deuxième soir, il avait relâché sa vigilance et tomba nez à nez avec une poignée d'enfants qui mendiaient, abandonnés et hirsutes. Il fut si heureux d'entendre que les affamés étaient arrivés de Milan qu'il leur lâcha deux sequins, somme considérable, comme il aurait distribué des friandises.

À son troisième jour de marche, il ressentit dans tous ses membres la fatigue et l'engourdissement du vent glacial. Sa tête était si froide qu'aucune pensée ne la traversait plus. Une vision vint le saisir : il se laissait aller au sommeil, ici, dans le lit de neige, et ne se relevait plus.

Ce matin-là cependant, la Providence – dont Orso n'avait jamais fait grand usage – se manifesta dans les vapeurs d'une fumée, qui s'élevait en rase campagne. Les deux cents foulées, aux enfoncements profonds, qui le séparaient de l'auberge absorbèrent ses dernières forces.

Le patron, un gaillard cuivré qui gardait en permanence un poignard à la ceinture, demandait à chacun de montrer patte blanche. Il rejetait sans bienveillance les impécunieux. Quant aux armes, il déclamait à chaque hôte la règle de céans : tout ce qui cognait, tranchait, détonait, poinçonnait, de près ou de loin, était confisqué et tenu en réserve sur un râtelier derrière les fourneaux.

À son arrivée dans le gîte, Orso montra ses sequins. Quand il vit la mine réjouie et la déférence soudaine de son tenancier, il eut une vague idée de ce qu'avait été la générosité de Bertolotti. Il déclara vouloir passer une nuit pour repartir au matin vers Milan ; on l'en dissuada : la frontière était fermée et les mercenaires étaient partout. On lui prépara une couche si confortable – Orso n'avait jamais dormi dans des draps de serge – qu'il y demeura deux jours, puis trois, puis versa deux sequins au patron en demandant s'il pouvait rester encore. On lui répondit, sans plus de détail, qu'avec son pécule on pouvait lui assurer la pension pendant un mois, et même deux, si ça le chantait. N'ayant nulle part où aller, il attendit donc qu'on colportât du duché des nouvelles meilleures.

Chaque arrivant humait, incrédule, l'odeur du tabac et des fonds de bouillon ; enfin la paix ! semblaient-ils dire. Tous prétendaient avoir échappé au trépas.

La terreur qu'ils portaient en eux devenait contagieuse, elle envahissait un à un ceux qui se trouvaient là. En premier lieu, elle chassait la honte. Tout le monde se racontait, se purgeait d'une manière ou d'une autre ; celui-ci, ayant cru voir un bubon sur son enfant, avait déserté sa famille ; l'autre, certain qu'il y aurait perdu la vie, avait abandonné son épouse aux pillards ; ils fuyaient tous la Lombardie convulsée. Orso ne les jugeait pas – depuis longtemps pour lui, la survie était devenue la condition de la vie –, seulement il comprit qu'il devait, pour l'heure, renoncer à la Valsassine.

Il avait son lit à l'étage et y passait le clair de ses journées, car plus les arrivants se confiaient, moins le Savoyard avait le cœur à entendre leurs confessions. Or ils se confessaient d'autant plus qu'ils étaient assoiffés.

Quand, autour des repas, Orso se risquait dans la salle commune, il s'asseyait seul sur un siège boiteux, sous l'escalier. Il s'y rendait toujours avec sa hotte ; la compagnie de sa pierre tombale lui suffisait.

Un soir où les conversations se firent plus bruyantes qu'à l'habitude, il descendit de la chambre commune avant le service du bouillon. Il plaça son panier à ses pieds comme un chien fidèle, et se mit à observer quatre désœuvrés qui avaient commencé une partie de cartes au bout de la grande table, à deux pas de son escabeau.

Difficile de dire si leur agitation venait de l'atmosphère alourdie – la neige avait recommencé à s'accumuler sur les traverses –, si c'était le jeu qui commandait la ferveur, ou si c'était le vin, dont on voyait des traces sur la table et sur les bancs. Un peu de tout ça, sans doute. Le fait est que les joueurs parlaient fort et qu'Orso, effrayé autant qu'intrigué, ne perdait pas un mot de leur conversation.

Au bergamasque était mélangé ce jargon de taverne propre aux tripots :

« Laissez venir à moi les petits deniers !

— Trois valets et un cavalier ! Un talon de mangeur d'ail ! Vous allez boire bouillant, mes amis ! »

Et pendant qu'un des joueurs appelait l'aubergiste pour se plaindre de sa main « presque vide », son camarade de jeu l'apostrophait avec humeur :

« Tu parles trop ! Crois-tu que bavasser te suffira à picorer ce pli, beau merle ! N'as-tu pas misère de bâtons ?... »

Une *scopa !...* Lucia avait initié Orso à cet autre plaisir de la chambre ; après elle, jamais plus il n'avait croisé de femme qui lançait la carte. Le Savoyard ne lutta pas contre l'irruption du souvenir, le beau visage de Lucia, l'effrontée, lui revenait dans la verve insolente de ce quatuor.

Elle n'avait jamais raconté sa vie dans les faubourgs de Bergame ; sans doute avait-elle fréquenté des lieux de divertissement et en avait-elle aimé la gouaille ; de retour à Brescia, cloîtrée chez Bertolotti, elle avait insisté pour apprendre à Orso les rudiments du jeu ; le jeune homme s'était laissé faire, mais voilà : il n'avait pas la fibre d'un *scopista*. Car il ne suffisait pas de connaître les règles, ni d'en maîtriser la symbolique rudimentaire, les enseignes et les honneurs, pour entrer dans la confrérie ; pour être *scopista*, il fallait parler la langue.

« Avec tous ces deniers, ton barbu peut aller sous son trône se soulager ! Et regardez-moi ce beau sept ! *Sette bellissimo, sette sontuoso !*

Celui qui déclamait baisa sa carte du bout des lèvres et ramassa les autres…

Ils parlaient beaucoup, buvaient encore plus. *Des virtuosi*, pensa Orso, ils jouaient au *scopone d'alti monti*, la variante bergamasque la plus volubile. Pour un ignorant, les deux paires opposées semblaient discuter de tout et de rien, ils rebondissaient sans logique sur les déclarations de leur vis-à-vis, et la tablée importunée s'offusquait de ces déclamations de rustres – « Peste, sur-peste et contre-peste, encore un manche à balai ! »

Les *scopisti*, derrière leurs formules absurdes, s'informaient en permanence sur le jeu, « Mieux vaut un triste sire qu'un valet miteux », leur art consistait à n'en pas dire trop pour éviter de se faire accuser de tricherie – calomnie sérieuse –, mais suffisamment pour renseigner leur partenaire. En dernier ressort, on les voyait jeter des regards en biais sur les mains de leurs adversaires.

La partie avançait, le vin déliait les langues et le Savoyard s'amusait de leurs attitudes toujours plus bravaches. Ils brandissaient haut leurs cartes, les faisaient claquer sur le madrier, les deux plus excités, qui se seraient à peine salués une heure plus tôt, se tapaient maintenant dans les mains et se congratulaient beaucoup, ils lançaient aux deux autres des inconvenances, les traitaient de « volailles déplumées »…

Orso finit par ne plus écouter les joueurs et les regarda pensivement. Quelque chose d'excessif dans leurs pitreries l'inquiéta, quelque chose par quoi, insidieusement mais fatalement, la violence s'inviterait.

Les pichets s'accumulaient, les *scopisti* dégoisaient sans se soucier de la mine grisâtre de l'hôtelier, le vin les avait rendus insensibles au monde extérieur. Insensibles au point qu'ils n'entendirent pas l'homme entrer en coup de vent dans l'auberge – irruption surprenante à cette heure tardive –, et ne le virent pas plus s'approcher de la table.

Orso non plus ne le vit pas, mais le souffle froid, pénétrant en bourrasque, le tira de ses songes. Il se redressa sur son siège. C'est alors qu'il sentit, à la suite du vent glacial, une odeur qui sans être familière ne lui laissa aucun doute ; son sang se figea : il avait senti Verracchia !

Instinctivement, il baissa la tête et ne bougea plus, il aurait voulu disparaître sous son coin d'escalier.

Les joueurs, imperturbables, n'avaient pas remarqué le silence qui s'était fait. Pour eux, le jeu n'avait plus d'importance, seules comptaient les grivoiseries qui suspendaient leur infortune.

« Ah ça ! La Sainte Trinité de deniers que je vais rapporter en Terre Promise !

— Tu peux toujours baiser le fond de mes chausses ! Ta trinité, je l'embroche de mon valet aux gourdins !

— Beaucoup d'alléluias, pour un si petit miracle !... Par ici, mes agneaux ! Regardez-moi ce membre viril ! N'est-il pas plus doux que l'Enfant Jésus dans sa crèche ? Venez à moi, petites coupoles ! »

Au moment où le gagnant se penchait pour ramasser les cartes, Orso, frissonnant, jeta un regard au nouveau venu. L'encapuchonné, vibrant de colère, fit voler la neige de sa soutane, alla droit aux joueurs et agrippa la table d'une main ; avec l'autre qui tenait son bourdon, il envoya valdinguer d'un revers les cartes, les timbales et les pichets de vin. Peut-être inspiré par le Christ du Temple, il lança alors un furieux anathème :

« *Proh pudor !* Honte à vous, pécheurs devant l'Éternel ! *Epicuri de grege porci !* Plût à Dieu que je ne passe pas par cette auberge ! Que dis-je, une auberge ? *'O burdello 'e Napule !* Terribles blasphèmes ! *In flagrante delicto.* Il vous en tiendra responsables au jour du Jugement ! *Dixi !...* »

À l'évidence l'ecclésiastique avait mal jaugé la situation. Les joueurs se rebiffèrent. Que des *scopisti* se fassent traiter de pourceaux d'Épicure par un étranger, c'était dans l'ordre des choses… En latin, passait encore ! Mais qu'un « frocard puant ! » – ils devaient avoir retrouvé un peu le nez – renversât leur vin et gâchât ainsi le seul remède avéré contre les peines du quotidien, c'était, pour ces faces rubicondes, un Rubicon à ne pas franchir.

Sous les yeux du tôlier hagard, et à la stupéfaction d'Orso, ils saisirent le moine par sa robe, et se chargèrent de lui frotter les reins et de lui aplatir quelques côtes.

Déguerpir au plus vite, ce fut l'unique pensée d'Orso. Il profita des mésaventures du religieux et de la cohue naissante pour rassembler son peu d'effets et passer sur ses épaules les lanières de sa hotte.

Comment le moine, rossé à terre, remarqua-t-il sa présence ? Orso le crut encore doté de prescience. Toujours est-il que, au milieu du vacarme, Verracchia trouva la force de lancer cette imprécation qui pétrifia le Savoyard : « *Ti ho vi'to,* Orso la Fouine !… Rien ne sert de fuir !… Je sais où tu es ! Et je sais où tu vas ! Je t'y attendrai ! Tu… », un gémissement ponctua sa phrase. Il avait dû prendre un coup sur la tête, car on ne l'entendit plus.

Orso émergeant de sa stupeur, finit de se harnacher. Il laissa une dernière pièce au tenancier et fila sans demander son reste. Dehors, galvanisé par l'effroi, son fardeau ne lui fut d'aucun poids et il s'enfonça rapidement dans la tourmente de neige et l'obscurité, complices inespérés de sa fuite.

Tout ce qui pouvait abriter des hommes, il en eut peur ; chaque silhouette au loin annonçait Verracchia, il était derrière chaque ombre ; alors Orso contournait les hameaux, ou les traversait à la nuit tombée, et l'aboiement des chiens assis près de leurs maîtres lui glaçait les sangs. Le jour, il dormait sous des branchages à l'abri du vent, dans les fenils à chaume, et ne se montrait que furtivement, au seuil des fermes isolées, pour quémander un pain. Quant à son chemin, il osait à peine le demander et, caché derrière les haies, tâchait de glaner des mots à la volée, s'orientait avec ce qu'il entendait. S'orienter… pour aller où, de toute façon? l'autre pouvait surgir à chaque coin de route, être tapi, là, derrière ce chêne, au milieu de ce buisson! Qu'avait-il contre lui, le moine? Mammina était morte, Violetta avait eu le crâne fendu, que ferait-il de lui quand, inévitablement, il le retrouverait? Il le tuerait, bien sûr, pire peut-être, on pouvait toujours faire pire… La peur, la peur irrépressible, était partout dans ses lamentations. Il n'éprouvait pas de colère, aucun désir de vengeance, il n'imaginait même pas pouvoir se défendre… non, il était simplement résigné. Sans doute sa culpabilité était-elle établie, il ne la contestait plus, mais il ne voulait pas être torturé, hurler sous la douleur, il ne voulait pas saigner. Alors il pleurait en tremblant pendant des heures, jusqu'à ce que les morsures du froid lui soient plus douloureuses que son affliction et l'obligent, encore et toujours, à avancer.

Au hasard de ses errances, il finit par atteindre des passages de douane dont il fut refoulé, systématiquement. Quel drôle pouvait ignorer les édits? Par deux fois même on lui tira l'épée : le duché de Milan était inaccessible. Désespéré, il relut la lettre d'introduction de Bertolotti, «Imprimerie Tre Pesci»… Il se tourna vers la stèle, implorant, mais cette fois, aucun signe, il avait largement épuisé les ressources de la Providence. Ses bras ballaient, il courba l'échine… en attendant de pouvoir retourner en Valsassine, il irait se réfugier à Florence.

Il longea la frontière en direction du sud-est, espérant couper une route; il pourrait ainsi arrêter un charretier, ou trouver un relais et se faire accepter dans une voiture. Mais pendant plusieurs jours il ne croisa rien qui circulât entre Milan et Venise, pas même un officier des postes. Seul ou presque sur les chemins, il se laissait guider par les corneilles, et, lorsqu'il pouvait acheter une livre de farine ou du bouillon, il payait sans compter, la main tremblante.

Après la Nativité et la Saint-Sylvestre, qu'il passa sous des abris enneigés, il finit par atteindre Mantoue. Ce duché, officiellement en guerre, lui parut moins agité que ceux qu'il avait traversés. On lui indiqua le chemin de Modène, où il vit passer deux litières et un coche qui faisaient route vers la Toscane... jamais on ne le laisserait monter dans ces voitures. Il attendit en vain que passât un char à bœufs, mais les plus modestes avaient rentré leurs bêtes, seuls quelques citadins vautrés sous des fourrures voyageaient encore.

Au sud de Mantoue, poussé par le désespoir, il entra dans la cour d'un relais. «*'tenzione!*», un coursier manqua de l'étaler dans la boue en se ruant au galop. Hagard, Orso erra quelque temps près des écuries sans oser s'enquérir, le froid n'avait plus d'effet sur lui, mais son estomac le tordait et il sentait la fatigue lui cisailler les jambes. Il finit par s'approcher d'un coche dételé, aborda un homme qui graissait les cuirs, et lui demanda pour Florence. «Dans notre carrosse, c'est à craquer, dit le palefrenier. Ils ont la bougeotte, nos bourgeois», Orso baissa le front, et repartit en trébuchant.

Plus tard dans l'après-midi, un autre coche tiré par quatre mules fit halte au relais. Cette fois, Orso n'hésita plus. «On pourrait peut-être s'accommoder mais ton panier doit voyager avec les malles», répondit le cocher qui reluquait sa bourse. Orso secoua la tête avec un air mauvais et s'éloigna, il ne lâcherait pas sa hotte.

Le soir tomba. Il parvenait à peine à décoller ses semelles de la fange, c'était trop d'effort. Au bord de l'inconscience, n'écoutant plus que son ventre, il finit par tituber jusque dans la halte. «Du pain, du pain, s'il vous plaît», implora-t-il en s'affalant sur le premier banc, après avoir laissé tomber sa banne. À l'instant où il fut assis, la torpeur le saisit, irrépressible. Alors, pour ne pas sombrer avant d'avoir senti la mie sous sa langue, il tira une feuille de sa hotte et, à la pointe d'un charbon, griffonna en quelques hachures un joueur de flûte.

«L'ami, ho! l'ami!» C'était une voix étrangère, quelqu'un le secouait par les épaules pour tâcher de le réveiller. «Tu devrais faire plus attention, l'ami, une bourse étalée comme ça, ce n'est pas prudent.» Il faisait sombre dans le relais, combien de temps avait-il dormi ainsi? «Tu dessines, l'ami? Ton trait est parfait! Et je m'y connais.» L'homme, qui portait un feutre à plume et un bouc soigné, pointait du doigt ses esquisses. «Non, non, merci bien! Je dois m'en aller», dit Orso qui n'avait pas compris. Et, presque mécaniquement, il allongea le bras pour se rassurer; Mammina était toujours là, dans la hotte.

«Voyons, l'ami, plus une voiture ne part d'ici, il fait nuit noire et il neige... Quel genre d'artiste es-tu?

— Je vais à Florence... travailler chez un imprimeur, puis il se tut.

— Bien, bien», dit simplement l'autre, sans doute un Français, il se retourna vers les cuisines, fit venir un petit chauve à tablier qui devait être l'aubergiste, et donna ses instructions à voix basse. Avec ce qu'il faut d'amabilité, Orso, incapable de réagir, fut accompagné sur une paillasse dans un coin chauffé de la salle, où ronflaient déjà deux voyageurs emmitouflés dans leurs manteaux. On allongea son panier près de lui et, aussitôt que son visage reposa sur la paille, il s'endormit.

Le lendemain, ce furent les mêmes intonations, françaises, qui le sortirent des songes: «Es-tu prêt pour faire route vers la Toscane, l'ami? La journée est belle. Nous pourrions atteindre Modène ce soir.» Orso se redressa en silence, l'esprit absent, les yeux gonflés.

Que lui voulait-on encore ? Sa hotte reposait à ses pieds, son bissac aussi était là, et il sentit sa bourse dans ses chausses. Il contempla l'homme, regarda derrière lui : rien, rien de suspect, encore fallait-il rester sur ses gardes. Il inspira longuement et sentit l'arrière de ses cuisses qui le tiraillaient… « La Toscane ? », oui, d'accord, il irait en Toscane, il paierait ; l'autre eut un sourire.

Nicolas – c'est ainsi qu'il se présenta à Orso – voyageait dans une litière allongée à deux chevaux. Un âne chargé de malles fermait le convoi. Le Savoyard fut installé face au Français et il put conserver son bagage à côté de lui… après tout, s'il y tenait ! Nicolas se montra d'ailleurs très intéressé par le classeur en maroquin qu'il voyait émerger de l'osier. Orso n'était pas en état d'opposer de résistance, il le laissa feuilleter. Décidément, dit Nicolas, sa technique était exceptionnelle. Cette capacité à représenter les volumes, à se jouer des perspectives… rare ! Vraiment !

Lui-même était peintre ; mais Paris était trop « éruptif », il retournait à Rome ; c'était là que ça se passait ! Les commandes affluaient, la Curie notamment, il proposa à son hôte de l'y accompagner ; avec son talent, il n'aurait aucune difficulté à se faire un nom dans les meilleurs ateliers !

La litière fit halte pour la nuit dans un relais à quelques milles de Modène. Cette fois, Orso accepta de partager une fiasque avec le peintre. Il n'était pas habitué au vin ; comme la veille, il sombra dans un sommeil profond.

« Il faut partir d'ici, maintenant, monsieur. » Cette fois, c'était une paysanne en fichu blanc, qui avec son balai chassait les poules autour de lui. Un rayon cru d'hiver avait envahi la pièce et l'aveugla. Son corps était raide. Il fit un effort pour s'asseoir mais la tête lui tourna ; où était-il ? « Allons, il faut y aller, monsieur, vos compagnons ont repris la route depuis longtemps.» Ses compagnons?... Il put enfin distinguer ses affaires au pied d'un mur. Avec beaucoup de peine il se mit debout et alla faire un rapide inventaire : tout y était sauf le contenu de sa bourse, à peu près vide.

«C'est réglé», dit la femme en lui ouvrant la porte.

Orso marcha tout le jour. Il ne se préoccupait plus d'emprunter les sentiers ou de quitter la route quand d'autres voyageurs approchaient. L'image de Verracchia le hantait toujours mais il avait en tête des soucis plus immédiats : manger, se rapprocher de Florence... d'abord il faudrait atteindre Bologne et traverser les États pontificaux.

Par la grâce de la lettre que lui avait remise Bertolotti, on ne lui fit aucun embêtement aux corps de garde. Il fut de nouveau soulagé de constater la bienveillance des gens du pays; c'est ainsi que doivent vivre les sujets du pape, raisonnait-il. Confiant, il s'arrêtait désormais dans les fermes, partageait le récit de ses mésaventures, et gagnait en retour une galette de sarrasin ou une couche pour la nuit. En trois jours, après avoir contourné Bologne, il se retrouva en limite du grand-duché de Toscane. Même si la fatigue l'assaillait encore, avec les températures plus clémentes il avait repris espoir.

Pendant ses dernières marches qui l'amenèrent jusqu'à Florence, Orso ressassait l'épisode de Mantoue : décidément, il devait se méfier des prétendus artistes, et plus encore des Français – il se rappela les mises en garde des moines à Lecco. Et pourquoi ce Nicolas ne l'avait-il pas détroussé dès la première nuit? Trop de témoins dans le relais, sans doute, en outre le peintre était peut-être sincère lorsqu'il l'avait complimenté sur ses dessins et, tout en le volant, il l'avait aidé un peu... Délicate condition que le vagabondage! Il se faisait surtout reproche d'avoir trop parlé pendant son trajet. Autant d'indices pour Verracchia, s'il était toujours à ses trousses...

Enfin il arriva aux barrières de Florence où le nom de G. Batista Landini, griffonné par Bertolotti, lui libéra le passage. Il sembla d'ailleurs à Orso que tous les habitants de Florence connaissaient le maître imprimeur et sa résidence, située sur une placette à quelques pas de l'Arno. Le Savoyard fut émerveillé mille fois avant d'arriver devant la porte au chambranle plaqué de laiton. Là, une imposante maison à colonnades hébergeait l'imprimerie Tre Pesci. « Un palais ! », murmura Orso.

La lettre d'introduction disposa Landini à faire entrer le visiteur. On accompagna Orso jusqu'au maître qui l'attendait dans une grande salle du rez-de-chaussée, au centre de laquelle trônaient une presse et des casiers d'imprimerie.

Avant même de l'écouter, Landini fit comprendre à Orso qu'il était embarrassé par sa requête : la Toscane était certes moins affectée que la Lombardie mais la guerre au nord, la malaria et la variole au sud y avaient ralenti les affaires, l'imprimerie avait dû débaucher, les commandes de reliures et de gravures étaient à peine plus florissantes, et tout ce genre de choses…

Impressionné par l'ordonnancement méticuleux de l'imprimerie, Orso entendait à peine les faux-fuyants de Landini. Il avait gardé son chargement sur le dos et, après son périple interminable dans les étendues blanches et désertées, se délectait des odeurs d'encres grasses mêlées aux solvants de plomb. Le maître se tenait un peu à l'écart des meubles d'imprimerie ; devant lui, sur une imposante table de marbre, il avait aligné une série d'esquisses, des bandes de papier d'une demi-toise de long sur deux pouces de large servaient de support aux dessins ; sans doute était-il à l'heure d'un choix.

Le regard d'Orso survola les épures, aucune ne lui semblait aboutie ; un homme à collerette, de profil, y contemplait des boules en lévitation. Sans plus se soucier de Landini, il s'approcha de la table, où un détail retint son attention : les boules semblaient figurer un système planétaire en désordre.

« Tu m'auras mal compris ! »

Orso, toujours captivé, ne fut pas sensible à l'énervement de l'imprimeur.

« Qui est celui-là ? demanda-t-il, sans discipliner son parler savoyard.

— D'où sors-tu, étranger !... C'est le regretté grand-duc Cosme, protecteur de l'université et des astronomes !... En voilà assez !

— Permettez-moi, alors... »

Sous les yeux incrédules de l'imprimeur, Orso se débarrassa de son fardeau et se pencha sur la table où patientaient les ébauches. D'un geste sûr, il se saisit d'une feuille vierge puis d'une plume et, en moins de temps qu'il n'en avait fallu à Landini pour lui signifier son refus, Orso reproduisit sur la surface oblongue le même prince, rayonnant cette fois, qui paraissait ordonner du regard la disposition de Jupiter et de ses quatre satellites médicéens.

Le visage de Landini se métamorphosa. Magnanime, il s'avoua impressionné par la physionomie triomphante du grand-duc et la représentation limpide des éclipses. Alors, le prenant par le bras, il pria Orso de l'attendre dans le patio où lui serait servi de quoi se ranimer un peu, et lui enjoignit, sur un ton peu habitué aux objections, à l'accompagner le soir même sur l'autre rive du fleuve. L'imprimeur ne jugea pas utile de fournir d'explications ; Orso, à dire vrai, n'en attendait pas.

Un peu avant la tombée du jour, les deux hommes gravirent une colline, contournèrent la basilique Santo Spirito – Landini prit le temps de nommer à l'apprenti ces édifices merveilleux qu'il découvrait dans une lumière sanguine –, avancèrent vers l'ouest et contournèrent un mur épais comme une fortification. Orso courait du mieux qu'il pouvait derrière l'imprimeur et, lesté de son paquetage, dut s'arrêter pour reprendre son souffle, appuyé à un olivier décrépit. Il distinguait en contrebas la courbe de l'Arno et, plus à l'est, le dôme orangé de Santa Maria, serti comme une couronne. « Allons ! », pressa l'autre.

Ils parvinrent enfin à une poterne, seule brèche de ce côté de la muraille. L'apparition de Landini suffit pour qu'un domestique en faction derrière un judas ouvrît le vantail. L'enceinte protégeait un jardin bien ordonné, au centre duquel trônait une villa toscane de quatre étages, massive. Ils entrèrent. Après avoir traversé une galerie vide et contourné le bâtiment, Landini fit attendre Orso dans l'arrière-cour, pénétra sous un large porche, et disparut dans un escalier.

Le Savoyard supposa qu'il était monté retrouver le maître des lieux et s'en alla patienter au milieu des orangers. Il repéra finalement une fenêtre éclairée dans les étages, et y distingua l'imprimeur en conciliabule avec son hôte au visage noyé dans la pénombre. Certainement ils parlaient de lui, de son drôle d'air, de son accent savoyard, peut-être même savaient-ils quelque chose de ses origines… Les divagations d'Orso furent interrompues par une servante qu'il dut, à son tour, suivre dans les étages. Elle le mena jusqu'à une porte derrière laquelle il entendit des chuchotements.

Le souffle toujours court, il entra. On était dans l'antre d'un homme de science : Landini était assis devant une table sur laquelle traînaient plusieurs instruments en bois et en métal, dont Orso connaissait l'usage mais qu'il n'avait vus jusque-là que représentés dans des traités. Il y avait aussi de quoi écrire et dessiner.

L'homme à côté de Landini, un géant plié en deux, au manteau de soie passementée, vint à Orso. Il ne devait pas avoir cinquante ans mais se déplaçait comme un vieillard. Son visage était franc, sa peau épaisse, et, malgré ses beaux habits, il n'avait pas les manières d'un bourgeois.

«Pose tes affaires et assieds-toi... Je m'appelle Marcantonio.»

À la lueur des chandelles, il pointa du doigt une feuille déroulée sur la table ; Orso reconnut l'esquisse qu'il avait réalisée dans la maison de Landini.

«C'est toi qui as représenté ces satellites de Jupiter ?...»

Orso opina.

«Je te félicite. Ton dessin exprime parfaitement le jeu et la proportion des corps célestes. Comment connais-tu l'astronomie ?»

Sur le ton de la confession, le Savoyard reconnut avoir étudié les hypothèses d'Aristote et de Ptolémée. Puis il eut peur, s'imagina qu'on ne pouvait rien cacher à ces deux-là, alors, à voix basse, il mentionna aussi Copernic, Tycho Brahe, Kepler et Galilée.

«Rien que ça ! Toi, tu as étudié Copernic et Galilée ? Et dans quelle vallée t'ont-ils été enseignés ? dit l'homme avec défiance, presque riant.

— C'est que je les ai étudiés dans les livres...

— Les livres ?... Quel traité de Galilée as-tu consulté ?»

Orso avait lu le *De Motu* et une partie du *Sidereus Nuncius*... Il les avait eus tout un hiver à sa disposition.

«Tiens donc ! Comment t'es-tu procuré ces écrits ? Galilée est à l'Index depuis plus de dix ans !

— Je n'en sais rien... mon maître...»

Sur le ton du secret, Landini crut bon d'ajouter que le maître en question était le luthier Bertolotti, de Brescia. L'autre poursuivit sa pensée :

«Comprends-tu aussi la dynamique et les lois de l'optique ?»

Cet homme qui l'interrogeait d'une voix claire n'était sans doute pas de la clique de Verracchia... pas même un prélat, ses gestes qui ajustaient les montants en étain d'une clepsydre à tambour étaient ceux d'un scientifique. Orso, cette fois, répondit d'une voix plus assurée :

« Je les comprends !

— Bien. Et sais-tu aussi le fonctionnement du compas militaire de Galilée ?

— Oui.

— Alors, je te prie, fais le dessin de cet homme-là maniant un compas militaire… »

Ledit Marcantonio désignait au mur le portrait en buste d'un savant richement habillé qui posait avec une lunette astronomique dans la main droite. Orso prit une feuille au grain fin et, comme chez Landini, exécuta en peu de temps une esquisse parfaite du même homme manipulant l'instrument de mesure.

L'hôte se pencha sur le dessin, regarda attentivement la position du compas et le geste de celui qui le manipulait, puis fit un « Hmmm » qui semblait sceller sa conviction : Orso avait des connaissances de géométrie.

Le Savoyard acheva en apposant une légende : « *Galileo Galilei et in circino* » – « Galilée au compas » –, aucune forfanterie dans cet ajout, simplement il avait reconnu l'homme sur le portrait… une image du génie pisan par le Tintoret avait traîné dans un de ses traités ; il pensait utile de le mentionner.

C'est ainsi qu'Orso entra au service de Marcantonio Mazzoleni, artisan de génie qui fabriquait à façon toutes sortes d'instruments de mesure.

Avec un sourire de soulagement, Landini souhaita bonne chance au Savoyard et prit congé.

Comme la pièce était plongée dans le silence, Mazzoleni, à la lueur vacillante des candélabres, regardait distraitement l'ogive de la pierre tombale qui émergeait de la hotte. Orso s'en aperçut, détourna la tête, mais aucune question ne vint. Au contraire, son hôte se lança dans une explication qu'Orso n'attendait pas.

Horloger padouan, il servait, à l'occasion, de main ouvrière au service du grand Galilée. Disons qu'il prêtait encore, quand il le pouvait, son assistance au savant. Mais, à cause de sa vue devenue mauvaise et de douleurs arthritiques, Mazzoleni évitait de s'éloigner trop longtemps de Padoue. Son ancien commanditaire pourtant le réclamait sans cesse pour le seconder dans l'assemblage de nouveaux outils de mesure ; le vieil homme devait décliner ces sollicitations.

Mazzoleni n'avait plus la force d'effectuer les voyages entre Florence et la République de Venise, il était venu une dernière fois à la Villa dell'Ombrellino pour conseiller Galilée dans le recrutement d'un aide compétent : un mouton à cinq pattes tant l'astronome partait dans toutes les directions ! En plus de cela, il payait très mal, soit dit en passant !... Bref, il n'avait trouvé personne. Et comme le maître avait dû s'absenter quelques jours pour aller se défendre d'une nouvelle controverse à l'université de Pise, Mazzoleni s'apprêtait à reprendre la route vers Padoue. Le hasard avait fait que Landini, l'imprimeur, travaillait précisément à la décoration d'une nouvelle lunette astronomique commandée par Galilée quand Orso s'était présenté à lui... C'eût été un bien mauvais service que de l'introduire auprès du grand homme ; néanmoins, il pouvait, lui, Mazzoleni, lui proposer un emploi sérieux : le suivi de ses fournisseurs vénitiens ; ce faisant, il œuvrerait indirectement pour Galilée dont les instruments étaient assemblés dans son atelier padouan. Il avait besoin d'un assistant car lui-même ne se sentait plus la force d'aller tous les quatre matins visiter ses dizaines d'artisans de l'Arsenal. Et puis c'était une charge bien payée, il serait logé aux frais de sa maison, et aurait la liberté de ses fréquentations.

Orso regardait danser les ombres de l'horloger sur la table. Que lui importait le salaire ? que lui importait Galilée, même ? Depuis son départ de la Mégisserie, il avait passé des semaines à s'éreinter sur les routes pour fuir la République de Venise où l'avait traqué Verracchia, et voilà qu'on lui proposait de retourner vers Padoue et la Sérénissime… Le danger ne serait-il pas moindre en Toscane ?

Mais peut-être le moine au flair de démon était-il déjà à ses trousses sur les routes de Florence ; dans les relais où il s'était abrité, on aurait bien pu le repérer avec son marbre, voire dénoncé ? S'il suivait Mazzoleni à Venise, il pourrait se dissoudre dans l'anonymat de la ville… Florence, Milan, Venise, la populace se valait bien quand il fallait se cacher. Orso songea à sa mère : la République touchait le Milanais ; quand les choses se seraient calmées, il pourrait facilement en partir, chercher la sépulture de Mammina.

« Eh bien ? prends-tu ? », finit par demander Mazzoleni en lui tendant son *Galilée au compas*. Le Savoyard sortit de sa banne son étui de cuir et rangea le dessin : « Si vous me croyez capable, je prends. »

*

L'horloger et son nouvel assistant arrivèrent à Padoue le jour de la chandeleur. Orso aperçut dans les rues quelques joueurs de luth et de tambourin mais la fête était triste, les mendiants étaient partout, chacun souffrait du manque de farine.

Ces processions gémissantes furent son seul souvenir de la ville. Une fois qu'il eut pénétré dans l'atelier de Mazzoleni et posé sa hotte dans la mansarde qu'on lui avait attribuée, Orso n'en sortit à peu près plus. Il renoua avec les rituels qui, à Brescia, avaient apaisé son quotidien. Après la journée d'apprentissage, il s'allongeait près de la stèle de Mammina et repensait à Bertolotti dans les flammes, à son œil, à Lucia, et à la farandole des gens qui s'agitaient en lui : le moine fou, le cavalier manchot, Don Agnello, le père Giovanni, Violetta et les autres. Comme le calme de l'atelier lui semblait fragile ! Puis il s'endormait en contemplant le portrait de sa mère sur le marbre.

Après quelques mois au service de Mazzoleni, Orso savait reconnaître les alliages résistants, apprécier la qualité des pièces de forge, caractériser la fonte du bronze, du cuivre, et de l'argent, qualifier le polissage des verres. Il avait appris à détecter en surface les nœuds d'un module de bois, les défauts des matières vitreuses, et les impuretés du métal. L'horloger se félicitait chaque jour du sérieux de son aide qui assimilait vite et parlait peu. Le Savoyard avait en outre l'avantage de comprendre en pratique l'usage des pièces qu'il lui serait demandé de contrôler. À partir d'une description de son maître, il pouvait aussi bien se les figurer dans l'abstrait que les représenter sur le papier sous différents angles.

Quand Mazzoleni, l'œil perçant, lui expliquait comment on essaierait de le tromper sur la teneur d'un alliage de bronze, il hochait la tête en disant : « Pourquoi cela ? » ; l'autre soupirait, il passait les repas à lui décrire un par un les vices des margoulins de la Sérénissime. Il lui faudrait rester sur ses gardes, car l'horloger achetait pour ses productions propres, mais aussi pour des confrères en France, en Bohême et jusqu'en Russie ! Le vieux Padouan, réputé pour son intransigeance, connaissait les meilleurs artisans de Venise, d'ailleurs, ajoutait-il avec fierté, si ses affaires ne furent jamais vraiment florissantes, c'était qu'il rendait trop de services au nom de l'amitié. Il incriminait ses rhumatismes et poursuivait sur une kyrielle de doléances : toute sa vie il était resté fidèle à Galilée ; de cet attachement il pâtissait car l'astronome, trop généreux avec sa famille, négligeait ses fournisseurs. Et puis il y avait aussi ses clients des maisons romaines qui payaient mal… Mazzoleni continuait à sélectionner pour le compte de Galilée des lentilles, polies ou brutes, fabriquées par les verriers de Murano ; en contrepartie, l'astronome lui envoyait chaque année deux florins d'argent, rétribution misérable pour une expertise pourtant essentielle !

Orso, qui savait tout sur les systèmes convexes et concaves, les distances focales, et la réfraction, apprit à faire l'inventaire minutieux des bulles et des inclusions dans un verre. Il mesurait la planéité d'une lentille, en relevait la limpidité et, en fonction de son épaisseur, recommandait son positionnement dans le futur système optique de la lunette.

À la fin de l'automne 1929, Mazzoleni jugea que son commis était prêt. Mais au deuxième dimanche de l'avent, l'horloger fut assailli dans tout le corps par des douleurs comme il n'en avait jamais connu. Il était si perclus qu'il envisagea de renoncer à accompagner Orso jusqu'à Venise. Adossé contre une pile de traversins, il glapit son inquiétude : le Savoyard n'avait aucune rondeur, était incapable de rouerie, bref, il était trop campagnard… comment le laisser affronter seul la ferveur de la ville ? Malgré le déclin de l'activité manufacturière, Mazzoleni pressentait que l'attitude distante d'Orso serait une gêne au milieu des bouillonnements vénitiens. Il aurait aimé lui faire connaître les nombreux ateliers qui travaillaient pour l'Arsenal et qu'il avait sélectionnés au fil du temps. Il aurait fallu qu'il le présentât lui-même aux principaux maîtres ébénistes, étameurs, miroitiers, fondeurs, verriers chez qui il se fournissait, sans quoi il se ferait dépecer, dans ce capharnaüm.

Mais la douleur fut trop forte. Aux derniers jours de l'année, il se résigna à le laisser partir, muni d'une bourse et de lettres d'introduction.

On ne célébra pas l'année 1630. Au lendemain de l'Épiphanie, bien avant le lever du soleil, Mazzoleni accompagna Orso à la Porta Portello, au pied de laquelle coulait la Brenta. Sur le canal, une barge courte traînée par deux mules attendait ses passagers pour Venise. Trois rameurs se réchauffaient les mains en serrant le foyer de leurs pipes. L'apprenti parcourrait les vingt milles en compagnie de la duchesse Sparsi, veuve allègre et amie de l'horloger, qui se rendait au couvent Santa Lucia pour visiter, comme chaque année, ses deux filles.

Ainsi que Mazzoleni l'avait prédit, la duchesse avait du retard. Alors qu'il s'engageait sur le pont pour charger sa hotte dans la cabine, Orso, appuyé sur un marchepied, eut un mouvement brusque de recul : un individu dans l'ombre de la cabine l'avait salué, quoique discrètement. Sa respiration s'accéléra. Il se courba de nouveau et, lentement, passa son torse à l'intérieur. La lumière d'un fanal pénétrait par la portière entrouverte : c'était un prélat ! Il se tenait là-dedans, silencieux, religieux en tunique blanche, manteau noir, et tricorne en feutre du même noir, les traits fins, le regard vif. Orso estima que l'homme avait à peu près son âge. Il avait installé à ses pieds une cage en ogive où un ara blanc, suspendu par le bec, mordait au treillis métallique.

En quelques gestes nerveux, le Savoyard cala son chargement contre la volière et ressortit du bateau pour prendre congé de son maître, qui, le voyant agité de tremblements, lui enjoignit de retourner s'abriter dans la cabine. Incapable de rien dire, le commis s'abandonna au sort et se plia une dernière fois pour entrer dans l'habitacle. Il prit appui du dos et de la tête contre les parois puis, le souffle court, alla se rencogner au fond, vis-à-vis du prélat. Il laissait ainsi libre l'espace qui siérait à la noblesse de la duchesse Sparsi, qu'on attendait toujours.

Tandis que sa pierre tombale toisait le perroquet, le montagnard faisait face au dominicain ; autant qu'il put, il baissait les yeux. Dans un silence que seuls perturbaient ses mordillements et le raclement de ses serres, l'oiseau plaqua son œil noir entre les barreaux, comme s'il tentait de déchiffrer les inscriptions mortuaires sur le marbre.

Le chef des rameurs commençait tout juste à pester quand on entendit un branle-bas annonçant la noble dame. Elle embarqua et, sans s'astreindre à d'inutiles mondanités, vint s'affaler dans la cabine. Après s'être rajustée sans grâce sur sa banquette, la duchesse salua son monde d'une rotation de la tête ; elle tenait à la main un flacon de fine débouché, « pour se tenir chaud », précisa-t-elle en armant un sourire qui finit en grimace.

Alors que sonnaient les laudes au clocher des Érémitiques, les deux mules s'ébrouèrent et l'on entendit à peine les saluts de Mazzoleni, auxquels la duchesse répondit par un rot prolongé. Dans cette allégresse sonore, Orso, ragaillardi, crut discerner un rictus nerveux sur la bouche du dominicain. Sans doute le prélat redoutait-il d'avance ces six heures de trajet, confiné, qui les mèneraient d'abord à Fusina, où l'on détellerait les mules, puis jusqu'à l'embouchure du Grand Canal. Le visage de l'ecclésiastique fut en alerte, son regard opéra un va-et-vient entre la hotte et les mains d'Orso, comme si, par ces maigres indices, il voulait deviner la condition de celui qui lui faisait face, ses secrets peut-être… Savait-il qu'il avait affaire à un fuyard ?

On n'entendit plus que le clapot des ballottements le long du chemin de halage et les grattements obsessifs du perroquet. Comme il était attendu, madame Sparsi ouvrit la conversation ; le prélat soupira et Orso, prenant l'air le plus absent possible, fut attentif aux dernières étoiles dont il voyait l'intensité décliner par sa lucarne.

« Il est drôle, votre oiseau, révérend, noir et blanc, comme vous !

— C'est un ara, madame. De la famille du *Psittacus*, m'a-t-on dit…

— Allons bon, mon frère, je sais tout de même reconnaître un perroquet ! »

La duchesse allongea son soulier sous la couverture et tapota sa semelle contre le grillage, « Comment vous appelez-vous, bel oiseau ? », « Vrraaaka ! Vrrraka ! », cria l'ara en essayant d'accrocher la chaussure.

« Vous n'êtes pas d'ici, frère prêcheur ? Les dominicains par chez nous ne portent pas cette sorte d'insigne… » Elle désignait un sceau sur le carnet qu'il tenait à la main.

Tandis qu'il semblait accompagner les somptueuses villas qui surgissaient le long du canal, le regard d'Orso, à la dérobade, se fixait par instants sur le prélat, c'était plus fort que lui ; il le vit cacher sous son gant la reliure que l'aristocrate avait repérée.

« Vous avez parfaitement deviné, madame. Je suis attaché au couvent San Domenico de Cagliari.

— Ah ! Je me disais bien ! J'avais reconnu vos intonations espagnoles. »

Entre autres bizarreries, la duchesse Sparsi postillonnait abondamment, ce qui hérissait le perroquet en première ligne, « VVrraaaka ! Vrrraka ! ». Le prélat profita de la diversion pour se pencher sur la volière et, ce faisant, rangea son livre.

« Et quelles affaires vous amènent dans notre belle République ?

— Les affaires de l'Église, répondit sèchement le dominicain tout en s'inclinant.

— Ah ! vous autres de l'Inquisition, vous faites bien des secrets pour pas grand-chose ! »

La duchesse manifesta son mécontentement en lui tournant le dos.

Ce mot, l'Inquisition, avait cinglé aux oreilles d'Orso, il s'était redressé d'un coup. Le mouvement intrigua l'ecclésiastique. Sans prendre la peine de relever la provocation de la duchesse, il appuya légèrement sur l'avant-bras du Savoyard : « Et vous, mon fils, êtes-vous un familier de Venise ? – Non ! Non, non. Pas du tout !... », les syllabes trébuchaient en sortant de sa bouche, ses yeux fuyaient les pupilles accrocheuses du dominicain.

« Je suis au service de l'horloger Mazzoleni ! déclara-t-il finalement, aussi affolé que si l'on cherchait à lui passer les fers.

— Faites attention à ce que vous allez dire, monsieur, tonna la duchesse, ces officiants-là peuvent tout retenir contre vous ! Et notre ami Mazzoleni, tout savant qu'il est, pourrait bien être embêté par ces gens (elle but une gorgée à sa flasque ; on ne voyait plus que les agitations de son chapeau).

— C'est qu'on vous aura mal renseignée, madame ! Par la grâce de Dieu, je suis aux ordres de la Sainte Église et, comme tel, je suis votre serviteur... »

Le prélat s'inclina encore, puis, voyant qu'Orso gardait le silence, il ajouta d'une voix doucereuse :

« Cela dit, vous avez raison, madame : je suis au service du tribunal du Saint-Office... Cependant, je ne suis pas à Venise pour créer des polémiques avec vos hommes de science, que nous tenons parmi les plus illustres de ce siècle. »

Il s'était tourné vers l'aristocrate mais ses paroles semblaient destinées à Orso. Sans autre recours, le Savoyard se saisit d'une des couvertures pliées à même le sol et, forçant sa mâchoire à un bâillement sonore, s'y emmitoufla comme si le sommeil l'avait terrassé d'un coup. Sous la laine épaisse, il ne vit plus rien, s'appliqua à ne plus rien entendre, et resta immobile ; il aurait voulu que tout disparût, se retrouver dans la chambre aux côtés de Violetta, dans les décombres du moulin de la Mégisserie, ou même dans l'atelier de Mazzoleni, à dissocier les alliages. Il ne pensa plus.

Combien de temps avait passé quand on le secoua enfin? «Fusina! On dételle!», c'était le chef des rameurs. Il pointa de l'index un relais sur la rive : pour se déplier le corps avant de passer la lagune! «Vrrakkka! Vvraaka!», hormis l'oiseau, le Savoyard était seul dans la cabine. Plaqué sur sa banquette, il s'étira les jambes, il n'avait aucune envie de retrouver les deux autres voyageurs; que se passerait-il au retour de l'inquisiteur?

La question ne resta pas longtemps en suspens. Il vit la tunique blanche et noire descendre du plat-bord puis boucher l'entrebâillement de la porte. Le dominicain n'entra pas, il restait debout, la main appuyée au toit de l'habitacle, et pencha la tête vers Orso.

«Pardonnez ma curiosité tout à l'heure, mon fils, contrairement à ce que prétend notre illustre compagne de voyage, je n'instruis pas des dossiers à toute heure du jour…»

Orso ne trouva pas mieux que de saluer gauchement.

«… Vous n'êtes pas citoyen vénitien non plus, j'ai cru comprendre?»

Son ton détaché ajouta aux craintes du Savoyard.

«Non… je viens d'un village aux environs de Milan, dit Orso d'une voix toujours blanche.

— Ah? C'est que je n'entends rien à vos dialectes italiens; je vous aurais situé plus au nord, un parler des montagnes…»

Le dominicain se lança dans un développement qu'Orso redoutait. Il prit la peine d'expliquer qu'il ne venait pas à Venise pour soumettre des savants, des marranes ou des sorcières, il était là pour une mission différente de celles qu'il avait l'habitude de traiter, un problème interne à l'Église, ou plus exactement un problème qui avait grandi au sein de l'Église, «dans les environs de Milan, justement!», ajouta-t-il en observant Orso du coin de l'œil… Aucun frémissement, le visage fermé du commis voulait convaincre l'ecclésiastique qu'il ne tirerait plus rien à son sujet. Par chance, ce fut dans ce silence que la duchesse Sparsi prit d'assaut la cabine, et s'y effondra, plus platement encore qu'à sa première apparition.

« Eh bien, monsieur le dévot, encore à cuisiner les honnêtes gens ! », elle braillait en faisant claquer sa langue, et, tandis que le bateau s'était mis en mouvement sous l'impulsion coordonnée des rameurs, une vapeur anisée envahit la cabine. « Vraka ! Vrrraka ! Vvrraka ! », le perroquet semblait redouter à l'avance les frasques de la duchesse.

Le prélat dévisageait toujours le commis. Il devait être du genre coriace car il reprit son monologue où il l'avait laissé. Orso eut l'impression qu'à chaque coin de phrase affleurait une allusion, on voulait l'attirer dans une nasse, un échange en cul-de-sac qui le contraindrait aux aveux :

« Les chemins de Notre-Seigneur m'ont amené ces dernières semaines à consigner des témoignages bien insolites ; des femmes qui avaient pactisé avec le mal et que de braves paysans venaient trouver pour leurs talents de guérisseuses, des pécheurs qui avaient renié leur foi, pensant ainsi s'épargner le jugement des hommes, alors qu'ils s'exposaient au jugement de Dieu, des simonies[1], des violations de sépultures, j'en passe... Cependant, ce qui m'a le plus intrigué, ce sont les brebis galeuses nourries au sein même de l'Église, dans nos rangs... juste à nos côtés ! Je ne parle pas de mes frères sodomites, ou des aumônes détournées, il y a, hélas, plus pernicieux que ces abus trop communs... ceux-là sont souvent le fait d'égarés qui ont prononcé leurs vœux par nécessité, un matin de famine... Je parle de certains de mes frères, éduqués dès l'enfance dans

1. Trafic d'objets sacrés.

l'accueil bienveillant de la vraie foi et qui, un beau jour, tournent le dos au Seigneur pour aller commettre les pires sacrilèges !... »

La respiration d'Orso se fit plus bruyante, une bile amère s'était formée au creux de son estomac et entamait sa remontée syncopée le long de son sternum, la houle, légère, accentuait son malaise. Il n'eut plus qu'une pensée : jeter sa couverture sur la hotte d'où la stèle affleurait, cacher Mammina ! Que voulait cet homme ? Que pouvait-il savoir ? Quoi qu'il arrivât, il ne dirait rien, il n'avait rien fait de mal ; la tombe et l'incendie, c'était Bertolotti ! Depuis, il était devenu commis au service de Mazzoleni, que pouvait-on lui reprocher ? Au fond de lui, il enrageait d'être coincé dans cette maudite barge. Mais l'autre pouvait causer, il ne dirait rien.

Le dominicain, sans le quitter des yeux, interpella la femme :

« Voyez-vous, madame, notre réputation, celle que vous semblez déplorer, est imméritée. Car notre mission première est de balayer sur le pas de notre porte et de... »

Il n'eut pas le temps de terminer sa phrase, la duchesse avait basculé violemment vers l'avant et vomi une pluie violacée sur la volière. « Vvrraakka ! Vrakkaaa ! » L'ara se mit à battre des ailes et à expulser avec force, en toutes directions, les filaments mauves dont son plumage était couvert. Ce fut un déclencheur pour le Savoyard, les refoulements acides avaient achevé leur lente migration dans sa gorge, mais il n'eut pas le réflexe salubre qu'avait montré la duchesse : un jet horizontal lui sortit des entrailles, et ce gobetis verdâtre forma une ellipse dont le nez aquilin du dominicain représenta précisément le foyer – l'immédiat constat d'Orso fut d'ordre géométrique. L'habitacle ne fut plus qu'une soue écœurante, où la duchesse et le commis se vidaient en cadence tandis que le prélat tâchait d'éponger au mieux avec les couvertures ; de temps à autre, depuis le pont, un des rameurs, ravi, aspergeait l'intérieur d'un baquet d'eau de mer ; les hurlements de l'oiseau redoublaient.

Les trois passagers finirent la traversée courbés en deux, chacun à son affaire. Ils pataugeaient dans une saumure tiède quand on sentit enfin les secousses de l'embarcation qui se calait contre un ponton. La duchesse à quatre pattes fit un ultime plongeon.

Rassemblant ce qu'il lui restait de force, Orso saisit à bout de bras sa hotte et son sac, puis, sans demander son reste, sortit de la cabine et bondit du mieux qu'il put sur la plateforme de bois amarrée au quai.

Il resta là un long moment, pantelant, tordu par l'effort et les spasmes de son ventre qui ne le lâchaient plus. Ni le religieux ni l'aristocrate avinée n'apparurent sur le pont, ce qui, en dépit de la douleur, soulagea Orso ; il serait le seul à débarquer sur les rives de Saint-Marc, les deux autres poursuivaient.

En regardant la barque se remettre en mouvement et s'éloigner vers l'entrée du Grand Canal, il crut entendre l'oiseau crier : « Verracchia ! Verracchia ! »… Comme le froid commençait à l'envahir, il se leva pour payer les dix sous d'octroi et faire viser son sauf-conduit. Enfin, il alla s'avachir sous les colonnades du palais ducal, à l'abri du vent.

8

Dans l'Arsenal, enfin ! [il voit] venir sa mort,
[Il] l'accueille, l'encourage… l'ingrate Mort se refuse :
« Savoyard oublieux, tu dois subir ton sort,
Rétablir au pays la mémoire qui t'est chère. »

Un tremblement lui traversa le corps, un son prolongé, métallique, qui le chassa de sa torpeur. None avait sonné. À mi-hauteur du campanile, le soleil blanc déclinait sur l'horizon de plomb. Des robes, le feutre de casaques, des bottines de cuir le frôlaient en hâtant le pas. Habitué à tromper la faim, il fit peser sa main sur son estomac pour y faire refluer l'acidité brûlante. Puis il se redressa et chargea sur ses épaules sa hotte et sa besace.

Il devait trouver un logeur avant la nuit. Mazzoleni lui avait conseillé de chercher au Campo do Pozzi, dans le Castello ; là, à deux pas de l'Arsenal, il serait au centre du monde.

Il eut du mal à se faire renseigner, les passants empressés le dévisageaient avec inquiétude, puis fuyaient tête baissée en esquivant les apostrophes gouailleuses qui fusaient des étals. Il se fit bousculer – on maudissait sa hotte – et faillit tomber à l'eau en butant sur un anneau d'amarrage. Rien dans les rues qui bordaient Saint-Marc ne s'accordait à la réputation bienveillante de la République telle que l'avait dépeinte l'horloger.

Dans les venelles du Castello, la densité monta encore d'un cran. Orso avançait avec le flux et se trouvait bienheureux de parvenir à bifurquer dans les passages souterrains qu'on lui indiquait à la volée, et dont il émergeait pour passer aussitôt des ponts aux parapets branlants. Ça grouillait de portefaix dont les chariots vous mordaient les chevilles, de commis, de marchands estropiés, et d'artisans aux jargons inconnus. Enfin, par miracle, il fut éjecté sur le Campo do Pozzi et put s'appuyer à la margelle d'une fontaine pour y reprendre son souffle. La place allait basculer dans l'obscurité glaciale de janvier. Il vit au coin le plus sombre qu'on allumait deux falots, l'entrée d'une auberge, et alla s'enquérir.

Pas de lit, mais on lui indiqua un logeur, Calle de l'Anzolo, aux abords de l'Arsenal. Orso s'y rendit aussitôt, paya comptant pour la semaine, gravit un escalier de guingois et, après s'être cassé en deux, pénétra sous la mansarde d'un toit de tuiles lacéré par les vents. Le dortoir de fortune alignait cinq lits, mais, à voir les empilements de linge sur le plancher, on y dormait à la douzaine. « IV », le numéro de sa couche, était peint au sang de bœuf sur le mur. Il enfourna son paquetage sous le châssis de fer et se blottit pour la nuit.

Avant l'aube, il descendit dans les ruelles trouver un antre où calmer ses crampes d'estomac. L'air était vif, les vertiges le reprirent, il lui sembla qu'au moindre obstacle il tomberait. À la première *osteria*, il s'assit au bout d'une table, où des travailleurs en sarrau sauçaient au pain noir un bouillon de poisson. Il avala rapidement un premier bol, puis un deuxième ; au troisième, il se mit à écouter les conversations. Entre deux bouchées, les calfats de l'Arsenal dégainaient leurs diatribes sur les édiles locaux. Orso ne comprit qu'à moitié – la fatigue peut-être –, leur argot lui sembla éloigné de ce qu'il avait entendu à Padoue. On s'affrontait sur la mémoire de Giovanni Corner, le doge qu'on avait mis en terre quelques jours auparavant : crapule ou serviteur acharné de la République ? Les arguments s'entrechoquaient, sa mort en tout cas clôturait momentanément une année de troubles. Il n'y avait pas que la vacuité du pouvoir, les ouvriers se préoccupaient des nouvelles menaces en train de fondre sur la Sérénissime. Ça venait d'au-delà des frontières, Orso fit un effort de concentration ; on parlait des guerres du Montferrat, des armées du Saint Empire, et d'une résurgence de peste qui décimait la population milanaise ; on maudit à la suite l'empereur, les Espagnols, et le duc de Savoie… enfin le pape, sans excès et en surveillant tout de même par-dessus les épaules. Comprenant que son oreille attentive lui valait des regards noirs, Orso lapa bruyamment les restes de son bol, montra une pièce à l'aubergiste qu'il posa sur la table et se leva.

Les nuages sinistres continuaient donc de s'accumuler sur la Lombardie ; la Valsassine s'éloignait de nouveau. Toute la journée, le Savoyard garda la tête basse et clopina en longeant les canaux du Castello. Il luttait pour ne pas se laisser emporter dans les mouvements changeants du flot humain. Était-ce encore la faim qui brouillait sa raison ? Au droit des ruelles obscures, il jetait des coups d'œil craintifs et osait à peine s'engager sous les passages voûtés d'où auraient pu surgir pêle-mêle l'inquisiteur, le cavalier manchot, ou Verracchia et sa suite de fantômes.

Lorsque, enfin échoué sur telle ou telle placette, il sentait le harcèlement de la ville desserrer son étau, la cour silencieuse du couvent lui revenait à l'esprit, et il se lamentait en silence de ne pouvoir consacrer ce qu'il lui restait de force à la seule quête qui comptait pour lui. Quand il revenait chez son logeur à la nuit tombée, il effleurait dans sa besace le carnet de Mazzoleni et ses listes d'artisans. Il jurait en se glissant sous sa couverture qu'il se mettrait au travail dès le lendemain.

Il erra ainsi cinq jours dans les ruelles grouillantes de l'Arsenal.

Au matin du sixième jour, il fut cueilli au pied de son logement par deux individus aux mines sévères. Devant allait un grand costaud qui faisait cliqueter sa rapière et, à deux pas derrière, une sorte de magistrat en chapeau à plumes se présenta comme officier des *Cattaveri*, c'est-à-dire, allégua l'homme, qu'il avait l'œil sur les étrangers du quartier ; la République était garante des bonnes mœurs ! Tout en expliquant les nombreuses charges et prérogatives dont il était porteur, il ne laissa au provincial aucune chance de s'identifier. Il appela Orso « montagnard » puis lui posa une série de questions dont il devançait les réponses par d'autres questions, qu'il tournait comme des inculpations. Enfin il voulut savoir s'il avait de l'argent.

Médusé, Orso regardait l'imposant médaillon à son torse, accroché par une soie bleue. Il ne montra pas les lettres de Mazzoleni qui lui servaient de sauf-conduit, et fit au contraire des phrases si embrouillées que le drôle de fonctionnaire et son sbire en vinrent à le traiter de vagabond, d'hérétique, et finalement d'ennemi de la République ; bref, qu'il rassemblât son bien, ils devaient l'emmener chez un magistrat des *Pregadi*[1] !

Lorsqu'il redescendit sanglé de son paquetage, Orso aperçut dans la pénombre son logeur, qui avait un sourire mauvais ; les deux fâcheux firent lâcher quelques pièces au désormais prévenu – ils parlèrent de défraiement –, puis on se mit en marche. Après avoir franchi

1. Conseillers du doge.

trois ou quatre canaux, on le fit entrer dans un grand palais jaune où grouillaient les toges et les épées. Ils montèrent à l'étage et Orso fut poussé dans le cabinet d'un gentilhomme en robe qu'ils appelaient «*Avogadoro*». Penché sur sa table, le magistrat balayait de sa perruque d'épais registres en peau verte d'où s'échappaient des liasses de décrets. Il ne prit pas la peine d'adresser la parole au nouveau venu. Cependant, alors que le chapeau à plumes lui soufflait l'affaire à l'oreille, il jeta sur Orso des regards indulgents puis secoua la tête.

«Monsieur l'*Avogadoro* n'aime pas traiter les cas qu'on lui porte. Nous autres, des *Cattaveri*, on ne l'intéresse pas... Mais la loi, c'est la loi! Crois-moi, ton compte est bon, l'ami», lui disait à voix basse le costaud en armes qui appuyait une main d'autorité sur son épaule.

«As-tu un visa, l'étranger? vint finalement lui demander l'officier, monsieur l'*Avogadoro* veut connaître tes gages.»

Après avoir fouillé son bissac, Orso tendit en vrac les billets de Mazzoleni. L'officier eut une mine déçue et retourna à de nouveaux conciliabules avec l'homme de loi qui parut énervé qu'on insistât ainsi à le déranger. Il survola les «gages» d'Orso et le fit approcher d'un geste vague. Tout en poursuivant la lecture de ses archives du jour, il instruisit d'une voix lasse :

«Orso de Lecco?... Ce n'est pas une identité, ça! L'appréhendé est-il sujet milanais?

— Non, Votre Honneur, il est montagnard, il en a le parler.

— Montagnard? nous voilà bien avancés! Et que dit-il, lui? Viendrait-il de la confédération des Cantons? des Trois Ligues, peut-être?»

Le gaillard qui serrait Orso de près le poussa violemment du coude, mais rien ne vint. Le commis ne sentait plus qu'un grand vide, toujours la même terreur. Le magistrat soupira longuement et releva la tête.

«Bien… Mon ami, je dois vous informer que la République accueille ses visiteurs selon un certain ordre. Et je crains que ces deux messieurs, qui vous ont amené à moi, n'entendent très scrupuleusement le faire respecter. Je ne les blâme pas, les tensions à nos frontières réclament un peu de rigueur, mais enfin… Bref, votre maître est citoyen vénitien et, à ce titre, il peut loger où bon lui semble quand il vient sur nos îles. Mais vous, étranger, devez résider selon votre condition, ou vos affaires. Nous veillons comme ça au bien-être de chacun ; le vôtre y compris ! Alors… voulez-vous me dire, êtes-vous citoyen helvétique ?

— Non.

— Allemand ?

— Non.

— Vous n'êtes pas turc, ni hollandais, ni imprimeur, ni prostitué, j'imagine ?… »

Sans doute se moquait-il, Orso resta silencieux. L'homme interrompit son questionnement et se redressa sur son siège.

« Qu'est-ce que… dans votre dos ? »

Il avait dû apercevoir l'arrondi de la stèle qui, émergeant de la banne, faisait une auréole par-dessus la chevelure rousse d'Orso.

« Ça serait bien une pierre tombale ! » rugit le colosse à sa droite, ravi de pouvoir apporter sa contribution.

Orso sursauta. On allait encore exhumer Mammina ! Comme il raidissait le torse, il vit un large sourire se former sur le visage du magistrat.

« Une pierre tombale ? Mais voilà qui change tout ! Profanation… simonie… Avez-vous profané, monsieur ? Êtes-vous un réformé ? un hérétique ? relaps ? marrane, pourquoi pas ? »

Et comme Orso, cette fois, faisait un pas en avant pour se défendre, l'homme l'interrompit, une paume levée devant lui :

«Non... surtout ne parlez pas! vous perdriez votre temps. C'est que les affaires religieuses ne sont pas de mon ressort, voyez-vous... (Il s'adressa aux deux officiers zélés.) Eh bien, mes amis, il ne vous reste plus qu'à emmener ce monsieur à l'inquisiteur du Saint-Office... ou devant les Exécuteurs contre le Blasphème... ou même auprès des Cinq Sages, si le cœur vous en dit! Enfin, allez où vous voudrez, cette affaire ne me regarde plus... Au revoir!»

Il tendit à Orso ses lettres puis, d'un geste expéditif, demanda à deux appariteurs de raccompagner ce trio d'importuns hors du palais.

Saint-Office!... Blasphème!... Orso fut secoué de spasmes en entendant ces mots terribles. Il trébucha à plusieurs reprises dans l'escalier de marbre. Dehors, il parvint à se calmer en inspirant par bouffées syncopées l'air vicié du canal. Mais sa situation n'était pas réglée. Alors que son cerbère trapu ne le lâchait pas d'un pouce, l'officier au chapeau faisait les cent pas en remuant tout haut les conclusions jetées pêle-mêle par l'*Avogadoro.* Il confia ses spéculations à son homme de main : les Exécuteurs contre le Blasphème... c'était sans doute, pour leur affaire, la juridiction tout indiquée... Seulement, voilà des patriciens auxquels il était difficile d'accéder. On pourrait peut-être s'arranger cependant... Il y avait ce *caposestiere*, Don Witold, un homologue à lui, un ami en réalité, chef de quartier du côté de Cannaregio. Don Witold, lui, connaissait bien les arrêtés des Exécuteurs, ils intervenaient souvent dans son secteur... Eh bien, oui, elle était là, la solution! ils devaient sans tarder aller rendre visite à Don Witold.

L'officier se tourna vers Orso et lui réclama un demi-ducat d'or pour leur peine, et un autre pour ce qui allait venir, «deux démarches distinctes», précisa-t-il, car – il fut soudain très solennel – son cas serait traité par les Exécuteurs contre le Blasphème! Comme Orso déglutissait bruyamment, l'autre exigea, en attendant, de récupérer le pli où était établie son identité, ce sauf-conduit qu'il aurait dû leur fournir d'emblée... Il n'aimait pas qu'on le prît pour un imbécile ! Orso s'était figé ; le rustaud à ses côtés plongea sa pogne dans la besace et retira sans égard une poignée de feuillets dont l'un s'envola et partit flotter sur le canal. « Ma lettre de voyage ! s'écria Orso.

— Au diable la paperasse ! soupira l'officier, nous verrons bien chez Don Witold. » Ils se mirent en marche le long du rio de la Celestia, en direction de Cannaregio.

Juste avant l'église San Girolamo, ils entrèrent dans une maison aux volets grenat qui faisait face au Ghetto Nuovo. Comme le précédent magistrat, Don Witold, assis à son bureau, exprima sans détour son mécontentement : qu'un officier du Castello vînt lui porter ses problèmes lui paraissait un comble, il avait déjà trop à jongler avec ses propres affaires ! Tous ces notaires, ces magistrats, ces curés, ces rabbins qui venaient le voir dès qu'une querelle naissait ! Ce pinaillage incessant sur les décrets, l'application des décrets, l'interprétation des décrets ! Quoi, cette fois ? de quoi pouvait bien être coupable ce pauvre bougre qu'il voyait s'enfoncer sous le poids de sa hotte ?

L'officier au chapeau se fit plus louvoyant que lors de l'entrevue avec l'*Avogadoro*. Son « suspect » n'avait pas d'attestation d'identité, on avait simplement un papier qui le faisait commis d'un horloger padouan – celui-là était bien au registre. Cependant, ce montagnard errait depuis des jours dans l'Arsenal... et il n'avait professé aucune foi ! Chrétien ? hérétique ? juif, qui sait ! Il faudrait bien lui tirer un peu la langue... N'y avait-il pas là matière à enquête pour la très sage administration des Exécuteurs contre le Blasphème ?... Et ce n'était pas tout : son « prévenu », comme Don Witold pouvait voir, trimballait sur le dos une stèle, une stèle funéraire !...

Pour autant, aucun décret, à sa connaissance, n'interdisait précisément qu'on se coltinât des ornements de cimetière, impossible donc d'expulser l'oiseau sans motif, d'autant que l'oiseau en question avait dans sa bourse de quoi se loger, se nourrir, et des listes d'artisans avec lesquels il prétendait faire commerce... Mais une stèle, tout de même!... Bref, dans les circonstances, et eu égard à la grande expérience de Don Witold...

«*Basta*!», coupa le fonctionnaire, il en avait par-dessus la tête, des procédures, des *Cattaveri*, des gendarmes, des Exécuteurs, tous ces corbeaux qui remuaient le quartier pour un oui ou pour un non!

Au moment où il cogna du poing sur la table apparut dans le bureau un petit homme chauve à tunique noire et souliers vernis. On ne l'avait pas entendu entrer. Il s'inclina en caressant sa barbe grisée qui tombait dru sur sa poitrine.

«Ah! Monsieur le rabbin! Vous arrivez à point!... Messieurs : le rabbin Todesca est l'un des chefs de la communauté hébraïque du Ghetto. Il connaît mieux que quiconque les lois, les décrets et les jurisprudences concernant les nouveaux arrivants et tous les étrangers, les Turcs, les juifs, les réformés, etcétéra. Expliquez-lui votre cas... Je m'en remettrai à son avis.»

L'homme s'inclina encore; on le vit tripoter un béret jaune qu'il tenait à la main tandis que l'officier déclinait une fois de plus son confus réquisitoire. Quand il eut achevé, Todesca se lissa le sourcil quelques instants, puis se redressa :

«Il semblerait que le silence de votre prévenu puisse relever du cas de conscience. Nous connaissons cela, chez nos marranes. Pourrais-je lui poser quelques questions... en tête à tête?

— Faites! Mais ne traînez pas, je vous en supplie», dit Don Witold en désignant le vestibule.

Le rabbin prit Orso par la manche et, l'entraînant dans le couloir, demanda à voir la liste des artisans qu'il devait visiter.

« Des verriers, des fondeurs… bien, bien ! dit Todesca en examinant le carnet d'Orso. Et as-tu de quoi payer ton loyer ?

— Je crois bien, répondit Orso en ouvrant sa bourse sans faire de mystère.

— Bon ! Bon. Une dernière chose : jure-moi que tu n'es pas juif ! Nous avons suffisamment d'embêtements comme ça !

— Ça, non, je ne suis pas juif.

— Parfait ! Alors bienvenu au Ghetto, Orso. »

Une fois qu'ils furent revenus dans la pièce, Don Witold pressa le rabbin de donner sa recommandation. Todesca conseilla, en premier lieu, que les agents du Castello qui s'étaient donné tant de mal, ainsi que Don Witold lui-même, fussent récompensés chacun d'un ducat d'or, un « octroi », en vérité ; la somme fut immédiatement prélevée sur le pécule d'Orso. Il proposa ensuite qu'on établît un sauf-conduit pour l'arrivant, qu'on le désignât comme citoyen du canton d'Uri, commis-marchand au service dudit Mazzoleni, et érudit philologue, séjournant près des *scolas* hébraïques pour étudier le Talmud ; on pourrait ainsi le loger dans le Ghetto, il en faisait son affaire.

Don Witold était ravi, il prit la plume et consigna les termes exacts du rabbin.

« Et quel patronyme faut-il mentionner sur ce passeport ? demanda-t-il en souriant. Un érudit anonyme, ça manque de panache ! (Sa bonne humeur était revenue.)

— Disons… "*Testa di Piombo*[1]", puisque notre ami a la tête dure et que son travail l'amène à visiter des fonderies.

1. « Tête de Plomb. »

— Magnifique, rabbin ! Va pour Orso Testa di Piombo. Et, attendu que monsieur le rabbin est garant, il portera la rouelle et le béret, n'est-ce pas ? »

Don Witold avait suspendu sa plume.

Arguant qu'on en ferait peut-être un juif d'esprit mais pas de cœur, Todesca insista pour que le nouveau venu ne prît que le béret. Tout cela fut inscrit, et le sauf-conduit apostillé. À part Orso qui, tiraillé par la faim, recommençait à trembler, chacun riait de bon cœur et félicitait « Don Testa di Piombo ». Enfin, Don Witold congédia tout son monde, et le rabbin entraîna Orso à sa suite sur l'île du Ghetto Nuovo.

Ils y pénétrèrent par de longs boyaux tapissés de boue. Une grande place circulaire s'ouvrit devant eux, dont l'agitation saisit Orso à la poitrine. Le grouillement dépassait ce qu'il avait connu à Milan, Florence, ou même dans le Castello. Un brouhaha du tonnerre, des maisons comprimées qui touchaient les nuages, un entassement d'échoppes colorées, et, partout, une incroyable variété d'habits, de patois et d'odeurs brutes.

Allant deux pas devant son protégé qui traînait la jambe, le rabbin enfila la Calle Storta, puis tourna au coin de la Corte del Moresco et entra dans une bâtisse tout en hauteur, aux colombages de travers. Expirant fort, Orso dessangla sa hotte, l'enserra de ses bras sur son torse, et dut se ratatiner sérieusement pour gravir la cage d'escalier aux planches branlantes. À l'étage, un petit homme bistré sur un tabouret bloquait de la largeur de sa table les accès au couloir et aux paliers supérieurs ; il semblait avoir toujours été là. D'un air maussade, il écouta le rabbin lui donner ses instructions en peu de phrases, dans une langue qui devait être de l'allemand ou du polonais. L'endroit était si bas de plafond qu'il fallait s'asseoir pour avoir le dos droit. Le gardien poussa deux tabourets vers les visiteurs, et manœuvra de son mieux autour d'eux pour gagner l'escalier. Todesca le regarda descendre d'un air entendu ; sans doute l'avait-il envoyé faire quelque commission, car il profita de ce répit pour expliquer au commis la manière dont il voyait les choses.

Pour un loyer de deux sequins, qu'il devrait payer d'avance, Orso logerait dans une pièce au quatrième étage ; un repas lui serait servi chaque matin et chaque soir dans le magasin de vêtements usagers, en face, sur la Corte ; Todesca parlerait aux tenanciers. En échange de ces services, il devrait mettre à profit ses visites à l'Arsenal pour fournir régulièrement le rabbin en plombs d'imprimerie. Pour le reste, il devrait se conformer aux astreintes du Ghetto, ni plus ni moins que tous ceux qui vivaient là : il ne pourrait sortir de l'île qu'à l'ouverture des portes, au lever du soleil, et devrait être de retour avant le coucher ; il porterait le béret jaune dès lors qu'il serait à l'extérieur ; il ne devait jamais sortir sans le sauf-conduit de Don Witold, sous peine d'amende sérieuse, voire d'emprisonnement. À ces conditions, il était libre de mener ses activités comme il l'entendait. Todesca reviendrait le visiter le lendemain, il l'instruirait sur la qualité des alliages qu'il recherchait pour ses typographes. Enfin, comme on entendait le logeur remonter dans l'escalier, le rabbin se retira.

Le concierge reprit place sur son tabouret, et posa nonchalamment sur les genoux du nouveau locataire la nourriture qu'il avait rapportée. Orso engloutit la bouillie de grumeaux et plia la galette dans son bissac, puis il fut conduit à sa couche, une cabine aussi exiguë que son logement du Castillo. Celle-là du moins était propre et préservait un semblant d'intimité grâce à trois panneaux de bois qui pendaient à des chaînes depuis les solives en pin. Avec un sourire de grand propriétaire, le gardien pointa une lucarne ovale d'où Orso, en s'allongeant sur son grabat, pourrait apercevoir la placette en contrebas. Il lui laissa une cruche à eau sur un escabeau, une lanterne d'appoint qu'il suspendit à un gros clou, et s'enfonça de nouveau dans les entrailles du logis. Orso se laissa choir sur le lit ; il devina des doigts la stèle qu'il avait glissée sous le sommier et soupira en fermant les yeux.

*

Il demeura sept mois dans le Ghetto, se lia peu. Cependant, dissous dans le pullulement, son anonymat n'était pas suspect.

Mêlé malgré lui aux discussions du soir, il comprit qu'ils étaient nombreux, ceux qu'on appelait apatrides et qui vivaient comme lui parmi les communautés juives ; beaucoup de Levantins redoutables, des marchands turcs qu'on ne fréquentait pas ouvertement mais dont les marchands vénitiens sacrifiaient beaucoup pour les avoir en négoce. Il apprit ainsi que la Sérénissime étouffait sous les attaques de la concurrence anglaise et hollandaise ; Venise faisait donc au mieux pour attirer les navires de la « Sublime Porte » – quel auguste nom français on donnait à l'Empire turc ! – et faire oublier Lépante[1], triomphe si préjudiciable au commerce. Au jeu des salamalecs, Orso admirait l'aisance joyeuse des marranes qu'il croisait chez son logeur.

La République savait recenser et trier ses migrants, aucun n'était miséreux. Beaucoup d'entre eux sortaient du Ghetto à l'aube quand sonnait la *marangoni* au campanile de Saint-Marc, et rentraient le soir, alors qu'autour de l'îlot païen les barques des *Cattaveri* commençaient leurs rondes qui rassuraient les chrétiens de San Girolamo.

Les premiers jours, étranger parmi les apatrides, Orso épiait au coin des rues. Chaque bruit était une alarme,

1. Victoire de la coalition chrétienne sur la flotte ottomane en 1571.

il ne trouvait le calme qu'en fin de journée quand il entendait, couché dans sa mansarde, les exclamations qui accompagnaient la fermeture des grandes portes au bout de la Calle Storta.

L'angoisse, progressivement, relâcha son étreinte. S'obligeant sans dévier aux tâches que Mazzoleni lui avait prescrites, il parvint à remplir son quotidien d'habitudes, et ça le rassurait.

Le carnaval passa. En ces temps où la République souffrait, la fête n'avait pas su ranimer la joie contagieuse des années fastes, mais Orso, lui, avait maintenant le cœur en paix.

Enfermé toute la semaine sainte dans le Ghetto, il avait passé ses journées à observer les passereaux sous le marronnier de la grand-place.

Chaque vendredi, invariablement, il recevait un courrier de Padoue qui parvenait à la friperie voisine, Corte del Moresco. Il y trouvait une liste des fournisseurs à visiter, les pièces à réserver, ainsi que des lettres de change au nom d'Orso Testa di Piombo – Mazzoleni n'avait pas demandé d'explication. En début de semaine, le commis faisait valoir ses traites auprès de la Banca Rossa, puis partait de son pas mal assuré visiter les artisans de l'Arsenal. Sur place, il allait traîner dans les arrière-boutiques, se mêlant volontiers aux ouvriers, et questionnant longuement sur les outils et les savoir-faire.

Il était particulièrement joyeux les jours où ses tournées le menaient chez le charpentier ou l'ébéniste. Après avoir discuté les demandes de Mazzoleni avec le propriétaire, il pénétrait au cœur de l'atelier, s'approchait des établis, et progressivement – on avait appris ses manières – mettait la main à l'ouvrage. Les compagnons le regardaient faire avec des hochements de tête respectueux, car son habileté parlait mieux en sa faveur qu'une recommandation ducale.

Les maîtres aussi appréciaient le commis. Sans doute avaient-ils en tête que de son imprimatur dépendaient les choix du commanditaire, mais il y avait autre chose : ils louaient sans affectation sa science car, bien qu'il restât discret, le Savoyard en savait parfois plus long qu'eux-mêmes sur des détails intimes de leur artisanat ; il connaissait les qualités et les contraintes de chaque matériau et, sortant soudain de sa réserve, se lançait dans des développements érudits sur les alchimies de la matière. Tous le tenaient pour un homme étonnant.

Chaque quinzaine, Orso se rendait sur l'île de Murano pour sélectionner des modules de verre propres à la confection des lentilles. On ne pouvait rencontrer les verriers que sur leur île ; obligés par le sceau du secret artisanal, ils vivaient reclus à Murano ; les contrevenants risquaient leur vie.

Depuis sa première expérience sur la lagune, Orso redoutait les traversées en barque. La navigation, même brève, l'effrayait, et il gardait la tête sous une toile cirée pendant le franchissement du bras de mer.

Mazzoleni avait insisté : le moindre défaut sur une lentille diminuait sensiblement la performance d'une lunette, donc sa valeur. Il arrivait qu'Orso participât aux décisions sur les dosages à fondre et les montées en température afin d'obtenir une pâte translucide sans inclusions d'air. Parfois les discussions traînaient jusqu'en soirée et il était impossible au commis d'être de retour avant la fermeture du Ghetto ; on lui installait alors une couche dans l'atelier d'un maître verrier où il passait la nuit. Avant l'embarquement du retour, comme tous les journaliers sur l'île, il était fouillé de la tête aux pieds.

Une fois sa tournée achevée, Orso recevait certains soirs la visite du rabbin Todesca. Le plomb qui sortait de la dernière fonderie en activité du Ghetto était impropre à l'imprimerie, c'est ce qu'expliquait l'homme de la Loi à son protégé, mais on pouvait trouver chez les fournisseurs de l'Arsenal les alliages souples, à l'antimoine, qu'il recherchait pour ses typographes.

À chaque fin de mois, malgré son quotidien sans répit, Orso s'acquittait de cette ultime mission. Le rabbin exultait, il psalmodiait dans sa barbe le surnom que lui-même lui avait choisi : «Testa di Piombo»! Une nuit, il le fit lever pour lui montrer des épreuves fraîchement imprimées du Talmud de Babylone dont il était si fier. Orso se laissa griser par les lettres hébraïques qui flottaient dans le parfum lourd des sels de fer et des diluants.

Vint l'été. Orso ne se sentait plus accablé par les trépidations de la ville ni par l'irruption fréquente d'agents de toutes administrations et de tous grades, sans compter les espions, nombreux, qu'il voyait filer au coin des rues. *Mon béret jaune me protège mieux qu'un sauf-conduit*, se disait-il, une identité, même de second ordre, c'est une identité.

Les jours s'écoulaient sans heurt comme ils s'étaient écoulés à Brescia. Il retrouva ses passe-temps : sur son lit, il parcourait les ouvrages que lui prêtait le rabbin, ou dessinait sur des feuilles qu'il achetait dans le quartier des imprimeurs, car il trouvait là-bas en abondance des papiers d'un grain et d'une blancheur incomparables.

Dans la maison d'en face, à quelques toises en contrebas de sa lucarne, une femme entre deux âges lui servit de modèle. Allongé dans la pénombre, il l'apercevait assise à sa table près d'une fenêtre; elle écrivait. Toujours de profil, ses cheveux sombres et son teint olive soulignés par un chandelier, elle portait sur les épaules une mante et se tenait raide devant ses carnets. Orso supposa qu'elle était savante car il ne la voyait jamais autrement qu'à l'étude; peut-être entretenait-elle une correspondance? Elle travaillait jusqu'au milieu de la nuit et, lorsque enfin elle mouchait les bougies, Orso allumait la lanterne au-dessus de sa couche. Après un temps immobile, il se redressait et faisait surgir à la pointe de charbon la femme aux cheveux noirs, toujours plus belle qu'elle n'était en réalité. Souvent il la représentait qui lévitait parmi des signes bibliques, ces lettres à l'encre lourde que Todesca lui présentait en s'extasiant.

Un jour qu'il revenait plus tôt de l'Arsenal et longeait le Rio della Misericordia, Orso reconnut, par une croisée, la femme aux cheveux de jais. Vêtue d'une robe stricte, elle occupait un large fauteuil au milieu d'un cercle d'hommes qui l'écoutaient. Pour la première fois, il la voyait de face. Dans la lumière du jour qui découpait son visage d'un éclat sévère, presque inquiétant, elle semblait chapitrer son auditoire, et les hommes la regardaient avec une crainte respectueuse. La femme dut se sentir observée car elle fixa soudain son œil noir sur la fenêtre derrière laquelle se tenait l'importun… Il prit la fuite. De retour à son grabat, Orso rassembla immédiatement les esquisses où il l'avait représentée, puis, évitant de se faire voir, alla les brûler dans un poêle. Il ne conserva d'elle qu'un seul portrait, plus léger que les autres, qu'il replaça dans son classeur.

Ses journées étaient trop occupées pour laisser s'installer des états d'âme, cependant, à la nuit tombée, les tourments d'autrefois revinrent le tirailler. La stèle sous le lit le ramenait à son sort : vingt ans qu'on l'éloignait de sa seule aspiration, vingt ans que l'adversité contrariait son deuil, qu'elle lui refusait de poser, quelque part, une pierre. « Quand ? » finissait-il par gémir.

Les soirs où il parvenait à refréner ces élancements, il repensait à Violetta, à Lucia, aux jours tranquilles de la Mégisserie ; à la suite reparaissaient Bertolotti, l'outre Bertolotti, Bertolotti l'ogre, Bertolotti le cyclope ! et toutes les autres saletés proférées par Perpetua les dernières années… Bertolotti qui avait protégé sa fuite contre les assauts de la meute furieuse emmenée par Verracchia. Orso songeait aux malheurs qui avaient fondu sur son maître après qu'on lui eut extirpé l'œil ; il revoyait l'ablation, le globe orphelin dans son bocal. Et si le luthier n'avait pas péri dans l'incendie ? S'il était encore en vie ? Il connaissait du monde maintenant, les meilleurs artisans du pays ; peut-être pouvait-il lui venir en aide ?

Une nuit sans sommeil, une voie de salut lui apparut. Ou du moins un palliatif, qui pourrait rendre à Bertolotti un peu de sa dignité. À Murano, il fit confectionner un œil de verre qu'on colora au mieux selon ses instructions. L'œil terminé, il envisagea de le faire bénir devant une relique de sainte Lucie, protectrice des aveugles, puis renonça, estimant que le vieux luthier n'y aurait pas été très sensible ; une simple présentation au rabbin Todesca fit l'affaire. Enfin, il fit envoyer l'artefact à Brescia par le service des postes.

Ce fut son dernier échange avec « la terre ferme ». Au mois de juillet 1630, la peste fit irruption dans Venise.

« Par décret du Sénat, tous les étrangers de la ville devront se rendre sous trois jours au lazaret du Lido pour inspection sanitaire. Ils seront examinés par des médecins mandatés, et gardés en quarantaine si nécessaire. Ceux qui dérogeront seront expulsés *sine die* », voilà ce que le rabbin Todesca avait retenu. Il l'avait répété à son protégé, au saut du lit. On était le dimanche 28 juillet, un édit avait été placardé sur toutes les places de la ville, et une partie des pouvoirs exécutifs venaient d'être placés sous l'autorité des *provveditori alla Sanità*, les inspecteurs chargés de la santé publique.

On entendait une agitation nouvelle monter du dehors, comme si la ruche avait été secouée par un ours ; les cloches sonnaient sans interruption. Orso sentit dans son ventre que le danger approchait de nouveau.

Sur le quai, derrière le parvis de la Madonna del'Orto, on embarquait pour le Lido. Avec trois autres immigrés, des *Turcos* du Ghetto, il prit donc la direction de la lagune. Tout ce que virent les quatre hommes en chemin leur fit presser le pas : des groupes de fidèles en prière s'agglutinaient devant les porches des églises, les femmes pleuraient, des familles de patriciens richement habillés et suivis de porteurs se ruaient dans des bateaux chargés de paniers, on se regardait méchamment, on se haranguait, plusieurs fois ils reçurent des coups de canne tandis que des essaims de chiens affolés leur déboulaient dans les jambes.

Une procession de gondoles s'était formée devant l'îlot du lazaret, face aux quais du Lido ; on ne laissait débarquer les étrangers qu'un par un. Une fois vidés de leurs passagers, les rameurs allaient stationner à l'ombre d'une haute muraille qui plongeait, verticale, dans la mer. Là, d'un porche au pied duquel attendaient les barques, on voyait parfois s'extraire un bienheureux avec, à la main, le précieux laissez-passer ; il repartait aussitôt vers la ville. Mais pour un relâché, combien restaient entre ces murs ?... Devant l'enceinte du lazaret les spéculations allaient bon train.

Le soleil plombait, la touffeur devint insupportable. Au long de la flottille surgirent des lamentations, on insultait ouvertement le doge, une femme tomba à l'eau. Les gondoliers protégés, quoique imparfaitement, par leur bonnet de toile légère s'abreuvaient à la dérobée. Orso, en dépit de ses vomissements, se dit qu'une fois encore il était chanceux d'avoir le béret jaune.

Il fut enfin débarqué et guidé vers un premier édifice où l'on consigna les informations inscrites sur son passeport ainsi que l'adresse de son logeur. La deuxième halte se fit dans une étroite cahute en bois où on lui ordonna de se déshabiller et de placer ses vêtements dans une panière qu'il devrait garder avec lui et sur laquelle fut jetée une pelletée de chaux.

«Orso Testa di Piombo, *sei, verde* !»; un appariteur le sortit de son abri et, dans la cour d'enceinte, l'amena devant un bâtiment de brique tout en longueur et alignant une quinzaine de portiques. «Le *protomedico* va vous voir !», on le poussa sous l'arche où était peint un «VI» au pigment cuivré. Dans une travée fraîchement blanchie, il ne vit d'abord qu'un homme assis, éclairé d'en haut par des colonnades à claire-voie. Il rédigeait sous la dictée. *Un secrétaire*, pensa Orso.

Mal accoutumé à la pénombre, le Savoyard ne distingua pas d'où provenait une voix caverneuse qui énumérait, semblait-il, les tares des «*sospetti*», les étrangers amenés là. «*Onventi !*», cria-t-elle à Orso; comme régurgités par un nez complètement obstrué, les mots sortaient mâchés, la plupart des voyelles, les «a» en particulier, devenaient des «en» ou des «on». Le commis lâcha son panier. Il put enfin discerner une forme qui venait vers lui, stature imposante; enveloppée de la tête aux pieds, elle portait le costume effrayant du docteur de peste. Son visage était protégé par un masque sanglé, où l'on avait collé des bésicles au niveau des yeux, et, à la place du nez, un long appendice de cuir. Seul un chapeau de feutre noir donnait à cette corneille redressée une touche humaine. L'oiseau se mit à tourner autour de sa proie en lui donnant avec une baguette des petits coups secs sur l'abdomen et sur les bras. Orso, nu comme un ver, osait à peine poser son regard sur celui qui l'auscultait, et fut secoué de frissonnements qu'il ne parvenait pas à contrôler. «*Bonston !*», rugit le médecin. Sur quoi Orso ferma les yeux, et se concentra sur l'odeur de camphre et de menthe qui s'échappait du bec menaçant.

«Et çon ! Qu'est-ce que c'est que çon ? demanda-t-il en pointant de sa badine le flanc gauche du Savoyard, où deux cratères de chair rosie encadraient une estafilade en arc de cercle.

— Là ? Un reste de morsure, répondit Orso à la hâte.

— Monrsure ? Honhon ! Et dans quel pays onvez-vous donc été monrdu, l'onmi ?

— Ça remonte... J'étais enfant, en Valsassine, dans le Milanais. Mais monsieur, *dottore*, tout cela a vingt ans et plus ; je ne souffre de rien, je vous assure. »

À ces mots le greffier, qui avait commencé à s'agiter devant son registre, se pencha de tout son long sur la table pour vérifier par lui-même la blessure qu'avait désignée le médecin. Puis il se redressa et fixa Orso, bouche bée, les yeux écarquillés : « Hmm ! hmmmm, hmmm !... », celui-là aussi avait des soucis d'élocution.

« Qu'y a-t-il ? demanda Orso qui tremblait comme une feuille, un symptôme ?... la peste ?

— C'est mouon le médecin, ici ! coupa l'oiseau. Enutile de vous ondresser on mon onsistant, de toute fonçon : il est onphone... muet ! »

Le *protomedico* se rapprocha du greffier et le somma de ne plus l'interrompre dans son questionnement. Mais l'autre était nerveux à l'extrême, en reprenant sa plume, il fit verser le bol d'encre qui moucheta d'une raie verticale son sarrau ainsi que les bottines du médecin ; puis ce fut au tour de l'écritoire en corne qui heurta le genou de l'oiseau.

« *Conzo !* », pesta le *dottore* en même temps qu'il basculait vers l'avant pour tenter, un peu tard, de protéger ses souliers ; son bec alla piquer directement dans l'œil de l'infortuné secrétaire, qui, dans un premier temps, se rejeta vers l'arrière en hurlant de douleur, puis, aveuglé, plongea sa tête dans ses mains... Hélas, son front, sur sa lancée, heurta de plein fouet celui du médecin toujours baissé.

« *Porcon puttonon troion !* », l'homme de science beuglait toujours plus fort. Avec un pli de son costume, il épongea sa tempe qui avait commencé à saigner, puis, vrombissant, et sans doute à court d'insultes, il balança violemment sa badine à travers la pièce qui alla se ficher droit dans un pot d'étain rempli de poudre blanche. Talc, chaux, craie ? D'un coup, l'air en fut saturé.

«*Rompiscontole !*», «Hmmm ! hooon ! hammm !», Orso assistait incrédule à cette gigue endiablée du docteur au long bec et de son adjoint sans langue. Dans l'atmosphère pulvérulente striée par les rais de lumière, ils continuèrent quelque temps encore à alterner interjections obscures et gesticulations. Finalement, le médecin, hors de lui, fit signe au «*sospetto*» de prendre la porte.

Tandis qu'il se baissait pour ramasser sa corbeille de linge, Orso se sentit emmené par l'avant-bras ; c'était l'assistant, qui, tout en l'accompagnant vers la sortie, glissa entre deux vêtements de la pile un billet plié en quatre.

Je sais qui vous êtes
Je sais pour votre mère
Attendez-moi…

Voilà ce que le secrétaire du médecin de peste avait gribouillé juste avant qu'Orso ne fût congédié. Ces trois lignes, il parvint à les déchiffrer une fois dans la barque qui le ramenait vers les quais de Cannaregio.

Comment, ici, à Venise ?… Quelqu'un le connaissait ou connaissait Mammina ! Luttant contre le mal de mer, Orso, ballotté, puisa dans ses souvenirs. Il avait pourtant bien observé le visage de l'assistant ; il ne lui rappelait rien. Cependant, cette séquence absurde – le greffier maladroit, l'encre répandue –, il eut le sentiment, comme un souvenir enfoui, de l'avoir déjà vécue. Où et quand ?… À une époque où Mammina était encore en vie, fatalement… Il s'efforça en vain ; rien ne lui revenait. L'attendre, avait-il écrit, mais l'attendre où ? là-bas ? au lazaret du Lido ? C'eût été parfaitement impossible : à peine rhabillé, on l'avait poussé de force dans la première gondole en partance. Sa réflexion fut interrompue par le heurt de la barque appontant à Cannaregio.

La panique irrépressible qui s'était emparée des Vénitiens le matin avait encore monté d'un cran. Entre Sant'Alvise, où on l'avait débarqué, et le Ghetto, Orso fut agressé par des groupes d'hommes qui écumaient la ville armés de bâtons et de piques. Tout ce qui avait l'apparence de l'étranger était pris à partie. Sa chemise déchirée, le visage et les bras tuméfiés, il parvint miraculeusement à rejoindre son logement où Todesca le cueillit à l'étage. Sans doute à sa mine fantomatique le rabbin prit-il la mesure de l'effroi qui paralysait son protégé. C'est lui qui fit le point sur la situation : Orso n'avait pas été retenu en quarantaine au Lido, mais il n'avait pas obtenu de sauf-conduit sanitaire ; sans ce document, il serait inévitablement chassé ou enfermé dans un lazaret ; il lui fallait patienter quelques jours, le temps que les choses se tassent, puis écrire à son maître, qu'il lui envoie de l'argent pour retourner à Padoue ; il pourrait ainsi éviter d'être embêté par les fonctionnaires et les hordes que l'épidémie avait jetés sur les routes. Todesca ajouta que dorénavant les rues de Venise n'étaient sûres pour personne ; il se disait que des régiments de mercenaires défaits à Valeggio, acculés par la faim et la peste, allaient entrer dans la ville. Orso écouta, effondré ; de ses lèvres empourprées, aucun son ne put sortir.

Son quotidien se rétrécit singulièrement : le jour, alors que l'épidémie redoublait d'ardeur, le commis restait étendu sur sa couche, et il dormait la nuit sous son sommier de fer, précaution dérisoire pour éviter de se faire surprendre durant son sommeil. Quand il se sentait suffisamment protégé par l'obscurité, il descendait en silence, un pot de fer à la main, et se faufilait dans l'arrière-cour pour évacuer ses souillures dans la fosse d'aisances ; puis il s'aspergeait la tête d'un seau d'eau avant de remonter dans son antre.

Il vécut ainsi toute la fin de l'été, allongé à quelques pouces de la pierre où le veillait le visage de sa mère. Dans les soirées étouffantes du mois d'août, quand, en sueur sous le lit, il sortait de la torpeur tiraillé par la soif et tremblant de panique, il tournait la tête contre la stèle et posait sa langue sur le marbre. Il léchait, il râpait, et le froid contact minéral, la présence indéfectible de sa mère l'apaisaient ; progressivement, il retournait au sommeil.

Pendant de longues semaines à se morfondre sur le ventre ou sur le dos, il attendit que le mandat de Mazzoleni lui parvînt, et, sous sa couche, apaisé par sa condition de cancrelat, il reprenait courage ; malgré l'adversité, il y avait à Venise un greffier, muet, qui pouvait l'aider, un muet qui lui avait écrit «*je sais pour votre mère*», un muet qu'il espérait peut-être encore voir quelque part dans la ville.

Quand il le pouvait, et bien que les quantités de farine diminuassent avec la sévérité du rationnement, Todesca lui apportait de quoi s'alimenter un peu et le tenait informé des événements. À certaines de ces visites, Orso ne prenait même plus la peine d'émerger de sous son lit et l'écoutait d'une oreille distraite.

Ce que racontait le rabbin était pourtant édifiant : comme quoi la peste n'était pas entrée par les navires arraisonnés à la Dogana da Mar mais avait été apportée par les soldats de la Sérénissime ; comme quoi aussi, au début de l'été, le conseil des médecins, sous l'autorité des *provveditori alla Sanità*, avait caché les premiers cas de maladie pour protéger les intérêts commerciaux de la République ; comme quoi encore, et pour Todesca c'était le pire, aux premières journées d'août, plus de vingt mille patriciens avaient déserté leurs charges et fui la ville pour se réfugier dans leurs domaines de « terre ferme » ; le Conseil des Dix et le Sénat avaient été obligés de sermonner puis de menacer les nobles afin qu'ils revinssent occuper leur magistrature. Comme quoi enfin, dans la fureur générale, plusieurs étrangers, des Français en particulier, avaient été accusés de transporter des « humeurs de peste » en solution dans des fioles ; ils en auraient badigeonné les murs de la cité et, pour cette raison, on les appelait des « oigneurs »... Orso faisait donc bien de rester dans son trou et ne pas risquer de passer pour l'un de ses *untori* dont le sort était rapidement scellé.

Alors qu'on entrait dans l'automne, les chaleurs se firent moins oppressantes. Le rabbin passait chaque soir et déplorait les morts dans sa communauté ; à certaines de ses visites, il en énumérait plus d'une dizaine. Orso entendait ses litanies sans réagir. Consigné dans son réduit, il ne ressentait ni impatience ni animosité, il avait recommencé à parcourir des livres laissés là par Todesca. Parfois même, tandis que les prières pour les défunts – kaddishs de ce côté du canal, *De profundis* de l'autre – et l'écho des glas répété de loin en loin par les clochers de la ville le plongeaient dans une quiétude qu'il n'avait plus ressentie depuis longtemps, il se remettait à dessiner, allongé sur le dos.

L'enfermement devint le lot de tous les Vénitiens. Les seuls qui circulaient librement dans la ville étaient les cadavres, entassés sur des chariots par les prisonniers des *Piombi*, ou des miséreux en quête d'une pitance, qu'on surnommait *monatti*. Les services funéraires ayant été interdits par décret, les survivants pleuraient leurs défunts enfermés dans leurs murs.

Pendant cette Toussaint 1630, pour la première fois depuis la mort de Mammina, Orso, reclus contre sa pierre, se sentit l'égal des autres endeuillés.

Un jour, le rabbin ne vint pas, on était début décembre. Deux jours, trois jours passèrent, toujours pas de Todesca. Au quatrième matin à ravaler sa salive, Orso se décida à sortir de sa tanière pour trouver de quoi survivre. La ville était encore plongée dans l'obscurité mais l'entrée du Ghetto n'était pas gardée. Il eut beau frapper aux heurtoirs, les portes restaient verrouillées, celles où la maladie avait tué étaient marquées d'une croix blanche, des tas de linge souillé brûlaient au coin des rues. Au milieu d'une place, il vit des cadavres empilés, saupoudrés de chaux, qui attendaient d'être enlevés par les fossoyeurs. Au loin, il entendait des cris, le sabot d'un cheval ou le crissement d'une charrette, mais jusqu'au lever du jour il n'aperçut pas âme qui vive ; la ville était hantée par des ombres fuyantes.

Après une errance dans laquelle il consuma ses dernières forces, horrifié à l'idée qu'il allait mourir sur ce pavé, il prit la direction de l'Arsenal. Juste avant le Ponte del Paradiso, il lui sembla entendre le tintement familier des masses qui battent le métal, et le cri du bois qu'on découpe et qu'on cloue. *Si l'on travaille,* se dit-il dans un regain d'espoir, *c'est qu'on doit se nourrir aussi.* Il se précipita sur le pont, mais deux soldats en armes sortis de nulle part le stoppèrent net dans sa course. Derrière eux apparut un commissaire ; il tenait à la main un registre – *encore un registre,* pensa Orso.

« Es-tu tâcheron de l'Arsenal, étranger ? demanda le fonctionnaire.

— Oui, dit Orso machinalement.

— Ton nom ? Ta corporation ?

— Orso Testa di Piombo, ébéniste », lâcha-t-il, comme étonné de ses propres réponses.

L'autre nota consciencieusement, lui fit ratifier d'une croix sur le bordereau, et finalement, d'un froncement las, lui tendit un morceau de papier et une miche de seigle rassis. Transfiguré par l'apparition du pain, Orso s'empara du papier sans le lire, et mordit à pleines dents dans la boule grisâtre. «Magasin douze!», éructa le commissaire à l'un des gardes. Le Savoyard, incapable de penser, mâchait ses bouchées de seigle aussi longuement qu'il était possible tandis qu'on l'escortait à l'autre bout de l'Arsenal.

Au magasin douze, un entrepôt imposant comme une nef, travaillaient une cinquantaine d'hommes. Sur le seuil, un géant à la gueule difforme – ce devait être le chef – lui prit son papier des mains sans un mot, et l'emmena vers le fond du hangar où un dortoir était improvisé. Il lui désigna une paillasse au sol puis, sans plus d'égard, le traîna par le col devant un bossu qui faisait office de contremaître. Pendant qu'Orso observait le travail d'une cohorte de charpentiers alignés sur deux rangées et séparés par des amas de planches mal équarries, le géant chuchota quelques mots à son subordonné. Leur conciliabule terminé, il repartit vers l'entrée du bâtiment, laissant à son auxiliaire le soin de cornaquer le nouvel arrivant.

«Ébéniste, alors? demanda le bossu, incrédule, en s'approchant d'Orso.

— Hmm... fit Orso (il avait à peu près recouvré ses esprits et, sans en saisir encore la mécanique, sentait se refermer un piège).

— Barques ou lits? dit l'autre qui n'avait que faire de sa réponse.

— Lits», répondit Orso. C'était sorti comme un réflexe.

Ainsi commença le long hiver du Savoyard séquestré dans l'Arsenal de Venise. Comme lui, de nouveaux artisans arrivaient chaque jour; certains ne s'étaient présentés que pour échapper à la famine, mais le plus souvent ils avaient été réquisitionnés. Comme lui, ils découvraient que, une fois dans l'Arsenal, il était impossible d'en sortir – les quatre ponts étant gardés –, et se faisaient battre au nerf de bœuf s'ils ne se pliaient pas au travail auquel ils étaient assignés.

On avait beau voir arriver quotidiennement des dizaines de ces paires de bras, l'effectif global ne grossissait pas car il en mourait autant. Le cou, l'aine et les aisselles étaient inspectés chaque matin. Si l'on suspectait un bubon, ou que la fièvre secouait une échine, le malade était parqué de force dans un bâtiment appelé «charroi des trépassés» au bout de l'île; il y périssait rapidement et sans soins, car les deux franciscains qui s'étaient chargés, aux débuts de l'épidémie, d'accompagner les agonisants avaient été emportés à leur tour à la Saint-Basile. Il n'était pas rare de voir des hommes s'effondrer en plein labeur avant même d'avoir été diagnostiqués. Simples manœuvres, contremaîtres ou soldats, on ne prenait pas la peine de les faire évacuer vers un lazaret.

Les *provveditori alla Sanità* ordonnaient qu'on brûlât jusqu'aux menuiseries souillées par la maladie. Ainsi, les ouvriers séquestrés dans l'Arsenal devaient fournir chaque jour suffisamment de lits pour les mouroirs, et suffisamment de barques pour évacuer les cadavres vers les îles éloignées, où ils étaient incinérés.

Avec la progression de la peste, les besoins allaient croissant, et le Sénat veillait à ce que ces travailleurs de la mort fussent nourris correctement; pour s'assurer de leur coopération, on leur envoyait régulièrement du clairet et de l'eau-de-vie. Une fois passés l'accueil brutal et l'acceptation de leur sort, il n'était pas rare d'entendre ces condamnés rire à plat ventre dans les barques funéraires, tandis que leurs chants rythmaient le martèlement des planches.

Il n'en reste pas moins qu'ils décédaient en très grand nombre et, même si l'on buvait ensemble, on ne s'attachait pas à ses compagnons d'infortune. Pour ne pas entrer dans une vaine intimité, on se donnait des surnoms. Bien qu'un ferronnier de la travée voisine l'appelât « le juif » – ils s'étaient connus quand il était commis –, Orso se présentait comme « savoyard ».

Dès son premier après-midi, il avait vu un économe répandre à ses pieds son escarcelle de rivets et tomber devant lui. Cependant, il ne céda pas à la panique et fut même surpris de ressentir, à ce moment précis, l'incroyable insouciance qui régnait dans l'Arsenal. Sans doute moins allègre que ses camarades, il était gagné d'une tranquillité qui ne le quitta plus ; il éprouvait, comme à Brescia, le vertige de caresser le bois frais, dont les essences piquaient le nez et dominaient les fumerolles nauséabondes – des vêtements contaminés étaient incinérés en permanence à l'extérieur des dépôts –, mais il y avait autre chose, un réconfort qui grandissait en lui et dont il ignorait la source.

Un matin, on avait assisté à une altercation aux portes de l'atelier entre deux superviseurs zélés et une poignée de travailleurs qui réclamaient qu'on brûlât quelques planches d'ouvrage car les froids de janvier mordaient les chairs et la neige avait commencé à s'amasser sur les toits.

Après que les ouvriers eurent obtenu gain de cause, chacun retourna à sa tâche. Orso entendit alors monter, à quelques pas de son poste, une mélodie qui lui fit lever la tête. Un charpentier qui se faisait appeler « Soupe d'Orge » poussait la ritournelle dans une langue que le commis ne pouvait pas nommer mais qu'il connaissait. Après quelques mesures, porté par un élan irrépressible, Orso se mit à fredonner des paroles qu'il ne comprenait pas : « *Bien di cumar, co veis durmiu ?*

Co ha il sien a vus plaschiu?... » Juste avant le refrain, il emboîta le pas à son voisin en chantant avec force : «*Fidiri, fidira, fidirallala, fidiri, fidira, fidirum*», puis les deux entonnèrent en canon la fin de la ritournelle. Orso sentit jaillir une joie ancienne, révolue. Il sut enfin dans quel recoin de sa mémoire il était allé puiser ce chant : il entendit la voix de Mammina qui le réveillait après la sieste ; elle se penchait sur lui et le berçait de sa mélodie.

À la pause de midi, à rebours des usages qui avaient cours entre les *arsenaletti*, Orso alla trouver Soupe d'Orge pour l'interroger sur son passé. Le menuisier, bien qu'une chevelure blanche lui couvrît les épaules, devait avoir dans les quarante ans. Il se montra d'abord revêche et ne salua pas l'importun. Après avoir éclusé deux brocs d'un mousseux de *nebieul* tiré à la barrique, il desserra pourtant les mâchoires ; ce fut lui qui questionna le premier :

«*Di me*, pourquoi t'appelle-t-on Savoyard ? Tu n'es pas de là-bas, ton accent est pareil au mien, tu comprends le *rumantsch* ?

— Je ne sais pas. Je connais ta langue, mais je ne la parle pas. D'où viens-tu, toi ? »

Soupe d'Orge était descendu à Venise aux premières semaines de la disette, cela faisait presque trois ans. Il était originaire d'un bourg appelé San Murezzan dans la vallée de l'Engadine ; les seigneurs du pays, des brigands sans foi, entretenaient des conflits ataviques avec les nobles milanais et s'étaient placés sous l'autorité des Trois Ligues. Soupe d'Orge s'était décidé à partir après que les troubles avaient repris en Bavière ; les armées de l'empereur Habsbourg avaient sillonné son pays pour atteindre le duché par la Valteline et avaient pillé les derniers grains.

«La Valteline ? interrompit Orso. Pour ce que j'en sais, je viens moi d'une autre vallée, de ce côté-ci de la frontière : la Valsassine.

— Ma main que non ! Pas la Valsassine, personne en Lombardie ne parle le *rumantsch* ; ces beaux seigneurs la voient comme une langue barbare. Quel est ton nom ? Où donc es-tu né ? »

Orso hésita à son tour ; il finit par bredouiller. Sa mère avait été victime d'une justice expéditive, un seigneur de la Valteline, justement, y était mêlé, un nommé Don Agnello.

« Don Agnello, dis-tu ? Par la Vierge, je connais cette histoire !... En quelle année ta mère a-t-elle été rappelée à Dieu ?

— Cela fait un peu plus de vingt ans », répondit seulement Orso.

Le front de Soupe d'Orge fut barré de plissures incarnates. Il semblait rechercher quelque chose loin en lui, un souvenir que les années, et peut-être le vin, avaient remisé dans un soubassement de son crâne. Il se redressa soudain, son œil brilla :

« Une histoire de chien mort et de sorcellerie, est-ce bien ça ? »

Orso ouvrit la bouche mais plus un mot ne sortit. Quelques instants auparavant, la comptine que lui fredonnait Mammina l'avait submergé de bonheur, il lui était maintenant impossible d'écouter le récit qui le replongerait dans les tourments de l'enfance.

Il mit sa tête entre ses bras.

« *Mo gianteren !* Rien ne presse. De toute façon, il faut retourner à nos joyeux ouvrages ! Nous reparlerons demain si tu veux. Mais il y a une chose que je suis prêt à jurer, c'est que tu n'es pas un enfant du lac de Côme... pas plus qu'un Savoyard ! Tu viens de chez nous, du pays *rumantsch*. Qui sait, nous avons peut-être été voisins dans l'Engadine ? »

Orso ne ferma pas l'œil de la nuit. Ce Soupe d'Orge connaissait l'histoire de sa mère, la sienne, le commencement du moins, et celle de Don Agnello, le seigneur lombard de la Valteline, le fou aux lévriers ! Avec le père Giovanni, ils lui avaient rendu visite dans son château de Sondrio… La république des Trois Ligues… le chien mort… Que pourrait encore lui apprendre le charpentier aux cheveux de craie ?… Soupe d'Orge, bien un sobriquet des montagnes !

Mais au matin, le charpentier n'était plus là. Il avait « disparu ». Simplement disparu, le contremaître ne crut pas utile d'apporter plus de précisions.

Alors que la chaux recouvrait tout, que les morts brûlaient partout autour d'Orso, on continuait d'apparaître et de disparaître de sa vie, de sa mémoire. Soupe d'Orge… quelle vanité ! quelle plaisanterie !

Comme l'hiver donnait ses jours les plus froids, les rations se firent plus maigres. Le boitillement d'Orso redevint une claudication pesante, chaque effort lui coûtait et, lorsqu'il martelait ses pointes de fer dans le bois, il soufflait bruyamment.

Le nouveau chef du magasin douze le surveilla de près. « Ça ne va pas fort, on dirait, le boiteux ? », « Que devient-il notre juif, ce matin ? », ses paroles se faisaient toujours plus malveillantes pour ce pensionnaire à la longévité remarquable.

Un soir, Orso trébucha de fatigue ; sa gamelle de soupe heurta le genou du *capo*. Il fut immédiatement escorté jusqu'au « charroi des trépassés » aux confins de la presqu'île. Comme sur les ponts de l'Arsenal, l'accès était surveillé par deux gardes… Ultime péninsule, on n'entrait là que pour s'éteindre.

Épuisé, Orso s'effondra près d'un feu autour duquel se muaient des formes en partie humaines. Avant de sombrer dans la torpeur, il eut la vision d'un sabbat entretenu par les flammes : des chiens affamés s'approchaient en louvoyant d'un corps moribond et tentaient de lui lécher les pieds ; après avoir reçu des coups de galoche dans leurs flancs étiques, ils bondissaient vers l'arrière en glapissant.

Il fut réveillé par le vent froid qui s'engouffrait depuis ses mollets dans sa couverture. Au-dehors, près de l'eau, il vit des tertres blancs et les mêmes chiens errants qui reniflaient la neige en tournoyant sur eux-mêmes. Un homme au visage jaune, vautré dans la cendre, faisait des efforts infinis pour entretenir le feu ; de sa main valide, il lançait au mieux des rebuts de bois qui traînaient à sa portée. Le Savoyard se leva et l'aida à faire monter la flamme. Voyant que l'autre essayait de se hisser, il le souleva sous les bras et l'assit sur un train de carriole qui rouillait là. « Les barques vont bientôt venir, lui dit l'homme, ne te recouche pas, s'ils te voient par terre, les *monatti* t'emporteront avec les autres refroidis. »

Il disait vrai ; alors que le soleil pointait à la verticale du clocher sur l'île de Vignole, ils virent aborder deux chaloupes à une cinquantaine de pas de leur abri éphémère. Deux groupes de trois hommes en camisole, masqués et gantés jusqu'aux épaules, s'approchèrent d'un des monticules enneigés, le déblayèrent superficiellement et commencèrent à en extraire les corps gelés qui gisaient dessous pour les charger dans leurs embarcations. Du premier tertre ils retirèrent dix dépouilles, raides comme des gisants. Incrédule, Orso sortit du hangar et balaya du regard le bout de terre glacée qui plongeait dans la lagune. Il compta : cinq, dix, vingt, il y avait une trentaine de ces monticules blancs… trois cents morts ! Les menuisiers, les charpentiers, les pauvres bougres qu'il avait à peine côtoyés quelques jours, quelques heures parfois, étaient là, attendant leur « passage ». Les jambes molles, il prit appui sur un reste de gouvernail. Il demeura quelque temps ainsi, calé à son épave, le visage caressé par les rayons pâles.

« Hé !… Hé ! », l'apostrophe creva le silence. « Hé, là-bas ! le crevard, viens donc aider. Tu auras du pain, pour ta peine. » Aussitôt, Orso fit demi-tour et clopina du plus vite qu'il put vers l'entrepôt où l'homme jaune tentait toujours de se réchauffer. Derrière la bâtisse, du côté des chantiers, il y avait maintenant une quinzaine de nouveaux macchabées. À l'intérieur, près du feu, trois autres agonisants rampaient ; ils se tordaient, bavaient, miaulaient, mais ceux-là au moins étaient vivants. « Arrivage de l'aube ! », annonça stoïquement sur son essieu son compagnon de la nuit.

Vers midi, les chaloupes s'éloignèrent, emportant une trentaine de corps. Avec les morts de la matinée, les fossoyeurs avaient recomposé sur le rivage des tertres de dix ; pour les serviteurs méticuleux de l'administration vénitienne, il importait sans doute de garder un semblant d'ordre.

« C'est pas deux, c'est au moins cinq barques par jour, qu'il leur faudrait, pour nous débarrasser de toutes ces charognes ! dit l'homme qui continuait à entretenir le feu. Encore une chance que le gel les tienne. »

Le Savoyard n'était pas en état de discuter, il défaillirait d'un instant à l'autre.

« Je vais tomber si je ne mange rien, dit-il. Comment fais-tu, toi, sans nourriture ?

— Tu peux toujours essayer d'en attraper de ceux-là ! répondit-il en pointant les vautours qui tournaient dans le ciel de Venise. Moi, je me contente de bouffer de la viande à quatre pattes. Du roquet ! Manger ou être mangé… regarde-les, ils n'attendent que ça ! »

Des chiens ! Orso se figea, une convulsion lui raidit le dos. Et eux, ces chiens maudits, comment n'étaient-ils pas déjà crevés ? Comment se nourrissaient-ils ?

« Je viens de te le dire, étranger : manger ou être mangé, c'est notre destinée. Les clébards mangent les hommes, et les hommes mangent les clébards. Moi, en tout cas, je les mange… »

Soulevant ses guenilles, il parvint, quoique en traînant la jambe, à se lever puis à se déplacer. De sous la cendre froide, il alla retirer une longue barre de fer à l'extrémité effilée : «Je les assomme, et je les embroche!» Orso déglutit bruyamment, la salive lui manquait; il le regarda d'un œil nouveau, inquiet, et lui demanda sans malice :

«Tu veux dire que tu te nourris d'animaux qui mangent de l'homme?

— Tout juste! C'est dans l'ordre des choses. Et crois-moi, je sais de quoi je parle. Avant de finir dans ce purgatoire, j'étais sacristain à San Sebastiano. C'était moi : Egidio, le sacristain!»

Orso ne savait pas trop dire pour les hommes, mais pour les chiens il était catégorique : il aurait été incapable d'en manger; son aversion était trop forte, un dégoût et un reste de terreur.

Ce soir-là, des bêtes folles vinrent encore renifler et mordiller les derniers corps au sang encore tiède abandonnés devant le dépôt. Le Savoyard laissa Egidio qui brandissait déjà sa broche, et se contenta de sucer des morceaux de cuir que son compagnon faisait bouillir après en avoir dépouillé les trépassés.

Aux premières clartés, quand reparurent les fossoyeurs, il aida comme il put à traîner les cadavres du jour puis à les empiler sur la berge. On lui jeta en échange quelques rogatons de pain et un oignon moisi qu'il dévora sur place, agenouillé devant ses morts.

Egidio faisait commerce avec les chiens, Orso avec les croque-morts; par manque de place, on décida de monter plus haut les piles de cadavres, à quinze, puis à vingt. Bien que chaque nuit ses boyaux le missent au supplice, le Savoyard continuait de travailler.

Les jours passèrent, les tertres macabres grandissaient, et lui se vidait; il lui arrivait même de rire en se plongeant les doigts entre les côtes. Parfois, il pleurait.

À regarder son ombre vacillante, il trouva qu'il ressemblait plus à la mort que ceux qu'il charriait.

Mais il n'éprouvait plus de peur, au contraire. Sans être entraîné dans l'euphorie troublée d'Egidio – car son esprit, à lui, était calme –, il se sentait glisser dans le réconfort, cette même sensation qui l'avait gagné par vagues depuis son enrôlement à l'Arsenal.

Un soir que, depuis l'entrepôt, il contemplait encore et encore l'horizon bouché par les amas neigeux, il prit conscience que cette quiétude lui venait de la compagnie des défunts : plus il s'était éloigné des vivants, plus il avait éprouvé l'apaisement. « Maintenant, que la Mort m'emporte », souffla-t-il en fixant l'étoile du Berger.

Ce fut précisément le lendemain que la douceur de cet extrême bannissement fut mise à mal.

Il aidait les *monatti* à hisser les corps jusqu'aux chaloupes amarrées et, comme il traînait par les pieds sur le sol glacé un homme nu, large d'épaules, il reconnut la chevelure blanche et le visage couleur d'ardoise de celui qu'il amenait au ponton : c'était Soupe d'Orge, le menuisier du pays *rumantsch*. Il tomba à la renverse sur les planches.

Soupe d'Orge ! Ils étaient de la même contrée, cette vallée qu'il avait appelée l'Engadine, peut-être même avait-il connu son village, des gens de sa famille. Soupe-d'Orge, en tout cas, avait entendu l'histoire du jugement ; il savait quel avait été le supplice de sa mère. Soupe d'Orge était descendu à Venise pour trouver un gagne-pain ; il avait quitté les siens pour survivre. Mais lui, Orso, était en train de dépérir ; il allait crever ! Il avait laissé la stèle de Mammina dans le Ghetto, et il se regardait croupir, lentement, dans ce champ de cadavres… et puis, un beau matin, il passerait la lagune au fond d'une barque. Et tout serait fini.

À cette heure, vivant à demi, il se trouvait bien parmi les morts. La honte monta et lui rougit les tempes. Vanité, car au jour de les rejoindre, ses chers morts, il ne serait plus qu'un corps, une masse inerte, un agglomérat. Dès lors, sa mère, qui vivait en lui seul, et pour qui, seule, il vivait, disparaîtrait pour de bon. Non ! Non, il n'abandonnerait pas à Venise son souvenir ; il allait se remettre debout, sortir de cette presqu'île infernale, et retrouver l'endroit où Mammina avait été mise en terre ; l'honorer enfin ! Il s'arc-bouta sur les avant-bras, se redressa et s'en alla retrouver Egidio, égaré dans quelque divagation.

Depuis combien de temps avait-on passé la nouvelle année ? L'Épiphanie, peut-être ? Orso ne savait pas dire si les cloches qu'il entendait sonnaient les froides rigueurs du carême ou si elles étaient le fruit de son imagination. La lagune, étale comme de l'acier, prolongeait la péninsule givrée, le froid mordait encore, et le soleil, toujours blanc, montait à peine sur l'horizon.

« Au bœuf ! », hurla soudain Egidio, il était debout, broche en main. « Au bœuf ! »... et c'était vrai : une génisse efflanquée, l'œil rouge, ruminait là, devant l'entrée du hangar. « À la broche ! cria-t-il à Orso, aujourd'hui, c'est repas de noces ! » Les deux estropiés se mirent en chasse. Va ! Va ! Orso tapait deux planches l'une contre l'autre pour rabattre l'animal vers le bout de la lagune, où son compère attendait recroquevillé, comme un picador déchu. La vache bougea mollement, Egidio exécuta quelques véroniques sans grâce, mais à chaque tentative, la bête indolente contournait Orso et repartait vers l'entrée du dépôt. Les trois lutteurs furent vite à bout de souffle, la corrida cessa.

Egidio et Orso étaient revenus se chauffer près des braises quand ils entendirent un brame du côté du quai. La génisse avait glissé sur les madriers, une de ses pattes arrière était coincée entre deux lames, et l'autre battait furieusement l'eau. Peine perdue ; sans plus de forces, son flanc inerte s'affaissa dans la mer tandis que ses antérieurs chassaient en essayant d'accrocher le ponton. Egidio, magnifique, arriva à point pour lui asséner le coup de grâce en lui éclatant le crâne avec sa broche, après quoi il arrima la carcasse qui flottait avec des lambeaux de tissu. Puis il alla chercher une masse pour casser les os, et des pointes de métal.

Affalé sur les planches, il se mit à lacérer quelques morceaux de chair. L'équarrissage prit un temps infini car le corps de l'animal se trouva vite aussi gelé que les mains de l'écorcheur. Comme le ciel virait au rouge, on put mettre quelques pièces de viande dans la braise, et, ce soir-là, Orso s'endormit soûlé par le sang de bœuf.

Lorsqu'il se réveilla, les boyaux tordus de douleur, Egidio avait disparu. Il vit deux chiens se disputer les fragments d'une carcasse et se remémora l'épisode de la course à la génisse. Lui revinrent alors des détails insolites qui ne l'avaient pas intrigué dans l'excitation de la veille : ce «bœuf», précisément, comment était-il arrivé jusqu'à eux? Comment avait-il passé la garde? Et les carillons qu'il avait entendus dans le lointain en regardant Egidio saigner la bête, ce n'était plus ce glas qui avait sonné pendant des mois… accompagnaient-ils des *Te Deum*? Il faut dire que ses oreilles sifflaient si fort, par moments… il se trouva même incapable de penser depuis combien d'heures, combien de jours peut-être, n'avait plus résonné le bruit des scies et des marteaux sous les hangars; car voilà le plus formidable : l'Arsenal semblait s'être arrêté!

Bien que tout en lui tremblât et bourdonnât, il voulut savoir ce qu'il était advenu d'Egidio, des *monatti* qui n'avaient pas reparu, et de cette fièvre qui soudainement était retombée. Il se leva.

Sur l'étroit passage entre l'Arsenal et «le charroi des morts», il n'y avait plus d'hommes en armes. À leur place, il buta sur des timbales renversées dans la neige.

Partout, des traces de beuverie. Comme il repassait sur la rive des vivants, il vit un noyé s'éloignant sur l'eau : Egidio !… Le sourire aux lèvres, il serrait un pichet dans sa main droite.

À moitié conscient, Orso s'engouffra dans la ville désolée et se laissa dériver jusqu'au Ghetto. La confusion régnait toujours mais l'écho de râles intermittents avait remplacé le bruissement des venelles. Au coin d'une place, il vit une procession d'action de grâces, plus dolente que joyeuse, qui le renforça dans son impression : la maladie rôdait toujours. Pas un soldat, aucun commissaire à plume, aucun gêneur d'aucune sorte dans les rues presque vides, plus de gardes aux portes du Ghetto. Venise était encore debout, la République vacillait.

Arrivé devant la bâtisse à colombages, il gravit les marches en haletant. Au premier palier, le logeur taciturne n'était plus là. Sur sa chaise de paille, une vieille femme, guère plus bavarde, lui fit signe de passer, il pourrait dormir à son gré, il n'y avait plus de pensionnaire.

Il fut enfin à son galetas et se précipita sous le sommier : la banne d'osier et la stèle y étaient encore ! Après avoir baisé avidement l'arête de marbre, il sortit son classeur de cuir et des vêtements poussiéreux qu'il enfila aussitôt. Puis il redescendit brûler dans le poêle ses guenilles de l'Arsenal.

Dans l'après-midi, il s'aventura Corte del Moresco. La friperie, où il allait chaque semaine chercher ses traites, était ouverte. La même tenancière que naguère, coiffée d'un bonnet blanc, lui servit une bouillie de gruau et lui apporta deux enveloppes ; ces courriers l'attendaient depuis quelque temps, précisa-t-elle. Le cachet sur les plis était daté du mois de novembre. « Quel jour est-on ? demanda Orso. – Le trois du mois d'avril, répondit la boutiquière, étonnée. Le doge Contarini est mort hier. C'est le temps de Pessah. » « Avril… », répéta plusieurs fois le Savoyard en faisant tourner sur elles-mêmes les enveloppes. L'une était de la main de Mazzoleni ; l'autre, grisâtre, portait une écriture nerveuse, elle était blanchie sur ses bords et presque rongée, passée à la chaux probablement. Il pria la femme de lui servir une nouvelle portion, puis deux, de ce gruau maigre que son estomac semblait accepter sans se cabrer. Son ventre avait cessé de lui faire mal et, pour la première fois depuis des mois, il se sentit rassasié.

Ses yeux, hésitants, allaient d'un courrier à l'autre, il ouvrit finalement celui de Mazzoleni. Il contenait de brèves excuses rédigées d'une écriture tremblante – il avait été souffrant, il espérait de ses nouvelles –, et une lettre de change pour dix sequins. « Ah ça ! Vous allez pouvoir trouver mieux à avaler que mon froment ! », la femme, qui regardait par-dessus son épaule, avait les yeux grands ouverts. L'autre pli, Orso en eut l'intuition, lui réservait de plus rudes surprises.

Il remercia son hôtesse et s'en fut trouver une banque où tirer sa traite. La verte et la rouge étaient scellées par des croisillons de bois ; il se rabattit sur la banque noire et fut étonné de recevoir, sans difficulté particulière, la somme créditée. *Au moins, l'argent n'a pas péri*, songea Orso en rentrant chez sa logeuse, *tout autour est asséché et il continue de couler.*

Allongé sur sa couche, il ouvrit la lettre rognée par la chaux. Postée depuis Venise, elle était adressée au *Signore Testa di Piombo*. En dehors du rabbin Todesca, et sans doute du *caposestiere* Don Witold qui l'avait confié au rabbin, personne ne connaissait son pseudonyme, ni l'endroit où il logeait. Orso pensa à un courrier administratif – c'était l'orgueil inavoué de la République que de savoir recenser et identifier tous les individus qui y séjournaient.

Là où l'encre avait été partiellement brûlée par le « vif calcaire », Orso déchiffra du mieux qu'il put :

… nous sommes revus aux consultations sanitaires décrétées du mois d'août…

L'informait-on, *a posteriori*, de nouvelles prescriptions ? Pourquoi ce « *revus* » ? Orso se souvint : le médecin de peste… puis le greffier muet qui lui avait glissé à la hâte un billet, comme il quittait le lazaret… Bon sang ! L'homme qui connaissait Mammina… Comment avait-il pu oublier ? Il reprit sa lecture :

J'ai tenté de vous revoir à l'adresse que vous aviez portée au registre, puis l'encre disparaissait, […] *année 1608, au temps du carême* […] *mon office de greffier de justice* […] *du Seigneur Don Agnello et de son affidé* […] *descendus dans le duché de Milan* […] *assisté au procès de votre mère. Vous étiez enfant* […] *témoignages calomnieux de cet imposteur* […] *sorcellerie en aucun cas* […] *Défendez votre cause* […] *pourrez vous prévaloir de cette lettre* […] *tribunal du Saint-Office à Rome* […]

En bas de page, Orso devina sous l'encre évanouie une formule maladroite et, en fin, la signature, à moitié mangée comme le reste : *Onofrio* […] *contado de Sondrio*.

Les noms lui revinrent en bouffées : le comté de Sondrio, la Valteline, le pays de Don Agnello… Et la Valsassine ?… Il relut. Non, cet Onofrio ne disait rien de la Valsassine. C'était pourtant bien là que sa mère était morte puisqu'on l'avait placé au couvent de Lecco ?

Les réminiscences affluaient, des images, des bribes de phrases, sans qu'il pût les ordonner. Il se retournait sur son sommier, se tortillait, transpirait malgré le froid, et mit longtemps à retrouver quelque enchaînement lucide de ses idées.

Entre les mots de la lettre et les souvenirs du martyre que les années avaient altérés, il tentait de trouver un lien. Mais il ne comptait plus sur sa mémoire pour l'aider.

Car sa mémoire l'avait abandonné ces autres nuits où il s'était débattu, en vain, pour conserver les traits de Mammina.

Déjà dans l'Arsenal, avec Soupe d'Orge, son passé avait resurgi, un passé plus tendre... mais Soupe d'Orge était mort ! Et pour rattraper encore, si c'était possible, un peu de son enfance avec sa mère, il devait retrouver au plus vite cet Onofrio de Sondrio. Car il en irait de même pour ces derniers témoignages qui l'avaient stupéfié comme des grâces : s'il n'y prenait pas garde, ils s'abîmeraient avec le temps.

Le Savoyard reprit donc sa correspondance et son activité au service de Mazzoleni. Bien que moins vivace, la peste courait toujours. L'Arsenal était décimé, les commandes rares ; l'activité d'Orso fut réduite à une ou deux visites d'ateliers par semaine. Lui-même n'en aurait pas supporté plus car il vivait dans la peur.

Dès qu'il mettait un pied dehors, l'effroi des épidémies – le choléra avait relayé la peste – continuait de le tarauder et ajoutait à son affolement. Lorsqu'il sortait du Ghetto, ses épaules se voûtaient, ses yeux se fronçaient et, bien qu'il retînt sa respiration, sa bouche restait béante. À chaque pas, il semblait vouloir faire demi-tour, sa démarche empruntée improvisait des trajectoires biscornues faites de contournements, de louvoiements, de volte-face impromptues. Autant que possible, il évitait les façades marquées à la chaux, les rares passants, et, parmi eux, les commissaires à la santé publique.

Il fut souvent sur le point de quitter la ville mais, en partie par fidélité à Mazzoleni, et pour garder l'espoir de retrouver le greffier muet, il s'acquitta de ses tâches. En matinée, il errait le long des canaux puis regardait passer, sous le Ponte dei Sospiri[1], des corbeaux picorant

1. « Pont des Soupirs ».

le ventre gonflé des cadavres qui les portaient au fil de l'eau. Enfin, lorsque ses peurs le lâchaient un peu, il allait visiter un fournisseur ou poursuivait sa quête.

Mais dans toutes les institutions de santé publique qu'il visita, personne ne connaissait cet Onofrio de Sondrio. Orso était incapable de préciser le nom du médecin que le greffier secondait, car ses seuls souvenirs le ramenaient à une grande corneille furibonde. Dépité, il reprenait le chemin du Ghetto.

Neuf mois passèrent pendant lesquels Orso, bien qu'agité au plus profond, semblait figé dans l'apathie convalescente où était plongée la ville. Au jour de la Saint-Ambroise, Mazzoleni lui envoya une lettre plus diserte qu'à l'habitude ; elle avait pourtant des airs de testament. Le texte avait manifestement été dicté car le Savoyard ne reconnut pas l'écriture de son maître. Le vieil horloger avait contracté *la maladie* et recommandait à son protégé de quitter Venise : il serait sage qu'il voyageât vers le sud, les États pontificaux ou le royaume de Naples, tous deux préservés des épidémies. Il y joignait un mot d'introduction pour un de ses clients, facteur de clavecins et fournisseur des Jésuites au Collège romain. Il ne s'embarrassait pas de formules d'adieu mais ses exhortations à la prudence, en fin de lettre, ressemblaient fort à une ultime prière.

Rome… C'est aussi vers ce monde inconnu qu'Onofrio lui avait conseillé d'aller plaider sa cause, auprès des ecclésiastiques de l'Inquisition. Orso, cependant, n'avait jamais envisagé d'autre destination que le Milanais ; il s'était promis de rejoindre le duché dès qu'un répit de la peste aurait permis le voyage vers le couchant. Mais, le lendemain, le courrier qu'il reçut précipita ses plans.

La femme de la friperie lui remit un colis cylindrique, enveloppé dans un papier rigide et protégé par une clisse de jonc ; le tout devait peser deux bonnes livres.

Une lettre y était attachée. Malgré la déception qu'il lut de nouveau sur le visage de la tenancière, il sortit de la boutique pour retrouver le calme de sa soupente.

La lettre avait été affranchie aux postes de Brescia… Bertolotti serait donc toujours en vie ? Sans doute avait-il reçu l'œil de verre qu'Orso lui avait fait parvenir avant l'épidémie.

Il lacéra la protection de jonc puis dépiauta nerveusement le paquet, qui recouvrait un pot de céramique ; il était rempli de liquide et fermé d'un bouchon de liège. Orso eut toutes les peines à faire sauter la bonde et, dans son empressement, renversa sur sa paillasse le contenu du pot. Dans le flot d'alcool, dont l'odeur envahit la mansarde, il avait vu filer un globe, une sphère amollie d'aspect jaunâtre qui fit un bruit sourd en tombant sur les lames de bois. Il en devina aussitôt la nature : un œil… un œil en chair, celui-là ! L'œil de Bertolotti ! Orso n'eut aucun doute.

Toujours plus fébrile, il décacheta la lettre. Elle ne contenait que quelques phrases écrites en lettres capitales, du latin !

Ton succédané de verre est parvenu bien tard pour être d'une aide quelconque à feu ton maître Bertolotti. Je t'envoie en retour son bien le plus cher, ainsi que l'expression de ma gratitude pour m'avoir permis enfin de te retrouver? Patience, Orso la Fouine, où que tu ailles, nous serons bientôt réunis.

Verracchia ! Après son passage dans la campagne bergamasque, le moine était retourné l'attendre à la Mégisserie. Dieu sait ce qu'il était advenu du cadavre de son maître après l'incendie… mais l'autre avait intercepté la prothèse de verre, peut-être se l'était-il fait livrer par Perpetua, et par là il avait retrouvé sa trace !

Orso dévala l'escalier et se rua jusqu'à la fosse d'aisances où, plusieurs heures durant, il expulsa sa bile et le contenu de ses intestins.

La logeuse crut au choléra et fit mander un préposé aux morts. L'officiant et la vieille attendirent patiemment sur les marches ; ils allaient parfois jeter un regard sur le Savoyard qui n'en finissait plus de se vider. Pourtant, quand la lune apparut du côté de San Girolamo, Orso, diaphane comme un spectre, remonta vers son galetas sans prêter attention au croque-mort. Il mit dans sa besace la lettre d'Onofrio et l'argent de Mazzoleni, enfouit la stèle et ses dessins dans la hotte qu'il chargea sur son dos, puis redescendit. Avant de sortir, il fit un signe amical à la femme qui l'avait accueilli ; plus jamais elle ne le revit.

Enveloppé dans des lambeaux de couvertures arrachés aux bûchers de rue, il dormit sur la place du Ghetto au pied du grand marronnier.

Le lendemain lorsqu'il passa pour la dernière fois les grandes portes, il ne prit pas, comme il l'avait fait si souvent, la direction de l'Arsenal. Il acheta au prix fort trois onces de pain et marcha sans but dans la ville en ressassant cette même question qui l'avait tourmenté autrefois : pourquoi le moine était-il toujours à ses trousses ? Ni les guerres ni la peste ne semblaient pouvoir l'arrêter.

Sur un môle du quartier de Zattere, il eut un bref échange avec un groupe de marins génois et se laissa convaincre d'embarquer sur leur galéasse qui retournait au sud. Ils mentionnèrent Ravenne et le port d'Ancône, à cent milles de là. Le bateau devait appareiller à la vingt-troisième heure, qui correspondait à la tombée du jour. Moyennant une rétribution « raisonnable », on se débrouillerait pour le faire monter à bord. Quand on lui confirma qu'Ancône était bien territoire des États pontificaux, il acquitta sur-le-champ son passe-droit.

Quitter Venise ! Il ressentit d'un coup toute la masse du fardeau qu'on allait lui ôter. Aussitôt après, la perspective de la traversée maritime ranima la nausée et, pour se changer les idées, il reprit ses déambulations jusqu'au soir.

Tandis que les menaces de Verracchia lui revenaient en tête, sa claudication nerveuse et ses tics au visage recommencèrent à l'accabler. Après avoir erré du côté de la Calle San Barnaba, il fut happé par une procession qu'il avait à peine sentie venir, une cohue comme on en avait plus vu depuis longtemps à Venise.

Le Savoyard se retrouva coincé dans une voie étroite au milieu d'une meute excitée, des hommes uniquement, qui portaient des bérets et rubans rouges. Il reconnut parmi eux un rescapé de l'Arsenal qu'il avait côtoyé l'hiver précédent. Les braillards confluaient vers un pont. L'autre rive grouillait d'agités en chapeaux et foulards, noirs ceux-là ; leurs attitudes étaient tout aussi menaçantes. De chaque côté du pont, on brandissait le poing, on hurlait, on se chauffait. Sans doute était-ce un de ces défoulements populaires qui prenaient l'apparence d'un règlement de comptes entre confréries, dont chacun aurait oublié le motif mais que tous appelaient de leurs vœux. Comme si la peste qui avait déferlé pendant dix-huit mois n'avait pas purgé la population de ses bas instincts.

Orso avait beau se cabrer et laisser traîner ses galoches, il fut emporté dans la rixe. Au cœur de la mêlée, protégeant au mieux sa besace et agrippé aux sangles de sa hotte, il se sentit soulevé par trois gaillards du camp noir qui voulurent le jeter dans le canal. Heureusement, une poignée de combattants rouges s'interposèrent, envoyant dans les reins honnis des volées de cannes ferrées.

Tant bien que mal, le Savoyard parvint à s'extraire du pugilat et fila s'abriter dans une église. La stèle dans sa banne d'osier était intacte mais sa besace avait été dépecée à moitié ; il n'entendit plus tinter sa bourse. Peu lui importait qu'on eût volé ses ducats, mais ses jambes se dérobèrent lorsqu'il constata la disparition de la lettre d'Onofrio. Accoudé à un prie-Dieu, il comprit qu'il était trop tard pour demander des comptes, et sans doute trop dangereux ; il s'effondra.

Lorsqu'il fut réveillé par le carillonneur, les vitraux étaient obscurcis. Courant un peu, boitillant beaucoup, il retourna vers les quais de Zattere où, après s'être fait reconnaître des marins génois, il fut hissé sur la galéasse sans autre formalité. Pour tout viatique, il ne lui restait que deux ducats et une once de pain ; son horizon s'assombrissait de nouveau. Malgré cela, adossé à sa hotte sur le château de poupe, il ne put s'empêcher de sourire quand le navire leva l'ancre. Puis il sentit les premiers remous de la coque roulée par les flots et plongea sa tête dans un sac de chanvre.

*

Son périple à l'intérieur des États pontificaux fut plus troublé encore que celui qui l'avait mené de Brescia à Florence. Il subit une rude quarantaine et vingt jours de prison, dans le port d'Ancône, on le roua de coups alors qu'il tentait de rejoindre la Via Flaminia, et fut deux fois enrôlé de force dans des bataillons de Suisses, puis chassé en raison de ses pertes de conscience.

Il avait les yeux mornes d'un épouvantail, la figure allongée par ses cheveux et sa barbe drus, et les pieds fagotés dans le cuir dépecé d'une carcasse de mule lorsqu'il s'avança, au jour des Rameaux, devant les barrières du Ponte Salario, à trois milles de Rome.

9

Sur les marches du Tibre, [il] souffre l'indigence,
Attend que l'on prononce, de sa mère, l'innocence.
Un crime parmi les fous [...] l'oblige à la tonsure ;
Au Saint-Ange [il] se terre... Las, resurgit la bure.

Orso regardait le cratère de boue se former sous ses pieds. Des filets de pluie couraient sur son visage, dans son cou, sur ses bras, ses mollets dénudés ; ses pieds gonflés d'eau débordaient de ses semelles en bois dont les liens de cuir disparaissaient dans la fange. Immobile, il attendait que l'homme voulût bien le laisser passer.

« Va-t'en ! », ordonna la voix. Il ne l'entendit pas, essaya de concentrer son attention sur les gouttes lourdes qui claquaient sur la toile cirée de sa hotte et rebondissaient sur sa besace. Il ne sentait plus ni le froid ni la faim, la fatigue couvrait tout.

Une apostrophe en latin résonna derrière lui, l'homme salua. Orso vit deux soutanes de prélats se hâter vers les murs de la Curie tenant leur chapeau d'une main et retroussant de l'autre leur robe noire. Alors il leva la tête et regarda le concierge au fond des yeux pour formuler sa demande dans la même langue : « *Quaeso...* » Il ne poursuivit pas, ses jambes s'échappèrent sous lui.

Lorsqu'il reprit conscience, la pluie tombait toujours mais il était abrité sous une voûte de pierre. Trois âmes trempées – sans doute celles qui l'avaient traîné sous le porche – s'affairaient autour de lui. Il reconnut d'abord la plus agitée des trois, le concierge au béret qui l'avait tenu en respect sous l'averse. Il faisait les cent pas, voulait qu'on le débarrassât au plus vite de ce gêneur entêté : qu'on l'emmenât à l'hospice de' Pazzi ! Ou qu'on l'enfermât directement chez les fous, avec l'autre !... On ne pouvait pas, en tout cas, laisser traîner tous ces illuminés devant le palais du Saint-Office.

Orso sentit sous sa nuque le cuir suintant de son sac. Son bras gauche était coincé sous les nœuds d'osier de sa banne ; contre son autre bras, une femme agenouillée, costumée comme la déesse Isis – elle portait une tunique dorée, une tresse de lauriers jaunis sur sa chevelure blanche, et, en pendentif, un disque argenté aux motifs astrologiques –, lui caressait les tempes. Ses yeux et son sourire aux anges, elle ne cessait de répéter une suite de mots que le Savoyard mit un temps à comprendre : « Mon mage est revenu, mon mage est revenu ! »

Par-dessus l'épaule de la femme, un garde à l'habit bariolé observait Orso d'un air las ; lui aussi voulait retourner à son poste. Il sortit quelques pièces d'un revers de son pourpoint et les tendit à l'exaltée qui regardait le convalescent comme une pietà.

« Il pourra marcher. Prends ça, la Calypso, et ramène-le à ta paroisse ! Qu'on ne vous revoie pas traîner par ici, sinon je vous fais conduire chez les Augustines ! »

Ces menaces eurent sur l'enchanteresse un effet immédiat. D'un jaillissement félin, elle se redressa, empocha l'argent et tira Orso par la manche pour qu'il se mît debout.

« Pas les Augustines ! Je chie sur les Augustines !... Allons, cher mage, mon envoyé, il faut y aller ! »

Orso sortit de sa torpeur. On avait badigeonné sur ses lèvres collantes une pâte de miel. Il se releva lentement et prit une longue aspiration avant de se harnacher, toujours secondé par la prêtresse. Il tourna la tête vers les deux hommes, visiblement soulagés.

« Écoutez-moi un instant, je vous prie... au nom de la Sainte Église. (Il baissa instinctivement les yeux.) J'ai fait un long périple pour arriver jusqu'ici. Je viens des Trois Ligues, de la Valteline. J'ai une affaire d'importance à porter devant la juridiction du Saint-Office. »

Le concierge, qui s'apprêtait à braver la pluie pour enfin rejoindre son palais, revint sur ses pas. Il était hors de lui :

« Fiche-nous la paix, à la fin ! Le tribunal du Saint-Office a bien d'autres sujets à traiter que des lubies de vagabonds ! On t'a dit de partir.

— Attends, concierge ! Cet homme dit peut-être vrai... Il parle comme ceux des Grisons.

— Il pourrait venir de Bethléem que ça ne changerait rien ! Pas de mendiants ici ! Ce ne sont pas les congrégations pour mendigots qui manquent à Rome ! »

Alors que la femme en tunique encourageait son protégé du bras, le Suisse en grande tenue lui jeta un ultime conseil dans un dialecte des montagnes qu'Orso n'eut pas de difficulté à comprendre.

« Débrouille-toi pour faire rédiger ta requête en latin, et rapporte-la un autre jour. Si tu dis vrai, c'est ta seule chance. »

Puis la déesse et le mendiant descendirent vers le Tibre.

*

Sur les marches de l'église Santa Bonosa de' Calzolai, la Calypso avait ses habitudes. Un peu avant la liturgie de prime, elle s'installait au pied du portail, raillait le vieux chanoine qui la bénissait après la messe du milieu de journée, puis, quand le soleil dardait, se transportait au coin du Vicolo delle Crociate, où elle faisait l'aumône l'après-midi durant, à l'ombre d'un auvent. « Ça ne donne pas beaucoup, ici, se plaignait-elle, mais on ne se fait pas disputer. »

Son moment, c'était le crépuscule. Lorsque la lune montait sur le Trastevere, elle sortait d'un cabas ses ornements d'officiante et se parait pour la nuit. C'est-à-dire qu'elle passait sa tunique sur ses vêtements en loques, embrochait dans ses cheveux épais une tresse de lauriers séchés, brandissait au ciel sa médaille argentée puis se la passait au cou. Certains soirs – il sembla à Orso que c'étaient les nuits de pleine lune –, elle se haussait sur des cothurnes rouges qu'elle avait dégotés dans un théâtre de rue.

La Calypso rendait grâce. Toujours, et avant tout, les avant-bras vers la voûte céleste, elle psalmodiait des louanges à la lune et aux nuages là-haut. Puis elle remerciait les fleurs, les arbres, les souris, les chats, les fontaines, les oiseaux, les porches des églises, et même le Tibre, enfin à peu près tout ce qui partageait son existence et dont elle s'émerveillait au quotidien. Jamais elle ne mentionnait l'être humain en général, ni personne en particulier.

Elle disait ces béatitudes à voix basse et dans une langue sans consonne apparente, comprise d'elle seule – le Savoyard eut, un soir, la faveur d'une traduction. Car, pour ses oraisons aussi, elle redoutait de se « faire disputer ». Elle s'en expliqua à Orso : lors d'un séjour chez les Augustines, où des préposés à la salubrité l'avaient emmenée de force, elle avait subi un long « martyre ». On l'avait notamment baignée dans de l'eau chaude et parfumée au thym, on lui avait même rogné les ongles ; plus tard, sans qu'elle sût ce qu'elle ingurgitait, on l'avait nourrie aux œufs de caille, ces créatures du ciel – elle en pleurait ! Son ministère lui interdisait, à l'évidence, les souillures de cet acabit, ainsi que toutes les autres tracasseries inventées par les moniales ; c'est que la Calypso avait une mission : elle répondait aux appels de la lune ! La nuit tombée, elle lisait dans ses halos : il lui revenait d'accorder au mieux les éléments célestes et les créatures terrestres ; elle était le lien, et ne pouvait en dire plus.

Les premières années, elle avait accompli son sacerdoce avec ardeur, ce qui lui valut d'être menée devant les magistrats du Saint-Office. Ces gens-là – « ils sont pourtant fort savants » – ne savent pas distinguer la grâce ; ils l'avaient fait interner à Santa Maria della Pietà. Mais elle n'était pas plus folle que sorcière ! Après s'être échappée de l'hospice, la Calypso était retournée plusieurs fois devant les murs du Saint-Office pour clamer que sa vocation s'accordait parfaitement avec les canons de la foi. Son apostolat était d'un autre ordre, disait-elle, il faudrait plutôt la classer parmi les fées. Depuis, les portiers avaient ordre de la tenir hors des murs du Vatican. C'est ainsi qu'elle était tombée sur son mage, ou plutôt, c'est ainsi que son mage « était tombé sur elle » ; en disant cela, elle regardait Orso avec le respect qui sied à une révélation.

Orso observait ses rituels d'une admiration distante ; avec douceur, il déclinait chaque fois ses invitations à invoquer ensemble l'astre blafard. La Calypso ne s'en offusquait pas. Elle lui répétait chaque soir qu'il était un mage comme elle, qu'elle l'avait su dès sa première apparition lorsque, allongé sans connaissance devant la Porta Cavalleggeri, elle avait vu la pierre en demi-lune à côté de sa tête.

Orso pensait que sa propre croisade était suffisamment compliquée pour que ne vînt s'y ajouter un nouveau soupçon de fricotage avec le surnaturel. Sur la stèle qu'il transportait et sur ses origines, comme sur beaucoup d'autres questions que lui fit la Calypso, il garda le silence.

Tard dans la nuit, lorsque la prêtresse avait exhalé toutes ses prières, les deux remontaient à quelques pas de là, sur une place dominant le Tibre et qui reliait l'église Sant' Agata à la basilique San Crisogono. La Piazza dell'Olmo était un genre de dortoir à la belle étoile, où une poignée de miséreux, toujours les mêmes, partageaient leur horreur des toits, des commissaires de quartiers, et, plus encore, des congrégations charitables. Tous arrivaient dans l'obscurité et se dispersaient avant l'aube aux quatre coins de la ville. À la lueur d'un seau de braises renversé dans une vasque en marbre, ils causaient des rumeurs glanées aux abords des parvis. À les écouter, Orso pensait qu'ils en savaient plus qu'une police secrète de prince.

Le premier soir, ils épluchèrent de la tête aux pieds le nouvel arrivant chaperonné par la Calypso. Ses traits apeurés, ses hardes et ses pas irréguliers en faisaient un mendiant. Mais son accent provincial et sa hotte le désignaient, assurément, comme vagabond. Pour eux, la distinction était de taille, car ils avaient le plus grand mépris pour les vagabonds ; ces diables venaient profiter à leurs dépens des largesses de la Curie ! C'était particulièrement vrai pour ceux arrivés des duchés et des républiques du nord. On le regarda d'un mauvais œil. La Calypso coupa court à leurs insinuations. Elle précisa qu'Orso était un mage, et qu'en sa qualité d'être céleste il n'avait de comptes à rendre à personne. Seule femme sur la place, elle avait un ascendant qui prévenait toute contradiction.

Après cette mise au point, ils firent cercle autour d'Orso et entreprirent son éducation sur la vie de mendigot à Rome. Chacun y alla de son couplet, vantait sa propre histoire de la rue.

Le métier n'avait pas que des avantages ! Cet exorde lancé par le plus vieux de la bande – on le surnommait « Truffatore » – laissa Orso songeur. Avant tout, il devrait choisir habilement son carrefour, son église, celle qui lui assurerait les meilleures rentes. À ses débuts, il lui faudrait gagner son statut, batailler avec les autres – les *colleghi*, les impotents, les prostituées et les chiens –, être en première ligne pour les pièces à la volée et le pain de méteil qu'apportaient les frères des ordres charitables. « Gare aux aveugles et aux estropiés », renchérit un borgne, dont la barbe longue d'une toise était piquetée de cresson séché, de paille et de crachats.

Le Truffatore lui conseilla de se chercher un « placement » du côté de Trevi ou du Campo Marzio[1], mais la Calypso fut péremptoire : son mage resterait sur cette rive du Tibre ! Orso, qui avait bien en tête de retourner au Saint-Office, acquiesça.

« Ouvre l'œil, étranger ! », il fallait voir venir de loin les services sanitaires de la ville et les commissaires aux pauvres qui ratissaient les places. Ce conseil émanait d'un bossu flanqué de deux chiens massifs et qui portait, à la ceinture, une épée de bois : « la Lumaca ». Il s'exprimait mieux que ses acolytes et dressa au passage un tableau navrant de la société des rues : Orso devrait trier le bon grain dans ce gourbi… la pitié était souvent naïve, toujours abusée. Il prit un air outré, parla avec dépit des pèlerins nécessiteux : ceux-là avaient un statut à part, choyés par la Curie ; les prostituées étaient tolérées, et c'était bien normal, on leur connaissait des protecteurs ; les autres crève-la-faim devaient se défier des fonctionnaires de la cité ; une fois pris, on vous engageait de force à l'épuration des fossés ! Les indigents mauvais étaient renvoyés hors les murs ; quant aux malades, ils étaient recueillis un temps dans les hospices des congrégations soignantes et les plus mal en point étaient enfermés dans les lazarets en périphérie. Il ne jetait pas la pierre aux agents de la ville ni aux religieux de la maraude, il y avait de la délicatesse. Les assignations, les refoulements se faisaient sans violence.

1. « Champ de Mars ».

Il fut secoué d'un éclat de rire, où sa bosse parut enfler dans la nuit : « Dans le fond, ils se donnent bien de la peine pour pas grand-chose ! On peut bien nous chasser autant qu'on voudra, je les connais, les mendigots ! Tant qu'on ne nous coupera pas les deux jambes, on reviendra toujours à nos églises, sur le Corso ou ailleurs, on ne se laissera pas piquer notre porche ! Et puis les gens le savent bien, on ne dérange personne, ni Sa Sainteté, ni les princes, ni les autres lépreux !... » À court d'arguments, le bossu se rassit.

Après une succession de mises en garde et de diatribes, les édentés qui l'entouraient finirent sur un éloge de leur cité : le Savoyard était sans doute passé par des calamités dans son pays, mais ici, à Rome, il y avait peu de révoltes et pas de famine. La congrégation de l'Annone veillait chaque automne à remplir les greniers. Ils jugeaient, somme toute, plutôt compétentes – c'étaient leurs mots – les autorités de la Curie qu'ils appelaient « dicastères », en détachant savamment les syllabes.

On demanda finalement à Orso ce qu'il faisait là.

La Calypso le devança et fit le récit de sa Révélation, sans convaincre. Pour ne pas laisser son chaperon dans l'embarras, et bien qu'il eût préféré ne pas déballer ses déboires, Orso précisa :

« On m'appelle Savoyard, mais je suis des Trois Ligues. Je suis à Rome pour voir le tribunal du Saint-Office. »

Il s'arrêta là. Les autres pensèrent qu'il racontait des histoires, qu'il voulait faire l'important. C'était toujours comme ça, avec les sans-abri, au début.

« Et bien sûr, ton mage, il sait lire le latin ! (Le bossu fit une bouche en cul-de-poule.)

— Tu n'es qu'un abruti, la Lumaca ! »

Il s'en fallut de peu que la Calypso ne rectifiât le bossu d'un grand revers du coude, mais Orso acquiesça calmement.

« Oui, je sais du latin.

— Il ne manquait plus que ça ! »

Le Truffatore sembla intrigué :

« Et écrire, tu sais écrire ? »

Orso concéda qu'il pouvait écrire, qu'il avait fréquenté un prieuré dans son enfance ; il n'en dit pas plus. Le vieux prit alors un ton amical :

« Ne sois pas gêné, le Mage ! J'ai un *collegha* au Campo Vaccino qui a plus d'instruction que tous les jésuites du Collège romain ; ça ne l'empêche pas de se promener cul nu et de se vider le ventre dès qu'il voit passer un évêque ! Si tu sais écrire, on devrait pouvoir t'assurer la pitance... »

La Lumaca voulut savoir ce qu'il trimballait de si lourd dans sa hotte, et s'il avait volé la besace en cuir. À quoi le Savoyard haussa les épaules. Adoubé par la Calypso et le Truffatore, il n'eut plus à justifier de rien ; son emplacement de nuit sur la brique concassée de la Piazza dell'Olmo était assuré.

Les pluies cessèrent, le soleil lui réchauffa les os, et il coula quelques jours de rétablissement sans être inquiété. Dans le sillon de la Calypso, il se traînait entre les escaliers de Santa Maria della Pietà et la Piazza dell'Olmo. Quand on sonnait la liturgie de prime, il se transportait devant le presbytère de San Crisogono pour recevoir du pain bis et un fond de lait caillé avec du vinaigre ou du sel.

La veille de Pâques, il fut pris en pitié par un carme qui lui raccourcit le cheveu, lui tailla la barbe et fit ravauder ses haillons.

Au pied de son église, il fut visité, un matin, par le Truffatore qui traînait derrière lui un adolescent aux cheveux filasse portant une chemise jaunie sous un manteau trop large. Ses bas et son chapeau à aigrette marquaient son éducation, la plume d'oie qu'il serrait sur une liasse de feuilles en faisait un instruit, échappé de l'université ; il n'était pas de la rue, en tout cas. Le Truffatore lui pointa Orso du doigt.

«Voilà le drôle dont je t'ai parlé. C'est un mage!... comme nous tous (il s'esclaffait), mais lui prétend savoir écrire!

— Est-ce exact?», demanda le garçon qui s'était assis à côté d'Orso et avait sorti de sa poche un encrier.

Le Savoyard sentit son estomac le brûler. De quoi l'accusait-on, cette fois? Il soupirait bruyamment et fixait la terre; ses mains avaient commencé à trembler.

«Du calme, le Mage (le Truffatore avait posé une main sur son épaule), tu n'as rien à craindre de ce jeune homme. Son maître est un prince, un grand avocat! Il écrit des histoires, des *avvisi*, sur tout et sur rien, sur la vie romaine. C'est gratiné; on m'a raconté... À ce qui se dit, ses nouvelles, on se les arrache, et bien au-delà de Rome. Si tu sais recopier comme tu m'as expliqué, tu pourras nous gagner quelques pièces... N'est-ce pas, mon garçon, qu'on va le payer, notre Mage? demanda-t-il en secouant le manteau du commis.

— Mon maître verse cinq baïoques pour dix feuillets recopiés en langue commune et sept baïoques si c'est en latin. Vous savez le latin, monsieur?...»

Ainsi, jusqu'à l'hiver suivant, Orso prêta sa main à un avocat libelliste dont il ignora le nom tout le temps que dura son service. Comme l'avait prétendu le Truffatore, les *avvisi* devaient sans doute voyager dans des cours étrangères car il arrivait souvent que le Savoyard fît usage du latin.

Certains lundis, le jeune commis aux bas reprisés passait le voir devant son église et lui laissait un original de la nouvelle fraîchement rédigée ainsi que le nécessaire pour la retranscrire; il récupérait ses productions deux jours plus tard et les payait comptant. Les sommes, bien maigres, disparaissaient aussi vite, la nuit venue, filoutées par les mendiants de la Piazza dell'Olmo qu'Orso regardait faire de bon cœur. La totalité de ses émoluments passait dans l'approvisionnement en vin qui relevait l'ordinaire des nuits face au fleuve. Ces soirs-là, les compagnons du «Mage» parlaient fort et s'épanchaient à volonté.

La Calypso buvait la première et plus vite que les autres. Après avoir goulûment biberonné l'outre résineuse, elle se tenait debout et marmonnait un éloge aux astres en montrant, tour à tour, Vénus et la Lune. Ses incantations déclinantes cessaient au moment où elle s'effondrait sur sa couche de brique ; il en montait alors un ronflement d'ogresse.

D'un œil fatigué, le Truffatore l'observait péricliter en peignant sa barbe entre le majeur et l'index. Lorsqu'il avait bu, le madré perdait sa gouaille et son entrain de chef de bande ; on ne voyait plus que le vieillard. Lui-même étendait les mains et les pieds pour contempler ses membres perclus et, comme il songeait à ce qu'aurait pu être sa vie, on entendait parfois transpirer un gémissement. Ses fidèles jetaient un œil pudique, à la dérobade, puis racontaient à sa place ses crapuleries d'autrefois, des entourloupes de maître ! Leur verve entraînée par la chaleur du vin dissimulait à peine une tristesse d'orphelins.

Lors de ces nuits braillardes, Orso trouvait un motif d'apaisement dans l'innocent défoulement de ses compagnons. Il n'y avait qu'une exception : les colères de la Lumaca. Celui-là était inquiétant.

Il lançait des cailloux à ses chiens, hurlait des injures à une femme sortie de son imagination, se frappait la tête avec le poing, et brandissait son épée de bois dans la nuit vide. Puis il prenait les autres à partie. Dans un flot d'obscénités, il revenait sans cesse à cette même femme – la passion de sa vie –, l'accusait de tous les maux, ses gestes se faisaient toujours plus violents, son agressivité mettait Orso mal à l'aise.

À cause de la Lumaca, il n'était pas rare qu'une bagarre mît fin à ces parenthèses d'ivresse, sans conséquence.

Quelques jours avant l'Ascension Orso eut fini de rédiger, sur des feuillets empruntés à son libelliste, la requête qu'il entendait présenter au tribunal du Saint-Office.

Suivant les conseils d'Onofrio, l'assistant du médecin de peste, il avait raconté le martyre de sa mère. Le déroulé de la soirée funeste avait presque disparu de sa mémoire, cependant il lui parut important de préciser les lieux ; les témoignages qu'il avait entendus autour de Pescarenico et à Venise avaient convergé sur ce fait : l'exécution était advenue dans un village du duché de Milan près de la frontière nord – il n'en connaissait pas le nom ; il semblait que les auteurs du crime fussent descendus de l'autre côté de la frontière, de la confédération des Trois Ligues ; possiblement du comté de Sondrio, en Valteline.

Les tournures étaient maladroites car il manquait à son latin d'Église les termes profanes pour parler de ces confins disputés. Ce qu'il affirmait avec force, c'était que le principal coupable était un moine du nom de Verracchia, un homme originaire du Sud, sans doute sujet espagnol du royaume de Sicile ou de Sardaigne. Ce Verracchia était un imposteur – Orso se souvenait du terme utilisé par l'assistant dans sa lettre ; il avait accusé sa mère de sorcellerie et l'avait condamnée à mort au nom de l'Église. Plusieurs personnes avaient connaissance de cette forfaiture ; il y avait un dénommé Don Agnello, seigneur de Sondrio, qui malheureusement n'avait plus toute sa tête ; il cita ensuite le sieur Onofrio, un greffier muet de Venise dont il avait perdu le témoignage écrit à cause de l'épidémie de peste ; il mentionna enfin le cavalier manchot, dont il n'avait jamais su le nom et qui avait été aperçu pour la dernière fois près de Brescia.

Orso avait abondamment raturé et repris ses phrases. À chaque relecture, il trouvait son récit confus, ses tournures impropres. Réalisant à quel point sa déposition serait difficile à prendre au sérieux pour des magistrats si haut placés, il avait plusieurs fois pleuré en arasant le bout de sa plume sur la pierre ; puis il recommençait.

Quand vint le moment de signer son document, il hésita. Son patronyme vénitien, Orso Testa di Piombo, ajouterait au discrédit. « Orso della Valtelina » sonnait comme un prête-nom de faussaire… alors un sourire lui vint aux lèvres lorsqu'il songea aux paroles de Soupe d'Orge, son compagnon mort à l'Arsenal ; lui seul avait parlé avec assurance de ses origines : l'Engadine. Il traça d'une écriture nette au pied de son texte : *Orso Il Rumantsch*.

Il fut accueilli devant l'entrée du Saint-Office par le même huissier taciturne qui l'avait éconduit le jour de son arrivée dans la Ville sainte. Il faisait un agréable soleil de printemps et il parvint, cette fois, à franchir la Porta Cavalleggeri. Ce qui le servit, car l'appariteur en grande tenue n'osa pas le rudoyer devant les grappes de prélats en soutanes qui passaient régulièrement les portes du palais.

Sans rien dire, le concierge au béret prit la lettre des mains d'Orso, lut en silence l'adresse en latin, lui fit signe d'attendre, et pénétra dans l'édifice. Il fut rapidement de retour. D'un chuintement hautain, et tout en poursuivant ses inclinations déférentes du côté des robes blanches, noires, et pourpres, il dit au Savoyard de ne pas s'attarder ici et de revenir après la Pentecôte.

Orso se présenta de nouveau les premiers jours du mois de juin, pour le même résultat. On l'engagea à plus de patience ; qu'il revienne à la Saint-Jean.

Les journées se firent de plus en plus chaudes. Après avoir subi trois barrages, le Savoyard apprit que le cardinal Antonio Barberini, secrétaire de la Sacrée Congrégation, était parti avec plusieurs de ses fonctionnaires rejoindre son frère Urbain VIII à Castel Gandolfo, la résidence d'été du Saint-Père ; la Curie échappait là-bas aux fortes chaleurs et à la fièvre des marais ; en conséquence, Orso ne pouvait pas espérer être reçu par des magistrats de la congrégation avant les jours plus frais de septembre. Le Savoyard demanda si sa requête avait été transmise… Certainement, lui fut-il répondu, il devait en attendant s'en remettre à la grâce de Dieu. Orso pensa que pas un jour il n'avait vécu autrement.

Dans les ruelles du Trastevere, le quotidien devint oppressant. Jamais Orso n'avait traversé des journées aussi chaudes ; l'air était épais, nauséabond, sans aucun souffle pour l'apaiser. Tant que le soleil se montrait, rien ne bougeait, les habitants restaient cloîtrés derrière leurs contrevents et même les rats ne s'aventuraient plus sur le limon crevassé. Orso passait tout le jour accroupi dans un bas-côté de San Crisogono, son chargement appuyé à un prie-Dieu. Certains lundis, il y poursuivait son travail de copiste.

Le soir, il voyait sortir par les entrailles de la ville des hommes, des chiens, des rongeurs et des légions de cafards, vomis sur la pierre encore brûlante. À la faveur de l'obscurité, comme les autres, il s'extirpait pour profiter des conditions plus clémentes, mais aussitôt dehors il ressentait sur ses lèvres tuméfiées la même chaleur moite. Alors il descendait les venelles pour s'approcher du Tibre et de ses berges insalubres. Au bas des escaliers taillés, face à l'île de Bartolomeo, il posait sa hotte et pataugeait dans la vase putride. Penché au ras des eaux qui filaient vers le Ponte Rotto, il pouvait enfin sentir une caresse de brise et tenter d'échapper aux piqûres des moustiques.

Dans cette atmosphère irrespirable, les bagarres entre mendiants se faisaient plus fréquentes ; le vin ne calmait plus, il attisait. Cet été-là, plusieurs compagnons de la Piazza dell'Olmo moururent de leurs plaies infectées ou de dysenterie. Le Truffatore, lui, fut emporté par la fièvre des marais.

Après la Saint-Jean Chrysostome, enfin, on vit refleurir les pèlerins. La ville se repeupla, et les rues s'agitèrent. Orso avait rédigé une nouvelle déposition et retourna à la Porta Cavalleggeri. Un concierge plus âgé, plus affable aussi, avait remplacé l'autre. Le Savoyard y vit un signe du destin, mais ce qu'il apprit de celui-là, qui causait beaucoup, le refroidit aussi vite : les affaires du Saint-Siège s'étaient compliquées, on parlait de luttes intestines, et Sa Sainteté avait dû subir une fronde des cardinaux espagnols, les protégés des Habsbourg. Pour ce qui était de la congrégation du Saint-Office, le tribunal ne siégeait plus faute de magistrats pour instruire, un gros procès allait s'ouvrir, qui mettrait toute la chrétienté en émoi ; il ne pouvait pas en dire plus, mais suggéra à son interlocuteur de patienter encore, de repasser ; il avait entendu dire que les affaires se tasseraient autour de l'avent. Il pouvait aussi faire porter son dossier par un avocat familier des arcanes de la Curie… – le portier avait dû prendre soudainement conscience du dénuement d'Orso car il ne poursuivit pas sur cette voie. Pas la peine en tout cas de lui laisser son feuillet ; il serait aussitôt perdu dans les corridors du palais.

Orso, bien qu'à court d'idées, ne renonça pas. Après avoir traduit les pamphlets de son libelliste anonyme, il se transportait devant l'entrée du Saint-Office, et là, faisait les cent pas, suivi de près par l'appariteur dont il n'écoutait plus les injonctions. Les prélats qui officiaient au palais – il y entrait surtout des dominicains en robes blanc et noir – prirent l'habitude de voir déambuler ce misérable avec son chargement de légionnaire et sa démarche syncopée. On dut le prendre pour une de ces âmes simples aux rituels douloureux. On ne le remarqua plus.

Alors Orso, toujours posté à quelques pas des portes plaquées de bronze, exposa son récit à haute voix. Sans parler de sorcellerie, il déblatérait l'histoire d'une injustice dont une pauvre femme avait été victime dans le Milanais, l'histoire, avant tout, d'un procès instruit par un imposteur, un moine déchaux du nom de Verracchia. On n'y prêta pas plus attention ; certains même raillaient son accent montagnard.

Il ne perdit pas patience, toujours rappelé à sa quête par le fardeau qui lui lacérait les épaules. Le lendemain de la fête des morts, il reparut devant l'enceinte du Vatican et reprit ses allocutions, mais déclama cette fois en latin.

Il obtint enfin l'intérêt de quelques-uns. L'accusation était proférée en langue savante, et on ne pouvait plus faire semblant d'ignorer que, d'une manière ou d'une autre, elle mettait en cause l'ordre de l'Église. Des voix s'élevèrent pour qu'on lui supprimât sa tribune et qu'on le fît disparaître de ces lieux où l'on traitait d'affaires importantes. Le portier lui intima de ne plus revenir.

Le long du mur d'enceinte qui le ramena au Trastevere ce jour-là, Orso, tout en trébuchements, avait au visage une joie nouvelle : son cas, bien qu'il eût suscité la réprobation, avait enfin été entendu. Sans doute s'approchait-on d'un dénouement plus favorable, et, si la Providence se manifestait de nouveau comme elle l'avait fait à Venise, sa cause prospérerait.

Dès le lendemain, précisément, la Providence fit une effraction remarquée dans le quotidien d'Orso.

Ce matin-là, installé sur les marches de San Crisogono, Orso avait recopié sans entrain un brûlot mettant en cause un certain marquis d'Astorga, ambassadeur d'Espagne, qui voyageait avec « une horde de Castillanes », traitées, sur la fin du libelle, d'« horribles harpies ». On était en décembre et, pour la première fois depuis son arrivée à Rome, il avait ressenti le long des phalanges la morsure d'un froid sec. Il bâcla les dernières lignes et remit la feuille dans sa besace. Il ne pouvait pas se faire à l'idée d'abandonner son plaidoyer. Il repensa à la lettre d'Onofrio... Qu'importaient les menaces des prélats et l'injonction de l'huissier, il n'attendrait pas la faveur du destin : il retournerait clamer l'innocence de Mammina. Avait-il mieux à faire, si loin du Milanais ?

Lorsqu'il se présenta au palais du Saint-Office, le portier n'était pas à son poste. Orso avisa trois ecclésiastiques en discussion à l'angle de l'église San Salvatore al Torrione. Il fut frappé par l'apparence de l'un d'eux, un magistrat aux traits fins dont la longue cape grenat recouvrait le manteau noir ; celui-là écoutait ses deux confrères sans prononcer un mot. Sans réfléchir, Orso s'approcha du trio et se remit, presque mécaniquement, à déballer son cas en latin. Comme l'un des moines, offusqué, s'apprêtait à héler un garde, l'homme au manteau d'hermine vint à Orso, le pressa du coude et le poussa sur une trentaine de pas jusqu'à la Porta Cavalleggeri. Devant l'arche aux pierres jaunes, il dévisagea le sans-abri. Puis, d'une voix douce aux intonations espagnoles, il lui dit :

« Je te connais, mon fils... Tu as bien changé, pourtant... presque une bête sauvage... Mais tu portes toujours la même *canasta* pesante sur le dos.

— Moi aussi, je vous connais... Il me semble... Dans quel couvent ?...

— Tu n'y es pas, mon fils. Nous avons voyagé ensemble sur la lagune de Venise. »

Il y eut un silence. Des images affluèrent ; c'était cette matinée, coincé dans une étroite cabine ballottée par les flots ; la barge entre Padoue et Venise, la duchesse rendue malade qui se vidait dans le roulis. C'était lui, le dominicain aux yeux scrutateurs, qui lui faisait face, l'inquisiteur qui l'avait passé à la question au détour d'une conversation anodine. La traversée d'un coup lui était revenue : Orso avait voulu le fuir dès le choc de l'appontement. Il y avait autre chose dans ce souvenir... un perroquet noir et blanc que le prélat trimballait dans une cage, cet oiseau de malheur que le Savoyard avait distinctement entendu prononcer le nom de...

« Verracchia ! cria Orso.

— Verracchia, effectivement, reprit le dominicain... Je t'ai entendu l'accuser, tout à l'heure... Je connais cette brebis égarée de l'Église. Que sais-tu de Verracchia ?

— C'est un imposteur ! Il a fait assassiner ma mère !

— Ah », dit simplement le magistrat.

Il lui fit signe de se taire et l'agrippa vivement pour l'éloigner hors de l'enceinte vaticane. Les jambes tremblantes, Orso crut venu le moment de sa révélation. Il perdait du terrain derrière l'ample manteau rouge qui marchait vite et secouait la tête nerveusement. Enfin le dominicain s'immobilisa près d'un espalier de mandariniers. Il fit une déclaration rapide, qui n'admettait pas d'interruption, à son front perlait une sueur blanchie par le talc : il était chanoine de la cathédrale de Séville et « visiteur général » du Saint-Office espagnol ; c'était en cette qualité qu'il se trouvait dans la Ville éternelle où il devait échanger avec ses condisciples de l'institution du Saint-Siège. L'Inquisition espagnole, comme la romaine, était sous l'autorité du Saint-Père, à cela près qu'elle se mettait au service du roi lorsque certaines causes le demandaient. Or l'affaire Verracchia l'exigeait. Le chanoine avait quitté son office de Séville, cinq ans auparavant, sur l'ordre du duc d'Olivares, premier des ministres de Philippe IV. Voilà donc cinq ans qu'il enquêtait sur ce Verracchia, d'une famille patricienne de Cagliari, et comme tel sujet de la Couronne. Sarde de petite baronnie, Verracchia père était bien introduit à la cour des vice-rois de Sardaigne ; par le plus grand des hasards, autour de l'année 1602, le fils, hobereau destiné à l'état ecclésiastique, était parti faire son droit canonique à Salamanque, où il côtoya Gaspar de Guzmán, le futur comte-duc d'Olivares ! Le dominicain haussa encore le sourcil en prononçant le nom illustre. De retour sur son île, Verracchia fils prit la tonsure, prononça ses vœux, puis se montra très impatient de rejoindre la magistrature de l'Inquisition. Mais dès sa première année dans les ordres, il avait, dit-on, affiché un zèle excessif ; il se faisait fort, notamment, de débusquer des cas de sorcellerie. Cette ardeur avait abouti à des abus – cela devait rester le secret de l'Église ; en vertu de quoi monseigneur de Esquivel, évêque de Cagliari, avait décidé en accord avec le vice-roi qu'il fallait éloigner ce Verracchia de la vie séculière ; ils projetèrent de l'envoyer vers un apostolat plus contemplatif. L'ordre fut rendu trop tard : en 1607, l'évêque ne put que constater la fuite du moine hors de Sardaigne.

La suite n'était pas difficile à concevoir... Avec le temps, plusieurs plaintes remontèrent à son ordre ; elles mentionnaient toutes des exactions commises dans différents États de la péninsule par cette âme dévoyée. Le *modus operandi* était toujours le même : Verracchia se disait au service du Saint-Office et de la Couronne espagnole ; il passait aussitôt à la persécution... des femmes isolées en général. Les alcades et commissaires civils arrivaient toujours trop tard, le moine errant avait disparu.

Tout cela fut dit d'une voix imperturbable. Par instants, le prélat jetait des regards vers la Porta Cavalleggeri et son débit s'accélérait ; malgré le froid, il suait toujours à grosses gouttes.

L'affaire avait fini par se savoir à la cour de Madrid. Très gêné par ces bruits, le comte d'Olivares avait fait parvenir en 1628 une lettre de cachet au chanoine : il devait quitter Séville pour enquêter dans les provinces italiennes de la Couronne et, dans la mesure du possible, appréhender ledit Verracchia ; on avait ordonné à cette fin l'appui des gouverneurs espagnols. Sa mission devait donc être menée dans « les plus brefs délais » car de nombreux sujets de discorde entre Madrid et le Saint-Siège avaient vu le jour… La discrétion était de mise ! Il se retourna pour épier.

«*A la brevedad!…* les plus brefs délais ! », poursuivit-il… Cinq ans, hélas, ce moine était insaisissable ! Il y avait les guerres et la peste, bien sûr, mais le scélérat passait les frontières dès qu'il avait commis un crime. Après quoi il était difficile de le poursuivre en dehors des juridictions espagnoles. Pire : étant donné les préventions du comte-duc, il lui était impossible de révéler son enquête au Saint-Office de Rome !

Soudain, son front fut barré d'une strie noire ; les deux magistrats en soutane, qu'il avait si cavalièrement abandonnés à la porte du palais, approchaient à grands pas. Il coupa court à ses explications :

«Je dois partir demain pour Ostie ; j'ai ordre de me rendre à la Cour. Où puis-je te trouver, dès après l'aube ? Il faut que je t'entende. Peut-être es-tu ce recours qui me manque…

— San Crisogono, dit simplement Orso, tandis que l'autre s'éloignait à la rencontre de ses condisciples.

— Je t'expliquerai. Va en paix ! » cria-t-il, puis il entraîna les deux autres dans la direction opposée.

Quel inquisiteur singulier, pensait Orso en redescendant vers le Tibre. Pour la première fois dans son existence, on l'avait élevé à la dignité de « recours », un recours possible.

Mammina n'avait commis aucun crime, il en avait une fois de plus la confirmation, et nombre de ses interrogations au sujet de Verracchia, de ses motifs avaient été éclairées par le chanoine. Mais pourquoi Don Agnello avait-il eu affaire à ce moine malfaisant ? Et dans quelles circonstances sa mère avait-elle croisé le chemin du baron ? Assis, le crâne entre les mains devant la Calypso, qui lui demandait la cause de cette mine grave, le Savoyard faisait tournoyer ses questions. Les hypothèses se bousculaient. Il lui tardait que la nuit tombe et que l'aube survienne pour le délivrer de ses doutes.

Mais quand vint enfin l'obscurité sur la Piazza dell'Olmo et qu'il se fut allongé sur sa litière de brique, son sort bascula sur une pente où les maigres indices qu'il avait rassemblés au prix de tant d'efforts s'évanouirent de nouveau.

Avec les premiers froids, les mendiants de la place avaient partagé une bombonne d'eau-de-vie que le prieur de San Crisogono avait fait porter là. Sans qu'Orso y prêtât grande attention, les voix étaient montées, les esprits s'étaient échauffés ; songeant à la traque de Verracchia dans les neiges du lac de Côme, il s'était endormi.

Il fut réveillé par de petits cris, comme un halètement ; une douleur s'échappait qui n'arrivait pas à s'exprimer pleinement. La lune était ronde, il n'eut aucune peine à deviner la scène qui se déroulait à quelques pas de lui : alors que les autres miséreux avaient le torse soulevé par des ronflements d'ivresse, la Lumaca – Orso repéra l'arrondi de son dos enveloppé dans une toile de chanvre – s'était dénudé le bas et rebondissait en cadence sur l'abdomen réfractaire de la Calypso. De part et d'autre de la tête, recouverte de haillons, les mufles fumants des chiens du bossu avaient enserré la femme comme dans un étau. Ses bras se débattaient sans prise, elle paraissait vouloir faire basculer son agresseur en arc-boutant ses jambes. « Non », gémissait-elle, mais tout en protestant elle s'empêchait de réveiller les autres.

Pas plus que la Lumaca, tout à sa besogne, elle ne vit Orso qui s'était dressé devant eux. Il était pourtant là, le torse figé au-dessus de la joute immonde, incapable du moindre mouvement. Soudain, il prononça ces paroles, incohérentes, que les deux n'entendirent pas, et qui jaillirent malgré lui :

« Arrête, arrête ! Mammina, non ! Lève-toi. Il faut partir ! »

Ses yeux exorbités tressaillaient sous l'emprise d'un charme, d'un mauvais rêve ; il continua de s'agiter, puis il y eut deux chocs sourds, et il s'entendit finalement hurler : « Crève, Verracchia ! Crève, saleté ! »

Comme réveillé par ses propres incantations, il reprit conscience. Ce qu'il vit à ses pieds le paralysa d'effroi : la Lumaca gisait sur le ventre, ses hanches aplaties sur la terre rouge, les jambes traversées de spasmes ; deux larges entailles lui barraient le dos, l'une entre les omoplates, l'autre en bas des côtes ; ces deux sillons, comme deux boursouflures, laissaient échapper des lambeaux de peau agglomérés à des toupets de chanvre, d'où coulait du sang. Un détail insolite tira le Savoyard de son hébétement : la colonne vertébrale du bossu lui apparut désespérément plate.

Alors Orso sentit une douleur fulgurante lui parcourir le torse ; ses reins et ses avant-bras, raidis par l'effort, lui arrachèrent une longue plainte, ses lèvres frémirent ; il réalisa qu'il tenait à bout de bras la stèle de Mammina. Il abaissa le marbre devant son visage et, son regard glissant le long de l'arête, il vit sur la tranche une charpie de tissus rougis. Qu'avait-il fait ? Comme il émergeait péniblement de sa sidération, il entendit l'aboiement des chiens et la voix de la Calypso :

« Qu'as-tu fait, mon Mage, qu'as-tu fait, malheureux ! Pourquoi as-tu aplati cet idiot ? À quoi bon, que crois-tu avoir rectifié ? Vois comme il a l'air mort, maintenant. Pauvre impotent... »

Tout en parlant, elle calmait les deux chiens aux gueules écumantes qui tiraient sur les lanières restées attachées au ceinturon de leur maître. Avec des gestes d'automate et sans une parole, Orso replaça la pierre dans sa hotte. Il fit de nouveau face aux molosses et au corps inerte. Ses bras ballaient, son tronc oscillait d'avant en arrière sous la lune blanche ; l'astre semblait avoir pris le contrôle d'une marionnette.

La Calypso le secoua fortement en lui agrippant l'avant-bras :

« Décampe, voyons, ne reste pas là ! Les autres voudront te tuer quand ils verront le carnage. Fuis loin d'ici, de l'autre côté du Tibre. Ne reviens plus jamais dans ces parages… Puisses-tu garder la vie sauve, mon Mage ! »

Pendant qu'elle tirait de toutes ses forces sur les cuirs pour immobiliser les chiens au sol, Orso prit son sac d'une main et hissa sa banne sur son dos. Deux mendigots aux fripes imbibées d'eau-de-vie avaient rampé jusqu'à eux, attirés par le vacarme. Les yeux exorbités, ils finirent par voir les petites flaques de sang allumées par la lune ; au milieu apparut la masse dénudée de leur camarade. Le premier tenta de se hisser sur ses jambes pour donner l'alerte, l'autre vomit sur la dépouille.

Lorsqu'il entendit reprendre les aboiements et, par-dessus, des râles inhumains, Orso courait en direction du Ponte Cestio.

Une fois le Tibre enjambé, il marcha des heures durant, sans reprendre haleine. Dès qu'il apercevait une de ces ombres coupables ou querelleuses, qui sont partout dans la nuit romaine, il bifurquait et tâchait de se fondre dans la pénombre. Mais la lune était haute et dans chaque ruelle il se sentait traqué par une torche, visé par un falot. Que s'était-il passé sur les marches de la Piazza dell'Olmo ? Comment, le cœur près d'éclater, avait-il vu le moine Verracchia abuser sa mère ? Une hallucination ? Était-il possible qu'il eût pu, lui, trucider un pauvre mendigot ?

Ses pas longeaient au hasard des blocs de grès, des fûts de marbre, des poutres pêle-mêle, des monticules de briques en désuétude. Ici des temples se désagrégeaient sous le poids des siècles, là on édifiait d'imposantes basiliques ; l'esprit vidé, il rêvait qu'il était au cœur d'un immense labyrinthe de pierre où il se perdrait à l'infini, sans jamais trouver une place pour celle qu'il portait sur son dos.

Soudain, il aperçut les lueurs roses du soleil sur l'Esquilin. Il lui sembla qu'il avait tourné en rond pendant des heures. L'aube!... Le chanoine sévillan! L'inquisiteur devait déjà être sur le parvis de San Crisogono, à le demander. Peut-être avait-il découvert son meurtre? Et qu'importait le meurtre, une nouvelle fois Orso allait manquer l'occasion d'honorer la mémoire de Mammina, il trahissait encore et toujours ses promesses intimes, celles qui le rattachaient à la vie depuis ses années à Pescarenico.

L'accablement s'abattit d'un coup sur son échine pliée. Il s'était arrêté à quelques pas d'un large cratère crayeux, un four à chaux, et put s'accouder à un muret. Alors la fatigue le submergea, la fatigue de cette nuit au destin absurde, la fatigue de ce long hiver qui n'en finissait plus depuis les tortures de la halle aux bûcherons. Il sombra.

Il fut plusieurs jours à errer de forums en parvis. Ses tremblements avaient repris, la peur entravait ses déplacements. Sur chaque escalier, devant chaque fontaine, il progressait par clopinements précautionneux, se défiant de chacun. Des vagabonds en particulier il restait à distance; certainement, se disait-il, on essaierait de venger la Lumaca.

Les mendiants qui traînaient le long du Corso étaient mieux organisés que ceux du Trastevere. À force d'arpenter l'avenue la plus fréquentée de la ville, Orso vit que certains d'entre eux se maintenaient sur les parvis sans être embêtés par les fonctionnaires municipaux, pourtant zélés. Ces miséreux allaient toujours par deux : un aveugle précédé d'un boiteux, qui le guidait. Non seulement on les laissait tranquilles, mais ils se comportaient comme les maîtres de ces places, faisant régner une sorte de loi du plus indigent. Le nouveau venu qui tentait de tendre sa sébile dans les limites de leur territoire risquait la pierre ou des coups de bâton. C'était arrivé une fois au Savoyard ; il avait voulu se reposer sur les marches de Sant' Atanasio, la paroisse réservée au rite byzantin. « Ne reste pas là, étranger, lui dit un borgne en avançant la mâchoire, ici, c'est à nous, Compagnons de la Visitation. Déguerpis ou tu auras affaire à la confrérie ! » L'estropié à ses côtés lui avait enfoui son bâton dans les côtes et Orso avait filé vers la Piazza del Popolo.

Par chance, il avait conservé dans sa besace des monnaies de l'avocat libelliste. Elles lui permirent de tenir quelque temps contre la faim et le froid qui s'installaient. Craignant qu'on ne le prît pour un quémandeur, il ne se délestait de sa hotte qu'à la nuit tombée et ne s'asseyait jamais dans les rues passantes.

Les fêtes de la Nativité approchaient, il avait beau se couvrir d'étoffes rapiécées, il tremblait toujours. Enfant, pourtant, le froid n'avait pas de prise sur lui ; il se revoyait près du feu, les bras de Mammina couvraient ses épaules.

Une nuit, il avait subi un accès de fièvre et s'était vu mourir. Au matin, il sut ce qui le retenait dans la Ville sainte : le vague espoir de retrouver l'Espagnol du Saint-Office, de pouvoir évoquer avec lui le souvenir de sa mère. Parler, simplement, voilà la délivrance qu'il attendait. Le chanoine, pensait-il, reviendrait à Rome puisque sa mission n'était pas achevée ; ne l'avait-il pas appelé son « recours » en le montrant du doigt ? Après la nouvelle année, ou au carême peut-être, les temps seraient plus propices ; il pourrait de nouveau tenter sa chance de l'autre côté du Tibre.

À la veillée de la Nativité, il regarda la longue procession des pèlerins qui passaient le pont devant le Castel

Sant' Angelo. Comme il frottait ses cheveux et sa nuque à l'osier de sa banne pour en chasser les parasites, il prit une résolution : dès que ses convulsions cesseraient de le tourmenter, il repartirait chercher l'inquisiteur à la Porta Cavalleggeri.

Pourtant l'hiver 1633 passa sans qu'Orso eût la force de traverser le fleuve. Il vivait des rebuts abandonnés devant les appontements du Porto della Legna ; là transitaient quantité de vivres destinés aux marchés de la ville. Pataugeant au bord de l'eau, il se cassait les reins pour retirer des fanes de céleri et des noix incrustées dans la vase. Lorsqu'il voyait des traces de suif sur un essieu de charrette, il se précipitait pour y plaquer les doigts, qu'il léchait ensuite en se délectant des rances effluves de graisse.

Dans l'air glaçant, il ne parvenait à se réchauffer qu'au soleil de midi ; à ces heures plus clémentes, Orso partait se désaltérer à la fontaine de l'obélisque Flaminio, après quoi il empruntait le chemin louvoyant qui montait vers le Pincio.

Du haut de la colline, sous la lumière crue, il s'émerveillait à détailler le parterre féerique où brillaient les arêtes des coupoles. Partout des constructions grandioses aux empilements de tuf et de madriers se mêlaient aux vieux marbres. Cet immense chantier faisait dire aux miséreux le plus grand bien du pape Barberini : grâce à Sa Sainteté chacun aurait un parvis où quêter.

Cahotant entre les lézardes de boue durcie et la pierraille, le Savoyard longeait ensuite le jardin des Médicis pour aller se poster devant le palais ducal, à quelques pas de l'entrée. Là, dans la lumière déclinante, des grappes d'hommes en cape, aux traits austères, se retrouvaient pour discuter de science ou de politique dans une effervescence de fin de journée. Bien que rencogné dans l'angle d'une balustrade, Orso se délectait de cette heure car les conversations savantes lui rappelaient ses livres d'autrefois. La verve de ces érudits le berçait, comme l'avait bercé le flot des œuvres qu'il engloutissait, allongé sur le grabat du couvent ou chez Bertolotti. Il lui semblait alors que tout ce qu'il avait d'agité en lui s'apaisait.

Un après-midi qu'il était posté là, il entendit les bribes d'une discussion enlevée, à laquelle prenaient part quatre ecclésiastiques et un homme en jabot et bas vermeils, dont la livrée était à l'évidence celle d'une grande maison. Deux des clercs, en soutane parfaitement ajustée et bonnet à trois cornes, correspondaient au signalement des Jésuites. Les deux autres prélats parlaient un mauvais italien, ils portaient une bure et un chaperon sombres ; une cordelière rustique leur pendait à la taille. Encore de ces petits clercs d'ordre mendiant comme il en pullulait sur les chemins de la péninsule, se dit le Savoyard.

L'homme en livrée, pourtant le moins sollicité, était le plus bavard des cinq. Sa voix tonitruante portait loin son accent florentin et Orso, prêtant à leur débat une attention croissante, comprit que le garçon était au service du sieur Niccolini, ambassadeur de Toscane auprès des États pontificaux. Le valet, tout en trémolos, se targuait d'une mission « fort sérieuse » : il devait seconder, depuis la résidence des Médicis jusqu'au palais du Saint-Office, le grand Galilée !

Le Saint-Office… Galilée… à ces mots, Orso sentit son sang affluer à ses tempes. Pour mieux entendre ce que diraient les quatre autres, il se rapprocha prudemment, et, feignant l'aumône, il tendait la main et lâchait à voix basse quelques « *Deo gratias* ».

Il était question d'un procès fait au mathématicien par le tribunal de l'Inquisition : pour les jésuites, Galilée devait reconnaître qu'il s'était fourvoyé dans la défense des thèses de Copernic en ne les présentant pas comme de pures hypothèses. Orso fut étonné d'entendre les deux moines aux robes élimées répondre à ces lettrés. Mais, de fait, ils semblaient aussi imprégnés de la controverse scientifique que les deux ignaciens. Ils déploraient qu'un esprit aussi pur, «un ami de l'Église» comme Galileo Galilei pût être entravé dans ses recherches par ceux-là mêmes qui l'avaient soutenu dans le passé.

Sous une apparence confraternelle, la discussion tourna à la confrontation. Par souci de discrétion – peut-être aussi pour permettre aux deux frères étrangers de s'exprimer plus simplement –, les jésuites étaient passés au latin. Ce faisant, ils exclurent le serviteur toscan de la conversation, tout en lui faisant l'honneur de penser qu'il les comprenait. Le valet, piqué au vif, continuait à monologuer tout haut dans son dialecte, et laissait échapper quelques détails qui, croyait-il, le grandissaient. Orso apprit ainsi que Galilée, en l'attente d'un jugement, était depuis plusieurs mois sous résidence surveillée dans le palais du grand-duc Ferdinand II, à quelques pas de là !

«L'astronome est responsable, il a pris parti, disaient les jésuites. – Il s'est cantonné aux hypothèses scientifiques», rétorquaient les deux autres ; plus les religieux s'objectaient en latin, plus il sembla à Orso qu'il avait eu part à cette histoire. N'avait-il pas croisé, à Florence, la route du mathématicien, et à Venise encore, n'avait-il pas été indirectement à son service, au péril de sa vie ?

À quelques toises des quatre soutanes, trop occupées pour se soucier d'un mendiant, il se mit à tracer avec une branche d'orme des lignes sur la marne ocre-jaune. Dans les derniers rayons du soleil, il fit un portrait virtuose de Galilée contemplant le système héliocentrique. Trois badauds en chapeaux mous qui fumaient la pipe approchèrent et le regardaient faire en tirant sur leur fourneau. Comme ils commençaient à parler haut et à s'extasier, les ecclésiastiques vinrent jusqu'à eux s'enquérir de l'œuvre éphémère du pauvre hère aux cheveux roux.

Ils reconnurent sans peine le personnage représenté par Orso ! Il y eut d'abord, portés par la surprise, des « Ah ! » d'admiration. Quand ils s'avisèrent de la configuration planétaire en regard de l'astronome, ce premier entrain fit place à deux réactions exactement opposées : les jésuites campèrent sur le lieu du délit ; pour la plus grande gloire de Dieu, ils effacèrent frénétiquement de leurs semelles l'œuvre iconoclaste, puis exhortèrent les trois badauds, interloqués, à se disperser. Les deux frères mendiants, eux, entraînèrent l'artiste à l'écart ; tout en le complimentant discrètement sur son dessin, qui n'existait déjà plus, ils se concertaient en français sur ce qu'il convenait de faire. Ils étaient si ébahis qu'ils résolurent de l'emmener sans tarder dans le proche couvent de la Trinità dei Monti[1]. L'un avait passé une main sous l'avant-bras d'Orso et tirait son bissac en l'entraînant vers le double escalier, tandis que l'autre, derrière, enserrait la hotte de ses bras pour soulager le mendiant dans sa claudication. En quelques pas chassés, rapides – il sembla à Orso qu'il lévitait –, ils furent devant l'église en surplomb, puis pénétrèrent dans l'enceinte du couvent par une poterne au pied des marches. Après avoir passé une première galerie, ils assirent enfin leur protégé sur une margelle du cloître, et le soulagèrent de son fardeau.

Leur étonnement fut à son comble quand, avachi sur son banc de pierre et osant à peine lever les yeux, Orso leur demanda dans son latin d'école s'ils appartenaient à la confrérie des Minimes.

Au réfectoire, on lui fit servir une bouillie de seigle et un godet d'eau-de-vie, puis on l'amena au supérieur de la communauté.

L'homme, qu'on appelait « *correcteur* », français lui aussi, eut d'abord un rictus de dégoût. Orso n'avait qu'une conscience relative de sa propre hygiène qui

1. « Trinité des Monts ».

avait peu varié ses dernières années ; depuis qu'il fréquentait les abords du Tibre, il s'imaginait vaguement sentir la vase.

Le correcteur, averti à voix basse par les deux minimes qui le flanquaient, interrogea le nouveau venu en latin. Il voulait comprendre comment un vagabond pouvait parler la langue de Cicéron, où il avait appris sa science du portrait – les deux frères avaient sans doute eu des mots élogieux –, et d'où il tirait ses connaissances en astronomie. Peut-être savait-il aussi les mathématiques, pendant qu'on y était ?

Requinqué par le verre de fine, Orso répondit aux premières questions sans détour. Il circonscrit malgré tout son explication à ses années chez les frères capucins. Quand il aborda l'astronomie et les mathématiques, son flot devint nerveux et son discours dériva ; il ne cherchait plus à justifier le comment de son savoir, mais s'animait sur le quoi : l'alchimie de l'algèbre, l'universalité géométrique, la puissance des perspectives… Sans plus se préoccuper de ses interlocuteurs, il se lança avec ferveur dans d'incompréhensibles digressions ; on eût dit qu'il avait amassé en lui des années de maturation scientifique, et que la bonde avait sauté.

Comme il énonçait une poignée d'axiomes à formulation complexe, le correcteur hocha la tête en signe d'approbation. Alors, il aborda l'astronomie et la mécanique, extirpa trois dessins de son classeur, qui firent se pencher le supérieur, puis les rangea tout aussi vite. Ses hôtes écarquillaient les yeux ; lui s'enthousiasmait. Sans transition, il entreprit une défense des théories coperniciennes qu'il étaya d'arguments originaux, et poursuivit sur les calculs de Kepler.

Quand il vit le prieur qui, d'un signe de l'avant-bras, sembla vouloir interjeter, son débit ralentit, au grand soulagement de son auditoire. Perturbé, le Savoyard épuisa son soliloque sur une apologie de l'astrolabe et, comme pour achever de se purger, il dessina à main levée une «araignée» servant aux mesures astronomiques. Les frères minimes se pâmèrent une nouvelle fois car l'outil, d'une grande complexité, était représenté à la perfection. Ultime accès, il inscrivit avec précision sur la feuille les noms d'une dizaine d'étoiles. Le silence se fit enfin sous les voûtes du parloir.

La logorrhée d'Orso avait plongé les minimes dans une confusion que sa gestuelle n'avait fait qu'accroître : tandis que ses paroles affluaient, sa tête dodelinait, et ses doigts se tordaient si forts que des lamelles de crasse s'accumulaient sur le coin de table où il était assis. Bien que sidérés par ses connaissances, et charmés de ses talents, ses hôtes devaient soupçonner qu'Orso cachât quelque crime; les visages qui convergèrent vers lui exprimaient un profond malaise.

«Tu es un drôle de mendiant, convint le supérieur… Notre-Seigneur cependant nous a donné le privilège et l'ordre de porter secours à nos petits frères dans le malheur…» À cet instant, Orso se revit, enfant, devant le père Giovanni; il mit les bras en croix sur sa poitrine en signe d'obédience.

On lui demanda s'il cherchait refuge. Comme il n'avait plus dormi sous un toit ni mangé à sa faim depuis longtemps, il acquiesça et on accepta, temporairement, de l'accommoder.

Les minimes français de la Trinité des Monts ne pouvaient pas accueillir un étranger du siècle dans leurs murs. Ils lui aménagèrent une couche d'appoint dans un appentis du «jardin des simples» où les convers travaillaient à la botanique et cultivaient des plantes médicinales. Avec le temps, ils obtinrent une dérogation du correcteur général de l'ordre : l'hospitalité provisoire se transforma en asile, sans précision de terme.

Orso eut accès à l'impressionnante bibliothèque du couvent, en échange de quoi il lui fut demandé de se joindre, comme auxiliaire, aux classes de géométrie dispensées au *studium*. Là, de jeunes congréganistes français suivaient un cycle d'études de six années. Son érudition impressionnait car elle se manifestait sans qu'il eût besoin de prendre appui sur les livres ; son savoir foisonnant, bien que peu structuré, s'élevait au-dessus de celui des frères mathématiciens. Les minimes reconnaissants, et sans qu'il en fît la demande, lui laissaient chaque samedi un reliquat des menses conventuelles, à la manière du cachet qu'ils attribuaient aux professeurs honoraires.

Comme lors de son séjour chez les capucins, il ne devait se conformer qu'à une partie des obligations de l'ordre. Moins astreint que les oblats, il fut prié, peut-être par souci d'hygiène, de porter la tonsure, des souliers de corde, et, en permanence, la robe et le scapulaire de bure. La règle quadragésimale des minimes impliquait un régime permanent, sans viande ni lait, ni autre aliment riche, beurre, œuf, fromage ; elle ne lui fut pas imposée, mais il devait respecter les périodes de jeûne.

Quand, trois fois la semaine, il sortait du couvent après la liturgie de none pour ne reparaître qu'aux vêpres, on supposait qu'il filait dans quelque taverne aux abords de la Piazza di Spagna se renflouer l'estomac d'œufs ou de poisson. On se trompait.

Dès sa première sortie de la Trinité des Monts, comme la boussole montre le nord, il était descendu spontanément vers le Tibre et, claudicant mais allègre, il s'était enfoncé Via dei Condotti, jusqu'aux berges, qu'il avait longées.

À cinquante pas des piles massives du Ponte Sant' Angelo, il s'entendit héler. D'abord il ne comprit pas, mais l'appel se répéta : « Le Mage ! Oh ! C'est toi, le

Mage ? », il s'était retourné, n'avait rien vu. Comme il reprenait sa marche, il fut de nouveau pris à partie : « C'est ton pas, le Mage, je le reconnaîtrais entre mille ! » Il avait alors entendu des jappements qu'il trouva familiers. Il fit demi-tour et, baissant le regard, aperçut enfin le gêneur : la Lumaca ?... La Lumaca ! À dix pas de lui, presque allongé sur la terre, le mendigot gisait là, en lévitation à trois pouces du sol, sur une poutre soutenue par quatre disques d'un bois épais ; ses deux molosses étaient attachés à cette carriole naine par des courroies de deux ou trois toises, qu'ils tiraient par à-coups.

« C'est toi, la Lumaca ? », il ne parvenait pas à distinguer le visage de celui qui l'avait interpellé. Le grabataire, attaché à plat ventre sur son madrier, tournait son cou de droite et de gauche, mais son front ne se redressait au mieux que de quelques degrés. L'infirme cependant n'était pas sans ressource : avec les dents, il avait agrippé la lanière d'un des chiens, qui opéra une demi-volte, puis, les guidant de la voix, il les fit s'approcher du Savoyard resté bouche bée, ses sandales imprimées dans la boue. Orso reconnut enfin, à son épée de bois qu'il portait toujours à la ceinture, celui qu'il avait laissé pour mort, quatre mois plus tôt.

« C'est donc bien toi ! Mais, ton dos !... Comment est-ce que...

— Eh quoi ? Je ne te propose pas de toucher ma bosse, l'ami !... Comme te voilà bien attifé, en moinillon ! »

On avait entravé ses bras et ses jambes pour les empêcher de pendiller hors du fardier. Quand il tentait de relever la tête, ses omoplates s'abaissaient et ses fesses remontaient, comme s'il restait un ultime nerf en vie qui lui agitait le dos de manière aléatoire. Les traits de son visage étaient encore animés mais, pour le reste, il devait se contenter de cette vague reptation sur sa planche.

« Allons, le Mage, nous avons à parler ! Suis-moi ! C'est l'heure de mon bain... » Toujours tiré par ses chiens, qu'il cornaquait de la gueule, il descendit le long d'une rampe pavée où des barques accostaient et des portefaix remontaient leurs marchandises en s'ouvrant un passage de la voix. La Lumaca n'avait que faire de perdre une dent ou un doigt de plus ; avalant la poussière qui dansait dans la lumière du soleil déclinant, il haranguait, insultait, sifflait ses bêtes. Se serrant le plus possible contre le talus, Orso le suivit au cœur de ce capharnaüm.

« À la baille ! À la baille ! », hurla l'autre à ses clébards. Dans l'indifférence générale, la carriole fonça vers l'onde, fut freinée par la tourbe, puis s'abîma dans l'eau du Tibre : il flottait !... Comme si le radeau avait été conçu par un Archimède facétieux, la proue soutenant ses jambes plongeait entre deux eaux, tandis que le torse, le cou tout au moins, restait émergé, ce qui laissait à la Lumaca le loisir de respirer pendant ses ablutions. Comme ses quatre roues conféraient au vaisseau une sorte de stabilité, l'impotent ne versait pas, et, toujours retenu par les toutous qui s'égaillaient dans la vase, il secouait la tête et tâchait de remuer le plus possible.

« Il faut que je me défasse de toute cette merde, comprends-tu ? cria-t-il. Ça, les nonnettes, elles ne veulent plus s'en charger ! Alors je clapote... en attendant que ça filtre... Je nourris la poiscaille ! »

Orso fit vaguement oui de la tête, il avait du mal à fixer ses pensées. La Lumaca... celui qu'il avait laissé agonisant Piazza dell'Olmo, était un bonhomme malfaisant ; tandis que celui-là, qui barbotait devant lui, était un fêlé, mais un fêlé guilleret. Comment avait-il pu vouloir tuer ce guenilleux ?

Le paralytique fut enfin tiré hors du fleuve par ses haleurs à collier. Tandis que les chiens s'ébrouaient et qu'il se séchait aux derniers rayons du jour, la Lumaca raconta son histoire, délivrant Orso des questions qui avaient commencé à le submerger : agonisant, il avait été recueilli et soigné par les augustines de Sainte-Marthe, les mêmes dont la Calypso avait dit pis que pendre… Des saintes, pourtant, ces femmes-là ! Un peu après l'Épiphanie, il avait recommencé à avaler autre chose que des bouillons ; pour pallier sa paralysie des bras et des jambes, un charron de génie, homme à tout faire des hospitalières, avait confectionné ce fardier sur lequel il passait ses journées.

Après la collation le matin, les sœurs l'attachaient sur son madrier jusqu'au soir, d'où elles le retiraient pour la toilette. Ses chiens arrimés en permanence à la planche avaient rapidement appris à obéir à ses injonctions et à répondre aux coups de dents qu'il imprimait sur les lanières. Depuis le carême, il avait commencé des excursions en dehors du couvent ; il descendait au fleuve et profitait des températures plus clémentes pour se baigner, tous les jours, en face du Castel Sant' Angelo… Que risquait-il ? La noyade ? Haha, la belle affaire !

De sa vie à ras de terre il avait façonné une philosophie de phasme. Il ne ressentait à peu près rien, rien donc ne le tourmentait. Parmi les indigents de la Piazza dell'Olmo, il s'imaginait avoir tout perdu, il se trompait ! Le sort s'était chargé de lui faire la leçon… et lui, le Mage, avait été, en quelque sorte, le bras de la Providence.

En disant cela, la Lumaca n'avait dans la voix aucun reproche, aucune doléance. Il ne s'intéressa pas aux motifs pour lesquels son camarade l'avait agressé, mais fut curieux de sa situation actuelle : à quoi devait-il son accoutrement ? Avait-il pris l'habit ? Orso, mal à l'aise, raconta sa fuite, son quotidien parmi les miséreux du Corso, puis comment il avait été accueilli par des minimes français. Il ne voulut pas en dire plus sur ce qui l'amenait, une nouvelle fois, à passer le Tibre au pied du Vatican. « Que pourrais-je faire pour te venir en aide ? », finit-il par demander au grabataire.

La Lumaca fut longtemps sans répondre. Il fit pivoter son cou ; un sourire se dessina, un sourire d'enfant. « Il y a bien une chose qui… Pourrais-tu me trouver du tabac, de quoi priser, essayer, du moins ? », et comme Orso ouvrait de grands yeux, il ajouta : « Je mange et je bois difficilement… C'est le dernier plaisir qu'il me reste. Tu pourras m'aider ? »

Ce soir-là, pas plus que les fois suivantes, Orso ne traversa le fleuve. Lorsqu'il partait de la Trinité, c'était désormais pour retrouver la Lumaca. Avec quelques baïoques récupérées chez l'économe, il achetait une demi-once de tabac chez un apothicaire de la Piazza Borghese, la fourrait dans un revers de sa soutane, puis boitait jusqu'au quai, toujours le même, où il assistait à l'immersion du grabataire. Ils remontaient ensemble aux abords du Ponte Sant' Angelo et, sous les auspicieux granits de Saint-Pierre et Saint-Paul, se racontaient tout ce que deux âmes égarées dans ce monde peuvent se raconter. Car le Savoyard – moins par compassion que pour remettre en ordre des souvenirs dont le fil parfois lui échappait – ne s'était jamais tant livré qu'avec son compagnon rampant. Il avait fini par lui faire le récit du martyre de sa mère et, de là, celui, circonstancié, de ses déambulations et des traques acharnées de Verracchia.

Entre deux confessions, Orso remontait d'un pli de sa robe la poudre de tabac, qu'il flanquait directement sous les narines de la Lumaca. L'autre aspirait d'une reniflette goulue puis, extatique, fermait les yeux pendant que son complice essuyait les traînées de morve et de salive qui pendaient de ses commissures. « Tu sais, le Mage, disait-il, depuis que je prise du pétun, mon flair a décuplé. Pas une blague, par tous les saints ! je sens tout ce qui nous entoure. » Et c'était du sérieux : sans tourner la tête, il pouvait inventorier les légumes, les carcasses, les essences, les peaux, et toutes les marchandises débarquées sur la rive en contrebas, dont le vent du nord portait jusqu'à eux les effluves.

Son projet de retrouver l'inquisiteur, au fil des jours, abandonna Orso. Lorsqu'il descendait les escaliers jusqu'à la Piazza di Spagna, il n'avait plus qu'une idée en tête : assister son compère impotent et, dans une même ferveur, entretenir le souvenir de sa mère ; il se hâtait vers le Tibre.

Des mois paisibles s'écoulèrent. Exhorté au silence et aux usages austères des minimes, Orso retrouva les habitudes de la vie dépouillée qu'il affectionnait, partagée entre les études, l'entretien scrupuleux du jardin des simples, et ses escapades au fleuve. Entre les murs du couvent, il se gagna de nouveaux sobriquets qu'on prononçait en français dans son dos : « le mathématicien », « le jardinier » ou « pied bot ». Certains frères qui ne parlaient pas la langue de la communauté, des moines siciliens, l'appelaient invariablement « montagnard ». On appréciait sa présence aux laudes et sa participation aux liturgies du lundi et du vendredi.

Après quelques mois cependant – sans doute un effet de ses manières furtives et de ses fréquentes virées –, il avait entendu des religieux susurrer à son sujet, le traiter de renégat. Mais ni le correcteur ni aucun des moines ne le questionnèrent sur son passé. Ils devaient estimer qu'en soulevant la question ils seraient obligés de tenir compte de la réponse… de tirer les conséquences d'une confession qui porterait préjudice à Orso. On ne se risquerait pas à perdre un si brillant professeur.

Un dimanche, pourtant, à la sortie du réfectoire, le correcteur, certainement tourmenté par les rumeurs qui circulaient dans les travées du cloître, lui avait fait une simple mise en garde : étant donné les conflits permanents d'autorité entre le pape et le roi de France au sujet des minimes de Rome, il ne pouvait pas prendre le risque d'héberger des fuyards au banc de la justice, séculière ou ecclésiastique ; l'ordre ne voulait pas d'une nouvelle querelle avec le Saint-Père, voilà tout. Pour autant, il se félicitait de la science immense du « jardinier » ; les novices étaient ravis de son enseignement…

Le correcteur lui annonça finalement que lui-même serait bientôt remplacé. Sans qu'Orso eût eu l'occasion de réagir, il s'inclina pour mettre fin à l'entretien. Rien ne s'ensuivit.

*

À partir de l'été 1636 vint séjourner à la Trinité des Monts un savant dont les moines parlaient avec enthousiasme et qui devint rapidement le nouveau supérieur de la communauté : le père Emmanuel Maignan. Il arrivait du couvent Saint-Roch de Toulouse d'où s'était répandue sa notoriété de philosophe, de géomètre et d'astronome.

Le père Maignan fut immédiatement frappé par l'étendue des connaissances d'Orso. Son étonnement n'alla pas jusqu'à la subjugation de ses frères enseignants, car lui-même maîtrisait les savoirs sur lesquels le pensionnaire dissertait.

Les deux hommes avaient à peu près le même âge, et, pour ce qui était de la science, parlaient le même langage ; il était naturel que le correcteur souhaitât l'associer à ses propres travaux de recherche.

Au début de leur collaboration, dans l'atelier du *studium*, le père Maignan cantonna son condisciple aux travaux d'optique ; il guettait les nuits sans nuages pour s'adonner à l'observation astronomique et développer des lunettes plus précises. L'expérience vénitienne du Savoyard dans la sélection et le polissage des lentilles lui fut précieuse. Quelques mois s'écoulèrent, la science progressa.

Un matin, le supérieur fit mander Orso pour qu'il l'assistât lors d'expérimentations en mécanique ; il voulait répliquer les derniers essais de Castelli et Torricelli sur les forces de la pesanteur. On avait fait sortir, par une fenêtre du deuxième étage qui donnait sur le cloître, un portique horizontal en ferraille, au milieu duquel était arrimé un timon de bois d'environ deux toises ; à ses extrémités pendaient deux longs ressorts auxquels on avait attaché deux cordes d'égale dimension. L'expérience consistait à suspendre à ces courroies des corps de poids similaires mais de volumes variables, puis inversement, pour comparer l'allongement des ressorts en bout de chute.

Vu du jardin, le dispositif ressemblait à un pantin sans tête. Les ressorts formaient des avant-bras terminés de longs tentacules qui s'agrippaient aux deux fenêtres entourant le portique. De là seraient lâchées simultanément les charges.

Tandis que les novices se pressaient aux étages, le père Maignan trônait à une table au milieu du cloître ; un assistant, à sa droite, s'apprêtait à consigner les résultats. Orso devait annoncer les mesures d'allongement des ressorts. Placé au droit du portique et légèrement en retrait, il s'était adossé à une colonne de la travée.

Comme il attendait les premiers lâchers, il vit une fouine s'approcher depuis le portail des cuisines ; elle sautillait, insouciante, et semblait curieuse du raffut. Son esprit s'égara en suivant l'animal. « Jetez ! », l'ordre de lancement le fit sursauter, puis il défaillit au craquement sourd du timon qui ne résista pas aux premières charges. « Mammina ! », s'entendit-il crier avant que le cloître ne sombrât dans l'obscurité.

Comme il rouvrait les yeux, il sentit sous ses cuisses la paille de son grabat. Au père Maignan qui, soulagé mais interloqué, le regardait émerger du néant, Orso annonça sans préambule qu'il ne voulait plus participer aux travaux de mécanique.

De ce jour, il replongea fréquemment dans ses égarements d'autrefois. Invité aux causeries du *studium*, il se lançait dans des extrapolations incompréhensibles ; il délaissait les tables d'étude pour retourner à ses chimères, des constructions géométriques qui le hantaient tant il les avait remuées dans son crâne, au long des chemins solitaires ou pendant ses nuits d'insomnie.

Il ne s'intéressa plus aux enseignements du père Maignan, à l'exception d'un cours où le minime aborda l'étude des cadrans solaires – elle portait le nom odieux de « gnomonique ». Le rapport des positions solaires aux heures du jour importait peu à Orso, mais il était fasciné par la course des ombres portées et la déformation des perspectives. Tout le ramenait au dessin.

Le talent exceptionnel de son protégé pour la représentation avait longtemps échappé au père Maignan ; en son for intérieur, il l'avait confiné aux sciences ; quand il le vit au crayon, il fut d'autant plus émerveillé qu'il avait lui-même passé des années en Languedoc à maîtriser les projections et les points de fuite.

Leur collaboration prit donc un nouvel élan dans le domaine artistique. Le minime reconnut, bien volontiers cette fois, que les capacités naturelles, « instinctives », du clandestin de la Trinité des Monts étaient supérieures aux siennes et à celles des maîtres qu'il avait fréquentés.

Il lui proposa de diriger un projet qu'il avait conçu pour décorer le mur d'une des ailes du cloître. Il s'agissait de peindre une fresque de grande dimension qui, vue de face, montrerait un banal paysage de campagne mais, pour un observateur éloigné, placé au fond de la galerie et en oblique, révélerait le portrait d'un saint en prière. Cet exercice serait l'application aux arts de son cours de dioptrique sur les projections de la lumière.

Le correcteur convia ainsi l'ensemble de ses élèves pour l'exécution du trompe-l'œil et, après avoir parlé savamment d'« anamorphose », il aborda les détails pratiques : on graverait d'abord une image du saint en recueil, sur un support translucide ; on suspendrait cette image perpendiculairement au mur, à deux toises environ de la travée à peindre ; ce support éclairé par un point lumineux placé à l'entrée de la galerie, de biais, projetterait des ombres allongées sur la paroi latérale du cloître ; il resterait à recréer à partir de ces ombres dégrossies les détails d'une scène rurale.

Pour les novices, l'explication du père Maignan parut affreusement compliquée ; comment pouvait-on transformer un saint en paysage ? Orso, seul, comprit l'ambition du correcteur.

Lorsque, quelques jours plus tard, le supérieur vint exposer aux élèves une étude sur papier, Orso ne put s'empêcher de sourire. Le minime avait représenté, dans un carré, saint François de Paule priant sous un arbre ; sur un cadre rectangle, juxtaposé au dessin du saint en prière, apparaissait ce que le père Maignan décrivit comme un paysage de Calabre. Il avait relié les deux images à l'encre par des griffures au fusain, qui figuraient les ombres portées du premier croquis sur le second. Ces ombres supposaient un éclairage horizontal et oblique.

Comme on l'interrogeait, Orso admit que, au plan de l'optique, le procédé fonctionnait. Mais il poursuivit en une critique sans nuance, conforme à ce que les frères connaissaient de son fond insensible. Il jugea grossiers les traits du personnage en prière, artificielle la campagne calabraise, et pesantes les strates de perspective. Aucune fanfaronnade ne perçait dans sa voix lorsqu'il proposa spontanément au correcteur de travailler à une autre version de l'image en ombres portées.

Les étudiants, gênés, s'offusquèrent tout haut de cette offre, qui sonnait comme un camouflet. Le père Maignan connaissait certains recoins d'Orso… Il le savait indifférent mais sincère ; il savait aussi de quoi le Savoyard était capable quand il s'agissait de représenter dans l'espace. Sans amertume, il le pria de soumettre sa propre interprétation, il lui laissait une dizaine de jours... Après tout, saint François valait la peine qu'on patientât un peu.

Dix jours, à quoi bon? pensa Orso. Il n'eut pourtant pas le loisir de terminer l'ouvrage.

Le lendemain de cette controverse, profitant des lumières du soir auprès de son camarade impotent, le «jardinier autodidacte» du *studium* était redevenu le Mage errant.

L'hiver approchait. Tandis qu'ils regardaient les eaux gonflées du Tibre fracasser leurs amas de terre sur les piles du Ponte Sant' Angelo, la Lumaca, le visage violacé sous les ruissellements de son dernier bain, fit un long silence avant d'annoncer à son compère une nouvelle dont il semblait avoir deviné la portée. Il y avait de l'inquiétude dans sa voix; quelque chose qui ressemblait à de la tristesse, aussi.

«Quelqu'un est venu demander pour toi, le Mage.

— Quelqu'un? Qui? Où cela?

— À San Crisogono... Un homme d'importance.»

Immédiatement, Orso pensa au chanoine. Un inquisiteur? Non, ce n'était pas un ecclésiastique. Un militaire en retraite, plutôt... Un seul détail comptait vraiment : il lui manquait la main gauche. En apportant cette précision, la Lumaca soupira; il avait à l'esprit la description du manchot qui avait été impliqué dans le martyre de Mammina; de nombreuses fois, Orso avait évoqué ce personnage ambivalent au service de Don Agnello, le même qui avait alerté Bertolotti quand Verracchia avait conduit la meute de San Zeno, favorisant sa fuite de la Mégisserie.

«C'est celui-là, sans aucun doute, qui te recherche», confirma le grabataire.

Il demanda à priser de sa poudre bienfaisante, et poursuivit sur le ton de la prescience :

«Nous devrons bientôt nous séparer, le Mage, ton heure est venue. Tu m'as accompagné depuis longtemps sans que je demande rien... Pourtant je sais combien tu désires partir, chercher la dépouille de ta mère, là-bas, loin de Rome. Pour moi, ne te sens plus obligé ! De toute façon, je ne durerai pas bien longtemps. Regarde-moi... même mes chiens sont fatigués ! Ces dernières saisons ont été douces... Ne te préoccupe pas, je trouverai bien un pèlerin pour me dénicher du tabac. Je ne veux plus être ta chaîne dans cette ville, où tu n'as pas d'attache.»

Orso garda le silence ; ses bras balançaient lentement, comme des cloches. Son passé l'avait rattrapé... Sans doute la Lumaca avait-il raison : rien d'autre ne comptait que de retrouver la terre où reposait Mammina, lui donner enfin une sépulture. Tous les soirs, il effleurait la pierre à l'effigie chérie.

Il s'était fourvoyé dans cette lubie de Saint-Office, de rémission ! À quoi bon solliciter le jugement des hommes ou de l'Église ? Qu'y avait-il gagné, toutes ces années ? Si le manchot, et sans doute Verracchia étaient encore à sa poursuite... Eh bien, qu'ils y viennent ! Que pouvait-il advenir de pire que son dénuement sans fin ?

Ce soir-là, dans son abri du potager, sa décision fut arrêtée : peu importaient l'hiver, les maladies, les guerres incessantes, dans quelques jours, il reprendrait son harnachement et retournerait au lac de Côme.

L'après-midi suivant, Orso se posta une dernière fois devant le Ponte Sant'Angelo. La Lumaca se présenta sur son fardier, plus tard qu'à ses habitudes, et ils descendirent la rampe qui menait au Tibre, mais le paralytique arrêta ses bêtes avant qu'elles ne pénètrent dans l'eau ; il ne tenait pas à son bain ce soir-là. Orso, les pointes de sa soutane trempées, resta campé dans la boue ; l'autre, allongé sur son chariot dont le train de roues arrière versait largement dans le fleuve, réclama son tabac. Contemplant les flots noirs, les deux vagabonds évoquèrent, pour la dernière fois, leurs malheurs passés.

Le paralytique ressassait toujours ses amours malheureuses ; il racontait pour la millième fois l'abandon de son unique passion ; elle l'avait plongé dans un chaos définitif... Tout à coup, il suspendit son monologue :

«... Dis-moi, le Mage, lorsque tu me peignais ce moine infernal, n'as-tu pas, en chaque occasion, moqué son haleine de bouc ?

— C'est exact, répondit Orso, interloqué.

— Et cette puanteur, n'essayait-il pas de la couvrir en chiquant du girofle ? »

Les ailes de son nez se gonflaient en cadence.

« Pour sûr !

— Alors, ton Verracchia... il est là ! »

Orso eut à peine le temps de se retourner. Le moine redoutable les avait rejoints et lançait ses bras dans les airs comme une chouette.

« Comme nous nous retrouvons, Orso la Fouine ! grogna-t-il en abattant sa pogne sur l'épaule du malheureux, tandis que les chiens du grabataire lui reniflaient la robe en montrant des dents.

— Tiens tes clébards, l'estropié ! ordonna Verracchia.

— C'est ce qu'on va voir, *puzzola di mierda* ! rétorqua la Lumaca. À l'eau, mes bichons ! À l'eau, mes amours ! À l'eau... *Dai, dai !...* »

Les molosses ne se firent pas prier. Ils bondirent dans le Tibre entraînant derrière eux le moine putride, dont les chevilles étaient empêtrées dans les lanières du traîneau, et la Lumaca qui rugissait de joie sur son radeau. Et comme Orso, les pieds plantés dans la tourbe, n'avait pas osé un geste, le grabataire hurla à son attention :

« Adieu, le Mage ! Adieu ! Dégage d'ici, maintenant ! »

Exhortation salutaire. Boitillant du plus vite qu'il put, Orso décampa vers le pont et se hissa sur le parapet. Là, les bras agrippés au socle de saint Paul, il se pencha une dernière fois vers le fleuve. Verracchia, harcelé par les chiens, versant dans les remous et entraîné par le poids de sa soutane ruisselante, tentait de se mettre à genoux sur le lit de vase pour résister au courant. Par quel miracle la Lumaca avait-il désentravé ses bêtes ? Toujours est-il que le paralytique s'était retrouvé enfin libre sur sa planche, roulé par les flots.

Alors qu'il disparaissait au loin vers le sud, Orso crut l'entendre crier : « À la mer ! Oh, jouissance ! À la mer ! » Le Savoyard, dont les genoux s'entrechoquaient à tout rompre, disparut dans les ruelles sombres du Ponte.

Le soir même, à la faveur d'une lune presque pleine, il avait quitté la ville, emportant sur son dos son passé.

10

Retrouver près du lac l'enfance ensevelie,
Y porter sans faillir la pierre du souvenir…
Sa quête s'interrompt aux marches du duché ;
Un soldat y expire, le supplice rejaillit.

Toutes ces années, il avait poursuivi des illusions… Le vent cinglait les contreforts des monts Sibyllins et, dans le froid, sa pensée s'échauffait : oui, on l'avait bercé d'illusions !

Ployant sous sa hotte, il faisait remonter ses vaines aspirations à ses années d'apprentissage, chez les capucins de Pescarenico. À quoi bon le latin, les mathématiques, le dessin et la gravure, puisque là, sur les chemins pelés de l'Ombrie, il marchait de nouveau, démuni, vers son point de départ ?

Parmi ceux qui l'accueillirent, qui l'avait vraiment – sincèrement – aidé ? Le père Giovanni, pressé par ses supérieurs ? Bertolotti, et son affaire de lutherie défaillante ?… À Venise, Mazzoleni, l'horloger, l'avait envoyé droit en enfer ! Quant au rabbin Todesca, il n'avait eu en tête que ses encres d'imprimerie… sans parler des lubies scientifiques du père Maignan… Tous l'avaient retenu par intérêt. Illusions !

Il était décidé à retrouver les rives du lac. Plus aucune vanité n'entraverait sa quête.

Après sa sortie précipitée de Rome, il avait passé des journées à guetter sur les chemins, accroupi derrière les taillis ou allongé dans les talus. Il se rassura : personne ne s'intéressait à lui. Ni les commissaires des corps de garde ni les brigades de mercenaires qui sillonnaient les États pontificaux ne l'avaient inquiété. L'habit, sans doute… vêtu et tonsuré comme un minime, on le prenait pour un pèlerin s'en retournant au pays.

Les semaines passant, la tonsure avait disparu et sa barbe s'était étoffée. Pour lutter contre le froid, il s'était plaqué sur les jambes des découpes de laine, et enroulé sur le crâne un turban de feutre jaune. Ses rencontres avec les représentants de l'autorité gagnèrent en simplicité : on ne s'inquiétait même pas de connaître sa destination, on ne le prit plus que pour un fou.

Il avait décidé de faire route vers le nord, de passer les montagnes du Latium, pour rester le plus longtemps possible en territoire pontifical. Dans un relais perdu aux marches des Abruzzes, une estafette l'avait alerté : il devrait bifurquer vers l'ouest, sinon il arriverait à la mer ; on lui parla avec emphase d'Assise et de Bologne, la féerie des noms n'avait plus d'emprise sur lui.

Par précaution, il avait contourné Pérouse et suivi au mieux la vallée du Tibre pour éviter la Toscane. Avant de pénétrer dans un village, il gravissait les collines alentour et scrutait quelque temps la fréquentation des sentiers et des routes. Le plus souvent, il dormait dans des fenils à l'écart des chemins.

Pour calmer son estomac, il avait troqué ses dernières onces de tabac. Ça n'avait eu qu'un temps ; une fois encore, sur la terre gelée, la faim lui distillait au ventre ses pointes acides et, à sa suite, une kyrielle de vaines déterminations l'assiégeaient ; en fin de journée, elles laissaient place à la peur.

Ce matin-là, il était descendu à flanc de montagne en suivant un chevrier dans le cours d'un ruisseau. Mais le pâtre avait dévalé et il s'était retrouvé seul, trébuchant et glissant, rajustant sa hotte à chaque degré. À bout de souffle, il s'était arrêté à un gué, traversé par une sente qui filait vers l'ouest. Il mit à terre son paquetage et s'allongea sur le givre d'un champ aux sillons mauves ; ses oreilles sifflaient si fort qu'il n'entendait plus les corneilles ni les grives.

Avec la pointe d'une racine, il joua un moment à se piquer les orteils. Mais il ne sentait plus rien, ses perceptions commençaient à peine au-dessus de ses mollets bleuis. Il inspira lourdement, la panique le gagnait. Ne plus ressentir, ne plus se souvenir, voilà ce qui le terrifiait… Bien plus qu'un Verracchia, fût-il couvert de sang et fulminant sous ses crimes.

L'oubli. Le temps ! Combien de temps lui restait-il avant que tout ne fût enfoui, qu'il ne perçût plus la chaleur des sourires maternels, les doigts de Mammina dans ses cheveux, l'odeur piquante de son cou, combien de temps ? Les saisons, inlassablement, engourdiraient ses joies d'enfant.

Après les images qu'il n'avait pas su retenir, ses rêves l'avaient abandonné, l'insouciance avait disparu. Au bout de ses nuits, il ne restait que la terre craquelée des ruelles, les fleuves en fuite, et la pierre des églises. La pierre… sa pierre… il n'avait rien d'autre.

Le sang recommença à affluer dans ses jambes. Le jour ne tarderait pas à tomber, il n'eut plus qu'une pensée : la chaleur d'un bouillon qui lui rougirait les paumes et lui brûlerait les lèvres. Il suivit donc le chemin où il avait vu se hâter, en direction du couchant, un chien houspillant des brebis. Dans cette vallée barrée de mamelons aux sarments blanchis, le regard d'Orso ne portait pas. Le chemin n'en finissait plus de zigzaguer ; derrière chaque colline se dressait une autre colline. Il fit une lieue, puis deux, aucun hameau n'apparut.

Au cœur d'une hêtraie, comme il s'apprêtait à se laisser choir sur une litière de branches mortes, il entendit au loin un éboulement, suivi d'un hululement prolongé. Il fut surpris d'entendre la chouette car le ciel était encore clair. Intrigué, il se remit en marche, arriva en lisière du sous-bois, et vit enfin s'étaler devant lui, entre deux rangées montagneuses, la plaine déclinante. Le chemin qu'il avait emprunté traversait une chènevière puis poursuivait sa course vers l'horizon jaune. À quelque deux cents pas sur la gauche, en bordure du champ, se dressait une haie d'églantiers de quelques pieds de haut.

Orso, gêné par les rais horizontaux, plissa les yeux. À la base de la haie, obstruant toute la largeur du chemin, une masse sombre remuait. Plus il approchait, plus l'amas lui parut effrayant. Au-dessus de cette vessie obscure, énorme, s'agitaient à contre-jour quatre démons gémissants, comme des manchons d'étoffe qui montaient et descendaient dans la brise du soir.

Le Savoyard n'avançait plus que de biais, il s'était ratatiné de son mieux, laissant poindre par-dessus son dos voûté l'arrondi de sa stèle ; seul le crissement de ses sandales, qu'il traînait sur le chiendent givré, annonçait l'approche d'un vivant. Il avait beau s'efforcer, il ne parvenait pas à identifier la présence monstrueuse, tapie là, devant lui. Quand il ne fut plus qu'à une trentaine de pas, un cri le fit sursauter :

« Qui va là ?... Qui que vous soyez, aidez-moi !... Je vous en conjure ! »

Se redressant avec précaution, Orso eut l'intuition de ce qui avait crié : sous la masse, un homme était prisonnier, comme une proie retenue dans la gueule de l'hydre. Il s'avança encore et fit cinq pas de côté, à l'intérieur du champ, pour ne plus subir l'aveuglement des rayons rasants du soleil. La scène devant lui le fascina.

Il ne vit d'abord que le cheval agonisant. Son flanc avait versé dans une fondrière, de sorte qu'il était presque allongé sur le dos. Un animal majestueux, hongre pommelé, secoué des dernières salves de vie. Les fourreaux désarticulés qu'Orso avait pris pour des spectres étaient ses jambes qu'il raidissait parfois vers le ciel, sans plus d'intention. Chose curieuse : l'animal ne hennissait pas ; sans doute sa dernière plainte s'était-elle consumée dans ce que Orso avait pris pour un hululement d'effraie. L'homme immobile sous le poids du hongre devait continuer d'implorer mais Orso ne l'entendait pas ; bouleversé par le calvaire du cheval, il avait couché son chargement sur le chaume et s'avançait vers la noble encolure, tachetée de gris. Il distingua enfin le naseau, blanc d'écume, le chanfrein humide et brûlant, l'œil brumeux, pas encore fixe, où s'éteignait lentement un monde d'abnégation. Le chanvre séché sous la tête de l'animal était rouge de son sang.

Remué jusqu'aux entrailles, Orso se mit à peigner avec ses doigts la crinière cendrée. Il s'était penché si bas que son front touchait terre, et son regard fut entraîné malgré lui vers cette vision terrifiante : l'autre profil du cheval, celui tourné vers le sol, n'existait plus. Un cratère de tissus sanguinolents s'ouvrait à la place de l'œil, dont la béance écarlate remontait jusqu'à l'oreille. Les mouches, certainement dissuadées par le froid, n'étaient pas du festin, mais des charançons avaient commencé à besogner les chairs. Le torse du Savoyard se rejeta brutalement vers l'arrière ; il vit le tournoiement d'une buse dans le ciel grenat et entendit les brames de l'homme.

« Au nom de la très Sainte Vierge, aidez-moi, ou je vais mourir ici. »

Orso se mit debout et s'intéressa enfin au blessé. Autant l'animal était noble, autant le cavalier était sans grâce. Courtaud, ventru, il avait la hanche prise sous le flanc de sa monture. Sa jambe gauche, bottée, prenait appui sur le quartier de la selle pour pousser vers l'arrière ; on voyait à peine la droite dépasser de l'autre côté du cheval mort, l'éperon coincé dans l'étrier. Les efforts du cavalier étaient vains et douloureux. Son bras, au bout duquel pendait encore une trique de rotin, tâtonnait sur le sol, et sa main, jaune, débarrassée de son gant, essayait de trouver une racine où s'accrocher. Son tricorne avait roulé sur les chanvres, découvrant une chevelure blanche et clairsemée.

Orso observa plus attentivement la hanche qui disparaissait sous les côtes du cheval : elle semblait étirée, comme détachée de l'abdomen bedonnant ; l'homme devait avoir le bassin fracturé. Sur le sol, il vit reluire le métal froid d'une épée. Une résille de sang avait souillé la lame, celui du soldat probablement, conséquence de sa chute.

Comme lors de leur premier face-à-face, Orso mit du temps à réaliser ce qu'il n'avait pas vu d'emblée, cette béance qui avait fait naître, malgré lui, la perception d'une anomalie : il manquait au cavalier la main gauche !…

« Vous êtes ce militaire au service de Don Agnello ? », demanda simplement Orso.

On n'entendit plus les halètements ; tout, en l'homme renversé, avait cessé de s'agiter. Il tourna son visage grimaçant de douleur et regarda attentivement celui qui, immobile, lui faisait face. Dans la lueur crépusculaire, le piaulement de la buse annonçait un dénouement.

« Tu es Orso ? L'orphelin de Pescarenico ? », finit-il par répondre.

Toute parole pour ajouter à ces présentations eût été superflue. On eût dit deux âmes au bout d'une vie passée à se traquer sans se voir et qui semblaient d'un coup s'être reconnues à quelque empreinte immatérielle, une aura.

Le militaire respira de nouveau, un souffle rauque, irrégulier.

Écrasé, affaibli par ses blessures, il pourrait survivre une heure tout au plus. Il fallait dégager le corps. Orso fit une deuxième fois le tour du cheval. Face à la panse grise, il s'agrippa aux sangles de la selle pour tenter de déplacer le poids de l'animal. L'homme hurla. La bête, dans un sursaut d'outre-tombe, décocha une ultime ruade ; son antérieur fractura net le genou d'Orso qui bascula en arrière par-dessus le large flanc et s'effondra de l'autre côté, sur le soldat. Cris et geignements… puis plus rien ne bougea.

Orso sentit contre son front la robe tiède du cheval, et sur sa nuque les exhalaisons syncopées du cavalier.

« J'ai suivi ta trace pendant presque trente ans, finit par dire l'homme, et Dieu aura voulu que je meure au moment où je te retrouve. Pourras-tu croire que j'ai été victime d'un stupide guet-apens… Deux brigands sans relief, cachés là, ils ont tué mon cheval d'un coup de tromblon ! Ils m'ont pris ma bourse… Pas grand-chose… mais un pas grand-chose qui t'était destiné. Voilà trois mois que je te cherche sur tous les chemins que Dieu fit entre Milan et Rome… Pourtant, tu ne passes pas inaperçu, Orso. Tu n'es jamais passé inaperçu… Comment crois-tu que Verracchia a remis la main sur toi, toutes ces fois ? Diable de fou ! Il m'aura fait courir… Tu te demandes pourquoi je suis après toi, n'est-ce pas ? »

Orso remua la tête. Ses oreilles sifflaient comme une bouilloire mais il tâchait de se concentrer sur les paroles du soldat. De temps à autre, il remontait un peu de sang qu'il raclait avec ses doigts, et le portait à ses lèvres ; il aurait été incapable de dire s'il provenait du cavalier, de sa monture ou si c'était le sien propre qui coulait depuis sa jambe. La douleur avait disparu.

Le soldat poursuivit son récit sans qu'Orso se manifestât. Simplement, lorsqu'il s'interrompait, le Savoyard, à moitié avachi sur son torse, l'encourageait à poursuivre en poussant légèrement du coude sur sa poitrine.

Le manchot avait été élevé aux côtés de Don Agnello, presque un frère de lait. À vingt ans ils avaient fait le coup d'épée ensemble contre les hérétiques des Grisons. Lui avait poursuivi dans le métier des armes et prêté ses services aux Espagnols du Milanais ; Don Agnello s'était retiré dans son fief de la Valteline où il s'était adonné à l'élevage de chiens lévriers ; tout le jour, il courait la montagne avec sa meute. Plus tard, le châtelain avait pris pour épouse Donna Ofelia, la fille de l'échevin de Sondrio ; d'elle, il avait eu un enfant, Renzo, son autre passion.

Le fils de Don Agnello n'avait pas atteint dix ans quand il fut terrassé, un hiver, par un mal inconnu ; les fièvres l'avaient tenu au lit depuis la chandeleur jusqu'aux Cendres, et menaçaient de l'emporter. En vain, on avait fait mander à son chevet deux médecins bergamasques. Puis on avait fait venir un moine errant, que les paysans prétendaient thaumaturge : Verracchia. Le Sarde puant avait essayé ses magies pendant trois jours… Le petit Renzo fut à deux doigts de succomber à ses fumées mortifères ! Du moment que le moine ne touchait plus à l'enfant, on avait accepté qu'il poursuivît au château ses prières…

En dernier recours, Donna Ofelia avait supplié qu'on fît appel à une accoucheuse romanche ; elle avait souvent croisé cette femme sur les chemins de Valteline ; la vagabonde avait une réputation de guérisseuse.

Le militaire pausa pour reprendre haleine, mais Orso, comprenant qu'il parlait de sa mère, le stimula du coude. Il reprit, plus doucement.

La rebouteuse possiblement n'était pas de la vraie foi ; Verracchia, piqué au vif, avait essayé de dissuader Don Agnello, il fallait se méfier de ces pythies ! Mais devant l'insistance de Donna Ofelia, on était allé chercher la femme. C'était lui, le manchot, qui avait été chargé de la trouver. Comme les bourrasques de neige se succédaient ces jours-là, il s'était fait guider par une paysanne du nom de Troque la Mort, qui connaissait les chemins de la vallée mieux que personne.

On avait donc mis la main sur sa mère au milieu de la nuit et on l'avait ramenée au château. Orso, sans doute, n'en avait gardé aucun souvenir ; endormi tout le long et transporté sur un bât – il avait à peu près le même âge que Renzo –, il était pourtant de l'expédition. Parvenus chez Don Agnello, on l'avait couché sur une huche dans l'entrée de la salle à manger, où tout le monde veillait le petit Renzo moribond. Un grand feu crépitait dans l'âtre ; chacun bâillait sur son siège dans une hébétude résignée. Seule créature agitée dans cet accablement général, Achille, le lévrier favori de Don Agnello, galopait de long en large en frôlant les murs ; il semblait possédé, hurlait aux escarbilles qui fusaient sur la dalle, et montrait les crocs dès qu'un autre que son maître tentait de l'approcher.

La mère d'Orso avait préparé un baume qu'elle étala sur le front, les tempes et les lèvres de Renzo. Mais, alors que quelques ronflements avaient commencé à monter, on avait entendu un aboiement furieux, puis un cri, dans le couloir : le lévrier avait mordu Orso à la hanche ! On avait accouru. Arrimé à son coffre, Orso, les yeux révulsés, hurlait de terreur. Il s'était calmé en voyant sa mère, qui avait nettoyé la plaie et lui avait appliqué les restes de l'onguent confectionné pour le fils de Don Agnello ; Orso, vidé par l'émotion, s'était rendormi.

Après l'incident, la guérisseuse avait demandé qu'on dévêtît Renzo sur sa couche : le chien pouvait aussi l'avoir mordu, prétendait-elle ; si l'on découvrait les traces d'une blessure, il faudrait rouvrir les plaies pour tenter d'en faire sortir la rage… La rage ! Stupeur ! À ce mot, Don Agnello, s'était frappé la poitrine.

Cependant, alors que la rebouteuse se préparait à examiner le corps de Renzo, Achille, en deux bonds, était retourné près de la huche, et sa gueule écumante de bave découvrait de nouveau ses crocs effilés. D'un mouvement leste, la femme avait saisi une planche à clous parmi les tisonniers, qu'elle alla planter droit entre les yeux injectés de la bête, juste avant qu'elle ne bondît. Un hurlement jaillit qui n'était pas de ce monde ; le lévrier s'enfuit hors de la salle, laissant dans son sillage une traîne vermillon.

Don Agnello, hagard, se rua sur la guérisseuse et la saisit par les poignets qu'il comprima entre ses pognes. Il éructait : ni Achille ni aucun des autres chiens n'avaient la rage ! Renzo avait attrapé une maladie de la vallée, une saleté d'un de ces terreux calvinistes ! Elle n'était qu'une bonimenteuse !

Le moine sournois, comprenant son heure venue, avait abondé : la rebouteuse ne connaissait rien aux fièvres ni aux humeurs, son savoir était un chapelet de rites pour mécréants ! Tout cela devait cesser ; pour qu'il ne fût plus porté préjudice à la bonté de Don Agnello et de Donna Ofelia, il se proposait d'escorter personnellement cette furie jusqu'à sa tanière !

Donna Ofelia eut beau protester, ainsi fut fait. Presque inconscient, Orso fut une fois encore jeté sur une mule ; Verracchia et Troque la Mort furent chargés de ramener dans sa vallée la guérisseuse, qu'on vit se morfondre en s'éloignant aux côtés de son fils. Dans la grande salle du château, on continua à veiller le petit Renzo, toujours plus blême.

Le soldat, en avançant dans son récit s'était échauffé, puis il avait reperdu en vigueur ; il poursuivit.

L'histoire était longue encore. Au château, Achille, le lévrier, s'était vidé de son sang en même temps que d'une matière cireuse, translucide, qui lui coulait du front et semblait emporter ce qu'il lui restait de vie ;

dans les corridors obscurs, il lâchait des glapissements si terrifiants qu'à l'aube Don Agnello se décida à lui enfoncer lui-même sa dague dans le cœur. Le silence qui s'ensuivit fut rompu par un gémissement de trépassé : on n'avait pas eu le temps de s'apitoyer sur le chien, que le petit Renzo avait rendu son dernier souffle !

Au désespoir de Donna Ofelia répondit la colère irrépressible de Don Agnello. Le soir même de cette funeste journée, alors qu'on se relayait aux prières, le Sarde, revenu au château, prit son hôte à part ; il réitéra ses objurgations : ladite guérisseuse n'était qu'une enchanteresse et l'Inquisition, à laquelle il avait prêté ses offices, savait traiter ces païennes-là ! Il demanda, et obtint du baron, qu'on le secondât dans une nouvelle mission, définitive celle-là : son œuvre charitable s'était muée en croisade qu'il mènerait à bien, au nom de la Sainte Église.

Le manchot, sous Orso, avait perdu beaucoup de forces. Il s'était rehaussé de son bras droit et lui chuchotait à l'oreille ses paroles entrecoupées de sanglots. Il savait sa fin proche. Sans doute aurait-il préféré arrêter là, mais Orso, dont la bouche béante n'émettait plus aucun son, voulait la suite. Il lui martela les côtes avec le bras… moins qu'un supplice, c'était une supplication. Le soldat toussa quelques larmes, un peu de sang peut-être, et reprit.

C'était lui qui avait été désigné pour accompagner Verracchia et l'assister dans sa tâche obscure. Le lendemain du décès, aux premières lueurs, il avait fait seller la jument palomino de Don Agnello, puis était parti chercher à Sondrio deux anciens sergents qui avaient servi sous lui, ainsi que le notaire apostolique, un bègue que tout effrayait. Pour donner à sa procédure un semblant de forme, le moine avait insisté pour qu'on ne restât pas sur le territoire des Trois Ligues où la Réforme avait pris le dessus ; il fallait instruire le procès dans le Milanais espagnol, à une dizaine de lieues de Sondrio.

La troupe disparate, sous l'autorité de Verracchia et guidée par Troque la Mort, alla saisir de force la guérisseuse dans son antre ; le moine ordonna qu'on emmenât aussi l'enfant, secoué par les fièvres. Puis on marcha vers la frontière qui n'était pas gardée. Vers le milieu de l'après-midi, on atteignit une halle déserte des rives du lac, près du village de Colico. Là, le moine avait donné ses ordres afin que fussent dressées la table de l'instruction ainsi qu'une potence pour l'estrapade.

Sans qu'il pût lutter, l'attention d'Orso dériva ; il s'échappait, fuyait encore, incapable de revivre le martyre de Mammina. Il ne ressentait pas le froid ; il lui sembla que des flocons avaient commencé à tomber. La neige, encore, emportait ses souvenirs…

Combien de temps avait passé, une nuit, un instant ? Il fut réveillé par la piqûre d'un insecte qui lui courait sur l'avant-bras. Le filet de voix du manchot continuait de se dévider au-dessous de lui.

Le récit avait dérivé sur le calvaire de Don Agnello ; son épouse, Donna Ofelia, était morte quelques semaines après son fils ; la même cause avait abouti à la même tragédie : elle aussi avait été mordue – car Don Agnello dut admettre qu'un chien avait mordu Renzo –, elle aussi avait subi les transes de la rage. Sentant la mort venir, et tiraillée par le péché, elle avait fait une ultime visite au couvent de Pescarenico pour voir l'orphelin, puis elle fut rappelée à Dieu.

Après avoir porté son épouse en terre, le baron reconnut enfin sa méprise. Dans un premier temps, il fit étouffer l'affaire en distribuant de l'argent, puis il fit abattre les trente chiens de sa meute. Mais le remords lancinant qui l'avait saisi ne le lâcha plus ; sa tête commença à le déserter, et on dut lui adjoindre un jeune palefrenier qui servit comme écuyer et valet. Dans un accès de repentance, où il avait retrouvé sa lucidité,

Don Agnello fit promettre à son ami d'enfance – celui dont Orso entendait maintenant le souffle chancelant – d'accepter une quête pour laquelle, lui, n'avait plus la force ; la seule conduite qui, peut-être, pourrait contribuer à son salut dans l'au-delà : le militaire devrait retrouver le fils de la guérisseuse et s'assurer, en toutes circonstances, que sa destinée ne serait plus ternie par cette irréparable injustice. Pour qu'il pût accomplir sa mission, Don Agnello avait mis tous ses biens à disposition.

Ainsi avaient commencé ces longues années d'assistance invisible, souvent défaillante ; il faisait en sorte d'être tenu au courant des faits et gestes du moine malfaisant.

Orso perdit une fois encore le fil de ce murmure qui l'avait conforté depuis qu'il s'était effondré. Son attention vacillante ne se rétablissait plus que par instants. L'homme au sol susurrait-il toujours ? Il lui sembla que oui. Avait-il dit autre chose de Mammina ? Du lieu où ils avaient porté sa dépouille ? Forcément, il l'avait mentionné ! Allons ! Il fallait encore s'expliquer ! Il remua de plus belle son coude sur l'amas de chair et d'étoffe, rien. Il enfonça, laboura, mais sans effet ; le manchot avait dû parvenir à dégager sa poitrine quand lui-même était sans conscience. Ne sentant plus ses bras ni les muscles de son cou, Orso cessa de gesticuler.

Lorsque le sang afflua de nouveau dans ses veines, il parvint à pivoter et observa pour la dernière fois le corps du manchot écrasé sous la monture : son torse s'était plié vers l'avant, sa face plaquée sur l'encolure du hongre. Sous une fine pellicule de neige, les veinules roses de sa gorge palpitaient faiblement : l'homme parlait toujours ! Avait-il conscience que ses derniers secrets, il les avait confiés à l'animal ?

Le Savoyard pensa mourir là. *Quelle circonstance extraordinaire*, se dit-il… *la neige, toujours… un cheval, la vérité qui s'échappe.*

*

Ce fut comme un recommencement.

Orso entendit d'abord le frottement des griffes sur la terre argileuse et le caquètement retenu de quelques poules ; il vit un jour faible percer par une lucarne, puis la lueur des flammes danser sur le mur ; au bout d'un temps, il sentit sous ses côtes et le long de ses jambes les pointes molles et tièdes d'une litière de chaume. Il lui sembla que son corps était couvert de cataplasmes. Il sombra encore…

« À la bonne heure ; vous voilà de retour parmi les vivants ! », cette fois c'était une voix de femme, une voix cristalline, enjouée. Il put enfin dessiller les paupières. Elle l'observait en surplomb, avec ses yeux brou de noix. De son fichu en batiste s'échappaient des boucles de chevelure noire. *Voilà une femme tout à fait belle*, pensa Orso. Elle portait sur sa guimpe blanche une camisole de laine, et, depuis la taille, une longue robe de futaine sombre.

« Entendez-vous ce que je dis ? Parlez-vous la langue d'ici ? » Orso, fit oui de la tête. Alors Agnese – c'était son nom –, tout en lui faisant avaler une décoction de rhubarbe relevée au marc de pomme, lui fit le récit de la façon dont il était arrivé jusque chez elle.

Un régiment d'arquebusiers qui faisait marche vers Modène l'avait trouvé sur le chemin de Pérouse à Ponte Pattoli, à une lieue de là ; ils l'avaient d'abord cru aussi mort que le cavalier à côté duquel il était allongé ; le cantinier et la vivandière qui suivaient la troupe furent chargés de le mettre en charrette et de lui trouver un hospice où il pût rendre l'âme en paix. En échange d'un muid de grains, Agnese avait accepté de recueillir le blessé en bout d'agonie.

Douze jours qu'il oscillait entre la vie et la mort, douze jours qu'elle se chargeait de le nourrir à la cuillère et de lui prodiguer les soins essentiels. Sa jambe était dans un drôle d'état ! Elle suintait de partout, il fallait changer l'étoupe deux fois par jour… Orso déjà n'entendait plus ; il avait aperçu sous un banc sa besace et sa hotte, d'où surgissait la pierre. Il défaillit encore.

Lorsqu'il revint à lui, Agnese n'était plus là. Ça devait être le milieu du jour. Il entendait dehors l'écho d'une vie grouillante qui l'étonna, des grondements, des piaillements d'enfants. Il sentit aussi une odeur aigre de déjections, comme celle des fossés de vidange ; sans doute la maison se trouvait-elle au cœur d'un village, près d'une halle ou d'un lavoir. L'effervescence sonnait violemment dans son crâne ; pris par les nausées, il se pencha autant qu'il put et sentit une douleur aiguë, partant de son genou droit, lui descendre jusqu'au mollet. Il se racla la gorge, sa voix était revenue.

Quand Agnese fut de retour, il put cette fois donner son nom. Il expliqua en quelques mots dans quelles circonstances il avait tenté de porter secours au cavalier agonisant, puis il demanda si elle pouvait l'aider à se mettre debout.

« Debout ? Vous n'y pensez pas, monsieur le malade, saint Jacques vous protège sans doute, mais votre jambe est en morceaux ! »

Des jours passèrent sans qu'Orso, malgré l'attention poussée d'Agnese – elle le nourrissait, changeait ses linges, nettoyait ses plaies –, se livrât vraiment.

Il crut compenser sa réserve en lui faisant beaucoup de questions, il souhaitait connaître les détails de son existence. La paysanne répondait avec l'apparence de la franchise, racontait les difficultés du temps, les mauvaises récoltes, les usages du pays, mais au fond, Orso voyait bien qu'elle gardait en elle d'indicibles secrets.

Pourtant Agnese ne cachait rien de son quotidien : son époux, rémouleur, était parti se battre depuis deux ans dans les guerres du Nord ; il avait fait parvenir son dernier florin de demi-solde à la Saint-Jean… presque dix mois ! Après la Saint-Sylvestre, on n'avait plus eu de nouvelles. À contrecœur elle avait envoyé ses trois fils servir dans des fermes du pays ; le plus jeune avait beaucoup pleuré, mais il était en âge. Comment pouvait-on vivre autrement ? Elle avait gardé quelques bêtes et tissait des carrés de chanvre qu'elle portait au marché ; à la fin du jour, il n'y avait pas grand-chose à suspendre à la crémaillère.

Lorsqu'elle terminait ses histoires, Orso la priait d'approcher sa hotte près du lit. Il mettait une main sur la pierre de marbre et s'endormait, les traits soulagés.

Un après-midi, elle rapporta quatre cannes en noisetier, qu'elle abouta et entoila pour lui confectionner une paire de béquilles. Il put se lever, mais restait trop faible pour sortir ; il ne se risquait même pas jusqu'aux lucarnes.

Elle le mit à contribution après que le Savoyard eut révélé qu'il savait lire, écrire et dessiner. Pendant qu'elle filait le chanvre, la jambe étendue sur le banc, il lui déchiffrait, quoique d'une voix affaiblie, un livre d'heures.

Lorsqu'il émergeait de ses longues somnolences, elle l'invitait à dessiner, à la pointe de charbon, des motifs floraux et des animaux sur ses toiles grèges. Ainsi, disait-elle, les tissus se vendaient plus facilement sur l'étal. Bien qu'à moitié vaillant, il se pliait volontiers aux sollicitations de son hôte et, jour après jour, Agnese se montrait plus joyeuse de leur coopération. Elle se renfrognait au contraire dès qu'Orso évoquait son retour au lac de Côme, ou quand, dans une béatitude qu'accentuait sa fatigue, il se mettait à contempler la stèle de Mammina.

Cependant, la jambe d'Orso ne guérissait pas. Il se réveillait toujours à près de midi en entendant les bourdonnements du hameau et les criaillements d'enfants ; sa tunique de coutil était trempée de sueur car, même si elle s'atténuait par moments, la fièvre ne le quittait jamais.

Ses autres blessures avaient disparu mais son genou droit restait enflé comme une outre. Chaque soir, armée de mèches d'étoupe trempées dans un alcool de coing, Agnese nettoyait les tissus en arrière de la rotule. Allongé sur le côté, Orso ne pouvait pas se rendre compte du dégât des chairs dans le pli de la jambe, mais quand Agnese tentait d'assainir les tendons abîmés, il ressentait des douleurs insupportables ; ces plaies-là ne semblaient pas vouloir se refermer et le maintenaient dans un état de demi-conscience.

Lorsque Orso s'interrogeait tout haut sur l'avantage de montrer sa blessure à un médecin, Agnese s'indignait. Pourquoi pas un physicien ! répondait-elle rudement, on n'avait pas de ces beaux esprits dans le voisinage ! Puis elle demandait, avec hauteur, s'il courait après les saignées, et avec quoi on aurait payé un déplacement depuis la ville ? Un peu dépité, Orso se replongeait dans le livre d'heures.

Combien de semaines dura leur commerce fait de lecture, de fusains sur le chanvre, de soins quotidiens ? Le Savoyard ne s'en souciait plus ; il n'aurait même pas su dire si l'hiver avait passé.

Mais, à force de regarder la pierre dans sa hotte, son cœur meurtri retournait au dépérissement.

Un soir, il observa plus attentivement Agnese qui préparait son pansement. Elle était de dos, ses bandes d'étoupe et ses onguents devant elle, sur la table. Étrangement, elle ne se contentait pas de tremper les mèches dans l'émollient qui sentait l'eau-de-vie et la sauge ; elle semblait affairée à une préparation complexe qui nécessitait de mixtionner sur l'emplâtre bien plus d'ingrédients qu'il n'avait supposé.

Comme chaque fois, il se laissa traiter sans poser de questions, ressentit la même douleur aiguë, puis s'enfonça sous la courtepointe. Mais cette nuit-là, il gratta l'emplâtre en arrière de son genou et remonta de sous sa couverture un plasma de corps visqueux et solides. Le faisant rouler entre ses doigts, il devina une graisse animale dans laquelle se décomposait un cristal épais comme un noyau de cerise. Il le porta à son nez, puis à ses lèvres : le cristal était un grain de sel !

Orso, étouffant sa douleur, nettoya la plaie avec un drap de lin, puis laissa pendre sa jambe en dehors du grabat.

Ainsi, se dit-il, on essaie encore une fois de tirer parti de moi. Dans le fond, cette Agnese ne veut pas plus me secourir que les autres ! Elle me retient chez elle en rouvrant chaque soir ma plaie avec du sel. Sans doute lui suis-je assez utile, même enfiévré, avec ma lecture et mes dessins ; en voilà une chrétienne ! Combien de temps pense-t-elle me retenir dans sa tanière ?

Dans ses rêves, il vit Agnese au milieu des flammes de l'enfer ; elle le tenait prisonnier par des mâchoires d'acier refermées sur son genou.

Ce matin-là, Orso émergea du sommeil plus tôt qu'à son habitude. Sa jambe était toujours douloureuse mais la blessure semblait moins purulente ; il ne sentait plus de fièvre. Comme Agnese était sortie, il saisit ses béquilles au bas du lit, enfila des socques qui traînaient devant le fourneau et déambula maladroitement autour de la table pour s'éclaircir l'esprit. Enfin il se tint en arrêt un long moment devant la stèle de Mammina. L'inflammation apaisée, son horizon, d'un coup, s'était éclairci. Il alla chercher le prie-Dieu dans le réduit d'Agnese, en cassa les montants, et, contenant sa douleur, s'en fit une attelle qu'il fixa autour de son genou avec des rubans de chanvre. Puis il s'assit sur un escabeau près de l'entrée et attendit.

Quand Agnese enfin pénétra dans la maison, elle avança vers le lit qu'elle s'étonna de trouver vide. À l'instant où elle se retournait, Orso jaillit de la pénombre et lui flanqua violemment la pointe de sa crosse gauche dans la poitrine. Elle s'effondra sur le pisé ; dans le même mouvement, sa tête fit un bruit sourd en cognant le montant de la table.

Avec l'estocade, Orso était retombé sur son escabeau. Il se rétablit sur ses béquilles et la vit, inerte, mais ne s'inquiéta pas de son état. Puis il fut tout à ses préparatifs, trouva une peau de chèvre qu'il se jeta sur les épaules, remplit ses poches d'étoupe, et glissa au fond de sa besace quelques œufs de caille qu'Agnese avait rapportés dans une corbeille d'osier. Enfin il s'assit sur le banc pour se harnacher de sa banne. Pas un instant il n'était allé s'enquérir de celle qui l'avait tiré des limbes à force de soins.

Alors qu'il s'apprêtait à se lever pour partir, une de ses béquilles heurta le front de l'infortunée sur le sol ; elle poussa un gémissement et tourna vers lui son visage, un sang carmin lui coulait du nez et de la lèvre.

« Ne pars pas, Orso, attends ! Écoute-moi…

— Tu m'as assez retenu contre mon gré. Je vais retrouver ma mère ; plus rien ne m'arrêtera.

— Si je t'ai retenu, comme je pouvais, je m'en excuse. C'est parce que j'ai besoin de toi… (Elle eut une peine infinie à reprendre haleine.) Tu ne pensais qu'à t'en aller… Deux âmes misérables… Dieu veut que nous nous aidions les uns les autres… »

Pour Orso, c'était trop de mauvaise foi. Il se mit debout en s'appuyant sur ses crosses et, comme son fardeau manquait de le faire basculer en arrière, il s'agrippa au plateau de la table ; le mouvement provoqua la chute d'un pot d'étain qui heurta la nuque d'Agnese. Elle exhala un dernier râle qu'Orso, déjà sur le pas de la porte, entendit à peine.

Dehors, il alla de surprise en supputation. Le hameau n'existait pas, la chaumière d'Agnese était perdue en lisière de forêt, au fin fond d'une vallée de pâturages encore jaunes. Ce qu'il avait pris pour des affairements de villageois n'étaient qu'une vingtaine de porcs s'égaillant dans une soue délabrée, et les cris d'enfants, imaginaires eux aussi, s'échappaient d'une volière où deux mainates noirs trônaient parmi des serins et des chardonnerets. Agnese n'avait jamais évoqué cette retraite isolée… lui n'avait rien demandé. Il n'avait pas même jeté un œil à l'extérieur depuis qu'on l'avait porté là ; sans doute parce que la fièvre l'avait privé de sa lucidité.

Plus loin, le long d'une claire-voie qui servait d'enclos, se dressaient quatre croix de bois, une haute et solide, au milieu de trois grêles. Le mari parti à la guerre, et les trois fils en domesticité ?… À quelle fin Agnese aurait-elle menti ?

Comme il clopinait encore pour rejoindre un chemin, il aperçut sur sa droite, parmi des pins, un cabanon dont le portail battait dans la brise. Aussi méfiant qu'intrigué, il s'approcha en scrutant les abords. Il finit par entrer et s'immobilisa sur le seuil le temps que ses yeux percent l'obscurité. Sur les quatre parois de la cahute apparurent progressivement, suspendus, les carrés de chanvre cousus par Agnese et décorés de sa main. Ils étaient exposés là, aux quatre vents, comme les tapisseries d'un mausolée ! Elle n'avait donc rien vendu au marché… Où aurait-elle trouvé des étals, d'ailleurs, dans ce séjour au bout du monde ? Elle avait dû passer ses journées dehors à nourrir les cochons ou à biner quelque potager qui devait s'ouvrir là-bas derrière. À quoi bon cette mascarade, alors ? Que lui importaient ses œuvres, que lui importait sa présence, même ?

Il repensa à la supercherie, au sel baigné dans la graisse qui avait maintenu sa plaie purulente ; sa mâchoire se raidit, il se balança sur ses béquilles et sortit.

Orso parcourut encore des dizaines de lieues sur les chemins détrempés, le long des ravines, dans les ténèbres glaciales des forêts. Il ne craignait plus de se poser en lisière des villes où son pansement et ses béquilles lui gagnaient assez facilement des aumônes qu'il ne quémandait pas.

Sa blessure finit par se refermer, mais le ligament sous sa jambe avait subi une rognure irrémédiable ; Orso ne pouvait plus se tenir droit que campé sur ses crosses. Ses bras se portaient à peine mieux : les clavicules cisaillées par les lanières de sa hotte, les mains et les aisselles embouties par les travées des béquilles, tout saignait sous l'action continue des chocs et des frottements.

Il poursuivit ainsi vers le nord, traversa sans encombre le duché de Modène, et finalement, par l'entremise d'un passeur, franchit le Pô entre Parme et Mantoue. Sans un sou en poche, il avait négocié cette dernière traversée en troquant des dessins extirpés de son classeur rapiécé, et fut quitte pour trois perspectives à l'encre croquées depuis les quais de Cannaregio.

Débarqué de nuit sur la rive occidentale du fleuve, il rentrait dans le Milanais aussi subrepticement qu'il en était parti trente ans plus tôt.

*

« N'y a-t-il plus dans ce couvent un père Giovanni ?

— Oh non, mon frère ! Ce père Giovanni n'y est plus depuis longtemps.

— Un frère du nom d'Isidoro, un Aristide ?

— C'est que tant de malheurs sont passés sur le pays, depuis les temps dont vous me parlez…

— Il y avait un Mansueto, à ta place. Il faisait office de gardien… ça ne te dit rien ? »

Le jeune portier ferma les yeux quelques instants, puis son visage rayonna comme si, à deux pouces au-dessus de son goitre pendulaire, il avait accueilli l'Esprit Saint : le convers avait entendu parler de ce frère Mansueto, c'était même un sujet de moquerie aux abords du réfectoire ; celui qu'on surnommait toujours frère Erectus – il ne l'avait jamais vu, mais son sourire témoignait de sa science – était retourné à la vie séculière ; il habitait une cabane de charbonnier près de Barzanò, un hameau à trois milles de là, sur la route de Monza.

Orso n'avait jamais été aussi près de retrouver la trace de Mammina. Avant de se présenter devant la masure de Mansueto, il fit halte dans une chênaie pour réfléchir à la manière dont il présenterait sa requête. Ce frère défroqué était le seul témoin de cette époque, le seul qui pouvait avoir gardé quelque souvenir de son arrivée à Pescarenico ; pourtant ce vicieux tonsuré lui avait causé du tort pendant ses années au couvent... Le Savoyard ne savait pas dissimuler ses pensées, il parlait toujours selon ce que lui dictait son cœur ; mais cette fois, il devrait composer, et ne pas laisser remonter ses colères.

Il frappa de la pointe de sa crosse sur la porte au chambranle incliné. Lorsque Mansueto apparut dans l'embrasure, Orso ne sentit plus ses jambes, il affermit ses bras sur ses béquilles. Le capucin reconverti était presque méconnaissable : de part et d'autre de son visage grenelé de vérole, des mèches grises tombaient en toupets, ses yeux boursouflés occupaient la moitié d'une face rouge comme une grenade. Une seule effigie témoignait à coup sûr de son identité : il portait haut, placardé sur l'avant de son front dégarni, le témoignage de sa masculinité qu'Orso avait bien voulu lui graver dans sa jeunesse, alors qu'il gisait aux pieds de Violetta.

D'un grommellement, Mansueto signifia son humeur : les mendiants n'étaient pas les bienvenus chez lui... « Tu ne me reconnais pas ? », lui demanda Orso. Et comme l'autre, grimaçant, avait saisi vigoureusement le battant qu'il s'apprêtait à lui claquer au nez, l'intrus lâcha d'une traite :

« Attends !… Je suis Orso, l'orphelin du couvent de Pescarenico. C'est toi qui m'avais fait entrer là-bas, une nuit d'hiver. Je connais ton nom, moi, Mansueto ! »

Le portier ouvrit d'abord des yeux apeurés, puis une sidération mêlée de réminiscences et de conjectures silencieuses figea son regard ; on entendit un grelot de brebis sur le chemin, des contrevents claquaient. Finalement, un chat orange, ébouriffé, tomba du toit de lauzes en miaulant, et sortit son maître de ses contemplations ; sans un mot, Mansueto fit entrer le visiteur et l'invita de la main à s'asseoir sur l'unique tabouret de la pièce. L'intérieur, sombre, était d'un seul tenant. Orso y recensa, hormis le tabouret, une table à trois pieds, un châlit de bois recouvert de peaux, deux bacs à saumure, un garde-manger, et des bombonnes vides. Comme son hôte, toujours silencieux, attendait qu'il s'expliquât, Orso déglutit. Il se méfiait surtout de lui-même, des choses à ne pas dire qui viendraient de nouveau faire obstacle. Il présenta enfin sa requête le plus simplement possible : il voulait retrouver cette vieille femme des environs du lac qui l'avait mené chez les capucins pendant la nuit de tempête.

Les épaules de Mansueto s'affaissèrent, il expira longuement, comme si les paroles d'Orso l'avaient délivré d'un fardeau. Mains dans le dos, il se mit à faire des cercles devant l'importun en soulevant des lamelles d'une terre grise parsemée de chapelure et de marc séché.

« Cette femme dont tu me parles, dit-il finalement, Troque la Mort, n'est-ce pas ? Je la connais… Tu n'es pas malheureux, le Savoyard, elle est encore en vie… Beaucoup sont morts, tu sais… C'est un hibou, cette sale vieille ! Elle voit tout, et encore mieux la nuit. Saint Roch nous protège de ces damnées-là ! »

Ses doigts trépignaient sur ses reins ; à chaque passage, il regardait d'un œil les réactions du voyageur enfoncé sous sa banne. Il s'arrêta brusquement, sortit la langue, puis l'aspira en faisant du bruit avec sa salive, comme s'il s'apprêtait à proférer une idée compliquée, hardie :

« Tu as fait un long voyage pour retrouver sa trace… Je ne demande pas ce que tu lui veux, ça te regarde, mais puisque tu as pris une telle peine, je vais t'aider. À cette saison, elle mène des bêtes au pacage dans le nord du lac, c'est à un jour de marche environ. J'irai demander après elle, si tu veux. Par saint Antoine, je saurai bien mettre la main sur cette louve ! Dépose ton barda… Reprends des forces ici en attendant… surveille les chats, qu'ils ne boulottent pas la salaison. »

Orso eut bien l'intuition d'une bizarrerie mais, vidé par l'effort, il posa sa hotte et son bissac.

Il avait accepté l'offre de Mansueto parce qu'il n'avait pas grand-chose à perdre, il devrait se tenir sur ses gardes malgré tout ; le défroqué était parti sur les chemins sans tergiverser alors qu'il n'avait jamais montré la moindre sympathie par le passé.

Tandis qu'il regardait deux gros rats jouer devant le treillis du garde-manger, Orso se dit qu'il avait un peu de temps devant lui. Il trouverait demain un autre poste où attendre le portier. Il s'assit sur le sol et allongea sa jambe douloureuse. Le haut du corps affalé contre le mur, il songeait à Troque la Mort : la vieille avait survécu… Il allait enfin pouvoir retrouver la dépouille de sa mère.

Le furetage incessant des rongeurs au-dessus de sa tête lui faisait comme une présence paisible ; il s'endormit.

« Debout, l'homme ! », plus qu'une intimation, ce fut un rugissement qui l'arracha de son sommeil. Dans ce même sursaut, il se cogna l'arrière du crâne sur un rondin en saillie.

«Décline ton identité! Es-tu le dénommé Orso?» La porte était restée ouverte sur la nuit noire. Éclairés par une chandelle, une poignée d'hommes apparurent et formèrent, comme par réflexe, un demi-cercle qui signifiait à Orso sa captivité. Le plus petit d'entre eux se distinguait par ses gants en peau lustrée et son chapeau à huppe, à la manière d'un alguazil. Il tenait dans la main droite une feuille cachetée; sur le ton d'un capitaine de justice, il réitéra sa mise en demeure.

«Assez!», entendit-on. Quelqu'un avait bougé derrière eux. Orso n'eut pas besoin de regarder dans sa direction pour reconnaître à coup sûr celui qui s'était invité dans le cordon des gardes. «Saisissez ses effets, et emmenez-le!», commanda simplement Verracchia.

Une fois dehors, serré entre deux gendarmes, Orso vit se découper, à une vingtaine de pas, la silhouette monstrueuse de Mansueto sur son tertre; comme un hibou, le défroqué scrutait tandis que la troupe s'éloignait.

Délivré de son fardeau, soutenu par ses béquilles, Orso marchait sans peine. Il pouvait deviner devant lui l'orbe de la stèle portée par un des sbires de Verracchia, et son esprit fut tranquille. Bientôt, blanchis par l'aurore, il reconnut les abords de Monza.

11

Plus âme ne l'épouvante, le moine moins que les autres ;
Lors [il] attend son verdict, comme un présage heureux.
L'inquisiteur en pourpre doublement le libère
De la geôle arbitraire, et du secret maudit.

Le jour n'était pas encore levé, Orso fut enfermé dans le cellier d'un dépôt marchand, proche du dôme Saint-Jean-Baptiste. On eut le plus grand mal à le descendre là, car sa jambe, empêchée par son atèle grosse comme un tonnelet, ne pouvait attraper les barreaux du râtelier qui servait d'échelle. Pendant que trois gardes le tenaient suspendu par les bras, deux autres, au fond du trou, lui attrapèrent, tant bien que mal, béquilles et mollets et le firent coulisser dans le caveau. Lorsque les gendarmes furent remontés et que la trappe se referma, il se retrouva dans l'obscurité complète.

Le cellier sentait le soufre et le vinaigre, mais enfin il y faisait moins froid qu'au-dehors. À tâtons, il repéra sur la pierraille des pièces de jute, ses crosses, et le rebord d'une auge en terre cuite remplie d'eau. Il entendit les griffes des bestioles en maraude, mais s'en effraya moins que du martèlement de bottes, à dix pieds au-dessus de lui, qui le faisait parfois sursauter.

Malgré tout, l'endroit n'était pas désagréable et, hormis la faim, il s'y sentit plus à l'aise que dans une chambrée d'auberge. Sans doute sa chair était-elle trop rancie car même les rats dédaignaient de le visiter. Il sombra dans un demi-sommeil prolongé, où se mélangeaient songes et pensées vagabondes. Au fond, tout était pour le mieux ; ceux qui s'étaient saisis de lui, de son cas, devaient, comme lui, vouloir faire émerger une forme de vérité ; la justice, en soi, ne l'intéressait pas plus que ça, mais un jugement, un procès, des témoins… toutes ces choses le rapprocheraient à coup sûr de Mammina. De temps à autre, il émergeait de sa léthargie pour se traîner jusqu'au baquet.

Lorsqu'on vint enfin le tirer des ténèbres, il fit quelques questions aimables aux sbires dont les lampes à huile l'indisposèrent. Combien de temps avait-il traîné dans ces oubliettes, plusieurs heures, des jours, peut-être ? On ne prêta aucune attention à ses paroles. Le Savoyard était si faible que, une fois extirpé de son terrier, il fut transporté sur un brancard. On allait encore le trimballer de nuit ; ses yeux s'accoutumèrent aux lueurs blafardes.

Ses gardes étaient chaudement vêtus, lui ne sentait pas le froid, il se trémoussait sur sa chaise à porteurs : Monza, c'était le Milanais, ses affaires allaient avancer !

On longea un porche aux voûtes épaisses qui servaient d'assise à un cube en briques rouges et noires surplombé d'un beffroi, l'Arengario, sans doute – le souvenir de sa première expédition à Monza au bras du frère Paulo lui revint à l'esprit. La troupe s'arrêta là et on se mit à le hisser par des escaliers extérieurs.

La pente était raide et la manœuvre certainement pénible pour ses sbires qui ahanaient devant et derrière lui, pendant que les bois du grabat, les cuirs et les os saillants cognaient sur la rampe de fer. Alors Orso encouragea de la voix : « Allons, allons ! Haut les cœurs, mes amis, nous y sommes ! » Il entendit des insultes fuser dans un dialecte qui pouvait être un hybride de castillan ; un gant lui claqua sur le museau. Tandis qu'il cherchait quelque manière de s'excuser, il fut introduit dans une salle immense, dont une charpente ébène coiffait les immenses pans de brique. La pièce était si vaste, les plafonds si hauts que, malgré les flammes de trois chandeliers, il y faisait plus sombre que dans la nef de San Crisogono. L'impression de cathédrale qu'eut Orso fut renforcée par les stalles de bois qu'on avait adossées aux parois latérales.

Deux gaillards le soulevèrent de son grabat et le déposèrent sur un banc isolé entre deux épaisses torsades, les épaules plaquées au mur, comme on eût fait d'un sac de noix. Dans cette alcôve, moins confortable que sa caverne des nuits précédentes, il s'endormit de nouveau et ne se réveilla qu'aux premiers rayons du jour, alors que la frappe répétée d'une canne sur le plancher annonçait l'arrivée d'un personnage d'envergure.

L'homme, qui pénétra par une porte dérobée, était vêtu d'une robe pourpre à hermine et d'un bonnet rouge et or, comme celui des doges. Il monta sur son estrade, s'enfonça dans les coussins carmin d'une chaise à bras et fit un geste de la main, qui signifiait qu'on pouvait faire entrer. Alors, arrivés par deux portes latérales qu'alimentaient les escaliers extérieurs, une poignée de clercs aux costumes sévères vinrent s'asseoir dans les stalles alignées. Orso fut impressionné, mais le décorum qui suivit le ravit plus encore.

Un entrelacs de gardes, de laquais, et de chambellans, essoufflés par l'ascension, allaient et venaient, meublant l'endroit de tables, de chaises à velours, de tentures et d'oriflammes. Ils déposèrent sur l'autel, devant lequel l'illustrissime était assis, une écritoire en ivoire et de quoi se sustenter. Orso dut réprimer un flux de bile lorsqu'il vit, étalés à quelques pas de sa niche, des paniers d'oranges et de fruits confits, des pyramides d'œufs écalés, des murs de brioches, et cinq fiasques pleines de vin et d'alcools ambrés. L'émerveillement fut à son comble lorsque parut, en épilogue à ce cortège, un nain joueur de vielle dont l'épaule gauche, agitée par l'impulsion de la manivelle, portait un singe. Le primate était à l'image du maître, lilliputien et habillé d'un costume en feutre vert. Il dansait au rythme de la roue, tapait des mains, et ses lèvres, extensibles à souhait, s'écartaient de sa mâchoire, découvrant des dents blanches et ciselées.

Le dignitaire en rouge, qui devait être au moins le seigneur de ces lieux, était aux anges devant les prodiges du petit animal. Avachi dans son fauteuil, il battait la mesure avec son soulier, et tendait en permanence une coupe qu'on lui remplissait à l'envi.

Bien que ses oreilles eussent recommencé à siffler, Orso partageait son enthousiasme. Il avait saisi ses crosses et les frappait lui aussi sur le sol pour accompagner la vielle. Malheureusement, son état ne lui permit pas de maintenir longtemps l'effort ; les lambourdes parurent chanceler, les boiseries vacillèrent ; il fut retenu de justesse sur son siège par les deux gendarmes plantés à ses côtés.

Rétabli mais flottant, Orso regardait le prince vider goulûment une carafe de liqueur. C'est alors qu'on entendit deux coups frappés sur le heurtoir de la grande porte, face à l'estrade. D'un geste, le doge fit cesser la séguedille du ménétrier et, dans le même instant, le macaque interrompit sa danse. Silence. On n'entendit plus que le souffle râpeux du mécène dont les lèvres chuintaient en recrachant ses noyaux d'olive.

Verracchia !... Encore Verrachia !... Verracchia, bien sûr ! Lorsqu'il le vit entrer, Orso poussa un soupir en levant les yeux au plafond ; fallait-il que le Sarde gâchât tous ses moments de gaieté !... Et que faisait ce maître pisse-vinaigre au milieu de la fête? Avait-il encore quelque tâche sombre à accomplir?

Plein de dépit, Orso préféra reporter son attention sur l'hôte magnifique qui, depuis le début, avait semblé diriger cette somptueuse cérémonie. Ce podestat aux accents ibères avait certainement un office considérable... prévôt de la ville, archiprêtre, mandataire du gouverneur? Il observa sa mine cramoisie et sa gueule toujours en activité. Assurément oui, celui-là était un grand feudataire chargé des pompes et réjouissances communales!

Il revint au singe. Un enchaînement de pensées affectueuses, risibles parfois, lui traversèrent la tête, puis il s'aperçut que tous les regards étaient tournés vers lui, et que Verracchia le pointait de son index en déblatérant d'obscures locutions latines. Il eut alors une fulgurance qui le fit se redresser et afficher un sourire averti : l'homme au bonnet pouvait aussi bien être un officier de justice, qui avait réuni cette docte assemblée pour juger d'une affaire importante... Quel dommage malgré tout de devoir sacrifier la danse du singe à des procédures ennuyeuses! Il regarda le petit tamarin avec envie.

Ses réflexions furent interrompues par les gesticulations de Verracchia qui, d'une ample volute de magicien, avait sorti de derrière un pupitre le bissac d'Orso! Le Savoyard eut un sourire de gratitude : on avait pris soin de son bien. Il eut même, à ce moment précis, une pensée tendre pour les frères capucins qui lui avaient légué cette besace, tout comme le classeur de cuir vert qu'à sa suite Verracchia avait extrait du meuble. Ces artefacts racornis par les épreuves du temps l'avaient accompagné au long de son périple, depuis Lecco. Pendant ses nuits inquiètes, alité, il y avait représenté ses visions; dessiner lui avait procuré tant de bien-être, des douceurs éphémères... Une fois rangées dans la reliure, il n'avait jamais plus regardé ces images.

Et voilà que l'autre rabat-joie se mettait à exhiber ses esquisses ! Il sortait un à un du classeur ses fusains, ses sanguines, ses portraits à l'encre, il les commentait et les faisait passer au magistrat ennuyé, en les tenant du bout des ongles, comme un critique qui se serait pincé le nez.

Tandis qu'Orso redécouvrait ses œuvres, les bruits de la salle – des indignations surtout – lui parvenaient en des sons modulés, décalés ; tout flottait de nouveau.

Verracchia avait d'abord produit une de ses ébauches réalisées au couvent : le régicide français, Ravaillac, sous les traits d'un saint. Le juge – puisque ce devait bien être un juge – eut une moue dédaigneuse et vida d'une traite sa coupe d'un vin clair. On fit ensuite circuler ses copies des systèmes astrologiques – dont celui de Copernic –, ainsi que le portrait, parfaitement reconnaissable, du savant Galilée ; « Homme fort suspect d'hérésie ! », tonna le moine instructeur, et qu'on avait fait abjurer devant l'inquisiteur du Saint-Père trois ans plus tôt ! La main de Verracchia dansait au-dessus des têtes, on entendit des « Oh ! », on se soulevait sur les bancs. Le magistrat, lui, eut un regard perdu ; il se resservit à boire et inspira par grandes bouffées en pointant tour à tour avec son nez Orso, le moine et le singe, comme si d'un de ces trois suspects émanait quelque effluve indisposant.

Mais on n'arrêtait plus l'ecclésiastique. Rasséréné, il avait sorti une nouvelle série de croquis qui fit encore plus se pâmer la salle : il y eut d'abord ce groupe de femmes aux hardes transparentes dansant le sabbat, puis la digne Vénitienne du ghetto parmi les signes hébraïques, la Calypso rendant grâce à la lune, et enfin Lucia, qui chevauchait nue un taureau furieux.

Les exclamations redoublèrent, on se mit debout, on s'arrachait les preuves, chacun voulait voir de plus près les pièces de l'instruction. Tout en savourant une liqueur dans laquelle il avait plongé des cerises confites, le magistrat à robe rouge confisqua d'un ton autoritaire la représentation de Lucia. Il sembla satisfait de ce premier acte, mais son regard de plus en plus vaporeux sous ses paupières lourdes demandait un répit. Depuis les sièges face à l'estrade s'éleva alors une salve de rires qu'Orso accompagna en se pliant le ventre : le primate avait laissé partir un cri et, dans la même contraction, une déjection ocre, que le nain à la vielle, comme un jongleur de balles, avait récupéré au vol de sa main droite.

L'homme en rouge profita de cet *intermezzo* pour suspendre l'audience d'un grommellement dont personne ne comprit le sens, mais que chacun salua; titubant, il fut évacué avec beaucoup de panache. Cependant, les clercs de sa suite – ils devaient être habitués à ce protocole – restèrent dans la salle pour banqueter et se mirent à s'empiffrer des mets qu'ils n'avaient pas osé toucher en sa présence. Verracchia, seul sur son gradin, fulminait en chiquant son girofle, et continuait d'ânonner ses sentences latines. Plus personne ne l'écoutait; Orso eut même le sentiment qu'on se tenait à distance prudente.

Le prévenu, en dépit de la faim qui lui tordait les intestins, avait passé une excellente matinée et se rendormit bientôt sur son banc.

Il se réveilla en entendant sonner none au campanile, et se félicita de s'être redressé sur son siège juste à temps pour assister au retour du maître des cérémonies. Celui-là aussi avait dû se reposer car ses joues étaient froissées autant que son bonnet. Son front gardait une belle couleur rubiconde, et ses yeux, bouffis, semblaient apaisés. Il alla plonger dans son fauteuil et se vit aussitôt proposer d'autres rafraîchissements.

Nouvelle entrée triomphale du nain à la vielle, nouvelle gigue du tamarin… et nouvelle irruption, intempestive, de Verracchia !

Il était cette fois accompagné du frère Mansueto qui, pour la circonstance, avait repris le froc et était repassé sous le rasoir de la tonsure. Orso se douta d'une coquinerie rhétorique, cuisinée par le Sarde pour marquer les esprits ! L'imposture n'eut apparemment pas l'effet escompté car l'auditoire, découvrant le front estampillé du portier, avait recommencé une foire du tonnerre, qui ravissait monsieur le juge et lui donnait fort soif. Le Savoyard fut certes embarrassé pour ce bougre de Mansueto, mais, ivre de n'avoir toujours rien mangé, il se laissa dériver dans cette ambiance de charivari.

Verracchia avait ceinturé de son bras l'épaule du portier ; de l'autre il pointait alternativement Orso puis le sexe dressé sur le crâne de son témoin en grondant des «*veneficus*» et des «*diabolicum*» qui faisaient redoubler les rires. Le juge était enchanté, cependant, rappelé à la transcendance de sa fonction par un hoquet inextinguible, il ordonna au moine, pour le bienfait de l'auditoire, de repasser à la langue commune. Après cette mise au point, le macaque nain – peut-être était-il jaloux de n'être plus le centre du spectacle – avait saisi unc orange trop mûre et l'avait envoyée avec une surprenante précision dans la figure de Mansueto. «*Bravo !*», «Forza !» Comme le singe saluait en sautillant, le refroqué évacua la pièce sous les lazzis.

Une fois le calme revenu, l'illustre magistrat prit la parole avec l'intention de rendre des attendus plus en accord avec sa fonction ; pour la première fois depuis la reprise de l'audience, le calme revint. Était-ce son parler exotique ou les effets de la fatigue ? Orso ne comprit que très vaguement les considérations du juge : il y était question de «*iouridicssionn*» et de «*séparassionn*» des affaires civiles et religieuses. Le magistrat, en tout état de cause, ne semblait pas vouloir se mêler de la deuxième catégorie.

Enfoncé dans son siège, Verracchia, furibard, encaissait l'affront en envoyant des coups de menton dans le vide. Lorsque le robin, rouge de satisfaction, se fut tu, le moine se leva pour demander que fût entendu un nouveau témoin dont on devinait, à l'extérieur, le pas léger gravissant les marches.

Un brouhaha d'étonnement parcourut l'audience quand apparut, sous le linteau de brique, une peau de bête dans laquelle se mouvait un corps frêle et recroquevillé, quoique d'une surprenante agilité. Une tête de femme aux cheveux blancs, menue, dépassait à peine des fourrures tachetées qui tombaient jusqu'au sol.

Orso voyait l'entrante comme un félin aux aguets qui flairait les dangers alentour, les dangers humains au premier chef. Elle n'alla pas s'asseoir sur la chaise que l'assesseur lui avait désignée mais fit une sorte de tour de piste pour sonder, de son œil scrutateur, chacun de ces êtres dont elle allait partager, un temps, le territoire de chasse. Le silence qui s'était fait en disait long sur le caractère de cette femme : personne, pas même le juge, n'aurait pu lui imposer quoi que ce fût ; elle était d'une essence autre, une nature que les lois de la civilisation ne pouvaient atteindre.

Elle se campa plus longuement devant Orso, avançant l'encolure comme une hyène qui sent. Impossible de donner un âge à ces yeux vifs au milieu du masque de cuivre lacéré par le temps, le menton terminé par des soies de porc ; Orso se dit que celle-là avait eu au moins deux ou trois vies.

Lorsque enfin elle consentit à rejoindre sa chaise, elle resta debout, le museau en éveil. Verracchia s'approcha d'elle et, d'une voix inquiète, lui fit une question en pointant de nouveau Orso du doigt. La vieille ne répondit pas, ses yeux s'allumèrent, son avant-bras sortit de sous ses guenilles et on l'entendit grogner à la face du moine : «*Gudogn ! gudogn ! pajar muneida !*» Elle remuait la tête à la manière d'une mauvaise saltimbanque aux foires d'automne. Le frocard resta interdit.

«*Que dice* la vieille?», cria le magistrat dont les paroles étaient elles-mêmes difficiles à démêler.

Verracchia eut une moue d'incompréhension, chacun se regardait.

«Elle veut qu'on la paie! lança Orso d'une voix triomphante. (C'étaient ses premiers mots depuis son arrivée.) Elle réclame son salaire! Elle baragouine la langue du lac. Je saurais peut-être vous dire, moi, si on veut bien...»

Les clercs ne tinrent plus en place; ils s'esclaffaient et applaudissaient comme au spectacle de rue, le singe gloussait sur l'épaule du ménétrier, le vin coula encore. «L'accusé va traduire l'accusation!», entendit Orso, qui se grisait de plus belle de l'euphorie générale, «*traduttore, traditore*!».

«*Ridiculo!*... Moine, tu me fais perdre mon temps! rugit le juge en séchant ses lèvres postillonnantes d'un revers du poignet. Comment pourrions-nous accepter un vice de procédure... *Tan espantoso!*... Et qui est cette *bruja*, d'abord? Dans quelle *feria* es-tu encore allé pêcher ce témoin?

— *Veritas facit legem*, juge! Cette femme se fait appeler Troque la Mort. Elle connaît tous les vices de l'accusé! Engeance maligne!»

Verracchia avait immobilisé sa main au-dessus de sa tête, sa manche pendait sur son crâne rasé, il faisait porter sa voix comme Moïse au Sinaï.

Mais ses paroles n'émouvaient plus, et surtout pas la robe d'hermine qui était retournée à ses ablutions et se dandinait, toujours plus éméchée : «Ainsi donc, à la *salud* de Troque la Mort!... bafouilla le magistrat en tendant sa coupe vermillon... Et gueule moins fort, curé!... Ton haleine *es insoportable*! *una infecssionn de puta madre*!»

Ce nom, «Troque la Mort», avait claqué aux oreilles d'Orso plus dru qu'un nerf de bœuf; il s'était d'un coup raidi dans son alcôve et regardait la vieille comme si elle tenait dans ses mains les clés du paradis. Autour, la pagaille était à son comble, Orso n'entendait plus. Il se dressa sur ses béquilles et cria en direction de la créature en peau de bique : « Où repose Mammina ? Où l'avez-vous portée ? » Dans le dialecte insubre de Lecco, il ajouta : « Tu sais où est ma mère, n'est-ce pas ? »

La femme se tourna vers lui, elle eut un sourire entendu, cligna de l'œil. Comme deux greffiers s'apprêtaient à l'évacuer, elle dit entre ses dents : « *Pajar munaida !* », l'argent, toujours… et, comme pour demander la pièce, elle frottait son index sous son pouce. Enfin, poussée par les huissiers, elle disparut ; Orso avait tendu le bras désespérément, il s'effondra d'un bloc sur les planches de bois.

« … Le marquis d'Astorga, ambassadeur d'Espagne… », les paroles qu'il perçut en revenant à lui semblaient tirées d'un conte. Était-il encore dans la réalité ? Ces paroles… il les avait déjà entendues dans le passé… la tête lui tournait… la faim toujours… sans doute aussi la faute à la mirabelle liquoreuse qu'il goûtait sur sa langue enflée. Un appariteur en livrée noire lui soutenait la tête, pendant qu'un autre versait prudemment le contenu d'une coupe sur ses lèvres.

« … une horde de femmes espagnoles… », c'était comme un texte qu'on lisait… un texte qu'il connaissait… où et quand ?… il s'efforça à fixer son attention. La voix, c'était celle de Verracchia, encore et toujours…

« … Il finira par planter leurs os le long du chemin, ce qui pourrait donner naissance, non pas à des hommes armés, mais à d'horribles harpies ! » Autour du lecteur, des cris d'indignation fusaient parmi les rires. Orso parvint à se redresser, des langues de feu dansaient devant ses yeux. Il vit le Sarde brandir un des libelles sur papier jauni qu'il avait recopiés à Rome pour gagner quelques baïoques !… Le moine s'adressa au magistrat :

« Que dira-t-on, juge ? C'est une insulte au souverain d'Espagne ! »

À quoi l'autre répondit par un enchaînement de borborygmes qui tinrent en suspens les plumes des greffiers. On comprit malgré tout, car il n'avait cessé d'invoquer ce sésame depuis l'ouverture de l'audience, qu'il reprochait au moine ses méprises continuelles quant à la « *juridicsssionn* ! ». Les productions de Verracchia semblaient l'agacer de plus en plus, et, alors qu'il contemplait les fiasques vides d'un œil désolé, un homme vint lui murmurer à l'oreille. Le juge eut avec la main un geste de lassitude, un dégagement : « *Dale*... Faites entrer ! »

Aux chocs sourds, syncopés, on eut l'impression qu'un escadron montait les marches de l'Arengario. Deux moines capucins firent leur apparition, suivis de deux paysans qui portaient un brancard, une planche aussi piteuse que celle sur laquelle Orso avait fait son entrée avant l'aube. Tous les présents s'étaient levés pour observer le grabataire ; le Savoyard n'eut pas la force de se hisser.

Un des capucins qui accompagnait le malade s'inclina, et prit la parole :

« Par la grâce de Dieu, le père Giovanni, devant vous, était prieur au couvent de Pescarinecco du temps où l'accusé y a séjourné. Il souhaite apporter son témoignage de compassion. »

Le père Giovanni !... Quelle guigne ! Orso tira une manche de l'appariteur à ses côtés, pour qu'il lui versât de nouveau une lampée de mirabelle. Il put enfin observer le vieillard sur sa civière et n'en reconnut que le contour du visage. Un bras et une jambe, décharnés, tombaient de sa couverture, il avait les yeux caves d'une âme en sursis et pouvait à peine parler ; il soufflait à l'oreille d'un des frères qui faisait office de porte-voix.

Qu'est-ce que le supérieur pouvait bien faire ici ? La vision d'Orso se brouilla une fois de plus, il n'entendait plus que des bourdonnements. Ne pouvait-on pas le laisser tranquille, à la fin ! Laisser Verracchia faire son travail ! Il n'y avait que le Sarde, en fin de compte, qui l'avait rapproché de Mammina. N'avait-il pas retrouvé Troque la Mort ?...

Le capucin, lui, avait passé des années à prétendre l'aider, et qu'était-il advenu ? On l'avait exilé à Brescia, éloigné de sa mère. Non, il ne voulait pas entendre le témoignage de cet importun ! « *Basta !* »

Comme son propre cri résonnait encore à ses tympans, il entendit un brouhaha plus ample, puis un « Oh ! », clamé par l'assemblée comme un seul homme. Il se rehaussa de son mieux et vit une agitation de têtes et de bras autour de la civière du père Giovanni. « *È morto !...* Le père est mort ! » Le silence se fit. Chacun se signa. *À la bonne heure !* pensa Orso, il retomba sur son banc, incapable de démêler ses pensées. Le parquet cognait fort, une confusion insupportable, Orso implorait le juge du regard pour que cette mascarade cessât enfin. Mais le juge ne faisait plus attention à rien ; celui-là aussi semblait exténué, il avait recommencé à boire... Sans doute n'avait-on pas grande habitude des curés morts en audience.

Le corps fut enlevé. L'homme en hermine se leva pour faire quelques pas. Orso eut un sourire de gratitude. On allait pouvoir suspendre la séance... Mais non, le vacarme, encore, et nouveau rebondissement : entra Verracchia – où était-il passé, celui-là ? –, son crâne, violet comme une aubergine, la face jubilatoire. *Enfin,* se dit le prévenu, *un dénouement !*

« ... Son Excellence... témoignage définitif... Cassano... le Milanais ! »

Orso parvenait encore à garder ses épaules collées au mur, son regard absent fixait la porte de l'autre côté de la pièce. La brique sur son cou était froide, râpeuse ; ses autres sens, les bruits, les images, l'abandonnaient par vagues, la salle était plongée dans une lumière éblouissante, et puis ça revenait.

Pourtant, il n'eut aucun doute lorsqu'il la vit passer et s'avancer devant le magistrat… cette mégère cassée en deux, portée par sa canne, c'était Perpetua, l'avare Perpetua, Perpetua l'instigatrice, l'épouse du luthier Bertolotti, elle était là, à cinq toises de son banc !

D'une main sèche, elle traînait par le manteau une autre femme, au visage caché par une mante bleu pâle. À leur suite venait un huissier, qui se tint immobile derrière elles ; ses bras enserraient une masse oblongue qu'il portait sur son ventre. Orso lâcha une plainte, comme un gémissement : sa hotte !… et le marbre doux de la stèle qui en dépassait comme un bel astre blanc. Une larme coula sur sa joue, la joie le fit trembler.

Perpetua ne disait rien. C'était la femme qu'elle avait tirée jusque devant le juge qui, semblait-il, s'adressait au parterre. Avec des gestes simples, elle montrait la pierre funéraire puis s'inclinait très bas ; son front, comme sous le poids d'un deuil, touchait presque le pupitre devant elle, le capuchon bleu ondoyait et glissait sur sa chevelure quand elle se relevait, alors elle le replaçait d'un geste de la main. On eût dit qu'elle cachait sous sa soie un mystère qui se révélerait d'un instant à l'autre.

Lorsqu'elle eut terminé ses lamentations, elle se prosterna une dernière fois devant le magistrat. Cependant, elle ne suivit pas Perpetua qui, tout en reculant, tirait par à-coups sur sa cape ; elle resta campée devant son pupitre et, sans oser l'impudeur d'un coup d'œil, semblait vouloir se tourner vers le prévenu. Était-ce un effet de sa conscience fluctuante ? Orso eut l'impression que le mouvement de la femme se faisait par saccades ; la tête restait fixe sur le torse en rotation, de sorte que son visage ne se dévoilait que progressivement. Aux premiers traits de la bouche, le Savoyard fut secoué par une convulsion, il saisit le bras du garde en faction à sa droite ; plus elle se découvrait, plus il perdait de force ; quand enfin, sans plus d'obstacle entre lui et la femme, il put contempler son front et ses yeux, Orso, la mâchoire béante, s'écroula sur les madriers devant lui !

Ça grondait, ça vrombissait, il ne les entendait pas mais percevait, à leurs vibrations, les semelles des bottes et le crissement des souliers qui s'étaient précipités. Aux visages qui se penchaient maintenant sur lui, il voulait dire son effarement, crier l'incroyable... mais aucun son ne sortait. On avait bien vu, pourtant !... Comment se pouvait-il ?... Elle avait choisi de reparaître à ses yeux ! Pourquoi maintenant, pourquoi ici ? Qu'avait-elle à lui reprocher devant ce juge ? la pierre tombale ?... Lui qui avait dévoué sa vie pour lui rendre cet hommage, qui avait traversé l'Italie pour lui apporter la stèle ! Sa stèle !

Pas plus que les gifles sur ses joues, il ne sentit l'eau sur son front ni la liqueur sur ses lèvres. Il eut un ultime sursaut : l'appeler, lui faire savoir, avant qu'elle ne s'évanouisse encore. Hurler sa dévotion, puis tout pourrait disparaître ; il inspira. « Mammina ! » Les ténèbres, enfin.

*

Ses deux pattes prenant appui avec force sur les épaules du moine, le petit singe en habit vert tenait entre ses bras le crâne de Verracchia et le tirait énergiquement vers le haut, comme pour faire sauter une bonde ; il lança son cri strident, Orso ouvrit les yeux.

Le Savoyard perçut un mince faisceau de lumière blanche venu de derrière sa tête et qui longeait le mur. Où ? On l'avait étendu sur le sol, contre une paroi lisse, sous ses guenilles froides crissait une terre d'argile et de paille. Dehors, il entendit l'appel d'une corneille, et, portés par le vent, lui arrivaient les frémissements d'une rivière. Il opéra une reptation sur son flanc gauche pour permettre à la lumière de passer sans que son corps fît obstacle. Dans les rais blêmes rasant le sol, Orso contempla l'espace de sa cellule.

Elle avait l'aspect d'un couloir, long d'une dizaine de toises et large d'à peine trois. L'endroit avait sans doute servi, en d'autres temps, à accueillir des hôtes plus illustres, car les murs latéraux étaient enduits d'un plâtre écaillé. Le couloir était recouvert d'une voûte en brique, crevassée, d'où suintait une eau jaune. Le mur au fond, émergea de la pénombre. En son centre, on avait crevé grossièrement un trou de diamètre inégal, trois ou quatre pouces, tout au plus. C'était sans doute par cette brèche qu'Orso devrait espérer son ravitaillement, car il y pendait une corde au bout de laquelle balançait un pot de fer. En rampant vers le récipient, il aperçut autour quelques croûtes de fromage, dont il fit son déjeuner après avoir lapé avidement le pot.

Puis, tandis qu'avec l'index il se palpait les gencives qui saignaient, il se retourna pour découvrir l'autre perspective : le sol descendait en pente légère vers un trou de lumière ; à droite sur la partie moins humide du cachot on avait répandu des floches de laine et un peu de fourrage dont il devrait faire sa litière ; au milieu des foins gisaient ses deux crosses qu'on avait jetées là.

Le pan à l'autre bout – celui au pied duquel il s'était réveillé – était d'un ouvrage récent ; les briques avaient été montées à la hâte, l'aplomb était grossier. C'était à la base de ce mur, du côté gauche, qu'avait été ménagé le seul ajour de la cellule ; par cette même ouverture où arrivaient les rats et les bruits du dehors s'écoulaient les filets limoneux qui ressuaient le long des parois.

En s'allongeant sur le flanc en travers de la pièce, Orso, de son œil gauche, pouvait voir par le trou. Il ne donnait pas directement sur l'extérieur : de l'autre côté courait un couloir de ronde – peut-être était-il dans un donjon dont la partie basse, face à sa cellule, était obturée par une grille ; c'était de ce soupirail que jaillissait la lumière. Couché, il parvenait à entrevoir des morceaux de nuages chassés par les vents.

À part la brèche improvisée pour son approvisionnement, et l'ajour à ses pieds, il n'avait aucun lien possible avec l'extérieur. Ni parloir, ni porte, ni fenêtre… on l'avait emmuré. Orso ne s'en soucia pas outre mesure, il n'avait pas pour projet de communiquer avec le monde.

Il passa ses premières journées sur les coudes, à se traîner d'un bout à l'autre du cachot. Bien que la hauteur de voûte eût permis qu'il se tînt debout sans difficulté, Orso ne voyait pas d'intérêt à déambuler sur ses béquilles. Sa jambe, toujours enserrée dans son atèle de fortune, ne le faisait plus souffrir, mais elle n'aurait pas pu le porter.

De tout son séjour au cachot, il n'eut qu'une seule visiteuse : une main noueuse aux ongles noirs qui, chaque matin, remontait par la corde le pot de fer, puis jetait par terre des croûtes de fromage, des cubes d'un pain gris, et des pelures de légumes ; elle redescendait finalement le récipient plein d'eau. Jamais un mot. Mais certains jours, Orso percevait une respiration grasse de l'autre côté de la cloison.

Une fois par semaine – ça devait être le dimanche car il entendait les carillons des grands offices –, le pot redescendait rempli d'un lait de chèvre aux relents âcres. Orso, invariablement, se précipitait pour avaler le caillé et, le soir venu, se tordait de douleur sous l'attaque fulgurante des coliques.

La meurtrière par où entraient quelques rais de lumière, étant orientée au couchant, c'était dans les fins de journée que sa cellule était le mieux éclairée. Il les passait appuyé contre le mur de brique, à jouer aux ombres portées avec ses mains jointes. Dans la clarté orange et rose, il donnait vie à des chimères, des oiseaux le plus souvent, qui voletaient sur la paroi de plâtre.

Un après-midi que son geôlier lui avait envoyé un quignon de pain noir à la croûte brûlée, il se servit des ergots calcinés pour dessiner; pour la première fois, il se redressa sur ses crosses, et se lança dans l'ébauche d'un fusain sur la paroi blanchie : une tête de choucas haute et large comme un bras; l'oiseau paraissait regarder d'un œil mauvais vers le guichet d'approvisionnement. La croûte calcinée avait manqué, et l'artiste avait achevé son esquisse de quelques traits d'argile.

Le lendemain, son gardien, qui s'apprêtait à balancer sa pitance après avoir relevé le pot d'eau, marqua un temps d'hésitation. Alors qu'Orso patientait, rencogné près du mur où passerait sa ration, il entendit des frottements sur la cloison... comme si l'homme, de l'autre côté, ajustait sa position après s'être appuyé légèrement contre la brique. Qu'avait-il donc, le bonhomme, ce matin? Une consigne, peut-être, il devait épier l'intérieur du cachot? Assez vite, il y eut une exclamation étouffée, et, dans la foulée, un petit cri aigu, puis un autre... plein de petits cris aigus, l'imitation d'un babil d'oiseau... *Tiens*, se dit Orso, *un amateur de choucas*. Il lui répondit dans la même langue.

Quelques jours après cette communion succincte, le geôlier jeta dans la cellule des pointes de charbon et des baguettes de soufre coloré. Voulait-on qu'il œuvrât encore, qu'il dessinât?... Il n'y voyait pas d'inconvénient. Car, bien qu'il trouvât son quotidien plutôt satisfaisant, la cellule manquait de divertissement. Orso ne fut pas étonné non plus : il pensait dans l'ordre des choses que son gardien lui procurât de quoi patienter dans la mesure où, certainement, le bon magistrat de Monza accepterait bientôt de le relâcher; c'était sans doute une manière d'encouragement.

Cependant, il prit son temps. Et même si désormais son surveillant émettait un grommellement de déception en jetant son coup d'œil matinal, le prisonnier semblait hésiter à se lancer dans une fresque majeure ; dans la clarté déclinante, il traçait des lignes imaginaires en ombre portée, puis, après avoir longuement fixé la paroi de plâtre, d'où il avait effacé la tête de choucas, il s'endormait, le dos appuyé à son mur.

Un soir où, perçant les briques basses, la lumière d'un soleil printanier inondait la pièce comme une gloire au travers des nuées, il prit enfin ses crayons d'une main et se mit d'aplomb sur ses béquilles. À partir du centre du mur, il esquissa au fusain les premiers détails d'une campagne idyllique. Il fit apparaître quelques broussailles, un groupe de cyprès et une maison au toit d'ardoises. Ce premier effort lui avait coûté. Exténué, il alla s'asseoir près du fanal de lumière pour observer sa composition depuis le sol. Un sourire neuf lui desserra les mâchoires ; le sommeil l'emporta vite.

À son réveil, exhalées depuis la crevasse d'approvisionnement, il entendit les acclamations du geôlier : « Oh, mmm ! Ah, mmm ! » Bien que l'épaisseur du mur renvoyât toujours à la pénombre les traits de son visage, le pourvoyeur aux doigts noueux comme des pieds de vigne manifestait sa satisfaction.

Jour après jour, des myriades de détails aux tons ocre et charbon apparaissaient sur la fresque, laissant graduellement deviner un luxuriant paysage de montagne. Chaque soir, couché sur le dos, Orso, acquiesçait à ses dernières créations avant de se laisser happer par la torpeur ; chaque matin, les borborygmes du gardien plébiscitaient les choix de l'artiste.

L'émerveillement du geôlier fut tel que, lorsque arrivèrent les journées plus chaudes, il restait jusqu'au soir devant le judas de la prison pour regarder l'œuvre jaillir devant ses yeux. Semaine après semaine, celui qu'Orso ne connaissait que par ses mains vit se former des bosquets, des vergers, cent tableaux anodins au milieu d'une nature foisonnante. Il vit aussi naître des personnages aux dimensions de fourmi qui vaquaient à leurs occupations paysannes, scènes naïves, apaisantes.

Admirateur inlassable, le gardien voulait voir chaque parcelle de peinture prendre vie et ne quittait plus son poste que pour s'acquitter de ses obligations de ravitaillement. Sans doute ne pouvait-il rien faire pour améliorer le quotidien spartiate du prisonnier, cependant il apportait à Orso des encres noires, de l'huile de lin et des galettes de pigments.

L'artiste mettait à profit la moindre lueur pour affiner les détails de sa composition magistrale. Avec des gestes précis, bien qu'éreinté, il broyait les couleurs et les dissolvait dans le liant. L'arthrose lui faisait grincer des dents, son corps tout entier gémissait lorsqu'il s'étirait sur ses crosses pour éponger les suies.

Quand faiblissaient les rayons du couchant et que l'obscurité interrompait la progression de l'œuvre, le geôlier soupirait, ses pieds trépignaient sur le sol. Certains soirs, comme un chien affligé sur le seuil de son maître, il s'allongeait au pied de la paroi. Couché de l'autre côté, Orso entendait monter ses geignements étouffés ; l'homme semblait dépérir.

Demain on me laissera sortir, se disait Orso chaque nuit sans que ses pensées fussent jamais grevées par la lassitude. Comme à Brescia, à Venise, ou à Rome, les saisons se succédèrent, mais lui se souciait peu de la fuite du temps. Il perçut simplement le retour de l'hiver à ses os douloureux qui l'empêchaient de se tenir debout. Alors, dans les vapeurs froides qui montaient du sol, il corrigeait deux ou trois traits d'un mouvement rapide, puis retombait sur l'argile.

Enfin sa fresque fut achevée.

À l'extrémité du mur, presque contraint par la voûte de brique et éclairant le monde de son aura déclinante, le soleil posé sur un col enneigé était strié de cirrus noirs qui filochaient à son approche ; la montagne au-dessous portait une collerette de neige, et des pierriers lui faisaient un manteau brun traversé par un ruisseau aux eaux mauves. Plus bas, une combe de cyprès orientait le regard vers la vallée – une version de la Valteline – qui s'étirait en pente douce ; elle était quadrillée de cultures aux couleurs chaudes où s'affairaient des grappes de santons ; çà et là, des femmes délaissaient les travaux des champs pour retourner à leurs chaumières.

Orso ne fut aucunement surpris par ce qui se produisit dès le lendemain.

C'était en fin de matinée ; allongé et heureux, il contemplait son œuvre depuis cette perspective en coin que lui offrait l'ajour. De l'autre côté du mur on avait crié : « Gare ! » Il avait roulé sur le côté, juste à temps pour éviter la chute des premières briques que deux goliaths aux masses virevoltantes faisaient s'effondrer dans la cellule. Quand le travail de démolition fut terminé, Orso vit émerger, dans un contre-jour aveuglant, une ombre qui se campa sur le seuil du cachot, à l'endroit où la cloison avait disparu. Dans le silence et la poussière, le spectre observait ; le temps fut suspendu.

Enfin, le spectre demanda : « Cette fresque… c'est ta mère ? » Orso resta muet, abasourdi. Par quelle magie cet arrivant de nulle part avait-il deviné le portrait qui se cachait, en anamorphose, derrière le paysage alpestre ? Certes, il était le premier à découvrir son travail depuis la perspective propice – le geôlier aux mains charbonneuses l'avait chaque jour contemplé depuis la brèche à l'opposé de la source lumineuse –, certes… mais pour sa mère, comment pouvait-il savoir ?

« Eh bien ? Réponds, mon ami ! Sainte Marie, notre mère à tous, sait que je ne te veux aucun mal. Bien au contraire… » Cette fois, Orso, qui ne distinguait toujours rien des traits du visage, reconnut la voix : le chanoine sévillan ! L'homme de l'Inquisition espagnole, celui qu'il avait croisé à Venise, puis à Rome, au Saint-Office, et qui connaissait les turpitudes de Verracchia, qui avait pisté le moine dans tous les États d'Italie.

« Décidément, on ne m'avait pas menti ; ton art est remarquable, Orso. Qu'il serait utile au service de notre apostolat ! » Il se pencha vers le sol et proposa sa main au prisonnier, tandis qu'il ramassait de l'autre ses béquilles. « Je ne suis pas venu pour te parler des muses, mon fils. Tu es libre ! Et sache que, désormais, le frère Verracchia ne te causera plus d'ennui. »

Pendant qu'on prodiguait quelques soins à Orso, qu'on lui servait des louches d'une mixture roborative et qu'on le rhabillait d'une pelisse chaude, le prélat sévillan lui raconta comment, en suivant celle du Sarde, il avait retrouvé sa trace.

À la cour de Madrid, il avait fait la connaissance de l'évêque Viquez de Montada, confesseur du comte d'Olivares et cousin des Leyva de Monza. Celui-ci l'avait informé d'une procédure inédite qui s'était déroulée à l'Arengario le jour de la Saint-Nicolas 1635 : un procès instruit par une juridiction civile, levée à la hâte en l'absence des comtes de Monza. L'évêque avait mentionné spécifiquement la présence d'un moine, un Palermitain recherché par le duc et l'Inquisition ! Le chanoine s'était immédiatement embarqué pour Gênes ; il était arrivé dans le duché à la Saint-Jérôme où, avec l'appui du gouverneur, il avait diligenté une enquête qui, cette fois, l'avait mené jusqu'à Verracchia ; les aveux n'avaient pas été longs à obtenir ; l'ecclésiastique eut, à ce moment, un sourire où perçait l'affliction.

L'alguazil qui avait dirigé le procès d'Orso, « un ivrogne en habit de juge, en vérité » – il leva les yeux au ciel –, n'avait pas même trouvé de mobile satisfaisant pour condamner le prévenu. Sur le procès-verbal, il avait lu ce verdict : « Coupable de profanation au cimetière de San Zeno, République de Venise. » Le crime retenu s'était donc produit à l'extérieur du duché… Mais la requérante, fille de la défunte dont la stèle avait été volée, était de Cassano, elle était venue faire valoir ses droits dans le Milanais…

À ces mots, Orso revit la salle d'audience de l'Arengario : la plaignante sous son voile bleu… la joie terrible qu'il avait ressentie ! Ce visage n'était donc pas celui de Mammina ni celui de la morte de San Zeno qui lui ressemblait tant, mais celui de sa fille… Pauvre innocente… Sans doute l'avait-elle fait condamner, mais il lui était redevable, mille fois reconnaissant, même ! C'était par ses traits, aperçus un instant, qu'il avait pu ranimer, dans son cachot et dans sa mémoire, le portrait de sa mère.

Le dominicain détailla les suites du délibéré : le juge s'était prononcé pour un châtiment léger, douze coups de fouet, ainsi qu'une amende de six ducats. Comme le condamné n'avait pas un sou en poche, on avait délégué à Verracchia l'application de la peine. Le moine l'avait commuée selon ses désirs funestes : il avait fait emmurer Orso à l'étage de cette redoute abandonnée, à une lieue de la ville. Son sort était resté secret.

Lorsqu'il avait finalement mis la main sur Verracchia, le chanoine avait ordonné qu'on trouvât, à la suite, Mansueto et la paysanne du nom de Troque la Mort ; ces noms étaient mentionnés à plusieurs reprises dans les dépositions. De leurs témoignages il avait rassemblé suffisamment de preuves pour que le moine pût comparaître devant l'officialité.

Il avait aussi compris l'acharnement du Sarde à vouloir réduire Orso au silence depuis tant d'années ; c'était la vieille paysanne, malgré son mutisme et ses manières rustres, qui l'avait éclairé. Elle avait raconté comment, une nuit – dans les années où Orso était encore enfant –, un seigneur de la Valteline l'avait chargée de reconduire dans leur taudis le garçon et sa mère guérisseuse ; on l'avait mise sous les ordres de Verracchia. Il y avait tempête de neige, ces jours-là, le petit était fiévreux, il avait été mordu par un chien du château. Quand ils furent parvenus à la masure en bordure de forêt, Verracchia avait ordonné à Troque la Mort d'attendre dehors, mais la paysanne n'avait pas gardé ses yeux dans sa poche ; elle avait épié le moine, l'avait vu abuser de la mère pendant que l'enfant pleurait sur la litière. Peut-être Orso avait-il gardé le souvenir de ces infortunes ?...

Le Savoyard écoutait le compte rendu de l'inquisiteur sans réagir. Il fouillait sa mémoire ; rien ne lui revenait de ces jours de fièvre dont le cavalier manchot lui avait déjà fait le récit. Il n'eut que cette vision fugace : la nuit, à Rome, devant San Crisogono ; à trois reprises il avait frappé de sa pierre la Lumaca chevauchant la Calypso et l'avait presque tué...

Sans doute le chanoine se rendit-il compte que l'attention d'Orso avait dérivé. « Rassure-toi, dit-il, j'ai fait venir ici cette Troque la Mort. Tu pourras l'interroger toi-même... » Quant à Verracchia, il n'était plus la peine qu'il s'en inquiétât ; pour le bien de l'Église, il avait été « pris en charge par l'institution ».

Orso demanda si le moine était mort. Le dominicain tourna vers lui ses yeux d'une inquiétante bonté.

« N'est-il pas préférable qu'il soit soumis à la justice de ceux parmi lesquels il a fauté ?

— Certainement si », répondit Orso en détournant le regard.

Il se tordait les doigts, se faisait saigner les ongles... Ses mains, si elles avaient pu se serrer à cet instant sur la gorge de Verracchia, auraient plus accompli pour son bonheur que toutes les œuvres qu'elles avaient engendrées pendant sa vie. Voilà en vérité ce qu'Orso pensait de la justice.

12

Plus de moine, plus d'effroi, [il] remonte en Valsassine,
Du seul être aimé, dresser enfin la tombe.
[...]

Dehors, les nuages charriés par un vent glacial annonçaient de la neige.

Orso franchit le seuil. Clarté fulgurante. Le ciel était d'un blanc que son regard ne pouvait plus affronter. Il resta longtemps à fixer le sol et la base du mur d'enceinte. Son crâne était traversé de douleurs qui venaient le larder au rythme de sa respiration ; balançant doucement sur ses béquilles, il se retenait de vomir.

Puis, progressivement, ses yeux virent. Il devina, adossée aux blocs de tuf, la stèle rangée dans sa hotte ; elle l'attendait là, comme un compagnon tranquille. Le dominicain, en arrière, précisa ce point – sans doute une libre adaptation du droit : la requérante n'avait pas voulu emporter la pierre, elle était donc à sa disposition. Orso demanda qu'on voulût bien la charger sur ses épaules et, malgré le poids, malgré ses clavicules meurtries, comme un repenti sous le cilice il ressentit l'apaisement.

C'est à son feulement impatient qu'il repéra, sous ses peaux, Troque la Mort. Au pied de la herse elle attendait, surveillée par un gendarme.

« Me mèneras-tu en Valsassine, au lieu où ils ont tué ma mère ?

— *Pajar muneida* », répondit simplement la femme.

Orso n'avait rien pour payer. Il savait aussi que cette chevêche lui fausserait compagnie à la première occasion ; il implora que l'on trouvât un moyen de l'enchaîner à la vieille. Le chanoine accepta, à la condition que le Savoyard jurât de libérer la paysanne dès qu'elle l'aurait mené à l'endroit voulu.

Deux aides du Sévillan partirent fureter dans la redoute qui avait longtemps servi de prison ; ils reparurent avec une chaîne et un cadenas. À un bout de la chaîne, on enserra la taille de Troque la Mort, qu'on ferma par un verrou, et on noua l'autre bout à la ceinture de l'estropié ; puis on lui remit la clé.

Le lien d'acier qui traînait entre les deux leur laissait une distance de quatre pas. Orso contempla le harnachement avec appréhension ; il suffirait à la vieille, qui irait devant, de tendre d'un coup leur cordon, et lui, trébucherait sur ses crosses ; une fois au sol, qui aurait le dessus ? Avisant une clochette accrochée au mur de herse, il demanda qu'on la détachât, et qu'on la fît pendre à leur chaîne. Ainsi, disait-il, on éloignerait les loups ; il redoutait en réalité les diableries de la vieille.

Dans un silence de deuil, la procession se mit en marche.

Le chanoine et sa suite laissèrent Orso, devancé par la paysanne, sur le chemin d'Oreno à Calco. Sous la neige qui tombait dru, les deux enchaînés, l'une appuyée sur son bâton, l'autre sur ses béquilles, quittèrent la limite des champs et s'enfoncèrent dans la forêt qui devait les mener jusqu'aux abords de Lecco.

Au milieu des frênes et des pins, ils progressaient lentement. Orso trébuchait souvent, la chaîne se raidissait, la cloche tintait, et la vieille s'arrêtait sans regarder en arrière. Entre les deux, aucune parole. La faiblesse du

Savoyard, son chargement obligeaient à des haltes fréquentes. Ils ne pourraient pas atteindre Lecco en une journée.

Comme la tempête ne faiblissait pas, ils prirent abri sous un chêne déraciné où ils déblayèrent au mieux la neige, jusqu'au lit d'humus dur comme la pierre ; ils passeraient cette première nuit en forêt.

Un peu avant l'aube, Troque la Mort réussit à faire partir une flamme. Du feu, sous la neige ! *Cette vieille pourrait aussi bien être revenue de l'au-delà,* se dit Orso. Ils burent une eau tiède, puis se remirent en chemin.

Le deuxième jour, ils traversèrent Lecco, vide. Au loin, sur son tertre, le Savoyard aperçut le clocher des capucins enveloppé dans des torsades de flocons. Les maisons étaient closes, les contrevents rabattus. Entendaient-ils là-dedans, lorsque les hurlements du vent s'apaisaient, les bruits macabres de leur progression sortis d'un cercle de l'enfer ? Le toc-toc syncopé de trois bâtons qui frappaient le sol, le cliquettement des maillons d'acier, le geignement ahané des deux fantômes et le timbre de la cloche ? Mais dans les ruelles, derrière les portes, pas une âme pour braver la tourmente. Et qu'auraient-ils vu ? Un attelage qui, prenant la direction du lac, remontait le temps.

Ils marchèrent ainsi, soûlés par les vents et la neige, exténués par les nuits froides. Aucun homme… ils ne croisèrent que des bêtes incrédules, loin de leurs tanières, qui se redressaient par instinct et qui, parfois, avaient arrêté de lutter. Au long des chemins, ils virent des grives creuser la neige pour picorer du crottin, des chevreaux affolés perdus dans l'immensité blanche, un chien couleur de feu, tournoyant sur lui-même, glissant sur une mare gelée, et qui s'affalait, puis se relevait aussitôt et tentait de survivre quelque temps encore, un mulet cabré qui beuglait, les flancs pris dans la glace.

Le deuxième soir, à la lisière d'un bois, ils dormirent contre un veau crevé, vidé de son sang, le jarret broyé par un piège à loup.

À la fin du troisième jour, ils arrivèrent à l'embouchure du lac, où la rivière Adda vient se jeter depuis la Valteline. Sans aviser Orso, qu'elle avait presque dû traîner par sa chaîne depuis la sortie du hameau de Calco, la vieille fit halte. La lumière déclinait, la bourrasque avait cessé et le regard pouvait enfin porter à plus de trente pas. Troque la Mort désigna devant eux un vaste amoncellement de bois recouvert par la neige.

« C'est là qu'ils ont tué ta mère », dit-elle simplement ; elle avait pour une fois parlé sans dissimulation, dans la langue commune.

Des écueils de planches éventrées émergeaient de l'étendue blanche, parmi les rondins éparpillés quelques poteaux de bois, fracassés à mi-hauteur, étaient restés figés dans le sol. Les tempêtes et les guerres incessantes avaient dû avoir raison de cette halle, se dit Orso. Et comme hors d'haleine, il contemplait cette dévastation en essayant de faire revenir à lui les souvenirs, la paysanne, le tirant prudemment par son attache, s'approcha des empilements de bois et saisit quelques billots pour démarrer un feu. L'obscurité allait tomber, il fallait profiter sans tarder de la trêve ménagée par les furies de l'hiver. Troque la Mort, affairée comme une louve, arrangea un bivouac de fortune. Elle dit enfin :

« Demain, à l'aube, je partirai. Je t'ai mené où tu m'avais demandé ; libère-moi.

— Pas encore. Dès qu'il fera jour, tu retrouveras l'endroit où ils l'ont mise en terre. Je pourrai alors y poser la stèle. »

Pendant qu'Orso tentait de ranimer ses doigts lacérés par les crevasses du froid, la vieille soufflait sur les brindilles orange et mordait ses lèvres. Par instants, elle le regardait, muette, portant une plainte au fond des yeux.

Comme le Savoyard, assommé de fatigue et étourdi par la fumée que des mousses humides avaient épaissie, se laissait aller à la torpeur, il entendit la paysanne murmurer :

« Ton voyage est bien vain, garçon. Qu'es-tu venu chercher ici ? Ta mère n'est plus là depuis longtemps. Arrête de courir le pays en tous sens, tu ne la trouveras nulle part… ni ici ni ailleurs… inutile de creuser la terre non plus, elle n'y est pas… »

Orso était-il pris dans un songe ? Étaient-ce là les paroles de la vieille ? Il la comprenait sans mal à présent, mots terribles ! Il fallait en arrêter le flux… car Mammina était là, bien sûr, sous la neige, les feuilles et l'argile, elle était là ! Il avait fait son devoir !

Il l'entendit encore susurrer… Comment faire taire cette folle ! Il voulait parler, bouger, la réduire au silence, pulvériser les mots… la tuer ! Rien ne venait.

« … Tu es pourtant allé chez les frères. Tu sais ce qu'il advient de ceux condamnés pour sorcellerie… Plante ta pierre où tu veux, ici, à Milan, à Rome… Une terre vaut-elle mieux qu'une autre pour pleurer ceux qu'on aime ? »

La voix se tut.

*

Orso fut réveillé par les flocons qui recommençaient à tomber. Loin, très loin, un soleil blanc se dévoilait sous les nuages. Il tourna la tête, Troque la Mort avait disparu.

Il chercha de la main, sentit la clé du cadenas sous sa ceinture, se redressa : la chaîne à trois pas de lui était toujours refermée, faisant une boucle sur le vide.

Ni dépit ni surprise… Il détacha le cordon autour de ses hanches, puis, ayant attrapé ses crosses, il observa le feu qui fumait encore. Les paroles de la vieille lui revinrent à l'esprit, il ne s'en offusquait plus. Il se tint là un long moment, à regarder les dernières braises se ternir en exhalant le bref soupir des gouttes qui se consument. Quand s'engouffrèrent les rafales du foehn, des tourbillons de cendres s'envolèrent vers les cieux, portés par les fumées. Orso pleura.

Pour la dernière fois, il hissa sa banne sur son dos et entendit l'osier craquer sous le poids du granit. Les yeux pleins de larmes, il traversa la rivière et se dirigea vers une crête rocheuse que les bourrasques blanches ne parvenaient pas à ensevelir. Plusieurs heures durant, il marcha, gravit, glissa sur ses cannes, se ressaisit en hurlant, retomba, se colla à la roche froide, se rétablit.

Lorsqu'il parvint au sommet, ses mains et ses genoux étaient en sang. La neige continuait de tomber ; ses pleurs, non plus, n'avaient pas cessé. Les deux crosses plantées dans l'épaisseur poudreuse, il se pencha prudemment et vit, à une centaine de pieds sous lui, les embruns d'une cascade qui jaillissait depuis un promontoire de granit noir.

Lentement, en équilibre sur une béquille, il mit son chargement à terre, retira la stèle de son fourreau et laissa la hotte glisser le long de la pente par laquelle il avait accédé à l'étroite plateforme. Il posa la pierre blanche au bord du précipice devant lui, puis s'allongea sur le sol pour contempler une dernière fois les traits de sa mère.

Enfin, allongeant brusquement ses deux bras, il la fit basculer dans le vide, et rampa juste à temps pour voir l'impact du marbre crayeux sur le promontoire en contrebas. La pierre, sous le choc, se désintégra et la poussière calcaire se mêla aux écumes de la cataracte et aux flocons virevoltants. Le souvenir de Mammina était dispersé.

Sur les rives du lac de Silvaplana, au cœur du pays romanche, vécut un ermite aux cheveux roux. Il était arrivé du sud, après les guerres de Musso ; les habitants l'appelaient « *Tshera da Plum* », Tête de Plomb.

Chaque dimanche, Tshera da Plum montait à la chapelle Sebastian y contempler les vitraux ; il restait agenouillé sur un prie-Dieu, en extase, depuis l'aurore jusqu'aux rayons du couchant.

Un matin d'hiver, dans cette même chapelle, on le retrouva mort sur son banc, son bissac de cuir renversé devant lui, et le sol jonché de dessins d'une surprenante beauté. Au milieu des œuvres affleurait un vélin, pâle, calligraphié à l'encre. Le sacristain qui le découvrit leva la feuille et lut dans son dialecte de Haute-Engadine :

L'Endeuillé

La nuit d'un carême, voit périr sa mère,
Martyre condamnée sous l'oint du moine infâme.
Souvenirs égarés dans la fièvre et le vent,
Orphelin depuis lors ; las, froide Valsassine !

Retrouvé au matin chez les frères de Lecco,
Fut dit protégé par des mains inconnues.

Au couvent capucin où l'on tremble au Mystère,
Plus d'un le vit comme enfant de Satan.

Car un mystère advint : le génie de ses mains,
Et, de son bel esprit, la science profuse.
Une nuit, l'âme sauvage, captive des jours passés,
Réveilla ses fantômes, martyre ranimé.

Vain espoir ! Pour ressaisir l'enfance envolée,
Un seigneur fêlé, empailleur de chiens.
Adversité têtue ! Doit fuir hors le duché,
La mort a reparu, le moine a retrouvé.

À Brescia l'apprenti, devenu fin luthier,
Voit un jour son visage chez un tailleur de pierre :
Ces traits doux sur le marbre, ce sont ceux de sa mère ;
Il faut voler la pierre, ériger une tombe.

Dedans une mégisserie, fragile huis clos,
Soupçonne l'amour, en ressent l'art aveugle ;
Lors, tous fustigent ses manières impies,
Tout emporte l'errant au plus sombre destin.

La stèle sur le dos, veut rentrer au duché,
Infortune ! Le moine et la guerre le chassent.
Erre sur les chemins, va se perdre en Toscane ;
Passe un maître horloger, le suit en Vénétie.

Dans l'Arsenal, enfin ! voit venir sa mort,
L'accueille, l'encourage… l'ingrate Mort se refuse :
« Savoyard oublieux, tu dois subir ton sort,
Rétablir au pays la mémoire qui t'est chère. »

Sur les marches du Tibre, souffre l'indigence,
Attend que l'on prononce, de sa mère, l'innocence.
Un crime parmi les fous, l'oblige à la tonsure ;
Au Saint-Ange se terre… Las ! resurgit la bure.

Retrouver près du lac l'enfance ensevelie,
Y porter sans faillir la pierre du souvenir…
La quête s'interrompt aux marches du duché ;
Un soldat y expire, le supplice rejaillit.

Plus âme ne l'épouvante, le moine moins que les autres ;
Lors attend son verdict, comme un présage heureux.
L'inquisiteur en pourpre doublement le libère
De la geôle arbitraire, et du secret maudit.

Plus de moine, plus d'effroi, remonte en Valsassine,
Du seul être aimé, dresser enfin la tombe.
Las, les neiges et le vent ont pris jusqu'à son ombre ;
Quelle pensée depuis lors, peut orienter ses jours ?

Merci à Jean-Étienne Cohen-Séat dont le trébuchet scrupuleux fit périr plus d'un adverbe.

CET OUVRAGE A ÉTÉ ACHEVÉ D'IMPRIMER SUR ROTO-PAGE
PAR L'IMPRIMERIE FLOCH À MAYENNE EN AOÛT 2023

N° d'impression : 103090
Imprimé en France